졸부집 딸입니다

월브라이트 장편소설

II

동아

졸부집
딸입니다 II

초판 1쇄 인쇄일 | 2022년 08월 30일
초판 1쇄 발행일 | 2022년 09월 13일

지은이 | 월브라이트
펴낸이 | 박성면
펴낸곳 | (주)동아

출판등록 | 제406-3960100251002007000071호
주소 | 경기도 파주시 문발동 223-1 2층
전화 | (031)8071-5201
팩스 | (031)8071-5204
E-mail | bear6370@hanmail.net

정가 | 12,500원

ISBN 979-11-6302-606-8 (04810)
    979-11-6302-604-4 (set)

II

졸부집
딸입니다

월브라이트 장편소설

동아

목   차

Ch 7. 맥밀란

3별관.

"기디언 님이 가주님을 찾아가 아가씨의 직물 사업을 넘겨 달라고 했습니다."

바터가 전해 준 소식에 네이필리나는 놀라지 않았다.

'그럴 거로 생각했지.'

"하지만 걱정 마십시오. 가주님께 매섭게 혼이 났으니까요. 어찌 애 것에 눈독을 들이냐 하시며…….'

바터가 기디언에게 쌓인 것들이 많았던 모양이다. 그 어느 때보다 벌어진 상황에 대한 묘사가 생생했다.

"그래서 큰아버지는 그대로 되돌아가시던가요?"

"지금 이 콘체른의 주인은 가주님이시니까요. 기디언 님도 따르지 않을 수 없지요."

바터는 네이필리나의 걱정을 덜어 주려는 듯 덧붙였다.

"이쯤 되면 마음을 접었을 겁니다. 아가씨는 너무 걱정하지 마세요."

아니. 네이필리나는 기디언의 성정을 잘 알았다.

'그렇게 순순히 받아들일 위인이 아니야.'

미르딘과 볼더에게 자동 방직기가 있는 작업실의 보안을 더 삼엄히 하라고 해야겠다.

'기디언이라면 차라리 부숴 버리는 쪽을 택할 테니까.'

하지만 이쪽도 순순히 당해 줄 생각은 없었다. 볼더의 방직기와 미르딘의 엘비쉬, 그리고 릴리엔의 의상실까지.

'가능하면 전면전은 피하고 싶지만, 내 사람들을 건드리는 것까진 참지 않겠어.'

이제 그녀가 보호해야 하는 건 더 이상 저 자신만이 아니니까.

"아가씨?"

바터의 부름이 상념을 깨뜨렸다.

"아, 네? 뭐라고 하셨죠?"

"무슨 생각을 하고 계셨길래 그렇게 무서운 얼굴을 하시는 겁니까?"

"아하, 아무것도 아니에요. 그나저나 할아버지의 생신일이 가까워지는데 준비는 잘되고 있나요?"

네이필리나가 화제를 돌렸다. 맥밀란의 생신 연회를 불과 몇 주 앞둔 시점이었다.

"이를 말씀입니까. 벌써 정신이 하나도 없답니다."

절레절레 고개를 흔들면서도 바터가 눈을 찡긋했다.

"가주님께서 시끄럽고 화려한 걸 싫어하시지만, 생신 연회만큼은 가주님 마음대로 하시게 둘 순 없죠."

콘체른이 합법적으로 돈 자랑을 해도 되는 가장 적합한 날. 가주의 생신 연회이다.

"근 시일 열렸던 행사 중에선 가장 화려한 연회가 될 겁니다."

"그렇군요."

"아가씨도 단단히 준비하시지요. 가주님의 생신 연회에는 콘체른 상단 지부장들과 상단 초기부터 거래했던 굵직한 큰손들이 많이 참석합니다. 인맥을 넓히고 눈도장을 찍을 수 있는 절호의 기회니 놓치지 마십시오."

다른 3대들은 벌써 준비를 하고 있단다. 의상부터 시작해서 누굴 만나야 할지, 어떤 이들을 초대해야 할지.

몬테그는 기디언의 영지 가신들 위주로, 페이선은 볼락의 군수 물자를 납품하는 지부장들 위주로. 기디언과 볼락 둘 다 다음 작위를 노리고 있으니 덩달아 아들들까지 그 판에 껴서 어떻게든 이번 연회에서 존재감을 드러내려고 안달이란다.

"그 정도까지요?"

몬테그가 유흥까지 끊고 요즘 열심히 한다는 얘길 들었을 땐 조금 놀라기까지 했다.

"그럼요. 콘체른 내에서 입지를 단단히 만들어 놓을수록 가주님께서 진지하게 고려해 보시겠지요. 원래 홀로 결정하는 법이 없으신 분이잖습니까. 후계자 선정도 역시 그럴 겁니다."

"……그래요?"

"예. 아가씨, 선물은 따로 준비하셨습니까? 요즘 가주님께서 즐겨 보시는 물품들을 제가 알려 드릴까요?"

"아, 괜찮아요."

네이필리나가 가볍게 거절했다.

"선물 증정 시간은 콘체른의 일족으로서 이름을 알릴 수 있는 기회입니다. 그러니 신중하게 고르시길 추천드립니다."

바터는 그녀에게 충고해 주려 했다. 생신 연회에 일어나는 일들의 진정한 의미를 귀띔해 주면서.

"네. 전 생각해 둔 게 있어서 전 괜찮을 것 같아요."

네이필리나는 그저 싱긋 웃을 뿐이었다.

* * *

"1황녀 전하."

맥밀란의 생신 연회가 점점 가까워지는 시점, 세피니아에게 시녀가 종종걸음으로 다가왔다.

"콘체른에서 온 연통이 왔습니다."

부황을 막 알현하고 나온 참이었다. 안에서 꽤나 시달렸는지 고운 얼굴이 들어갔을 때보다 제법 퍼석해져 있었다.

"궁으로 가서 열어 보시겠습니까? 콘체른 양에게서 온 서신은 곧바로 가져오라 하셔서 오긴 왔는데……."

세피니아가 말없이 손을 뻗었다. 시녀는 초대장을 전달하곤 소리 없이 물러났다. 펼쳐 본 내용은 간단했다.

'콘체른 백작의 생신 연회?'

고명한 경어와 수식어를 떼고 나면 적혀 있는 용건은 그뿐이었다.

'나 참, 황궁으로 오라는 건 대답을 안 하더니.'

그 소녀가 요구했던 명반의 독점권을 시작으로 제 사람이 돼라 더 구슬릴 생각이었다. 릴리엔 콘체른을 제 전속 재봉사로 삼은 데에는 이런 계산도 포함되어 있었다.

하지만 모친과는 달리 네이필리나는 독점권을 손에 넣은 이후 굳건히 예의를 차리며 일절 만남을 피했다. 그렇게 이대로 인연이 끊어지는 거 싫었더니만.

'최근 릴리엔의 의상실에서 낸 내 드레스를 기성복으로 내놓았지.'

드레스가 선풍적인 인기를 끌면서 전국 곳곳으로 세피니아의 영향력이 커졌다. 사교계에서 입지가 크게 높아진 건 덤이었다.

'아이디어를 꺼내고 실제화시킨 것도 전부 그 아이였다지.'

네이필리나 콘체른이 다시 거래의 저울에 추를 매달았다. 그리고 그 결과로 뭘 요구하려나 싶었더니…….

'이 초대장이로군.'

세피니아의 얼굴에 물이 번지는 듯한 미소가 퍼졌다. 서로의 주고받음이 명확한 계산, 네이필리나 콘체른이 자신했던 그대로였다.

'내 참석을 원하는 거라면 그리 움직여 주어야지.'

이쪽이 받은 게 더 많으니까. 그때 손에서 쑥 황금빛 초대장이 빠져나갔다.

"숙부!"

"아아, 조카님의 넋을 잃게 할 정도의 내용이 뭘까 궁금해서."

황금빛 초대장이 커다란 손 위에서 빙글빙글 돌았다.

"무례한 짓 하지 마시고 돌려주십시오."

"난 연서라도 되는 줄 알았더니, 이런. 그냥 초대장이군."

황궁의 기둥에 비스듬히 기댄 자세로 웃는 대공의 미소가 뒤편의 정원에 만발한 꽃들과 어우러져 장관을 이루었다.

"콘체른 가주의 생신 연회라. 제국의 경사로군요."

콘체른이라 발음할 때 사내의 눈썹이 슬쩍 올라간 것도 같았다. 세피니아는 입술을 깨물었다.

그에게선 짐승이 한낮의 햇살 아래 기지개를 켜는 것처럼 나른한 여유가 흘렀다. 그러나 순간순간 번뜩이며 먹이를 주시하는 듯한 시선이 느껴지는 것만 같은 건, 제 착각인 걸까?

외조부 힐데가르드 공작의 말을 부정하지 못하겠다. 황제도 꺼리는 저 사내를 제 발밑에 두고 싶으면서도 그가 뿜어내는 기를 저는 감당하기 어려웠다.

무슨 생각을 하고 있는지, 뭘 의도하고 있는지, 도무지 알 수가 없으니…….

'부황께서도, 외조부께서도 저자를 경계하시는 이유를, 조금은 이해할 것만 같아.'

"숙부."

세피니아는 사내를 부르면서도 헛웃음을 삼켰다.

그래. 저 사내와 자신의 일부는 같은 피가 흐른다. 그러나 그 사실이 어떤 위안이 되지는 못했다.

무저갱처럼 깊이를 예상할 수 없는 사내의 검은 의중을 더듬고 있으려니 힘에 부쳤다. 상대적으로 안팎이 투명한 네이필리나 콘체른의 존재가 더 기껍게 느껴진 건 덤이다.

"돌려주세요, 숙부."

"그럼요. 조카님이 원하시는데 당연히 그리하지요."

제멋대로 가져갈 때는 언제고, 초대장을 순순히 돌려주는 예법은 흠잡을 데가 하나 없었다.

'하.'

"그런데 황녀."

그녀가 튀어나오는 헛웃음을 삼켰을 때 대공이 몸을 돌려 세피니아를 응시했다.

"동행이 필요하지 않습니까?"

검은 바다를 잠식하는 해무 같던 사내가 꽃보다 흐드러지게 웃었다.

* * *

맥밀란 콘체른의 생신 연회 당일.

해가 뉘엿뉘엿 넘어가는 시간, 콘체른 저택으로 들어서는 마차들의 행렬이 길게 이어졌다. 모두 제국에서 제일가는 거부, 맥밀란 콘체른의 생일을 축하하기 위해서 자리한 이들이었다.

매년 똑같이 진행되는 가주의 생신 연회였지만 오늘은 조금 달랐다.

"저기 봐! 마담 포프리야!"

"로자린느 백작 부인이군! 두 딸과 함께야!"

"맙소사, 아론 남작은 웬일이지?"

콘체른 상단의 각 지부장과 거래처들이 주된 참석자였던 과거와는 달리, 오늘의 생신 연회엔 귀족들이 압도적으로 많았다.

"요즘 수도에서 제일 주목받는 가문이잖아요? 누가 눈도장을 안 찍고 싶어 하겠어요?"

"가문 자체는 아직은 미미해도 1황녀파와 2황자파, 제국의 두 세력 사이에서 줄 타는 솜씨가 좋으니 지금부터 연을 만들어 봐도 늦지 않지."

"라리스 의상실의 주인이 이 집의 막내며느리라는데, 어떻게 좀 드레스를 부탁할 수 있지 않을까?"

각자 바라는 이해관계는 달랐지만, 그 구심점이 콘체른이라는 것만은 변함없었다. 반쪽짜리 귀족, 졸부 콘체른의 달라진 위상을 실감할 수 있는 부분이었다.

"이런 날이 다 오고, 세상이 정말 달라지긴 한 모양입니다."

연회의 풍경은 맥밀란의 생신 연회 때마다 참석하던 상단의 지부장들에게도 낯설었다.

"가주님과 함께한 지 30년, 이런 날이 올 거라고는 생각지 못했습니다."

콘체른이 일개 소형 상단이었을 때부터 맥밀란과 함께했던, 장사에는 뼈가 굵은 자들이었다.

"방울뱀 자작 스캔들에 힐데가르드 공작가, 엘비쉬……. 제국 끄트머리에 있는 제게도 콘체른의 소식이 연일 들려옵디다."

"전부 꼬마 아가씨의 작품이라지요? 아가씨는 어디 계십니까?"

그들은 고개를 요리조리 빼며 네이필리나를 찾았다.

"날 보러 온 게 아니고 네이를 보러 온 건가? 예끼, 몹쓸 사람들 같으니."

맥밀란이 짐짓 눈을 흘겼다.

"함께한 세월이 30년인데 가주님 얼굴이야 눈 감고도 그리는걸요. 그래서, 막내 아가씨는 어디 계십니까?"

"그리 보채지 말게나. 곧 보게 될 테니."

콘체른의 손주들은 아직 연회에 들어서지 않은 참이었다.

"아가씨 덕분에 요즘 상단 일이 얼마나 수월해졌는지 모릅니다. 평소 같으면 서너 번은 돌려보냈을 검문소가 요즘은 되레 우리 눈치를 본다고요."

"시비 거는 하급 귀족들도 줄었습니다."

"귀족들 신경 안 쓰고 이렇게 마음껏 상행 다니는 날이 올지 몰랐다구요."

그들은 그 변화가 네이필리나에게서 비롯됐다는 걸 알고 있었다.

"그럴 리가 있겠나. 다 자네들이 묵묵히 잘해 주었으니 얻어진 결과지."

손사래를 치면서도 맥밀란의 얼굴에선 미소가 떠나지 않았다.

"아버지!"

"할아버지!"

그사이 맥밀란의 자식들이 맥밀란에게 다가왔다. 손주들 역시 성국에서 사제 수업을 받는 기디언의 둘째 아들, 이안만 빼고 전부 참석했다.

그들은 이날을 맞아 잔뜩 꾸미고 광을 낸 모양새였다. 특히 머리부터 발끝까지 화려하게 치장한 몬테그는 흡사 발정기를 맞아 한껏 꽁지를 펼친 수컷 공작새처럼 보였다.

'생신 연회 전부터 미리 준비한다더니, 의상을 제일 열심히 준비했나 보네.'

몬테그의 가슴팍에 달린 휘황찬란한 브로치 수십 개를 바라보며 네이필리나가 생각했다.

"아버지, 생신 축하드립니다."

기디언이 제일 먼저 앞으로 나가 선물을 건넸다. 그의 품에는 어린아이만 한 하얀 나무 한 그루가 안겨 있었다.

"오오, 저건 장수를 뜻하는 하얀 고목나무가 아닙니까."

"제국에 남아 있는 그루 수가 손에 꼽힌다던데 과연 콘체른이군요."

사람들의 감탄이 이어졌다.

"항상 무탈하고 건강한 모습으로 저희와 함께 계셔 주십시오."

"고맙구나."

지난번의 앙금은 잊어버린 것처럼 덕담을 주고받는 맥밀란과 기디언은 다정한 부자지간처럼 보였다. 이어 다른 자식들의 선물이 이어졌다.

볼락은 기운을 돋운다는 피닉스의 눈물이 담긴 영약을, 제시안느는 제국의 유명 명인이 세공한 한정판 오르골 시계를, 그리고 헨리는 엘프족이 남겼다는 고대 문서와 예복 한 벌을 선물했다. 릴리엔이 엘비쉬 천으로 만든 예복이었다.

이어 3대들의 선물 증정 시간이 되었다.

"할아버지를 위해 준비했답니다. 아직 미흡하지만, 저의 정성을 보고 받아주십시오."

겸손한 말과 달리 몬테그는 펭귄처럼 가슴을 쭉 내밀며 와인 병을 높게 들어 올렸다.

"대륙 전쟁 종전 후 파르농 지방에서 단 100병만 한정 생산 했던 제품이랍니다. 여기 적힌 날짜 보이시죠?"

와인의 제조 일자가 맥밀란이 작위를 받은 날과 같다고 했다.

"할아버지의 위대한 업적을 기리고자 제가 준비해 봤습니다. 하하하!"

몬테그가 옆구리에 와인 병을 끼고 크게 웃었다.

"어머, 내 아들! 겸손하기도 하지. 아버님의 영광스러운 날을 기념하고 싶어서 수도의 와이너리에 있는 3만 병의 와인들을 전부 손수 찾아봤다는 이야기는 빼먹다니."

맥밀란이 반응하기도 전에 시오르샤가 먼저 말을 꺼냈다. 진짜 감격했다기보단 사람들의 이목을 집중시켜 몬테그의 활약을 부각하려는 의도 같았다.

"……저 와인, 몬테그가 아니라 외숙모가 준비하셨구나."

그 모습을 보고 있던 루신다가 나지막하게 중얼거리자 이오테가 빈정거렸다.

"당연하지. 저 한량은 병 안에 들어 있는 술 말곤 아무것도 몰라. 아마 제조 일자를 어떻게 보는지도 모를걸."

"이오테, 네 차례다!"

"네!"

어쨌든 몬테그를 시작으로 콘체른의 3대들도 준비한 선물을 하나씩 내밀었다.

정성, 혹은 돈이 가득한 선물을 한 아름 준비한 아이들 속에서도 네이필리나만은 빈손이었다. 시오르샤는 기회를 놓치지 않았다.

"네이필리나, 네 차례란다."

"……."

하지만 네이필리나는 여전히 그 자리에 서 있을 뿐이었다.

"아버님이 기다리고 계시잖니."

"맙소사, 너 할아버지 생신인데 진짜 아무것도 준비하지 않은 거야?"

이오테의 쌍둥이 오빠 페이선이 네이필리나의 하얀 빈손을 보며 믿을 수 없다는 듯 되물었다.

"방금…… 들었어?"

"선물을 준비하지 않았다는군."

"이런, 네이. 정말 아무것도 없는 거니?"

시오르샤가 이마를 짚었다.

"하아, 이렇게 중요한 날 가주님의 선물을 챙기지 않은 건지, 못한 건지."

플로어 위로 퍼지는 한숨과 혼잣말.

"아버님이 널 얼마나 아끼시는데 얼마나 섭섭해하시겠니? 그건 배은망덕한 짓이란다."

네이필리나뿐만 아니라 다른 사람들까지 들을 수 있는 따끔한 충고였다.

'응. 아니야.'

"아닙니다, 형수님. 네이가 준비한 게 있답니다."

잘 나가던 연회장의 분위기가 싸늘하게 식자 헨리가 다급하게 나섰다.

"네이, 내가 대신 선물을 준비했다. 이걸 가져다드리렴."

딸의 옆구리를 쿡 찌르며 낮게 속삭이는 것도 잊지 않았다. 하지만 네이필리나는 고개를 저었다.

"괜찮아요, 아빠. 전 따로 준비한 게 있거든요."

그녀가 시오르샤와 맥밀란 쪽으로 몸을 돌렸다.

"용서하세요, 큰어머니. 제 선물은 딱히 손에 쥐고 가져올 수 있는 게 아니라서요. 조금 시간이 걸린답니다."

"무슨 뜻이지? 뭘 쥐고 온다는 거야?"

알쏭달쏭한 대답에 사람들이 멈칫할 때였다.

댕, 댕, 댕! 그때, 그레이트 홀의 입구에 자리한 괘종시계가 울리며 정각을 알렸다.

"아. 때마침 시간이 됐네요."

네이필리나가 싱긋 웃으며 고개를 돌렸다.

'뭘 보는 거지?'

모두 그녀가 보는 방향으로 몸을 돌렸을 때,

"세피니아 힐데가르드 헬리오스 1황녀 전하 드십니다!"

문지기가 목청 높게 뒤늦은 방문자를 고했다.

"뭐? 지금 1황녀 전하라고 했지? 내가 잘못 들은 건가?"

"전하가, 여, 여기 오셨단 말이야?"

놀람은 거기서 그치지 않았다.

"이아돌프 아담 힐데가르드 공작, 그리고 마티어스 아젤 힐데가르드 소공작 드십니다!"

힐데가르드까지!

사람들이 숨을 들이켰다. 황성 연회에서나 볼 법한 거물이 하나도 아니고 셋씩이나 모습을 드러냈다. 그것도 일개 평민 출신의 백작 연회에 말이다.

웅성거림이 무색하게 거대한 그레이트 홀의 문이 열리고 세피니아 1황녀가 모습을 드러냈다. 헬리오스 황족은 여간해서 황궁 이외의 곳에서 모습을 보이는 법이 없다. 측근도 아닌, 심지어 후계 싸움에서 중립을 고수하는 콘체른 백작의 생일을 축하하고자 직접 걸음했다니.

'도대체 무슨 일이 어떻게 벌어지고 있는 거지?'

사람들의 입이 딱 벌어졌다. 연회의 주인인 맥밀란마저 놀람을 감추지 못하고 자리에서 벌떡 일어날 정도였다.

"콘체른 백."

사람들의 이목을 휘장처럼 걸치고 당당하게 걸어온 1황녀가 고개를 들어 맥밀란을 응시했다.

"신 맥밀란 콘체른, 헬리시온의 첫 번째 별을 뵙습니다."

그가 후들거리는 걸음으로 단상에서 내려왔다. 황녀 앞에 다다른 맥밀란이 허리를 숙이며 예를 표했다. 그러나 1황녀는 정식 예법을 전부 다 받을 생각이 없는지 손을 내저었다.

"일어나시오. 오늘은 그대의 날이 아니오? 백의 탄신일을 축하하기 위해서 내 실례를 무릅쓰고 걸음해 봤소."

흐읍! 사람들이 숨을 들이켰다.

사려 깊고 현명하지만 그만큼 자존심도 강한 1황녀. 그녀가 먼저 자신을 낮추며 인사말을 건넬 만큼 콘체른 백작이 숨은 거물이었단 말인가?

"실례라니요, 당치도 않은 말씀이십니다."

맥밀란은 제국 제일가는 상단의 주인이라고는 믿을 수 없는 겸손한 태도로 1황녀와 매끄럽게 대화를 이어 나갔다.

"다만 전하의 왕림을 미처 예상치 못하여 부끄러운 모습을 보여드려 면구할 뿐입니다."

그러나 그의 주름진 얼굴 뒤는 연신 당황을 삼키고 있었다.

1황녀의 등장은 콘체른 같은 반쪽짜리 귀족에게 많은 것을 시사했다.

'황녀는 왜 이곳에……. 우리 콘체른을 포섭하기 위해서인가?'

맥밀란의 머리는 오랜만에 팽팽 돌아갔다. 상인은 시소처럼 어느 줄이든 탈 준비가 되어 있어야 한다.

'우린 두 세력 중 어느 쪽도 선택할 생각이 없으니 혹 답을 원하거든 주지 않되 최대한 황녀의 심기를 거슬리지 않게……'

공손한 표정 뒤에는 황녀의 의도를 파악하고 대처하기 위한 기감이 날카롭게 번득였다.

"물론 백은 내가 어떻게 온 건지 궁금할 듯한데……."

짓궂게 묻는 1황녀의 목소리에 모두 귀를 쫑긋 세웠다. 맥밀란의 막내며느리가 얼마 전 황녀의 전속 재봉사가 됐으니, 그녀 때문일 거라는 가능성이 가장 컸다.

하지만 여태 1황녀가 거쳐 간 재봉사만 수십 명이다. 그중 1황녀가 그 가문의 연회에 참석해 주었던 전례가 있었나?

"아니, 한 번도 없었어!"

"릴리엔 콘체른이 그만큼 유능한 재봉사라는 게 아닐까? 1황녀가 아주 마음에 들어 하는!"

"모르지! 아니면 콘체른 가주와 모종의 거래가 있었는지도!"

사람들이 맥밀란을 주의 깊게 살폈다. 천연덕스럽게 놀란 척하고 있지만, 상인의 낯을 어디 믿을 수 있던가. 사실은 황족을 제 연회에 초대하려고 억만금을 지급했을지도 모르는 일이다.

하지만 정작 1황녀의 입에서 나온 인물은 전혀 예상 밖의 존재였다.

"그대의 손녀가 직접 부탁하는데 내 어찌 거절할 수 있겠나?"

"……손녀라 하심은?"

맥밀란에겐 총 세 명의 손녀가 있다.

사람들의 시선이 이오테를 지나 루신다, 그리고 마지막 네이필리나에게로 이어졌다.

"내 일전에 막내 영애에게 큰 도움을 받은 적이 있거든. 보답하려 물어 보니……."

1황녀가 검지에 금빛 초대장을 끼워 흔들었다.

모두가 알았다. 황녀의 손에 쥐어진 건 맥밀란의 생신 연회 초대장이었다.

"다른 보답은 필요 없고 오직 백을 기쁘게 하고 싶다 하니 내 기특한 마음을 칭찬하고자 왔다네."

"나 역시 네이필리나 양의 초대장을 받고 왔다오."

1황녀의 옆에 함께 했던 힐데가르드 노공작이 첨언을 덧붙였다.

"생일을 축하합니다, 콘체른 백작."

그는 네이필리나를 한껏 추켜세우면서도 마티어스를 향해 살짝 눈을 부라렸다.

"참으로 부러운 손녀를 두셨소이다. 내 손자가 네이필리나 양의 반만이라도 이 늙은이를 생각해 주면 좋으련만."

사람들은 깜짝 놀랐다.

좀처럼 수도의 연회에서 모습을 보이는 일이 없는 노공작이 오랜 공백을 깨고 직접 콘체른 저택까지 걸음한 것도 놀라운데 저런 친근한 태도라니.

"이건 내 약소한 성의라오. 마티어스."

"예. 할아버님."

말이 끝나기가 무섭게 마티어스가 절제된 동작으로 맥밀란에게 가 조그만 벨벳 상자를 내밀었다.

"생신을 축하드립니다, 콘체른 백작님."

"고맙습니다. 소공작."

안에는 섬세한 세공이 아름다운 넥타이핀이 들어 있었다.

"힐데가르드령에서만 나오는 블루 다이아몬드라오. 내게도 똑같은 게 하나 있지."

"이건……."

"다른 의미는 없소. 그저 백이 받아 준다면 고맙겠소."

노공작이 너털웃음을 지었다.

"이런, 외조부. 빈손으로 온 저를 부끄럽게 만드십니다."

"황녀 전하 역시 힐데가르드의 가족인데 무얼 걱정하십니까. 그렇지 않습니까, 콘체른 백? 네이필리나 양?"

"공작님의 말씀이 맞습니다. 어찌 감히 황녀 전하께 이보다 더 바랄 수 있겠습니까."

"제 호기로운 부탁을 들어주셔서 세 분께 다 감사할 뿐인걸요."

네이필리나가 부끄러운 듯 눈을 내리깔았다. 쏠린 주목을 부담스러워하는 것처럼 말간 얼굴엔 분홍빛 홍조마저 어려 있었다.

'저 여자라면 부끄러움마저 연기할 수 있을 테지.'

하지만 마티어스는 그녀가 부끄러워하기는커녕, 저 순진한 표정 뒤로 이 상황을 전부 계산하고 있을 거라는 데 제 남은 인생을 전부 걸 수도 있었다.

"그럼 아까 막내 영애가 말했던 선물이란 게 이 뜻이었구나!"

"손에 쥘 수 없다니, 당연하지. 누가 헬리오스에서 제일가는 저 귀빈들을 감히 쥘 수 있겠어!"

한편 도란도란 대화를 이끌어 나가는 힐데가르드와 콘체른 사이의 분위기는 모두의 놀람과 부러움을 끌어내기 충분했다.

그러나, 아직 끝이 아니었다.

"에울리케 노틸 드 헬리오스 2황자비 전하 드십니다!"

다시 드높게 울리는 문지기의 목소리에 연회장이 술렁였다. 문을 열고 2황자비 에울리케가 모습을 드러낸 것이다.

"2황자비가 왔다고?"

"아니, 황자비 전하께선 여기 왜!"

기디언 때문에 연회에 참석한 2황자의 가신들마저 당황하게 한 등장이었다.

아직 순진한 소녀 같은 모습을 간직하고 있는 2황자비는 발랄하게 걸어와 축하 인사를 건넸다. 다행히 1황녀 세피니아와 2황자비 에울리케는 사이가 나쁘지 않았다.

"황녀 전하도 여기 계셨군요."

"황자비는 여긴 어쩐 일입니까?"

"……오늘 친정에 갔다가 콘체른 백작저의 소식을 듣고 잠깐 들렀어요."

사실 에울리케는 요즘 사교계를 휩쓰는 신예 재봉사, 릴리엔을 만나고 싶었다.

'때와 장소, 그리고 입는 사람에 따라 다 각기 다른 드레스를 디자인해 준다지?'

2황자비는 황족 중에서도 제일 패션에 관심이 많은 드레스광이기도 했고,

'나도 내가 입은 드레스를 유행시키고 싶어!'

아직까지도 식지 않는 1황녀의 기성복 드레스 열풍이 그녀를 혹하게 했다.

'사람들 눈이 있으니 다른 사람에게 대리 구매를 시키려 했는데 주문도 한참 밀려 있다 하고…….'

황자비의 권위를 이용해서 슬쩍 부탁하는 편이 더 빠를 것이다. 하지만 릴리엔은 1황녀의 전속 재봉사였고 시모인 주디테 황비가 버젓이 있는 황궁에선 영 눈치를 볼 수밖에 없었다.

그러던 와중 콘체른 백작의 생신 연회가 열린다는 얘기를 듣고 이 기회다 싶었다.

'역시, 릴리엔의 드레스 때문에 왔구나.'

네이필리나는 2황자비의 속내를 읽었다.

'2황자비 에울리케는 황비와 달리 충동적이고 어린아이 같은 사람이지.'

2황자가 그녀를 아끼는 이유도 제 모친과는 정반대의 순수한 모습을 고수하고 있어서일 거다. 2황자는 모친인 황비와 마르쉐 후작의 영향력을 요구하면서도 한편으로는 거기에서 벗어나고 싶어 했다.

'황제가 된 후 일부러 기디언에게 힘을 실어서 마르쉐 후작과 대치하게 만든 게 그 증거지. 황자비를 통해서라면 2황자에게 자연스럽게 접근할 수 있어.'

네이필리나는 미르딘에게 황자비나 2황자파 쪽에서 들어오는 주문을 일부러 쳐 내고 미루어 두라고 주문했었다. 2황자파에 속한 자들과 그들이 쓰는 가명을 대충 알고 있었기에 가능한 일이었다.

'하지만 라리스 의상실이 출범한 지 채 반년도 안 됐는데 효과가 이렇게 빨리 나타날 줄은 몰랐어…….'

심지어 2황자비가 콘체른의 연회장까지 걸음하게 될 줄은 예상하지 못했다.

"네이, 황자비 전하도 네가 초대한 거니?"

릴리엔이 눈을 동그랗게 떴다.

"아니요, 엄마. 저분은 저도…… 예상하지 못했어요."

"맙소사, 오늘 대체 무슨 일이 일어난 건지 모르겠구나."

기디언과 시오르샤 사이에도 소리를 죽인 대화가 오갔다.

"당신이 한 거예요?"

"내가 뭘?"

"2황자비님 말이에요. 당신이 2황자 전하께 참석을 부탁한 거죠? 당신이 요즘 전하의 신임을 받고 있으니까…….'

시오르샤는 꼭 그러길 바라면서 물었다. 2황자비까지 저 되바라진 조카딸 때문에 온 거라고는 정말이지 생각하고 싶지 않았으니까.

"……."

기디언의 인상도 덩달아 굳어졌다. 제가 생각하기에도 2황자비가 자신을 격려하기 위해 여기 온 것 같진 않았다.

2황자비는 기디언이 있는 쪽으로 오기는커녕, 시선조차 주지 않았으니까.

'기디언 경, 내 일이 있어 경의 부친 연회에는 참석하기 어려울 듯해. 하지만 내가 아끼는 이 둘을 보내니 내 성의를 이해해 줄 테지.'

그렇게 얘기했던 2황자가 제 아내를 보낼 리 없다.

'그대의 면은 충분히 세워 줄 테니 걱정하지 말게.'

'그럴 거였으면 당신이나 마르쉐 후작이 왔어야지. 밥이나 처먹는 떨거지들을 보낼 게 아니라.'

연회에 온 건 2황자파에서 딱히 비중이 없는 어중이떠중이 귀족 둘이었다. 2황자가 기디언을 어떻게 생각하는지 보여 주는 단편적인 일면이었다.

'내가 당신한테 바친 돈이 얼만데. 당신마저 나를 무시해?'

기디언이 이를 으득 갈았다.

'언젠가 이 수모를 모두 갚아 줄 거다.'

그가 꿈꾸는 정점에 서고 나면, 레클란에게도, 그를 무시하는 귀족들에게도 이 원통함을 모두 되돌려 줄 것이다.

어쨌든 지금은 분노를 삼킬 때였다.

"쓸데없는 소리 말고 당신은 황자비 옆으로 가서 말이라도 붙여. 또 멍청하게 기회를 날릴 셈이야?"

기디언은 대답 대신 쏘아붙였다.

"……알았어요."

어쨌든 남편의 입에서 아니라는 말은 나오지 않았다는 것에 시오르샤의 얼굴은 조금 밝아졌다.

"비전하!"

간드러진 목소리로 2황자비에게 걸어가는 시오르샤의 드레스 뒷자락이 나풀거렸다.

'도대체 왜 자꾸 날 따라다니는 거야.'

에울리케의 고운 아미가 찌푸려졌다. 황궁으로 돌아가기 전에 릴리엔 콘체른에게 드레스를 만들어 주겠다는 확답을 받아야 하는데, 자꾸 콘체른의 큰며느리라는 여자가 제 옆에 붙어 사사건건 참견을 하고 있었다.

"비전하, 목이 마르시다고요? 너희 뭐 하고 있어! 어서 마실 걸 가져오지 않고!"

"머리가 아프시다구요? 그럼 휴게실 말고 제 중앙관으로 가시지요. 미흡하지만 비전하가 쉬실 만한……."

"괜찮아요, 콘체른 부인."

그사이 릴리엔이 저 멀리 멀어졌다. 에울리케는 결국 참지 못하고 시오르샤의 손을 뿌리쳐 냈다.

"난 릴리엔과 함께 대화하고 싶은 것뿐인걸요."

"네, 네엣?"

누구요? 오늘 밤 이 연회에서는, 특히나 2황자비에게서는 절대로 듣고 싶지 않았던 이름이 나오자 시오르샤의 눈이 튀어나올 것처럼 붉거졌다.

"그러니까 오늘 연회는 날 혼자 둬 줬으면 좋겠어요."

에울리케는 시오르샤를 뒤로하고 팽하니 가 버렸다. 그녀는 반갑게 릴리엔의 손을 붙잡았다.

"릴리엔!"

"2황자비 전하를 뵙……."

"됐어요. 여기가 황궁도 아닌데 격식 따윈 내려 둬요."

그녀는 손사래 치곤 곧바로 본론으로 들어갔다.

"1황녀 전하한테 만들어 줬던 드레스 말이에요. 나한테도 만들어 줄 수 있나요?"

"네?"

"전하와의 결혼기념일이 다가오고 있어서 그대의 도움이 꼭 필요해요. 내 말 무슨 뜻인지 알죠?"

"그건 곤란할 것 같군요, 황자비. 콘체른 부인은 나와 선계약이 있어서 말입니다."

1황녀가 지그시 릴리엔의 옆으로 한 발 다가서서 말했다.

"너무하셔요, 황녀 전하. 이 유능한 사람을 독점하실 생각은 아니겠죠?"

"황자비, 그런 사람을 보통 누군가의 수석 재봉사라고 부른답니다."

우스갯소리로 대화를 주고받은 1황녀와 2황자비가 서로 릴리엔의 양옆에 섰다.

"지금 내가 뭘 보고 있는 거야? 황녀 전하와 황자비 전하 모두 릴리엔 콘체른 옆에 계시는데?"

"우리도 어서 저쪽으로 가자!"

부인들은 어리둥절해하다가 너도나도 릴리엔 쪽으로 향했다. 그녀의 주위로 사람들이 구름같이 모여들었다.

"네? 네. 그럼요."

"물론이죠. 와 주셔서 영광입니다."

릴리엔은 얼떨떨한 얼굴로 사람들을 맞이하고 인사했다. 연회가 무르익으며 밀려드는 객들을 대접하면서 릴리엔은 점점 더 호스트에 걸맞은 모습으로 변모해 갔다.

'이게 도대체 무슨 일이야……'

여전히 속은 얼떨떨할 뿐이었지만. 제가 파티의 손님들과 이렇게 활발히 대화를 나누고 웃을 수 있다니. 여태껏 한 번도 없었던 일이 아닌가.

'다행이네.'

네이필리나가 멀리서 그 모습을 지켜보았다.

당분간 릴리엔의 사교계 생활은 걱정하지 않아도 될 듯했다.

* * *

"네이필리나, 당신이 한 겁니까?"

네이필리나의 머리 위에서 음성이 들렸다. 마티어스였다.

"뭐가요?"

"이 상황 말입니다."

1황녀와 2황자비.

제국의 양 세력의 대표라 할 수 있는 거물들이 콘체른 백작의 연회에서 한데 모였다.

"아까 뭘 들으셨어요? 전 아직 2황자비 전하를 만나 뵌 적도 없는걸요."

"초대장을 보냈을 수도 있지요. 콘체른 양이 우리에게 그랬던 것처럼."

나는 이 모든 상황이 당신 손 위에서 벌어지고 있는 것처럼 느껴지는데, 아닙니까?

네이필리나의 말을 믿을 수 없다는 것처럼 마티어스의 눈에 짐짓 진실을 가늠하려는 빛이 비쳤다.

'얘는 또 나 의심하네.'

"비전하가 일개 귀족 영애의 초대장 하나에 몸을 움직일 만큼 호락호락한 분이신 줄 아세요?"

"다른 이도 아니고 당신이라면, 가능할 테지요."

"무슨……. 그리고 제가 힐데가르드에 보냈던 건 초대장이 아니라 감사 인사였던 것 같은데. 제가 잘못 기억하고 있나요?"

오히려 예상하지 못했던 건 힐데가르드의 참석이다. 아까 노공작과 마티어스가 등장했을 땐 얼마나 놀랐는지 모른다. 생신 연회 초대장은 어디서 구한 것인지 노공작이 천연덕스럽게 맥밀란 앞에서 그걸 흔들어 보였을 땐 저도 모르게 소리 내 감탄할 뻔했다.

"콘체른 양이 그런 사소한 차이를 신경 쓰는 분은 아니지 않습니까?"

"오, 이제 저를 좀 잘 아시겠다?"

철혈의 소공작께서 저를 이리 친근히 여겨 주시다니.

"감동이네요."

네이필리나가 가슴에 손을 얹고 연극적으로 기쁜 낯을 했다.

사랑에 빠진 소녀처럼 초롱초롱한 눈. 발갛게 달아오른 볼.

'잠깐. 이 여자, 우리 사이를 착각하고 있는 건 아니겠지?'

고고한 얼굴이 잠깐 당황에 젖어 들었다. 마티어스가 답지 않게 설명을 거듭했다.

"아뇨. 무슨 뜻인지 다른 사람은 몰라도 당신과 나는 알잖습니까?"

"흠……."

"다른 게 아니라, 일종의 동지애에 가깝다는 거."

그 와중에도 동지애지, 다른 감정은 아니라는 듯 그 와중에 선을 긋는 모습이 우스웠다.

"풉."

네이필리나가 살짝 웃음을 흘렸다.

"그러니까…… 하아. 날 놀렸군요."

변명을 늘어놓던 마티어스도 곧 제가 속았다는 걸 깨달았다.

'왜 이 여자 앞에선 자꾸 당황하게 되는 거지?'

"네. 소공작님의 눈치가 빠르시네요."

"어디 당신만 하겠습니까."

＊ ＊ ＊

"좋은 손녀를 두셨구려. 나는 참으로 백이 부럽소."

힐데가르드 노공작의 시선 끝에 투덕거리는 두 사람이 잡혔다.

"저 귀공자를 손자로 두신 공께서 말입니까?"

"하하. 마티는 뻣뻣하기가 고목보다 더한 놈이라 내 걱정이 이만저만이 아니라오."

마티어스, 저 아이는 지나치게 안온하게 자라났다. 준비된 낙원에서 오직 제 먹이만 지키면 되었던 놈이 세상의 무서움을 어찌 알까.

"그러니 아직도 저리 뻗대고 있는 것일 테지……. 쓰읍."

28 졸부집 딸입니다 Ⅱ

노공작이 마음에 차지 않는다는 듯 혀를 차자 맥밀란이 웃음을 터뜨렸다.

"소공작을 그리 냉혹하게 평가하시는 분은 공밖에 없으실 겁니다."

누가 차기 힐데가르드의 후계자를 이리 깎아내릴 수 있을 텐가.

"곧게 뻗어 나가기만 한다면 곧 부러지기 마련이란 것을 우리는 모두 알고 있잖소. 하지만 네이, 저 아이는 다르지."

맥밀란이 우뚝 몸을 굳혔다.

"저 순진한 얼굴 뒤에 숨겨진 기지와 판단력. 나는 볼수록 백이 부러울 뿐이구려."

"……공."

"안심하고 맡길 수 있는 후계가 있다는 게 우리에게 얼마나 위안이 되는 일인지……."

맥밀란은 노공작의 의미를 통감했다. 그가 지금 느끼는 회한과 기대, 그리고 불안까지도.

"공께서는 걱정하실 필요가 없습니다. 힐데가르드는 제국이 존재하는 한 그리 허투루 무너지지 않을 테니까요."

그 진솔함에 맥밀란은 제 이야기를 꺼내지 않을 수 없었다.

"그 낙원 덕분에 소공작은 아무런 방해도 없이 무사히 성장할 수 있을 겁니다. 하지만 네이에게는……."

아니다. 저 아이는 그러지 못할 것이다.

맥밀란의 시선이 네이필리나에게 잠깐 닿았다 주변으로 이어졌다. 마티어스와 대화하고 있는 소녀에게 질투와 경시를 감추지 못하는 그의 자식들에게로.

"시간이 얼마 없지요. 그 한정된 시간 안에 성장해서 힘을 키워 놓지 않는다면, 저 아이는 위험해질 겁니다."

너무 뛰어난 자는 적당히 뛰어나거나 못난 자들의 표적이 되기 마련이니까.

"……."

"아아, 귀빈들이 와 주신 황공한 날에 제가 쓸데없는 말을 지껄였습니다.

방금 얘기는 잊어 주시지요."

"아니오, 백. 의미 있는 말씀이었소이다."

맥밀란을 바라보는 힐데가르드 노공작의 태도는 벽을 한 겹 걷어 낸 것 같았다.

"우리, 오늘은 그저 즐거운 밤만 누립시다. 저 아이들도 그러길 바라오."

찬란한 샹들리에의 불빛. 귀를 감싸는 아름다운 음악.

적어도 그 두 가지만으로도 깊은 상념은 뒤로하고 연회의 즐거움을 누릴 만한 이유는 충분했다. 두 노인은 다시 손주들 쪽으로 시선을 돌렸다.

네이필리나가 뭐라 말하자 마티어스가 당황한 낯을 했다. 그리고 이내 네이필리나가 웃자 살짝 눈을 흘겼다.

두 사람의 친근해 보이는 모습에 파티장 곳곳에서 놀란 탄성이 들렸다.

"그래서 말인데…… 내 생각해 봤소."

"예. 힐데가르드 공."

"우리 아이들은 서로의 부족함을 보완해 줄 수 있을 듯하지 않소?"

노공작이 슬쩍 맥밀란 쪽으로 몸을 기대며 물었다.

"……"

"나는 사돈으로서도 백이 마음에 드는데 백은 어떻소?"

"……"

맥밀란은 문득 말이 없었다.

"콘체른 백?"

"하하하. 이것 먼저 드셔 보시지요. 혈액 순환에 좋다는 약초즙이랍니다."

일라틴 사막에서만 나지만, 쓴맛이 하나도 안 나는 게 장점이라 특별히 공수해 왔다며 맥밀란은 너스레를 떨었다.

"응? 맛이 괜찮긴 한데……. 그건 그렇고 백, 다시 하고 있던 얘기로 돌아와서……."

"하하하. 좋아하신다니 다행입니다! 자, 이것도 시음해 보시지요! 엘프의 엘릭서가 18퍼센트 함유된……."

조금 전 진솔하게 대답하던 맥밀란은 어디 가고 그는 웃으면서 공작의 말을 못 들은 척했다.

'소공작은 훌륭하지만, 우리 네이는…… 아직 안 됩니다.'

누구와 비교해도 아까울 뿐이다. 언젠가 품속에서 떠나보내야겠지만 확실히 지금은 아니다.

"하하하……."

너털웃음을 짓는 맥밀란이지만 끝까지 노공작의 물음엔 대답하지 않았다.

* * *

네이필리나와 마티어스가 의미 없는 대화로 투덕거릴 즈음.

"소공작님."

사흘 굶은 사자 같은 눈빛을 한 이오테가 두 사람에게 다가왔다.

지난번, 저택까지 찾아온 마티어스를 코앞에서 보내야 했던 기억 때문인지, 이번에는 절대로 놓치지 않을 거라는 강렬한 열망이 돋보였다.

"오늘 뵐 수 있을 줄은 꿈에도 몰랐어요. 이오테는 정말 기쁩니다."

물빛 드레스에 은빛 머리칼을 늘어뜨린 그녀는 그 어느 때보다 아름다웠다.

"네이, 소공작께서 얼마나 어려운 걸음을 해 주셨는데 이렇게 따분한 대접을 하니?"

마티어스를 향한 열렬한 시선 사이 네이필리나를 흘리는 눈매가 살벌했다.

'아까 릴리엔 드레스를 몰래 가져가려다 나한테 된통 당했지.'

이오테는 연회가 열리기 전, 릴리엔에게 엘비쉬 드레스를 달라 떼를 쓰다 네이필리나에게 걸렸다. 릴리엔을 무시할 때는 언제고 드레스가 유행하니 사과도 없이 슬그머니 넘어가려는 꼴이 괘씸해서 톡톡히 망신을 주었더니, 아직 앙심이 남아 있는 모양이었다.

"지극히 즐겁습니다만."

그사이 마티어스가 딱딱한 말투로 대꾸했다.

"저는 군중 속의 고독을 즐기는 터라 혼자 놓아 둬 주신다면 더 기쁘겠군요."

그는 더 접근하지 말란 말을 냉랭한 얼굴과 분위기로 했다.

"아하. 어머, 즈, 즐거우시다니 다행이에요."

이오테가 우물쭈물했다. 하지만 여기서 물러나면 천하의 안하무인 이오테 콘체른이 아니다.

"저도 그렇답니다. 사람들 속에 있으면서도 늘 외로운 기분, 소공작께선 잘 아실 거라 믿어요. 우리 공통점이 있네요."

"아뇨."

"있는 것 같은데."

"……."

그녀는 마티어스의 옆에 딱 붙어 재잘거렸다. 보통 이쯤 되면 눈치를 보고 물러나는데 이번에는 아주 단단히 마음을 먹고 온 모양이었다. 게다가 이쪽을 힐끔거리는 다른 귀족 영애들의 부러워하는 시선이 이오테의 남은 자존감을 채워 주고 있었다.

저기까지 이쪽의 대화가 들리지는 않을 터. 사정을 모르는 이들은 그저 이오테가 마티어스의 옆에 서 있다는 것을 부러워했다.

"……."

이오테가 점점 용기를 낼수록 마티어스의 잘생긴 눈썹이 미세하게 꿈틀거렸다. 여성의 대화를 끊지 않는 신사로서의 예의와 빨리 자리를 떠나고 싶은 충동 중 어느 쪽을 선택할지 고민하는 듯했다.

'그러든지 말든지.'

소공작과 이오테 둘이서 알아서 하겠지. 네이필리나는 심드렁하게 샴페인을 들이마셨다.

입 안에서 톡톡 터지는 시원한 탄산이 연회 때문에 달아오른 열기를 사뭇 식혀 주었다. 찰랑거리는 황금빛 액체가 식도를 꼴깍꼴깍 넘어가는 찰나,

철컥! 연회장의 문이 다시 열렸다.

그리고 문 뒤로 나타난 낯설지 않은 남자를 보자마자,

"푸우우……!"

네이필리나는 샴페인을 그대로 뿜고 말았다.

* * *

"스카가드 아, 앙헬 대공이야!"

"대공이 왔어!"

"뭐? 누구?"

음악 소리가 멈췄다. 군중이 술렁였다. 파티의 참석자들은 귀를 의심했다. 1황녀와 힐데가르드, 그리고 2황자비에 이어 이젠 앙헬 대공이라니. 저희가 지금 꿈을 꾸고 있는 건가?

"잠깐. 내가 지금 있는 데가 콘체른 저택이 아니라 황궁인 거 아니야?"

이 귀빈들의 구성은 황실 연회 정도가 아니면 불가능했다.

"지, 진짜 대공이 맞아!"

문 가까이 있던 자들의 외침이 방금 들은 이름이 거짓이 아니라는 걸 증명해 주었다.

"아, 앙헬 대공…… 드십니……다…….."

우렁차게 참석자들을 호명하던 문지기의 목소리가 이번에는 바닥을 기었다.

양쪽으로 소리 없이 갈라진 인파 사이로 저벅저벅. 거대한 사내가 모습을 드러냈다.

아니, 진실로 거대한 것은 사내의 외양보단 그가 휘두르고 있는 압도적인

분위기인지도 몰랐다.

사람들의 정수리를 훌쩍 넘어서는 큰 키. 건장한 몸을 감싸는 검은 예복. 어깨에 방만히 걸쳐진 백담 모피가 사내를 누구보다 화려하게 만들었다. 꼭 하얀 눈을 두르고 있는 것 같았다.

"……."

소리가 사라진 연회장은 그저 적막했다. 조금 전까지 왁자지껄 시끄럽던 곳이라고는 상상할 수 없었다.

자신의 일거수일투족을 지켜보는 수백 개의 눈 속에서도 대공은 여유가 흘러넘쳤다. 그는 너무 느리지도, 빠르지도 않은 걸음으로 단숨에 콘체른가 일원들의 앞까지 도달했다.

"축하합니다, 콘체른 백."

"……감사합니다, 대공 전하."

초대받지 않은 손님이라도 상대가 앙헬 대공이라면 얘기가 달라진다. 호스트로서 부족함을 내보일 순 없다. 그는 놀람을 삼키고 대공을 차분하게 맞이했다.

"늦으셨습니다, 숙부."

이 자리에서 놀라지 않는 건 1황녀 정도인 듯했다.

"아아, 누가 저를 파트너로 데리고 가긴 녹록지 않다 하셔서."

초대장도 없는 곳에 들어서는 게 쉬운 일만은 아니라며 대공이 너스레를 떨었다.

"마음을 가다듬는 데 시간이 걸렸습니다."

수줍은 내용과는 달리 말투는 느릿했다.

"비전하와 노공작까지. 오늘 여기 콘체른에 헬리오스의 별들이 다 모였군요."

그는 2황자비과 힐데가르드 노공작에게 차례로 눈짓했다. 사르르 접히는 눈매 아래 눈물점이 빛을 발했다.

"앙헬 대공께서 여기는 어쩐 일이십니까?"

지켜보던 이들 속에서 자못 날카로운 물음 하나가 튀어나왔다. 2황자파의 가신 중 하나였다.

"내가 가는 곳에 이유가 필요한가?"

"……."

"형님 폐하도 묻지 않으시는 물음이 그대는 참으로 궁금한가 보군."

약을 올리는 것처럼 말투가 느릿했다. 가신의 얼굴이 붉어졌다. 그는 아무런 대꾸도 하지 못하고 자리에서 비켜나고 말았다.

"음악을 다시 시작하게. 귀빈들이 오셨는데 무슨 추태인가."

맥밀란이 악단에게 명령했다. 황급히 다시 잡은 악기들에서 아름다운 교향곡이 흘러나왔다.

연회가 재개된다는 암묵적인 표시였다.

"그, 그래. 춤을 다시 춰야지!"

"난 샴페인 한 잔 더…… 해야겠어."

못처럼 튀어나온 대공의 존재감을 애써 삼키며 사람들은 허둥지둥 흩어졌다.

"콘체른 양."

얼이 빠진 건 네이필리나도 마찬가지였다.

"콘체른 양."

그녀는 작게 뿜은 샴페인이 턱선을 타고 흘러 드레스 앞자락을 적시는 것도 몰랐다.

"네? 아, 네."

"안 받을 겁니까? 샴페인이 지금 질질 흐르는데?"

마티어스가 눈썹을 꿈틀거리며 건넨 손수건을 받는 둥 마는 둥, 네이필리나는 대공에게서 시선을 떼지 못했다.

"저 사람이 앙헬 대공이라고요?"

"예. 대공이 맞긴 하는데……. 기이하군요. 이런 사교 파티에 얼굴을 내비

치는 위인이 아닌데."

마티어스의 목소리에 경계가 느껴졌다. 그걸 신경 쓸 새도 없었다.

"지, 진짜로 대공이라고요?"

"콘체른 양은…… 아, 대공이 개선식 이후로 수도에 들어온 적이 없으니 익숙지 않겠군요."

마티어스가 설명하듯 확인해 주었다.

"저자가 스카가드 앙헬, 북부군의 주인이자 앙헬 대공입니다."

그때 대공이 이쪽을 보았다. 큽, 네이필리나는 저도 모르게 한 걸음 뒤로 물러났다.

"콘체른 양?"

그럼 꼭 제 모습을 군중 사이로 숨겨지기라도 하는 것처럼.

'이제 갔을까?'

그러나 고개를 들었을 때, 대공은 여전히 그녀를 보고 있었다. 시선이 마주친 것 같다. 네이필리나는 재빠르게 고개를 돌려 버렸다.

때마침 악단의 연주가 새로운 곡으로 넘어갔다.

"어머, 제가 제일 좋아하는 음악이에요. 소공작님, 함께 춤을 추시겠어요?"

"선약이 있어서 안 될 것 같군요."

옆에서 한껏 눈썹을 깜빡거리는 이오테가 보이지 않는 것처럼 마티어스가 무미건조하게 대답했다.

"선약이라 하심은……."

"네이필리나."

마티어스의 시선이 향하는 쪽을 바라보자마자 이오테의 얼굴이 차가운 물을 얻어맞은 것처럼 굳어졌다.

'왜 하필 이오테 앞에서……. 가면 또 한동안 시달리겠구먼.'

안 그래도 대공의 등장으로 정신이 없는데 마티어스까지 혼란을 더해 주자 네이필리나는 한숨을 삼켰다.

"저와……."

정말이지 눈앞의 소공작은 사교계에서 제가 가진 영향력을 추호도 눈치채지 못하는 것 같다. 적어도 저기 있는 대공은 눈치껏 황녀 옆에 서서 남들의 접근을 자체 차단 하기라도 하지.

이 잘생긴 귀공자는…….

"손 내밀지 않으셔도 돼요. 춤 신청이라면 더더욱 괜찮고요."

"……예?"

손을 뻗으려던 마티어스가 엉거주춤 굳었다.

"저는 춤출 생각 없거든요."

"어째섭니까?"

"정말 몰라서 물으시는 건가요?"

오늘 이오테를 포함해서 수많은 귀족 영애가 마티어스에게 춤을 신청했다. 그러나 그는 순무 자르듯 매몰차게 거절한 뒤 네이필리나 옆을 떠나지 않았다.

덕분에 열렬한 시선을 한 몸에 받게 되는 건 네이필리나였다. 그것도 부담스러웠는데 이젠 저 많은 아가씨 앞에서 소공작과 손을 잡고 춤을 추라고?

'공공의 적이 나라고 선포해도 유분수지.'

"일단은 제가 너무 심력을 소모해서라고 해 두죠. 오, 저기 1황녀 전하께서도 소공작을 찾으시네요."

그녀는 1황녀 쪽을 턱짓했다.

"그러니 여기서 그냥 간단히 인사만 해 주신다면 감사하겠어요."

네이필리나가 손을 내밀었다. 자리를 떠나기 전, 신사가 숙녀의 손등에 키스하는 것은 헬리오스의 오래된 사교계의 예법 중 하나였다.

"그거, 내가 대신 받아도 되나?"

그러나 마티어스가 몸을 움직이기 전, 누군가 네이필리나의 손을 낚아챘다.

'내가 피하지 못했다고?'

기감에 있어 둘째가라면 서러울 네이필리나였으나, 상대의 속도가 바람

같았다. 그녀의 허리를 쥐고 단숨에 플로어로 들어서는 힘과 추진력은 돌풍에 가까웠고.

'그러면 가능한 일이지.'

블라디미르를 처리하던 번개 같은 움직임을 떠올려 보면, 이해 못 할 일도 아니었다.

그 사람이 실은 북부군을 이끄는 제국 최강의 검사였다면 더더욱.

"반가워, 아가씨."

대공이 툭 말을 던졌다.

"아직 잘 살아 있군그래?"

"이 무슨……."

네이필리나는 한숨을 삼키고 손에 쥐어진 대공의 옷깃을 꽉 쥐어 잡았다.

"무례신가요, 앙헬 대공 전하."

고개를 들어 도전하듯 그와 눈을 맞춘 건, 그날 밤을 아직 기억하고 있다는, 그러니 허투루 저를 이용할 생각일랑 버리라는 의미였다.

"음, 그대가 날 궁금해하고 있는 것 같아서 말이지."

살짝 벌어진 입술 사이로 능글거리는 음성이 흘러나왔다.

"아닌가?"

이 열렬한 눈이 내게서 떨어지질 않아 어찌나 뜨겁던지 말이야. 그가 속삭였다.

"그래서 카란튤라 경매장을 계속 뒤진 건 날 찾으려는 게 아니었나?"

살짝 고개를 숙여 귓가에 속삭이듯 말하는 건 덤이다. 낮고 풍부한 음성은 관능적이기까지 했다.

"……."

그러나 그 관능에 몸을 떨기엔 네이필리나는 지나치게 이성적인 인간이었다. 목적 지향형이기도 했고.

중요한 건 그가 제 행적을 알고 있다는 거였다.

'그걸 어떻게 알았지.'

네이필리나가 숨을 삼켰다.

그날 이후, 그녀도 그냥 가만히 있지만은 않았다. 바카디에게 그날의 경매장 참석자들 정보를 알아보고 남자와 비슷한 몽타주를 그려 내며 남자의 정체를 알아내려 했다.

하지만 거듭될수록 미궁에 빠지기만 해서 그만뒀었는데…….

'날 계속 지켜보고 있었단 말이야?'

어디까지? 내가 하는 일들을 다 보고 있었나?

대공이 픽 입꼬리를 올렸다.

"너무 그렇게 경계하는 눈을 할 필요 없어. 아가씨만 지켜야 할 비밀이 있는 건 아니거든."

블랙 티어 이야기를 하는 거라는 걸 알 수 있었다.

"여길 오셨다는 건, 그때 제가 누군지 알고 있었다는 말이군요."

빨리 본론이나 말해라는 투에 대공의 입가에 웃음이 번졌다.

"아니. 그때는 몰랐어, 네이필리나 콘체른 양."

"……."

"하지만 그대의 엘비쉬는 인상 깊더군. 이참에 남성 고객을 늘려 보는 건 어떨까?"

몰랐다면서 버젓이 이름을 부르고 네이필리나의 행보를 짚어 내니 진실인지 거짓인지 알 수가 없다. 아무래도 일부러 모호한 화법을 쓰는 것 같다.

음악은 여전히 계속되고 있고 둘은 춤을 추는 중이었다.

'짜증 나.'

네이필리나는 스텝을 밟는 척, 장렬하게 구두 굽으로 대공의 발을 밟아 버렸다.

"어머, 죄송해요. 제가 아직 춤이 미흡한 터라."

콱. 스텝에 강한 힘이 실렸다.

"이런, 그래도 우리 피까지 나눈 사인데 너무 박한 것 아닌가?"

있는 힘껏 콱콱 밟았건만 그는 능글능글 웃음 지을 뿐이었다. 대공의 짐승 같은 반사 신경이라면 제가 구두를 들어 올리기 전에 이미 피할 수 있을 것이다.

"콘체른 양?"

그런데도 네가 원하니 순순히 밟혀 주었다는 시혜적인 태도에 더 열이 올랐다.

콱. 콰악. 콱콱. 약이 오른 네이필리나가 있는 대로 발을 밟았다. 스텝이고 뭐고, 상대의 반질거리는 구두코를 짜부라뜨리는 데 온 신경을 쏟았다.

"성질하곤."

대공은 입꼬리가 피식 올리더니, 네이필리나를 가볍게 들어 제 발 위로 올려 버렸다.

"무슨……."

"너무 그리 경계하지 말아, 콘체른 양. 그대와 척을 지려고 온 게 아니니까."

대공의 발 위에서 춤을 추니 자연히 거리가 조금 전보다 훨씬 가까워졌다. 살짝 몸을 숙여 속삭이는 음성 역시 거의 귓볼에 거의 닿을 것 같았다.

"전설의 장사꾼을 꿈꾸고 계시던데?"

"무슨 말씀인지 모르겠군요."

"그대의 특별한 재주를 두고 나와도 거래할 생각 없나?"

네이필리나가 멈칫했다.

"거래라고요?"

"응. 그대가 황녀와 했던 것처럼."

이 남자, 도대체 어디까지 알고 듣고 있는 건지 모르겠다. 그의, 아니, 필시 북부군이겠지.

예상보다 넓은 그들의 정보력에 네이필리나가 한숨을 삼켰다.

"목숨이 아까우면…… 잊으라 하셨잖아요. 그런데 인제 와서 제게서 원하는 게 있으시다고요?"

"그래. 그럼 안 되나? 손님은 변덕스러운 법이잖나. 상인인 그대가 이해해."

대신 그대의 추에 더 무거운 걸 달도록 해. 허락하지. 대공이 웃으며 대답했다.

"……대공 전하. 저는 죽고 싶지 않답니다."

그러니 위험한 일이라면 시작조차 하지 않을 거라는 뜻이었다.

"그럼 우리 거래에 그대의 안전을 걸면 되겠군."

그가 살짝 고개를 숙여 속삭였다.

"그대의 호위는 나와 내 북부군이 될 거야. 이 헬리오스의 황제도 그대보다 안전진 않을 거라고 감히 장담하지."

"하, 그렇다면 세상사 두려울 게 없겠군요. 이리 감사할 데가."

이 사람은 자기가 부린다고 북부군이 뉘 집 개라도 되는 줄 아나……. 네이필리나는 어이가 없었다.

"이쪽은 언제든 준비가 됐어. 하지만 그대가 어리석고 겁이 많은 건 내 잘못이 아니지."

대공이 어깨를 으쓱하며 대꾸했다.

"진짜……!"

느긋한 말투로 내뱉는 명백한 도발에 예의 미소를 지은 네이필리나가 고개를 팟 들었다. 저를 내려다보는 그의 눈을 정면으로 마주했다.

대공의 눈동자는 티끌 하나 없는 푸른 바다 같았다.

"……."

문득 인식했다. 움켜잡은 두 손과 내리밟은 그의 발, 그리고 코를 들면 바로 닿을 듯한 거리를. 묘한 긴장감이 느껴졌다.

그 긴장감을 실감함에, 네이필리나는 조금 당황스러웠다.

뚝. 음악이 끝났다.

"곧 연락하지. 그때까지 내 말, 고민해 봐."

대공은 네이필리나를 놓아주었다. 더 춤을 출 생각은 없는지 휘적휘적 플로어를 벗어났다.

"자아, 불청객은 이만 떠나 드리지요."

제멋대로 들어왔던 것처럼 가는 것마저 제멋대로인 남자였다.

* * *

대공이 떠났어도 사람들은 여전히 그의 얘기를 멈추지 않았다.

"오늘 여기 들어설 때만 해도, 이 세기의 광경을 보게 될 줄은 상상조차 못 했군."

황족이 하나도 아니고 셋이나 참석했다. 이 연회가 끝나면 콘체른 백작가의 위상은 전과는 비교할 수도 없이 올라갈 것이다.

"살다 보니 이런 날도 다 오는구나."

맥밀란이 그레이트 홀을 가득 메우고 있는 귀족들을 바라보며 말했다.

"달리 말하지는 않겠다, 네이필리나."

"네, 할아버지."

"잊을 수 없는 생일 선물이 될 것 같구나."

그에게 있어 이보다 더 큰 찬사는 없을 것이다. 네이필리나는 환하게 웃었다.

"그렇다면 다행이에요."

연회가 무르익었을 때였다. 미르딘이 살짝 다가와 귀띔했다.

"주인님, 3별관에 침입자가 들어왔대요. 지금쯤이면 볼더의 작업실로 향하고 있을 거예요."

아아, 드디어.

'릴리엔은 헬리오스 황족들이 잘 알아서 챙겨 줄 테고.'

네이필리나는 슬쩍 목을 빼서 연회장을 둘러보았다.

'마티어스는 노공작에게 붙잡혀 있으니 한동안 내 쪽으로 못 올 거고.'

그녀는 기디언을 응시했다. 그는 2황자 쪽 사람들과 교류하고 있었다. 술을 마셨는지 냉랭한 얼굴이 조금 불콰하게 허물어진 채였다.

'사람들의 이목이 제일 쏠릴 때라면 지금이겠지.'

"루신다 언니, 나 잠깐 머리가 아파서 휴게실에서 쉬다 올게."

네이필리나는 천연덕스럽게 자리에서 일어섰다.

* * *

'아버지의 생신 연회에 다들 정신이 팔려 있으니 경계가 느슨할 거다. 그때 들어가서 방직기를 부숴라.'

기디언이 수하인 알렉에게 내린 지령이었다.

시행일은 가주의 생신 연회 날. 모든 고용인의 이목이 다른 데로 쏠려 있는 지금.

방직기가 있는 볼더의 공방으로 숨어들기 적격이었다.

끼이익.

알렉은 조심스럽게 공방 안으로 발을 내디뎠다. 어깨에는 묵직한 짐 하나를 얹은 채였다.

공방의 정중앙에 볼더가 만든 자동 방직기가 자리해 있었다. 높이 2미터에 너비가 4미터는 될 만한 거대한 크기였다.

달그락. 달그락. 방직기 옆에 매달린 마나 통이 하나같이 푸른 빛을 발했다.

덜커덕. 탁. 덜커덕 탁. 가늘고 얇은 은색 실 한 가닥이 목화실 사이에 들어가며 직물이 눈에 띄게 부드러운 빛을 냈다.

'이걸 부수란 말씀이시지.'

잠시 직물이 짜이는 광경을 넋 놓고 바라보던 알렉은 이윽고 등에 이고 있던 줄을 끌러 내렸다. 자루 사이로 날카롭고 두꺼운 도끼날이 모습을 드러냈다.

"엇차!"

방직기를 찍어 내리기 위해 날카로운 도끼를 번쩍 들었을 때,

"뭐 해?"

낯선 침입자의 음성이 그의 등줄기를 서늘하게 식혀 내렸다. 알렉이 천천히 몸을 돌렸다.

'네이필리나! 그녀가 어떻게!'

지금 연회에 있어야 할 텐데! 하지만 늦었다.

"우리 집에서 일하는 사람이야?"

소녀가 순진하게 인사를 건네 왔다. 알렉은 입술을 씹었다.

'제길, 하필 들켜도 본인한테…….'

"그런데 여긴 어쩐 일이야? 연회장에 있지 않고."

"아, 네. 네 맞습니다. 작업실 청소를 하려고…….'

"오늘은 전부 다 휴가지 않아? 혹시 너만 못 받은 거니?"

"아, 그게…….'

"자물쇠도 다 부숴 놨던데."

"아…….'

"그 도끼날은 또 뭐야?"

질문이 던져질수록 알렉의 얼굴은 사색이 됐다.

"죄, 죄송합니다…….'

알렉은 냅다 고개를 조아렸다. 그 순간에도 주인의 명령을 떠올리고 있었다.

"죄송합니다. 제가 순간 잘못된 생각을…….'

'혹시 누군가에게 들키거든 죽여서 없애. 우리 흔적을 남겨서는 안 된다.'

'하지만 그 누군가가 주인님의 조카면 어떻게 해야 합니까!'

주인은 거기까진 명령하지 않았다. 알렉은 죽을 맛이었다.

"어? 맞다. 알렉! 이름이 알렉이었지?"

그때.

"큰아버지 밑에서 일하는 보좌관 중 하나잖아. 맞지!"

중앙관을 오가며 본 모양이다. 제 얼굴과 이름을 기억한다며 반가워했다. 여자의 천진한 목소리가 그의 결심을 세웠다.

'살려 둘 수 없겠구나.'

일이 지나치게 커지고 있다고, 머릿속에서 경보음이 울렸다. 알렉이 도낏자루를 꽉 쥐었다.

"예, 예, 맞습……!"

고개를 푹 숙이고 대답만 하던 그가 돌연 도끼날을 쳐들고 네이필리나를 향해 달려들었다.

쾅-! 재빠르게 내려찍는 도끼날을 피한 네이필리나가 알렉의 발뒤꿈치를 있는 힘껏 걷어찼다.

"큰아버님도 참. 인내심이 없으시구나. 내 사업 달라고 떼쓸 때는 언제고, 그새를 못 참고 이렇게 쥐새끼를 보내시다니."

"어억!"

휘청한 그의 몸이 벌러덩 방직기 앞으로 기울였다.

털거덕 척!

"으아아아악!"

기다란 비명은 빠르게 돌아가는 기계음에 파묻혀 버렸다. 알렉의 피가 뚝뚝, 기계를 타고 방직기가 만들어 내는 직물 위로 떨어졌다. 은빛으로 반짝이던 천이 붉게 물들었다.

털거덕 척! 털거덕 척!

붉은색으로 짜여지는 직물을 보며 네이필리나가 명령했다.

"이거, 완성되면 큰아버지께 가져다드리렴."

열심히 준비시켜서 내보낸 결과가 어떻게 됐는지 궁금해하실 테니까.

기계를 내려다보는 그녀의 눈은 차가웠다.

* * *

며칠 후.

집무실 위에 고이 올려져 있는 붉은색의 엘비쉬 천을 발견한 기디언이 인상을 찌푸렸다.

"알렉은?"

"그저께부로 행방이 묘연합니다."

연회가 끝난 지 수일이 지났건만 콘체른 저택은 여느 때처럼 평화로웠다. 방직기가 부숴졌다는 소식도, 3별관이 발칵 뒤집히는 일도 없었다.

그 말은 즉······.

"실패했군."

어쩐지 코끝으로 비릿한 혈향이 맴도는 것 같았다. 기디언의 매부리코가 조금 높게 쳐들렸다.

'기분 탓인가?'

아니다. 그는 불쾌한 향이 곧, 저 붉은 천에서 흘러나온다는 것을 알아차렸다.

버석. 부드러워야 할 직물의 질감은 되레 버석거렸다. 등골에서부터 소름을 불러일으키는 기분 나쁜 감각. 향기.

아버지를 도와 상행을 오가며 일찍부터 수없이 많은 품목들을 접했던 기디언이다. 그래서 확신할 수 있었다.

이 천은 피로 짜여진 거다. 알렉이 어떻게 됐는지 묻지 않아도 알 것 같았다.

"네이필리나를 만만하게 봐선 안 되겠어. 생각보다 맹랑한 데가 있었군 그래."

기디언이 펜을 들었다. 여섯 번째 칸에, 네이필리나의 이름이 적혔다.

"안된 일이야. 아까운 기백이로군."

하지만 쓸 수 없는 패는 그 자리에서 버려야 탈이 없다. 그게 설사 제 가족이라는 패라 하더라도. 기디언이 혀를 쯧쯧 찼다.

이때까지만 해도 그는 몰랐다. 만만히 보았던 조카딸이 어떤 인간인지.

Ch 8. 엘비쉬 앤 실크

맥밀란의 생신 연회가 끝난 지 얼마 지나지 않아 소로스가 돌아왔다.

네이필리나가 투자했던 무역선들은 모두 교역품을 싣고 안전하게 돌아온 채였다.

"아가씨 덕분에 계약도 무사히 마무리했고요. 배 걱정이 없으니 물건도 제대로 잘 고를 수 있었습니다."

전부 네이필리나 덕분이라고 소로스는 머리를 숙였다.

"무사히 다녀와서 다행이야."

"집사람과 아이들을 계속 돌봐 주셨다고 들었습니다."

네이필리나는 어깨를 으쓱했다. 그저 잘 알아서 그런 거다. 오랫동안 집을 비우는 가장 뒤로 남아 있는 가족들의 일상을.

"호위 하나 붙이는 거였어. 그리 어려운 일도 아니지."

"하지만 이렇게 세심하게 신경 써 주시는 선주를 찾기 쉬운 일도 아니지요."

"공짜로 하는 일도 아니잖아."

배를 살 돈을 빌려주는 대신, 네이필리나는 상인들이 가져온 교역품을 10 퍼센트 할인된 가격에 먼저 선점할 수 있는 권한을 받기로 했다.

네이필리나로서는 동대륙과 대륙 여기저기의 제품들을 받을 수 있으니 좋고, 현금화가 시급한 상인들로서는 빨리 물건을 팔고 다시 교역을 떠날 수 있으니 서로가 윈윈하는 전략이었다.

하지만 잠깐 이견이 있었던 건…….

'반값만 주십시오. 전부 아가씨께 내어 드리겠습니다.'

'그럴 순 없어. 그건 너무 심하잖아.'

'배를 빌려주시고 빚을 대신 탕감해 주신 것만 해도 얼마나 감사한데요. 저희의 성의 표시라고 생각하시고 제발 받아 주시지요.'

하지만 네이필리나의 강력한 주장 아래 할인율은 10퍼센트로 정해졌다.

'교역품은 그 종류가 다양해서 내가 다 처리하기 복잡해.'

싸게 넘겨받은 물건들은 콘체른 상단에 되팔았다. 대다수가 콘체른 상단에서 소화할 수 있을 거라 생각했기 때문이다.

"아가씨, 지난번에 주신 교역품들의 질이 아주 좋던데요."

"아, 그거요?"

바터가 주판을 튕기며 눈을 빛냈다.

"요즘 동대륙산 물건들이 알음알음 인기를 많이 끌고 있거든요. 아가씨는 어떻게 이 물건들을 가져오신 겁니까?"

"별건 아니에요. 동대륙을 오가는 상인 몇몇을 알게 됐어요. 내게 싸게 물품을 넘겨주겠다 하더군요."

"교역 상인들과 거래하셨단 말입니까? 웬만큼 만만한 놈들이 아닌데……."

바터가 놀람을 삼켰다. 대륙을 오가는 상인들도 힘들지만 바닷길을 오가는 상인들은 그보다 더 억세고 깐깐한 면이 있다. 뒤통수를 맞고 바가지를 씌우지 않는 것도 대단한데 새로운 루트를 만들어 오다니.

"좀 힘든 상황에 있던 사람들이라, 수월했던 것 같아요. 그들은 배가 필요했고, 난 돈이 있었으니까 상황이 잘 맞아떨어진 거죠."

로피진들을 탈출시킬 방법을 강구하다 발견하게 됐다고는 말 못 한다.

"아가씨께서 직접요?"

바터는 깜짝 놀랐다. 게다가 네이필리나가 넘긴 물품 하나하나의 질이 좋았다.

물건을, 혹은 사람을 고르는 눈이 좋다는 거다.

'하긴, 아가씨의 옆만 하더라도 하프 엘프에 드워프에……'

미르딘과 볼더 모두 다른 류의 천재들이었다.

'남다른 분이시지.'

바터는 그간 다른 콘체른가 일원들의 전적을 떠올렸다.

와이너리에 필요한 하급품 비료를 네 배 더 비싼 값에 주고 들여온 몬테그 때문에 서부 영지까지 가서 새로운 비료를 들여왔던 일.

이오테가 선택한 액세서리 가공업자들이 이오테를 속이고 가품을 들여와 변호사를 이끌고 가서 처리했던 일.

이오테의 쌍둥이 오빠 페이선이 싸구려 무구를 들여와서 뒤처리했던 일까지.

'그러니까 자네가 애가 잘못하지 않도록 잘 봤어야지!'

'몬테그 군이 벌써 스물다섯입니다. 누가 애고 누가 누굴 봐야 한다는 겁니까.'

'아니, 그 정도 눈도 없어? 이오테가 미숙하니 바터 자네가 알아서 처리했어야지.'

'싸구려 코퍼 위에 도금한 반지를 황실에 납품해요? 번쩍거린다고 진짜 금

이 아니란 건 세 살배기 어린아이도 알 겁니다.'

콘체른의 아들딸들이 깽판을 쳐 댔고, 수습은 모두 바터의 몫이었다. 번듯한 얼굴에 하나씩 지는 주름이 남의 일이 아니었다.

그런데 네이필리나, 이 콘체른가의 막내딸만큼은 달랐다.

"그래서 이번엔 네이가 뭘 했나?"

네이필리나를 만나고 오는 날은 맥밀란이 그를 기다리고 있었다.

오늘도 어김없었다. 하얀 수염 사이로 기대감이 서렸다.

"가주님."

"어서 말해 보게, 바터."

'네이필리나 아가씨에겐 상재가 있다.'

저건 천부적인 재능이다. 주인 자식들 꼬라지를 보아하니 콘체른 상단이 삼대까지 이어지긴 힘들 거라 생각했건만.

"아가씨는 우리 상단의 실낱같은 희망입니다!"

* * *

네이필리나가 교역 상인들과의 중개로 많은 수익을 냈다는 사실은 곧 콘체른 저택에 퍼졌다.

"어떻게 세상 모든 행운이 저 계집애한테만 가는 거야!"

시오르샤는 약이 올랐다.

연회장에서 시오르샤가 2황자비에게 외면당하고, 황족과 귀족들이 죄다 릴리엔만 찾아 대는 모습을 보이고 말아서일까. 맥밀란의 생신 연회를 기점으로 시오르샤의 위치는 상당히 애매해졌다.

"또 라리스 매장 분점을 낸답니다. 이번엔 3지구라더군요."

동향을 파악하려고 붙여 두었던 귀건만, 어째 들을수록 속만 더 뒤집어졌다.

"근데 마님, 제가 들은 게 좀 있는데요……."

속닥속닥. 속닥속닥.

"뭐어?"

시녀의 귓속말을 듣고 있던 시오르샤의 눈이 동그래졌다.

"이대로 있을 게 아니야."

"마님, 어쩌시려구요."

"뭐라도 해야지! 엘비쉬의 구린 비밀을 드디어 알아냈는데 이대로 있을 셈이야?"

그녀가 눈을 희번덕하게 떴다.

"엘비쉬가 저렇게 잘나가는 게 배 아픈 사람이 어디 나 하나뿐이겠어?"

"네에? 하, 하지만 가족이잖습니까?"

그래도 조카딸 사업인데 진심으로 말하는 건지 긴가민가했던 시녀가 눈을 끔뻑거렸다.

'네이 돈을 가져오고 싶으면 뭐라도 해 보고 불평을 해. 나한테 징징대지만 말고.'

욕심 많고 무심한 남편에겐 더 이상 기대하지도 않는다.

"뭐라도 해 보라고 그렇게 내 등을 떠미니, 그렇게 해 드려야지."

시오르샤가 결연한 눈빛을 빛냈다.

* * *

보그너 후작저.

"이번에도 완판이랍니다. 부르는 게 값이라더군요."

"도대체 천에다 무슨 짓을 했길래?"

보그너 후작의 얼굴이 일그러졌다.

"큰일입니다. 동대륙에서 실크를 대량으로 들여왔는데 콘체른의 엘비쉬 직물이 저렇게 인기가 많으면⋯⋯."

실크가 팔리지 않고 있었다. 고급 직물이라 가격도 엘비쉬와 비슷한데, 심지어 반짝임은 엘비쉬가 더 낫다. 소비자들이 엘비쉬의 대체재로 실크를 선택할 이유가 없었다.

"아버지, 지금은 얼추 버틴다 해도 장기적으로 계속 이런 식이라면 우리가 아주 곤란해질 겁니다."

아들의 걱정에 보그너 후작이 버럭 화를 냈다.

"내가 그걸 모르는 것 같으냐? 너는 그 나이 먹도록 문제만 제시하고 해결책을 제시할 줄은 몰라?"

별다른 해결책을 찾지 못한 건 보그너 후작도 마찬가지였다. 하지만 그는 적어도 화풀이할 만한 대상이 있었다.

"어찌 그리 어리석어!"

보그너 후작이 화를 버럭 냈다. 그때 똑똑, 노크 소리가 들려왔다.

"후작님을 만나고자 하는 사람이 있습니다."

"뭐? 누군데?"

속닥속닥.

"⋯⋯시오르샤 콘체른?"

기다리고 있는 사람의 이름을 들은 보그너 후작이 눈을 좁혔다.

"예. 협업을 도모하기 위해 방문하셨다 합니다."

"그 졸부의 큰며느리 아니냐? 여긴 웬일이지?"

무슨 꿍꿍이야? 그가 인상을 찡그렸다.

"돌려보낼까요?"

"그래. 협업은 무슨, 여기가 어디라고⋯⋯ 아니, 아니다. 들여보내!"

왜 왔는지 말이라도 들어 보는 게 낫겠다. 귀족 장사꾼의 본능이 말했다.

"어쩐지 중요한 이야기를 할 것 같으니."

* * *

"제안하고 싶은 게 있어요."

보그너 후작을 만난 시오르샤는 거침없었다.

"내가 엘비쉬에 대한 비밀을 알려 주면 당신이 진행하고 있는 실크 사업에 나도 끼워 주세요."

"그게 얼마짜리 사업인 줄은 알고 있소?"

후작이 무시하는 투로 묻자 시오르샤가 우아하게 웃음 지었다.

"알아서 뭐 할까요, 엘비쉬가 있는 한 휴지 조각일 텐데."

"……."

시오르샤는 네이필리나한테나 적수가 안 되는 것뿐이지, 밖에서는 그래도 일당백이었다.

"그 비밀이라는 거, 확실한 거요?"

"티끌 하나 없는 천에 오물 묻힐 정도는 돼요."

"……."

"보그너 후작께선 엘비쉬에 대한 정보가 아예 없지 않나요? 나라면 당신을 도와줄 수 있어요."

보그너 후작은 빠르게 머리를 굴렸다.

"많이 바라진 않을게요. 같이 팔자는 얘기도 아니에요. 그냥 물건만 내어 줘요."

"얼마나?"

"당신이 국내로 들여오는 양의 4할로 하죠."

"4할? 거의 절반이잖소?"

'누가 콘체른 아니랄까 봐 천한 욕망이 더덕더덕 붙었군.'

보그너 후작은 속으로 진절머리 쳤다.

'다 늙은 영감이 쩨쩨하기도 하지.'

시오르샤도 비슷한 생각을 하고 있었다는 건 몰랐다.

"어림도 없소."

"정말요? 잘만 요리하면 엘비쉬를 단숨에 끌어내릴 수도 있는 소식인데?"

"……."

"실크, 다 안 팔아도 돼요?"

게다가 실크는 조금만 잘못 보관하면 관리가 어려워 오래 보관하기 어려운 직물이었다.

이대로라면 파는 것보다 썩혀 못 쓰는 게 더 많아질 터. 보그너 후작은 결국 굴복하고 말았다.

"……3할까지 내주지. 더는 안 되오."

"좋아요, 그 정도면."

시오르샤가 승낙했다. 이해관계가 맞아떨어진 두 사람의 약속이 문서로 기정사실화되었을 때, 시오르샤는 엘비쉬의 비밀을 알려 주었다.

"지금부터 내가 말하는 건…… 절대로 출처가 밝혀져서는 안 돼요."

"말해 무엇 하겠소."

시오르샤가 몸을 숙였다.

"엘비쉬에 들어가는 실…… 썩은 목화로 만들어지고 있어요."

"잠깐. 목화가 썩어?"

보그너 후작은 귀를 의심했다.

"그렇다니까요."

"말도 안 되오. 썩은 목화로 실을 뽑아내는 건데 어떻게 그렇게 천의 질이 좋을 수 있소?"

"그건……."

사실 그것까진 알아내지 못했다. 방적기와 방직기가 있는 난쟁이의 작업실은 경계가 너무 삼엄했으니까. 게다가 어느 순간부터 그 마나 방직기가 사람까지 짜 버린다는 괴상한 소문이 돈 이후로는 아무도 그 근처에 얼씬도 하지 않으려 했다.

시오르샤는 하품의 목화가 들어간다는 걸 알아낸 걸로 만족해야 했다.

'하지만 우리 집 사정이고, 눈앞의 이 능구렁이에게 그걸 알려 줄 필요는 없지.'

하지만 시오르샤는 의연하게 턱을 치켜들었다.

"어차피 엘비쉬를 끌어내릴 마당에 그게 중요한가요? 각하께서 할 일은 이 사실을 퍼뜨리기만 하면 되잖아요."

보그너 후작은 그 말을 부정할 수 없었다.

"알다시피 우리 조카딸이 하는 사업이라 내가 움직이는 건 한계가 있어요."

시오르샤가 덧붙였다.

"그럼 후작 각하만 믿고 있겠어요. 이런 쪽으론 일가견이 있으신 분이시니까."

칭찬인지 욕인지 모를 말을 하고 시오르샤가 나가자, 보그너 후작이 퉤 침을 뱉었다.

"……건방진 계집. 콘체른의 이름을 달면 다 재수가 없군."

하지만 그는 공사를 구분하는 인간이었다. 시오르샤 콘체른이 전해 준 정보는 분명 작금의 상황을 뒤집을 수 있는 중요한 단서였다.

"맥밀란……. 그리고 네이필리나 콘체른……."

콘체른 가문의 최연장자와 막내.

양극단에 서 있는 둘만 떠올리면 보그너 후작은 이가 바득 갈렸다.

지난번 방울뱀 자작 스캔들로 보그너 후작가가 얼마나 곤욕을 치렀는지 말할 필요도 없었다.

썩은 목화라……. 탁자를 톡톡 두드리는 후작의 검지에 음률이 담겼다.

"빌어먹을 콘체른 같으니라고……. 날 물 먹인 걸 후회하게 해 주겠다."

음산하게 중얼거린 그가 입꼬리를 올렸다.

＊ ＊ ＊

"호외요, 호외!"

소년들이 거리를 뛰어다니며 외쳤다.

"뭐? 엘비쉬가 썩은 목화로 만든 거라고?"

"여태까지 그런 걸 입고 있었단 말이야?"

레이디 D를 제외하고 모두가 이를 다퉜다.

[썩은 목화 대란, 소비자를 농락했다]

종국에는 괴상한 소문까지 돌기 시작했다.

[엘비쉬를 입으면 정말 정기가 빨리나: 세간에 떠도는 공포의 진실! 그것을 알고 싶다!]

"난…… 아무래도 꺼림칙한걸."

"우리 애들한테 혹 나쁜 기운이라도 가면 어떡해? 난 안 입을래."

"요즘 동대륙에서 온 실크가 엘비쉬랑 비슷하던데……. 물론 정기니 뭐니 이상한 소문도 없고!"

엘비쉬의 매출 역시 흔들흔들하더니 조금씩 내리막길을 걸었다.

"썩었다니! 하등급일 뿐이라고! 대신 천금을 줘도 살 수 없는 엘프의 머리카락이 들어간단 말이야! 이 멍청이들!"

볼더는 몹시 분해했다. 제가 만든 작품을 쓰레기 취급 당하니 단단히 자존심이 상한 모양이었다.

"엘비쉬 드레스를 환불해 달란 요청이 속출하고 있어요. 주문은 줄줄이 취소되고요."

네이필리나는 침착했다.

"일단 누가 우리를 공격했는지는 알아야겠어. 바카디. 기사 출처는 알아봤어?"

바카디가 고개를 끄덕였다.

"예. 최초 제보자가 익명 길드를 통해서 기고를 부탁했던 모양인데, 누군지 알아냈습니다. 이름과 신분을 여러 번 세탁해서 꽤 애를 먹긴 했지만요."

"누구지?"

"보그너 후작의 수하가 부리는 자더군요."

"아하."

네이필리나의 입꼬리가 피식 올라갔다.

"아무래도 실크를 들여와서 팔아야 하는데 보스의 엘비쉬 사업이 너무 잘나가니까 훼방을 놓은 것 같습니다."

'그러고 보니 미하일 보그너가 비슷한 방식으로 경쟁사를 찍어 내곤 했었지.'

이미 시장을 점유하고 있는 경쟁사의 상품에 관한 거짓 악성 루머를 있는 대로 내보낸다. 여론과 폭로전에 지친 경쟁사가 결국 무너지면 그제야 시장에 진입하는 것이다.

그 양아치 짓에서 유일하게 살아남은 게 콘체른이고.

"보그너 혼자서 한 짓이 아니야."

힐데가르드에서 들어오는 목화를 보고 접근할 수 있는 건 콘체른의 부지 내에서다.

'기디언인가? 죽은 수하의 보복이라면……'

아니다. 기디언이라면 이렇게 애매한 방법을 쓰지 않는다. 차라리 시오르샤나 이오테가…….

'둘 중에선 시오르샤 같군.'

"큰어머니가 최근 외출해서 누굴 만났는지 알아봐."

아나나 다를까.

"보스의 예상이 맞았습니다."

바카디는 보그너 후작이 자주 출입하는 카드 클럽의 출입 기록부에서 시오르샤의 시녀 이름을 찾아 왔다.

"내 이럴 줄 알았어."

어쩐지 요즘 이쪽을 덜 노려본다 싶었다. 새삼스러울 것도 없었다.

"주인님, 가주님께 말씀드리죠."

미르딘이 제안했다.

"어차피 주적은 보그너잖아요? 설마 미하일 보그너가 주인님이랑 척지자고 우릴 공격하겠습니까?"

떠돌이 하프 엘프 사이에도 콘체른과 보그너의 앙숙 관계는 잘 알려진 모양이다.

"궁극적으론 콘체른과 보그너의 싸움이잖아요. 주인님이 이대로 공격받도록 내버려 두지 않으실 거예요."

"아니. 그렇겐 안 해."

그녀는 고개를 저었다.

"미르딘, 할아버지께 손을 벌린다는 게 무슨 뜻인지 알아?"

"무슨 뜻인데요?"

"이 직물 사업이 콘체른의 것이라고 인정하는 거야."

잠깐 벼락을 피하자고 내 목에 족쇄를 걸어 버릴 순 없지. 네이필리나는 단호했다.

"그럼 이렇게 된 거 그냥 밝혀 버리죠. 엘프의 발사(머리카락으로 된 실)를 썼다고. 그럼 여론이 확 바뀔 겁니다."

바카디가 제안했다. 네이필리나는 또다시 거절했다.

"그러면 미르딘이 위험해질 수 있어."

엘프의 머리카락을 실로 사용하는 건 네이필리나를 제외하고 아직 아무도 생각하지 못했던 방법이다. 발사를 노리고 엘프들을 사냥할 놈들이 안 생길 거라고 장담할 수 없으니까.

그녀는 인간을 믿지 않는다. 하물며 그들의 탐욕을 믿을 리가.

"그러면…… 어떻게 하실 생각입니까."

네이필리나는 선반에 쌓인 엘비쉬 천들을 매만졌다.

'어차피 목화와 상관없이 주재료가 미르딘의 머리카락인 이상, 오래 가긴 어려워.'

"아쉽지만 엘비쉬 사업은 이만 여기서 접는 게 좋겠어."

"네에?"

"예?"

"진심이세요?"

모두의 눈이 휘둥그레졌다.

"어차피 우리가 진실을 밝혀 봤자 사람들의 인식을 바꾸긴 힘들어."

벌써 엘비쉬 천을 불에 태우는 사람들이 속출하고 있었다.

"포기하다뇨! 주인님, 돈뭉치를 그냥 이렇게 놓쳐 버릴 생각이세요?"

"어차피 이건 볼더가 자동 방직기를 만들면서 얻게 된 부가 수입이었잖아. 운 좋게 얻어걸린 거지."

그리고 엘비쉬를 접어야 할 가장 궁극적인 이유가 있었다.

'이맘때쯤에 실크가 유행했었지.'

어차피 엘비쉬의 유행은 한시적이었다.

'만약 지금처럼 계속 엘비쉬가 승승장구해 버리면, 전생에서처럼 실크가 유행하지 않을 수도 있어.'

실크에 써먹으려고 후안의 땅을 샀고 1황녀를 통해 독점권까지 얻어냈는데 정작 실크가 성공하지 못하게 만들 순 없다.

'다만 내 예상보다 시기가 좀 빨랐을 뿐.'

신중하기로 유명한 보그너 후작이 이렇게 하수를 쓰다니, 저쪽도 영 애가 탄 모양이다.

하긴 후작으로선 몇 년 전부터 피땀 내서 실크를 대량으로 들여왔는데 엘비쉬가 직물 시장을 이미 장악해 버렸으니 미치고 팔짝 뛸 노릇이었겠지.

"괜찮아. 어차피 실크가 엘비쉬를 대체해도."

후작은 곧 알게 될 것이다.

"저들은 내가 계속 필요해질 테니까."

네이필리나가 바카디에게 몸을 돌렸다.

"바카디, 후안의 보물들을 이제 풀 시간이 됐어."

바카디가 씨익 웃었다. 후안의 명반 광산을 오가며 로피진들과 함께 명반을 캐고 관리했던 지난날들이 주마등처럼 지나갔다.

"저야 뭐 평생 이 순간만을 기다리고 있었지요."

* * *

"음음음."

화초에 물을 주고 있는 보그너 후작에게서 콧노래가 흘러나왔다.

그는 최근 그 어느 때보다 행복한 하루를 보내고 있었다. 엘비쉬의 아성이 무너지며 보그너가 가져온 실크는 대번에 그 자리를 메웠다.

"그래도 실크가 있어서 다행이에요!"

"이 윤기 좀 봐요! 파리 다리도 미끄러질 것 같아!"

실크는 빠르게 귀부인들의 문화 속으로 녹아들었다. 주문이 연일 끊이지 않았고 보그너 후작은 찢어지는 미소를 지었다. 네이필리나 콘체른의 엘비쉬를 고꾸라뜨리지 않았다면 얻을 수 없을 고무적인 성과였다.

'염료를 물들이는 부가 재료 가격이 꽤 나가지만 좋아. 아주 좋아.'

실크에 염료 물을 들이는 촉매재인 명반을 구하는 데 꽤나 많은 품이 소모됐다.

"명반만 좀 어떻게 하면 될 것 같은데."

"하지만 헬리오스 제국엔 명반이 나지 않는걸요. 레기움 공화국까지 가서 가져오는 수밖엔 없……."

"그러니까 알아보란 말이야. 어떻게든 마진을 높일 수 있게!"

보그너 후작은 수하를 닦달했다. 상황이 좋아져도 그의 화풀이를 받을 상대는 늘 필요했다.

'아니, 제가 신도 아니고 안 나는 걸 어떻게 구해 옵니까?'

수하의 얼굴이 한껏 억울해졌다.

"흥흥흥."

기분 좋은 콧노래는 콘체른 저택에서도 들렸다.

"엘비쉬는 끝났어. 이제 대세는 실크야."

시오르샤가 있는 중앙관이었다.

'보그너 후작이 너무 일을 잘해 줬어.'

제 손을 더럽힐 필요도 없었다. 네이필리나가 깔끔하게 물러났으니까.

"여보, 지금 실크가 한창 유행인 거 들었죠? 우리 콘체른도 움직여야 해요. 보그너가 전부 다 차지하게 둘 순 없죠."

엘비쉬 생산이 중단되기 무섭게 시오르샤는 실크 사업을 시작해야 한다고 주장했다.

"정 그렇게 자신 있다면 당신이 해 보든지."

기디언이 무심하게 대답했다. 그는 아내에게 큰 기대가 없는 듯했다.

'이미 그러고 있어, 이 한심한 아저씨야.'

뭐라도 해 보라 사람한테 모멸감을 안길 때는 언제고 저리 무미건조한 반응이라니. 시오르샤는 울컥 치밀어오르는 걸 삼키고 대답했다.

"아버님도 당신이 설득해 줘요."

"알았소."

그렇게 시오르샤는 실크 사업을 시작했다.

'네이필리나 그 계집애, 집에만 있던 개 모친도 한 건데 내가 왜 못해?'

용기 백배, 오기 백배로 시작한 일은 꽤나 술술 풀려 나갔다. 시부가 눈치 채지 못하게 보그너 후작에게서 받은 실크의 물량은 여러 손을 거쳐 시오르샤에게 들어왔다.

"마님! 주문이 밀려 들어와요!"

"또 완판이에요!"

그리고 순식간에 팔려 나갔다. 가격대가 높아 쏠쏠하게 남는 마진을 볼 때마다 시오르샤는 밥을 안 먹고도 배부르다는 뜻을 실감했다.

'명반만 좀 어떻게 하면 좋겠는데.'

색색의 실크를 위해선 필수 제품인 데다, 레기움 공화국에서 헬리오스까지 명반을 가져오는 물류 비용이 컸다.

'이럴 거면 차라리 실크의 재고를 3할보다 더 받아 낼 걸 그랬어. 4할에서 물러나지 말아야 했는데.'

물량이 없어서 못 파는 상황이라, 괜히 그때 대충 합의해 버렸던 게 아쉬울 뿐이었다.

한편 라리스 의상실은 엘비쉬의 타격에도 여전히 호황을 자랑했다.

비난 기사가 터지자마자 네이필리나는 빠르게 엘비쉬를 회수했다. 구매자들에게는 환불과 라리스의 드레스 주문권을 선물하는 식으로 보상을 대체했다. 네이필리나의 빠른 대처 덕분에 라리스 의상실의 손님은 그다지 줄어들지 않았다.

보통의 시오르샤라면 그것도 약이 올랐겠지만, 지금은 그런대로 잘 넘길 수 있었다.

"흥흥흥."

그득한 창고에서 인심이 난다고, 장사가 잘되니 괜히 사람이 너그러워졌다.

"큰애가 요즘 새로운 일을 시작했다고 들었는데."

얼마 전 시부와의 식사 자리가 있었다.

"예, 아버님. 실크를 들여왔답니다. 엘비쉬가 그렇게 되고 얼마나 상심이 크셨을까요? 우리 상단의 평판마저 땅에 떨어졌잖아요."

시오르샤가 능청스럽게 대답했다. 모든 걸 다 아는 맥밀란에게 그 모습이 가증스럽게 보인다는 걸 모르는 채.

"저희 집안 명예가 이렇게 사그라지는 건 도저히 그대로 놔둘 수 없을 것 같아 제가 대체품을 찾아봤는데…… 맙소사. 이렇게 잘되지 뭐예요?"

"……."

"역시 착한 일을 하면 행운이 생기…… 아버님?"

그러나 맥밀란은 물끄러미 그녀에게 슬쩍 시선을 던졌을 뿐이었다.

"아가씨, 저는 큰마님이 저렇게 히히덕대는 꼴을 보니 배가 아파 죽겠사와요."

"저도요, 주인님."

시오르샤가 물 만난 고기처럼 마음껏 활개 치고 다니자 젤피와 미르딘이 끙끙거렸다.

"괜찮아."

네이필리나는 인자한 낯으로 웃었다. 고개를 돌려 달력을 확인했다.

"큰어머니의 기쁨은 곧 내 기쁨인걸."

얼마 남지 않은 그날까지 시오르샤가 마음껏 기쁨을 누릴 수 있다면 족했다.

"어머, 시오르샤. 티 파티가 정말 화려하네요. 요즘 실크 사업 하시면서 재미 좀 보고 계신다고 들었는데."

시오르샤는 귀부인들 사이에서도 제자리를 다시 찾았다.

"아하하, 그 정도는 아니에요. 그냥 조금 잘되고 있을 뿐인걸요."

"겸손도 하셔라."

"그나저나, 이번에 제 하나뿐인 딸이 약혼하거든요. 그래서 드레스를 만들고 싶은데 원단을 좀 따로 구할 순 없을까요?"

결국, 굽신거렸던 이유가 결국 이거였나. 쫙 편 깃털 부채 뒤에서 시오르샤가 비웃음을 숨겼다.

"글쎄요. 지금은 주문이 밀려 있어서 재고가 남아 있을지 모르겠네요."

"아이참, 시오르샤. 우리가 어디 하루 이틀 안 사이예요? 그러지 말고 좀 알아봐 줘요. 사례는 톡톡히 할게요."

"음……."

"어머, 나도요, 시오르샤. 실크 때문에 내가 몇 달째 밤잠을 못 잘 정도라고요. 좀 어떻게……."

귀부인들이 모여들여 그녀의 비위를 맞추고 살랑였다.

'그래. 이래야지. 이제야 원래대로 돌아왔어.'

시오르샤가 마음껏 즐기고 있을 때였다.

벌컥! 파티장의 문이 갑자기 열렸다.

"큰일 났습니다!"

무례한 침입자를 향한 짜증이 터져 나오려 할 때쯤, 시종이 새하얘진 얼굴로 외쳤다.

"시오르샤 마님, 큰일 났다고요!"

"도대체 무슨 일인데 이렇게 경망스럽게……."

"레기움 공화국에서 내란이 일어났답니다!"

레기움이라면 명반을 공급하는 곳이다.

"뭐?"

투욱.

부채가 떨어졌다.

* * *

늦은 오후, 피곤한 몸을 이끌고 퇴근한 보그너 후작에게도 청천벽력 같은 소식이 전해졌다.

꽝! 후작이 집무실의 책상을 꽝 내리쳤다.

"명반 공급이 끊겼다니, 그게 무슨 소리야!"

"레기움의 우파 인민군 수장인 마르코 장군이 쿠데타를 일으켜서 정부를 상대로 내전이 한창이랍니다. 그 때문에 레기움을 오가는 상단행이 전부 중단된 상황이고요."

연이은 격전에 시가지가 전부 폭파되고 인민군의 연합을 막기 위해 도시마다 검문이 세워지며 상행은 불가능해졌다.

"도대체 그게 왜 지금 터져!"

보그너 후작은 수하의 멱살을 잡고 흔들었다.

'★발 왜 나한테 그래! 내가 일으켰어?'

하지만 억울한 건 수하도 마찬가지였다. 공화정이 채택된 이래, 반백 년간 레기움의 좌파 정부와 우파 인민군의 알력 싸움은 늘 있었던 일이다.

그래서 레기움은 중간 대륙에서 유일한 명반 생산국이었음에도 그 효과를 누리지 못했다. 보그너 후작 역시 거래의 불안정함을 빌미로 명반의 가격을 대폭 깎아내리지 않았나.

위험을 감수하면서 거래를 튼 건 후작 그 자신이었다. 한데 그 일이 이렇게 후회될 줄이야.

하늘도 무심하시지. 실크의 인기가 하늘같이 치솟고 있는 하필 지금, 내전이 터질 이유가 무언가? 그것도 이렇게 크게?

"레기움의 수도로 전국에서 의용군들이 모여들고 있어서 쉽게 끝나지 않을 것 같다 했습니다. 군사 전문가들이 상행이 다시 시작되려면 최소 수년은 지나 봐야 한다고…….."

"제기랄……. 내전이 끝날 때까지 버틸 수도 없다는 얘기잖아."

"지금 비축하고 있는 명반의 양으론 3천 필까지 염색하는 게 한계입니다."

그리고 남아 있는 재고가 만이천 필. 다음 달에 동대륙에서 다시 들여오기로 한 추가 물량이 2만 필……. 까딱하다간 그 어마어마한 숫자를 전부 바닥에 내버리게 생겼다.

보그너 후작의 얼굴이 새파래졌다.

"명반을 구할 다른 곳은?"

"아시다시피 현재로선 대륙 내에선 레기움이 유일합니다."

"그걸 내가 몰라서 묻는 것 같아?! 어서 다른 구입처를 찾지 않고 뭘 하고 있냔 말이다!"

쨍그랑! 후작이 집어 던진 지팡이가 대리석 바닥을 맞고 반으로 뚝 갈라졌다.

"값이 얼마가 들어도 좋다! 한시라도 대체재를 찾아!"

* * *

"그게 무슨 소리야? 더 이상 명반을 구할 수가 없다니?"

시오르샤 역시 발등에 불이 떨어진 건 마찬가지였다. 보그너와 실크를 함께 수입하는 동업자로서 이제 실크 사업의 흥망은 그녀와 궤를 함께했으니까.

"보그너 후작은? 그쪽은 어떻다더냐?"

"후작 쪽도 방법을 찾지 못하고 있는 모양입니다. 저희도 백방으로 명반 수입처를 찾고 있는데…….."

명반의 부스러기조차 찾기가 어려운 상황이라는 것. 아무리 부드럽고 윤기가 난다 한들, 누리끼리한 원색의 실크는 아무도 사려 하지 않을 거다.

보고하던 대리인은 시오르샤의 시퍼런 안색에 우물쭈물했다.

"제국을, 아니, 대륙을 뒤져서라도 찾아야 해!"

겨우 그 고까운 네이필리나 모녀를 이기게 되었는데!

시부에게 벌벌 기어서 타내는 생활비가 아니라 제 손으로 쓸어 담는 금화의 맛을 이제야 즐기게 되었는데!

시오르샤에겐 이 황금빛 동아줄을 그대로 놓쳐 버릴 생각이 전혀 없었다.

"예, 마님. 최선을 다해 보겠습니다만……."

"최선을 다하는 거로 안 돼! 결과가 없으면 무슨! 소용이! 있어!"

시오르샤가 대리인의 멱살을 쥐고 짤짤 흔들며 외쳤다.

'★발, 없는 걸 어떻게 만들어요.'

"예, 에에……. 아, 알겠으니까 이것 좀 놔주십시오……. 흑."

대리인은 울며 겨자 먹기로 고개를 끄덕였다. 하지만 아랫사람들을 들들 볶는다고 없는 명반이 어디서 튀어나올 리 없었다.

"어떡하지요? 이제 정말 명반이 끝을 보이고 있습니다!"

둘은 머리를 꽁꽁 싸맸다.

"이, 일단은 시간을 끌어야 해."

"할 수 없지. 시중에 풀리는 실크의 수량을 줄이는 수밖에."

실크의 유행을 계속 유지하면서 명반을 찾을 시간을 벌 방법은 그것뿐이었다.

"뭐예요? 다섯 필을 주문했는데 두 필만 가져갈 수 있다니?"

"열 필밖에 없다고요?"

갑작스러운 변화에 사람들은 혼란스러워했다. 공급은 한정됐는데 수요가 넘쳐나니 결국 결과는……

"웃돈을 얹어 줄게요! 두 배!"

"난 세 배!"

"다섯 배!"

웃돈이 붙으며 실크 한 필의 가격이 조금씩 상승했다.

"가격이 또 올랐다지?"

"시오르샤 그 여자는 콘체른이면서 무슨 돈독이 그리 올랐대?"

"보그너 후작이 더해! 그치는 아주 돈에 눈이 멀었어! 있는 놈들이 더하다더니, 귀족이고 뭐고 상단 하는 놈들이 다 그렇지!"

"엘비쉬 때는 아무리 수량이 몰려도 공평했어! 가격도 합리적이었고! 라리스 의상실이 양심적이었던 거지!"

쌓여 가는 원성만큼이나 실크의 가격도 하늘 높은 줄 모르고 치솟았다.

'우리도 그러고 싶지 않아!'

졸지에 욕받이가 된 둘은 허공에 대고 고함이라도 치고 싶은 마음이었다.

그러나 마침내 하늘이 후작과 시오르샤, 두 사람의 간절한 바람을 알아준 모양이었다.

"후작 각하! 나, 나타났습니다! 명반을 팔겠다는 상단이 나타났어요!"

"시오르샤 마님! 제국에서도 명반을 파는 상인이 있었습니다!"

명반의 새로운 유통처가 나타난 것이다.

"하지만 이 상인이 조건을 내걸었습니다. 명반을 댈 사업주들을 직접 만나보고 결정하겠답니다."

평소 같았다면 일개 상인 주제에 고위 귀족을 오라 가라 한다며 건방지다고 혼쭐을 내 주었을 것이다. 하지만 보그너 후작은 지금 찬물 더운물을 가릴 때가 아니었다.

그는 그저 다른 실크 경쟁사들이 발견하기 전에 이 명반 상인을 먼저 만날 수 있었던 것에 감사했다.

"어디라더냐! 내 지금 출발하지!"

"나도, 나도 가겠어요!"

시오르샤도 황급히 가방을 챙겨 들고 뒤를 따랐다.

* * *

둘의 앞에 나타난 명반 상인은 눈이 번쩍 뜨일 만큼 곱상한 사내였다. 뺨에 난 칼자국만 아니었다면 상당히 준수한 인상이었을 거다.

"흠흠."

시오르샤가 괜히 자리에 앉아 제 옷매무새를 한 번 더 고쳤다.

"귀한 걸음을 해 주셔서 감사합니다."

"우리가 누군지 아나?"

"모를 리가요. 이놈이 일개 평민 나부랭이지만 상단에 뼈를 묻었습니다."

그가 능글능글 아부를 더했다.

"장사를 업으로 하는 놈치고 제국의 삼대 장사꾼 미하일 보그너를 모르는 이가 있겠습니까."

장사꾼. 평민들과 함께 묶이는 저 단어를 별로 좋아하지 않는 보그너 후작이었다.

하지만 명반을 받아 내기 급한 오늘만큼은 그저 고개를 끄덕였다.

"옆의 숙녀분 역시 콘체른의 일원이시고요."

"흠, 흠. 맞아요."

시오르샤가 헛기침을 내뱉으며 콧대를 치켜들었다.

"명반은 어디에 있나? 양은 얼마나 되고 언제부터 수송 가능하지?"

후작은 답지 않게 성급한 물음을 던졌다. 그가 얼마나 몸이 달아 있는지 알 수 있는 방증이었다.

"명반은 헬리오스 남부에 있습니다."

"남부!"

대륙의 끝에 자리한 레기움 공화국까지 오갈 필요가 없다! 심지어 자국 안에서 유통할 수 있다니!

공화국에 반란이 일어난 걸 차라리 감사해야 할 정도로 최고의 선택지였다.

"현재 두 분께서 가지고 계신 실크의 양이 약 3만 필 정도라 들었는데, 그 정도면 지금 가지고 있는 물량으로도 충분할 듯싶습니다."

명반을 캘 시간도 필요 없단다. 일이 술술 풀렸다.

"좋네. 좋아. 이보다 더 좋을 수가 없어."

내내 호평 일색이던 보그너 후작이 제안했다.

"자네, 혹시 명반 광산을 내게 아예 팔 생각은 없나? 내 후하게 쳐 줌세."

"무슨 소리예요, 후작님? 그런 말은 우리 계약에 없었잖아요?"

'지금 혼자서 명반 광산 가져가서 꿀꺽하겠다는 거야?'

시오르샤가 노려봐도 보그너 후작은 사내의 대답만 기다렸다.

"어떤가?"

"……."

"아, 아닐세. 방금 말은 못 들은 걸로 하세."

무표정한 표정의 사내의 눈치를 살피던 보그너 후작은 얼른 제안을 철회했다.

"그럼 계약서를 써 보지. 명반만 제대로 넘겨주면 내 자네를 책임지고 키워 주지."

"……."

"내가 있는 이상 이 헬리오스 제국에서 자네가 상행으로 어려움을 겪을 일은 없을 걸세."

보그너 후작은 오만하면서도 자신만만하게 선언했다.

"과연 귀족 상인의 본보기다운 말씀이시군요. 하지만 어쩌지요."

싱긋 웃던 사내가 청천벽력 같은 소리를 했다.

"보그너와는 거래하지 않을 거라서요."

"그게 무슨……."

"귀하가 콘체른의 엘비쉬를 어떻게 날조하고 선동하는지 잘 봤습니다. 같은 상인이라 부르기도 부끄러울 정도더군요."

"그럼에도 부끄러움을 전혀 느끼지 못하고 계시니 여기까지 오셨겠지만. 제국에서 가장 우아한 장사꾼이요? 아니요, 거긴 우아가 아니라 비열이란 단어가 들어가야 했습니다."

사내는 차분한 말투로 신랄하게 후작을 향해 쏘아붙였다. 젊고 잘생긴 사내에게 집중 공격을 당하니 보그너 후작의 얼굴이 점점 시뻘게졌다.

"지금 나를 놀리나?!"

참지 못하고 내지른 거센 고함에도 사내는 눈 하나 깜짝하지 않았다.

"방금 제가 드린 말씀에 거짓은 없습니다. 보그너와는 명반 거래를 하지 않는다는 말도요."

"그럼…… 팔지도 않을 거면서 여기까지 부른 이유는 무언가?"

"그냥……."

사내가 주머니를 뒤적거리더니 이내 퐁 하고 뭔가를 던졌다.

탁자에 뱅그르르 회전하는 하얀 돌멩이. 명반이었다.

"구경이나 한번 해 보시라고요. 명반 보신 지 꽤 오래되신 듯하여."

"네, 네놈……."

보그너 후작은 치솟는 분노에 부들부들 떨었다. 저 애송이에게 격 없이 흥분하는 모습을 보여 줄 순 없다.

"나를 이리 농락하는 걸 보니 믿는 배가 단단히 있는가 보군."

후작은 간신히 분노를 추스르고 사내를 노려보았다.

"오늘 일, 후회하게 해 주지."

보그너 후작은 자리를 박차고 일어났다.

'나도 가야 해, 말아야 해?'

험악한 분위기에 눈치만 살피던 시오르샤도 얼떨결에 엉덩이를 들었다.

"콘체른 부인, 당신은 예외입니다."

사내가 말을 던졌다.

"거래하지 않는 건 보그너란 이름 한정이라서요."

"뭐라고?"

보그너 후작은 귀를 의심했고,

"그, 그러면…… 어느 정도까지?"

눈치를 살피던 시오르샤가 슬그머니 다시 엉덩이를 내렸다.

"지금 뭐 하는 짓이오?"

붉으락푸르락해지며 저를 노려보는 보그너 후작의 시선을 무시하면서.

'어차피 콘체른과 보그너는 함께할 수 없는 존재야. 흥, 같은 상황이었다면 당신도 나와 똑같이 행동했을걸?'

반대의 상황이었다면 보그너 후작 역시 절대 제게 의리를 지키지 않았을 것이다.

시오르샤는 자못 의기양양한 마음도 들었다.

다른 사람도 아닌 제가! 시부의 맞수인 미하일 보그너의 코를 납작 눌러 버렸다는 자부심이 고개를 들었다.

"좋아요. 원하는 수량만큼을 이야기해 봐요. 계약 기간은 더 길었으면 좋겠는데."

시오르샤는 승기가 제게 오기라도 한 듯 한껏 누그러진 목소리로 제안했다.

"물론 가능합니다, 콘체른 부인. 다만 계약의 상세 조항을 결정하는 건 제 권한이 아니라서 말입니다."

사내가 씩 웃었다. 그녀의 마음속을 다 읽은 것처럼.

"오직 제 주인, 단 한 분의 허락이 있어야 가능하지요."

주인이라고?

'이 남자가 상단주가 아니었단 말이야?'

'저놈이 주인이 아니라면 승산이 있어! 진짜 주인을 설득하면 돼!'

시오르샤와 보그너 후작은 각각 생각을 떠올렸다.

똑똑. 때마침 문을 두드리는 노크 소리가 울렸다.

"아, 마침 도착하셨나 보군요."

사내가 자리에서 일어나 문을 열었다.

저벅저벅. 나무판자 바닥을 울리는 발걸음 소리가 조용하면서도 일정했다. 그리고 마침내 드러난 명반 광산의 주인은⋯⋯.

"네, 네이필리나?"

시오르샤가 입을 딱 벌렸다.

"네, 네가 왜 거기, 거기서⋯⋯."

네가 왜 거기서 나와?

미처 다 끝내지 못한 말은 그랬을 거다.

"이 무슨⋯⋯. 아는 사람이오?"

보그너 후작이 거칠게 물었다.

"그, 그게⋯⋯."

패닉에 빠진 시오르샤 대신 네이필리나가 대답했다.

"여기서 뵙네요, 큰어머니."

"네가 어, 어떻게 여기에⋯⋯!"

"주인님."

사내가 네이필리나의 뒤에 섰다. 충직한 신하처럼 보이는 자연스러운 모습이었다.

'잠깐. 방금 저 여자가 네이필리나라고 했지?'

보그너 후작이 멈칫, 이름을 되뇌었다. 네이필리나 콘체른?

'그 빌어먹을 계집애가 지금 이 여자라고?'

맥밀란과 함께 저를 엿 먹였던 저 이름을 어떻게 잊을 수 있겠나.

'그래서였어⋯⋯.'

보그너 후작이 퍼뜩 뒤를 돌아 시오르샤를 노려보았다. 갑자기 불이 밝혀진 것처럼 그녀의 지난 행동들이 이해가 됐다.

"콘체른에 콘체른이라니⋯⋯. 날 함정에 빠뜨렸군."

실크를 빌미로 내밀던 엘리쉬의 비밀은 함정이었던 거다.

'맥밀란 그 음흉한 놈은 레기움 공화국에서 반란이 일어날 걸 미리 알고 있었던 거야.'

그리고 저 막내로 하여금 명반 광산을 사게 한 뒤, 큰며느리에게 보그너와 접촉하여 그를 충동질할 행동 대장을 맡긴다. 이건 전부 콘체른 놈들이 만든 교묘한 계략의 합작품이었다!

특히 시오르샤, 저 여자는…… 저를 아예 눈 뜬 장님으로 취급했다.

"내 오늘을 절대 잊지 않겠다, 시오르샤 콘체른."

후작의 가슴에 배신과 미움의 감정이 사무쳤다. 시오르샤의 얼굴이 새파랗게 질렸다.

"아니에요! 난 모르는 일이에요!"

덤터기를 쓴 것도 모자라 네이필리나 몫의 미움까지 제가 떠안아 버린 것 같다는 생각은 착각이 아니었다.

"후작! 내 말을 들어 봐요! 난 정말 몰랐……."

쾅-! 보그너 후작은 화가 머리끝까지 난 채로 자리를 떴다.

"후작님! 후작님!"

"자, 그럼 큰어머니. 우리 이제 이야기를 시작해 볼까요."

네이필리나가 제 일 아니라는 듯 앉아 편안하게 의자에 등을 기댔다.

"너……."

시오르샤가 매서운 눈으로 네이필리나를 보았다.

"전부 네가 계획한 거니?"

"무슨 말씀이신지 잘 모르겠어요."

네이필리나가 배시시 웃었다.

"큰어머니와 보그너 후작 각하 두 분 다 제 명반이 필요하다 하셔서 이렇게 한걸음에 달려온 것뿐인걸요."

"네게 명반이 어디 있어서?"

"아, 할아버님께 받았던 후안 있잖아요. 알고 보니 거기 있던 돌산이 명반 광산이었더라고요."

별장을 지으려 오가다 알게 된 거라며 네이필리나가 어깨를 으쓱했다.

"후안에…… 명반이……."

"운이 좋았죠. 어머니의 고향에 그런 물질이 잠들어 있을 줄 어떻게 알았 겠어요?"

다 어머니 덕분인지도 모르겠다며 네이필리나가 까르르 웃었다.

'왜 세상 온갖 행운은 저 모녀한테만?!'

아무리 굴려도 구르는 데마다 자꾸 숨어 있던 황금이 튀어나오는 꼴이니 시오르샤는 배가 아파 죽을 것만 같았다.

'내가 먼저 알았다면……! 내가 먼저 손에 넣을 수도 있었는데!'

변두리 돌산이 명반이 대량 매장 된 광산이었을 줄 어떻게 알았겠는가?

"……좋아. 아까 네가 명반은 내게만 유통한다 했으니 말한 대로 최대한 넘겨 다오. 값은 넉넉히 치르마."

이렇게 된 이상 명반이라도 확실히 쥐고 가야 했다. 시오르샤가 시퍼런 눈 길로 네이필리나를 응시했다.

'아직 상황 파악이 안 되셨네, 우리 큰어머니.'

"그럼요. 하지만, 언제 얼마나 드릴지까지 자세한 사항은 아직 조율하지 않았잖아요?"

"말해 보렴. 맞출 수 있는 데까지 맞추마."

정말? 네이필리나가 픽 웃었다.

"큰어머니의 실크 사업의 지분 5할을 넘겨주세요. 그럼 명반을 드릴게요."

"뭐?"

시오르샤의 눈이 휘둥그레졌다.

"너 지, 지금 무슨 소리를……."

"명반의 매매 대금은 지분으로만 받을 거예요."

시오르샤가 가진 실크 사업의 지분으로만.

"네이필리나!"

"생각해 보셔도 괜찮아요. 가족인데 고민할 시간 정도는 드릴 수 있죠."

네이필리나가 살짝 머리를 기울이며 턱선을 쓸었다.

"하지만…… 보그너 후작도 저처럼 너그러울지는 모르겠네요?"

"너…… 그럼 아까 일부러……."

"아시다시피 그가 함정을 용납해 주는 성격은 아니잖아요?"

시오르샤는 어안이 벙벙했다.

'이런 애였나?'

제 눈앞에 있는 건 분명 그녀가 아는 네이필리나 콘체른이 맞는데, 다른 사람을 보고 있는 것 같았다. 말간 얼굴로 가끔 모르는 척 사람 속이나 긁어 내리던 어린애는 없었다.

"큰어머니, 제게는 다른 선택지가 많아요. 콘체른 말고도 명반을 원하는 사람들이 아주 많더라고요."

올가미를 던져 놓고 먹이가 걸려드는 순간 낚아채는 노련한 사냥꾼만 있을 뿐이었다.

시오르샤가 흠칫 몸을 떨었다. 싸늘한 겨울의 냉기를 휘감을 것처럼 팔에 오스스 소름이 일었다.

"하지만, 큰어머니도 그러실까요?"

네이필리나의 하얀 손이 스윽 종이를 내밀었다.

"참고로 헬리오스 내에서 저 말고 다른 명반 상인을 만나긴 힘드실 거예요."

1황녀에게서 받은 명반 독점권이었다.

"너…… 이 가증스러운 계집애. 아무것도 모르는 척……!"

시오르샤가 뒷목을 쥐었다. 누가 한 대 후려친 것처럼 뒤통수가 얼얼했다.

'이 애가 그렇게 쉽게 엘비쉬를 포기했을 때 알아차렸어야 했어.'

어쩌면 저 아이는 이미 알고 있을지도 모르겠다. 엘비쉬가 썩은 목화로 만들어졌단 걸 폭로한 사람이 바로 시오르샤라는 걸.

"너무 화내지 마셔요, 큰어머니. 제가 명반 상인인 걸 숨긴 게 대순가요."

아니, 이미 알고 있는 것 같다.

"저는 더한 것도 용서해 드렸는데?"

싱긋 웃는 미소와는 달리 초록빛 눈동자는 웃음기 하나 없이 시오르샤를 응시하고 있었으니까.

"어쩌시겠어요? 선택은 큰어머니께 달렸어요."

여기서 아무것도 없이 빈털터리로 나갈지, 아니면 절반의 이익이라도 쥐고 가실지.

"선택하셔요."

"……네이, 5할은 너무 높지 않니? 우리가 남도 아니고……."

결국, 시오르샤는 비굴하게 굴복하고 말았다. 지금 와서 발을 빼기엔 제가 키워 놓은 판의 크기가 너무 컸다. 친정과 콘체른가의 돈까지 빼어 쓰며 실크를 잔뜩 사들여 두었으니까.

"5할이요, 큰어머니."

"지분율을 조, 조금만 더 낮춰 줄 수는……."

협상을 시도해 봤지만, 네이필리나의 벽은 절대 허물어지지 않았다.

"큰어머니, 어쩌죠? 시간이 그리 많이 남지 않은 것 같은데."

다음 약속이 있다며 손목시계를 톡톡 두드리는 탓에 시오르샤는 더욱 압박감을 느꼈다.

"……."

시오르샤의 자충수였다.

오른쪽에는 화가 잔뜩 난 보그너 후작이, 왼쪽에는 절벽으로 굴러떨어지는 실크 사업이, 그리고 정면에는 입을 쩍 벌리고 있는 네이필리나가 있었다.

"잘 생각하셨어요, 큰어머니."

이도 저도 갈 수 없는 골목에 몰린 채 시오르샤는 결국 펜을 집어 들고 말았다.

"앞으로 잘 부탁드릴게요. 우린 이제 사업 파트너잖아요."

네이필리나의 승리였다.

실크 판매가 재개됐다.

"시오르샤 마님! 또 한 시간 만에 동이 났어요! 준비했던 전량 매진이에요! 완전 대박이 났다고요!"

명반을 아낌없이 넣어 염색한 시오르샤의 실크는 그 어느 실크보다 찬란하고 화려한 색감을 뽐냈다. 그래서 금방 보그너 상단의 실크를 누르고 시장의 인기를 독차지할 수 있었다.

"대박이긴 뭐가 대박이야!"

시오르샤가 빼액 외쳤다. 실크가 아무리 잘 팔려도 그 기쁨을 온전히 누릴 수 없는 그녀였다.

"절반은 네이필리나 계집애한테 고스란히 돌아가는데!"

게다가 보그너 후작의 불똥은 저한테만 튀고 있지 않나!

'시오르샤. 혹시 보그너 후작가에 밉보인 게 있어요? 아, 아니. 내가 들은 게 좀 있어서……. 다음 주 자선 파티에는 와 주지 않아도 될 것 같아요. 사실은 중요한 후원자분께서 시오르샤가 오면 후원을 하지 않으시겠다고…….'

시오르샤의 자랑이자 행복인 사교계 활동에 제약이 걸렸다. 그뿐인 줄만 알았더니…….

'어머니! 보그너 상단이 내 와이너리의 거래처를 죄다 뺏어 가고 있어요!'

'당신, 요즘 무슨 일을 하고 다니는 거야? 왜 보그너 쪽이 날 자꾸 공격하는 거지?'

보그너 후작의 칼끝은 기디언 가족을 향하고 있었다.

욕은 다 제가 들어 먹고! 재주도 제가 다 부리고! 네이필리나 고것은 쏙쏙 알맹이만 빼 먹고!

"아이고, 가슴아! 아이고, 머리야!"

시오르샤가 다시 뒷목을 잡았다.

화병이 나서 시야가 아득해진 지 벌써 여러 번. 피땀 흘려 번 금화를, 네이필리나와 나눌 때마다 시오르샤의 가슴은 턱턱 막혀 왔다.

그것도 절반이나 내어 주어야 한다니!

'이럴 줄 알았으면 그냥 방해하지 말고 엘비쉬나 팔게 내버려 둘걸!'

남의 돈에 눈독 들일 때는 미처 몰랐다. 제 돈을 남과 나누는 게 얼마나 미치고 팔짝 뛰는 일인지. 시오르샤는 뒤늦은 깨달음에 배를 잡고 데굴데굴 굴렀다.

* * *

본인의 실크 사업이 연이어 판매고를 올릴 때마다 시오르샤의 홧병도 깊어졌다.

뒷목을 잡고 몸져누운 지 며칠째.

"도저히 이대로 있을 순 없어. 5할이라니 말이 돼?! 말이 되느냐고!"

내가 피땀 흘려 번 걸 고스란히 넘겨주다니? 누구 좋으라고!

정확하겐 5할의 지분이니 '고스란히'라는 말은 맞지 않는다. 하지만 '내 돈 내 거, 네 돈 내 거'의 가치관을 고수하는 시오르샤에겐 5할이나 전부나 그게 그거였다.

"아버님께 가야겠어."

아픈 배를 붙잡고 데굴데굴 구르던 시오르샤는 결심했다. 공명정대한 시부라면 시시비비를 가려 줄 것이다.

"아무렴 가족한테 돈을 뜯어낸다는 게 말이 돼?"

시부는 언제나 이익보다 정도를 중요시했다. 상행의, 가족 사이의, 사람 사이의 정도(正道)를.

돈에 눈이 멀어 가족까지 몰라보는 손녀딸의 행태를 알게 되면 얼마나 놀라실까.

"아버님도 그 애의 실체를 아셔야 해. 아주 혼쭐을 내실 테지."

그녀가 손뼉을 짝 쳤다.

"내가 왜 진작 그 생각을 못 했지?"

게다가 시부는 가문의 평화와 화합을 얼마나 중요시했던가.

"분명 경을 치실 거야. 머리칼이 쭈뼛할 만큼 혼쭐이 났으면 좋겠네."

저를 사지로 몰아가던 그 말갛고 뻔뻔한 얼굴이 눈물에 젖어 있는 모습을 보고 싶다고, 신이 나서 시부의 가주실로 달려가며 시오르샤는 생각했다.

'어쩌시겠어요? 선택은 큰어머니께 달렸어요.'

그때, 그녀의 등골을 서늘하게 만들던 목소리는 이미 까맣게 잊어버린 채였다.

* * *

"그래서 나보고 어쩌라는 거냐?"

그러나 시오르샤의 기대와는 달리 시부는 화를 내지도, 네이필리나를 불러 꾸중하지도 않았다.

"아버님, 지금 제 말을 다 듣지 못하신······."

"아니. 더 들어 볼 것도 없다. 요지는 네 사업에 필요한 재료를 네이필리나가 대어 주고 있다는 것 아니냐?"

"그리고 그 애가 폭리를 취하고 있다는 것도요!"

시오르샤가 맞장구쳤다. 이 자리에는 그녀의 남편 기디언과 헨리 부부도 함께였다.

'헨리, 그리고 릴리엔. 두 사람도 알아야 해요. 당신들 딸의 실체를.'

정작 당사자인 네이필리나는 상대하기 벅차니 그녀가 저택에 없을 때를 틈타 만남을 소집했다.

"실크의 염색을 위해선 명반이 필수불가결하다는 걸 알면서……. 아버님께서 그렇게 강조하시던 상인의 정도와는 너무 동떨어진 행보잖아요."

시오르샤가 열렬히 말을 이었다.

"벌써부터 약삭빠른 방법을 배워 사람을 이용하려 드니……. 아버님, 네이에 대한 제 걱정이 이만저만이 아니랍니다."

시부가 픽 하고 웃었다.

"네이가 직물 사업을 할 때 버젓이 대체제인 실크를 가져와 팔아먹었으면서 큰애 네가 인제 와서 상도를 운운하는 것도 우습지 않으냐?"

맥밀란은 큰며느리의 고발이 우스울 뿐이었다.

'제 몫을 주기 싫다고 내게 달려와 일러바쳐 대는 꼴이라니…….'

그에 비하면 네이필리나의 대처는 얼마나 성숙했던가.

'정말 접을 생각이냐? 아깝지 않느냐? 네가 원한다면…….'

한창 엘비쉬의 재료 문제로 시끄러울 당시, 맥밀란의 제안에도 아이는 의연하게 고개를 저었다.

'아니요, 할아버지. 이건 제 사업이에요. 그러니 마무리도 제 손으로 하는 게 옳지요.'

"심지어 네이는 엘비쉬 때문에 온갖 욕을 다 듣고 있을 때도 내게 도와 달라 하지 않았지."

스물도 채 되지 않은 애가 말이야. 비교하고 싶진 않지만, 누구와 참 다르지 않으냐?

맥밀란은 거기서 더 말하지 않았다. 하지만 한눈에 보기에도 침묵을 택하고 자립을 선택한 네이필리나와, 문제가 생기자마자 쪼르르 달려온 시오르샤의 행보가 비견되어 보일 수밖에 없었다.

"쯧쯧. 너희들의 나이가 아깝구나."

부친의 실망스러운 시선이 아내의 옆에 서 있는 제게도 닿자 기디언의 얼굴이 굳어졌다.

"하지만 아버님, 다시 한번 생각해 주세요. 자그마치 5할이에요. 네이가 이런 식으로 계속 가족들을 착취하려 하는 건……."

시오르샤는 포기하지 않고 시부를 설득하려 했다. 절반의 지분이 걸려 있으니 그녀로서는 쉽게 물러날 수가 없는 문제였다.

"그만!"

맥밀란의 불호령이 떨어졌다. 매서운 외침에 시오르샤가 찔끔 입을 다물었다.

"시오르샤, 네가 가문의 내탕금까지 끌어서 사업을 벌여 놨던 것, 내가 모를 줄 아느냐?"

시오르샤의 얼굴이 얼어붙었다.

"아, 아버님!"

어떻게 그걸……!

"한 번 눈감아 줬을 때 그만했어야지."

맥밀란의 목소리는 얼음보다 차가웠다.

"네가 그 사업을 계속하든 접든 상관없다. 하지만, 큰애 너는 이제 집안일에서 손을 떼는 게 좋겠구나."

청천벽력 같은 소리였다. 시오르샤에게 가문 내의 대소사를 처리할 전권을 빼앗겠다는 거니까. 콘체른의 안주인을 바꾸겠다는 선언이나 다름없었다.

"네, 네? 아버님!"

시오르샤의 눈이 튀어나올 것처럼 커졌다.

"참고로 이건 권유가 아니다."

싸늘하게 쏘아붙인 맥밀란이 등을 돌려 릴리엔을 응시했다.

"막내, 앞으로는 네가 집안일을 맡아라. 큰애한테서 제대로 인수인계 받거라."

심지어 시오르샤에게 뺏은 전권을 건네받을 이가 릴리엔이다. 시오르샤가 내내 무시하고 경멸했던 상대. 이 사달을 내 여기까지 몰아붙인 원흉 네이필리나의 모친이기까지 했다.

'안 돼! 절대로 그걸 넘길 수는 없어!'

그녀의 권력. 그녀의 힘.

시오르샤가 가진 자부심의 원천이 눈앞에서 날아가려 하고 있었다. 찬물을 맞은 것처럼 정신이 번쩍 들었다.

이제 중요한 건 실크 따위가 아니었다. 가문 내의 실권을 잃는다는 건, 앞으로 그녀의 삶이 지금처럼 풍족하지도, 넘치지도 않을 거란 걸 의미했다.

"아버님!"

시오르샤가 넙죽 엎드렸다. 무릎을 꿇고 양손을 모아 싹싹 빌었다.

"아버님, 잘못했어요! 제가 잘못 생각했었어요! 돈은 그대로 다시 제자리에 가져다 놓았다고요."

"돌려놓든 아니든 중요치 않아. 처음부터 공금에 손을 대지 말았어야지."

"한 번만 봐주세요. 다시는 그러지 않겠어요."

시오르샤는 이 자리에 헨리 부부도 있다는 걸 잊은 채 정신없이 용서를 빌었다.

하지만 맥밀란은 대쪽 같은 사내다. 한번 정한 일을 되돌리는 일은 없었다. 심지어 그게 실수가 아니라 의도를 가진 범죄였다면 더더욱.

"권유가 아니래도."

맥밀란은 절레절레 고개를 저으며 자리를 나가 버렸다.

"아버님! 잠깐만요!"

다급하게 그를 쫓아가는 시오르샤의 애처로운 외침만 울려 퍼졌다.

* * *

그날 밤, 결국 전권을 빼앗기고 터덜터덜 중앙관으로 돌아온 시오르샤에겐 머리끝까지 화가 난 남편이 기다리고 있었다.

"5할이라고까지 말 안 했잖소?"

기디언은 씩씩댔다.

"뭘 어떻게 하면 그렇게까지 멍청하게 굴 수 있는 거지?"

심지어 몰랐던 사실을 알게 된 그에게 된통 한 소리를 들었다.

"당신이 한 게 뭐 있어요! 내가 돈 빌려 달라 할 때 조금이라도 도와줬어?"

지가 쓸 것만 가져가서 입을 싹 닫았으면서! 2황자에 퍼다 준다고!

"당신이 2황자에 퍼부은 돈 반의 반만 내게 줬어도 이런 일은 없었어요! 당신이 헨리를 제대로 누르기만 했어도! 릴리엔과 네이필리나 그 둘이 저렇게 기가 살아서 나돌아 다니진 못했을 거라고!"

"그렇다고 집안 돈에 손을 대!"

"내가 나 좋자고 이랬어? 다 당신이랑 우리 몬테그를 위해서였잖아!"

중앙관 천장의 샹들리에가 두 사람의 고성에 자르르 흔들림을 멈추지 않았다.

"아이고. 주인님이랑 마님, 또 싸우시네."

"뭐, 하루 이틀이니."

"하지만 저렇게까지 고함치시는 건 처음 봤어. 기디언 님도 그렇지만 특히…… 큰마님 말이야."

가문의 전권을 빼앗겼다는 게 상당히 충격이었던 모양이다. 이쯤 되면 기디언에게 밀려 기가 죽거나 자리를 떠나 버릴 시오르샤의 공격성은 되레 기디언을 압박할 정도였다.

그녀는 머리끝까지 화가 나서 꽥꽥 소리를 질러 댔다.

"이 무능한! 거지 같은 남자! 내가 저런 걸 믿고 시집왔다니, 아이고, 아이고!"

"미쳤군, 미쳤어……."

종국엔 바닥을 퉁퉁 치며 꺼이꺼이 울어 대는 아내를 기디언은 질린 눈으로 바라보았다.

Ch 9. 루신다

"할아버지께서 아주 칼을 **빼** 드셨네요."

맥밀란의 결정은 뒤늦게 이야기를 전해 들은 네이필리나마저도 예상치 못한 것이었다.

"그래. 정말 난리가 났단다. 네가 그때 거기 있었어야 해. 엄마도 얼마나 깜짝 놀랐는지……."

그날의 장면을 떠올린 릴리엔이 작게 몸서리쳤다.

그토록 자랑하던 교양과 예법을 송두리째 내던진 채 맥밀란에게 한 번만 더 기회를 달라 울먹이던 시오르샤의 모습.

'내 딸을 모함하더니 꼴좋네. 속이 다 시원하다!'

그리 생각하면서도 그 모습이 어쩐지 조금 애처롭게 느껴진다면 이상한 걸까?

"중앙관에서 내내 고성이 끊이지 않는다더라. 몬테그는 아예 집에 들어오질 않는다 하고."

기디언은 전보다 더 바깥으로 돌았고, 몬테그 역시 시내의 타운 하우스로
가 버렸다.

여전히 영지와 상단을 관리하는 기디언과 와이너리를 맡고 있는 몬테그.

시오르샤와 달리 둘은 잃은 게 없으니 제 일이 아니라는 무관심한 태도였
다. 상심한 시오르샤를 이해하고 위로하는 이는 아무도 없었다.

"아까 만났는데 눈도 퉁퉁 부어 있었어. 얼굴색도 안 좋고."

하지만 그녀가 아무리 발버둥 쳐도 맥밀란의 결정을 되물릴 수는 없었다.
맥밀란은 시오르샤가 집안일에서 손을 떼지 않으면 기디언 세 가족은 중앙관
을 나가야 한다는 칼을 빼 들었다.

중앙관에서마저 쫓겨날 수 없었던 시오르샤는 결국 릴리엔에게 권한을 넘
겼다.

통렬한 패배였다.

"엄마, 그래서 큰어머니가 불쌍하세요?"

"조금은? 이 큰 저택에서 시오르샤의 편은 누구도 없잖니."

시오르샤의 옆에 딱 붙어 살랑거리던 이오테가 제일 먼저 변했다. 입 안의
혀처럼 굴어 봤자 아무것도 나오지 않겠다는 걸 직감한 순간, 그녀는 밥 먹
듯이 찾아가던 중앙관에 발길을 끊었다.

"하지만 도와주거나 돌려주진 않을 거야."

릴리엔도 이제 엘비쉬에 대한 헛소문을 퍼뜨린 범인이 시오르샤라는 걸
대충 짐작으로 눈치챘다.

"아버님께서 날 믿고 맡겨 주신 건데 잘해야지."

릴리엔의 눈이 야무지게 빛났다.

의상실 운영과 재봉사로서의 바쁜 일정 중에서도 릴리엔은 차분히 가문의
안주인 자리에 적응하고 있었다.

응당 넘겨줘야 할 금고 열쇠를 숨기거나, 인수인계할 서류들을 주지 않는

시오르샤의 방해 공작도 매끄럽게 대처했다.

"막내 마님이 과연 잘하실 수 있을까 걱정이었는데 오히려 큰마님이 하실 때보다 더 나은걸?"

"그럼. 솔직히 큰마님 기분 맞추느라 우리가 눈치를 얼마나 봤냐. 딴 데서 뺨 맞고 와서 화풀이는 우리에게 했던 건 어떻고?"

저택 내 고용인들 사이에서도 릴리엔의 칭찬이 흘러나왔다. 시오르샤의 빈자리는 그 틈을 깨달을 새도 없이 섬세하고 촘촘하게 메워지고 있었다.

"릴리엔, 이 저택의 실세가 됐다며?"

소식을 들은 제시안느가 3별관으로 찾아왔다. 옆에는 루신다도 함께였다. 여느 때처럼 화려하게 치장한 모습의 제시안느가 착 하고 공작 털 부채를 펼쳤다.

"흥. 아버지는 왜 내가 아니라 릴리엔에게 주신 거래?"

좀 투덜거리긴 했지만 제시안느의 얼굴에 그다지 앙금은 없었다.

"사실 난 그레이트 홀만 허락해 주면 상관없어. 시오르샤 그 여자가 좀 거만했어야지."

그레이트 홀도 본인만 쓸 수 있게 하지 않았느냐, 공적인 용도라도 제멋대로 몇 번이나 사용을 거절했는지 모른다며 제시안느가 분통을 터뜨렸다.

"그 콧대 높은 여자가 요즘 기가 팍 꺾여서 처박혀 있는 걸 보면 내가 얼마나 다 속이 시원한지!"

"연회장이 필요하시면 언제든지 말씀하세요. 제시안느가 그레이트 홀이 필요하다면 분명 그 이유가 있겠죠."

릴리엔은 시오르샤의 뒷담화에 동참하는 대신, 차분하게 제시안느의 가려운 데를 긁어 주었다.

"그렇지? 나 그렇게 경우 없진 않다니까?!"

다 이유가 있어서 그런 거였어. 어중이떠중이들이었으면 처음부터 내 선에서 제쳤지!

샛길로 새는 수다가 점점 길어졌다.

"어머, 역시 그러셨군요."

의상실을 오가는 귀족들을 하도 많이 상대해서인지 릴리엔도 요령이 좋아졌다.

"어머. 릴리엔, 난 자기가 이렇게 재미있는 사람인 줄 몰랐어."

제시안느처럼 겉만 까다로운 귀부인들을 다루긴 어렵지 않았다.

'많이 바뀌었네.'

네이필리나는 자못 감탄했다.

차분하게 제시안느를 다루는 저 노련한 모습에서 누가 한껏 주눅 들어 있던 과거를 떠올릴 수 있을까?

"루신다 언니, 우린 나가자."

두 모친이 새로운 관계를 형성하는 사이, 네이필리나와 루신다 역시 차를 두고 서로를 마주했다. 루신다는 오늘도 차분한 상아색의 원피스와 팔꿈치까지 올라오는 하얀 레이스 장갑을 끼고 있었다.

'약간 어색한가.'

착한 사촌 언니긴 했지만 그다지 접점은 없는 터였다.

"언니, 그 반지 예쁘다."

네이필리나는 무심코 레이스 장갑 위에 끼워져 있는 루비 반지를 칭찬했다.

"아, 이거? 내가 만든 거야."

루신다가 대수롭지 않게 답했다.

"언니가 직접? 믿기지 않는데?"

"반지 만드는 것 정도야 어렵지 않아. 공정이 그리 복잡하진 않으니까."

공정? 루신다의 입에서 나왔다기엔 꽤나 이질감이 드는 단어다.

"이번에 들어온 박하 차예요, 주인님. 제가 직접 골라서 말렸답니다."

"고마워, 미르딘."

때마침 박하 차를 가지고 온 미르딘을 칭찬해 주는데 맞은편에서 시선이 느껴졌다.

"언니, 왜?"

"아, 아니. 아무것도 아니야."

루신다는 별거 아니었다는 듯 고개를 저으며 찻잔을 들었다.

"음. 향이 정말 좋네. 네 하프 엘프 시녀의 솜씨가 대단한걸."

"입에 맞다니 다행이다."

"그나저나, 네이필리나……."

루신다의 시선이 누군가를 찾는 것 같았다.

"네 다른 측근은 보이지 않는구나. 그 이종족 장인 말이야."

"누구? 아, 볼더?"

네이필리나의 측근 중 이종족은 미르딘과 볼더뿐이었다.

"볼더는 3별관까지 잘 안 나와. 정원 쪽에 작업실이 있거든. 대부분은 거기 있거나, 그 옆에 딸린 오두막집에서 보내지."

"작업실?"

갑자기 루신다의 눈이 반짝였다.

"응. 아무래도 대장간 설비들을 3별관 내부에 설치하긴 어려워서……."

"멋있겠다. 엄청나게 근사할 것 같아!"

루신다의 눈이 별빛처럼 반짝였다.

"근사할 정도까진…… 아닐걸?"

처음에야 그랬을지도 모르지만, 볼더가 멈추지 않고 작업을 거듭하는 지금은 그을음도 많이 지고 해서 근사라든지 삐까번쩍한 느낌과는 거리가 멀었다.

"그래도 거기서 작품 하나하나가 만들어지는 거잖아? 당연히 근사하지."

루신다는 이내 조심스럽게 네이필리나를 살폈다.

"사실은 있잖아, 네이필리나. 오늘 나 여기 온건…… 엄마를 따라서가 아니라 부탁할 게 있어서야."

"부탁? 나한테?"

루신다가 고개를 끄덕였다.

"뭔데? 말해 봐."

"그게……"

루신다는 쉽사리 입을 열지 못하고 입술만 달싹거렸다.

"무슨 일이기에 그래? 내가 할 수 있는 거라면 들어줄게."

"그게 말이야……."

한참을 우물쭈물하기를 여러 번.

'도대체 뭐길래 이렇게 눈치를 보면서 뜸을 들여?'

……라고 생각할 즈음, 루신다가 후우, 크게 한숨을 들이쉬고는 지르듯 내뱉었다.

"나! 드워브 볼더의 제자가 되고 싶어!"

* * *

"제자? 갑자기?"

그것도 볼더의?

네이필리나는 당황스러웠다. 하지만 한번 터진 루신다의 입은, 아니, 용기는 멈출 줄을 몰랐다.

"나 각오하고 왔어. 완전히 말단 허드렛일부터 시켜도 돼. 처음부터 제대로 기술을 전수받을 수 있을 거란 기대 같은 거 안 해."

"언니……?"

"드워프의 기술인데, 그렇게 중요한 걸 어떻게 쉽게 사사할 수 있겠어? 오래 걸려도 돼. 제자로서 신뢰를 받으려면 하루 이틀론 어림도 없겠지."

"잠깐만, 언니. 천천히 말해 봐. 기다려 줄 테니까."

숨넘어가겠다.

"나 이래 봬도 힘세. 물 길어 오거나 철 내리치는 것도 잘해. 해 본 적도 있고."

"언니……가?"

우아하게 찻잔만 들었을 것 같은 그 가녀린 팔로?

"네이필리나, 난 대장장이가 되고 싶었어."

루신다는 차분하게 아까 네이필리나가 칭찬했던 반지를 빼서 내려놓으며 고백했다.

"뭐?"

"내가 기억하는 순간부터 지금까지, 그 생각이 변한적은 없어."

루신다가 천천히 팔에 낀 레이스 장갑을 벗어 내렸다. 햇살 아래 남김없이 드러난 가녀린 팔 위의 흉터들을 발견했을 때, 네이필리나는 할 말을 잃고 말았다.

"칼과 불을 늘 만지다 보면 상처가 안 생길 수는 없어. 나름 조심한다고 하긴 했지만……."

루신다가 오른쪽 팔등 위에 남겨진 붉은 자국을 우울하게 응시했다.

"이야기하자면 말이야…… 시간을 꽤 많이 거슬러 가야 해."

오래전, 맥밀란의 셋째 딸 제시안느는 고명한 학자 가문의 장남 필립스 란델 후작을 만나 사랑에 빠졌다.

두 사람의 사랑은 결국 결혼으로 끝맺었으나 오래도록 이어지진 못했다. 필립스의 모친인 란델 노부인과 누이동생들에게 막 평민 티를 벗은 제시안느는 영 눈에 들어차지 않는 짝이었기 때문이다.

그건 제시안느의 혹독한 시집살이로 이어졌다. 출생과 가문을 무시하고 예법을 꼬집는 것은 예사였다. 제시안느가 말 한마디, 행동 하나하나를 할 때마다 천 가지 잔소리가 따라왔다고 한다. 심지어 놀라운 건, 그러면서 제시안느의 돈은 꼬박꼬박 받아먹었다는 것이다.

"아빠도, 외할아버지도 아무도 몰라. 할머니와 고모들이 엄말 얼마나 괴롭혔는지."

자존심 센 제시안느는 남편에게 말하는 대신, 전부 꾹꾹 참고 감내했다. 그들 역시 교묘하게도 아들인 란델 후작이 있을 때는 전혀 티를 내지 않았다.

'이혼해요, 우리.'

하지만 루신다가 일곱 살이 되었을 때, 제시안느의 인내는 마침내 끊어지고 말았다.

"엄마는 아직도 자기가 완벽한 귀족이 아니었기 때문에 결혼 생활이 파탄 났다고 생각해. 하지만 그건 엄마 잘못이 아니야. 할머니와 고모들이 잘못된 거지."

루신다는 담담하게 고백했다.

"엄말 따라 콘체른으로 온 것도 그래서였어. 날 위해 희생한 사람이니까. 그 세월을 견딘 사람이니까."

"……."

"그래서 나도 견디려고 했어. 엄마는 내가 자신처럼 되지 않길 바라니까, 그 마음을 아니까, 답답하고 숨이 막혀도 참았어."

루신다는 원래 활발하고 왈가닥인 소녀였다.

드레스는 찢어 먹기 일쑤였고 자수니, 춤이니 하는 것들보단 새총을 날리고 그네에서 뛰어내리는 게 훨씬 더 재미있었다.

'흑. 루신다, 내 아기.'

하지만 어느 순간부터 그녀는 변해야 했다.

'루신다가 널 닮아서 저리 천방지축 날뛰는 게지! 계집애가 귀족다운 품위는 볼 수가 없구나! 란델에 잘못된 피가 들어왔어!'

제멋대로인 제 행동이 엄마까지 욕먹게 했으니까.

그때부터 루신다는 단추를 목까지 잠갔다. 드레스 자락을 찢어 먹는 대신 양손을 모으고 사뿐사뿐 조심스러운 발걸음을 내디뎠다.

'루신다, 아빠가 보고 싶으면 언제든지 이곳으로 오렴. 여긴 네 집이기도 해.'

'아니요. 그러면 엄마가 슬퍼할 거예요.'

그렇게 콘체른으로 왔다.

후작가에서 루신다를 끌어안고 눈물을 삼키던 엄마는 조금 변했다.

'루신다, 걱정하지 말렴. 네가 결혼할 땐 누구도 널 귀족답지 못하다고 말할 수 없을 거야.'

'우린 귀족이야. 누가 뭐래도 그걸 부정할 수 없게 만들겠어.'

산더미처럼 이어지는 수업들. 점점 보기 힘들어지는 엄마의 얼굴.

'선황후 폐하께서도 브라이드 아카데미 동문이라지! 루신다, 네 할머니와 고모들도 이젠 부정할 수 없을 거란다. 내가 이렇게 널 훌륭하게 키워 냈다는 걸!'

답답했다.

하지만 엄마가 만들어 준 길에서 걸어 나올 수는 없었다. 저는 고통스럽던 제시안느의 결혼 생활을 버티게 했던 버팀목이자, 버티게 만들어야만 했던 굴레였으니까.

'엄마, 난 엄마처럼 살고 싶지 않아요.'

내겐 내 꿈이, 내 삶이 있어요.

그렇게 말하고 싶었다. 하지만 말할 수 없었다. 입 밖으로 내는 순간, 제시안느가 감내했던 삶을 부정하는 게 될 테니까.

루신다는 그녀가 가여우면서도 미웠다. 원망스러우면서도 또 감사했다.

이 사랑스럽고도 징그러운 감정에 저는 뭐라 이름을 붙여야 할까.

아니, 감히 이름을 붙일 수나 있을까. 울컥 치밀어 오르는 무언가를 삼켰다.

"수업을 빼먹고 몰래 대장장이 길드에서 철공 일을 배우고 있었는데, 학교에 들켰어. 그래서 아카데미를 나오게 된 거야."

갑작스러운 학업 중단 뒤에 숨어 있던 진짜 사정을 제시안느는 몰랐다.

'괜찮아. 너무 힘들면 지칠 수도 있지. 엄마는 널 기다려 줄 수 있어. 엄마가 널 몰라?'

그렇게 콘체른으로 다시 돌아왔다.

"인제 와서 다시 대장장이가 되고 싶다거나 한 건 아니야."

그러면 이번엔 엄마가 정말 놀라 쓰러질지도 모른다며 루신다가 웃었다.

"하지만 나도 숨 쉴 구멍은 있어야 하잖아."

달군 불 앞에서 철을 꽝꽝 내리칠 때마다 느껴지던 해방감을 다시 한번 느끼고 싶었다.

"……."

제시안느와 루신다 모녀에게 이런 사정이 있었던 줄은 몰랐다.

"하하. 오늘 말했던 건 모르는 척해 줘. 우리 엄마가 얼마나 자존심이 센 사람인지 알지? 마음 다치게 하고 싶진 않거든."

"내 이름을 걸고 비밀을 지킬게."

"하하하. 나 사실 누구한테 이런 얘기 하는 건 처음이야. 조금 속 시원하네."

루신다가 웃어 보였다.

"그러니까 안 될까?"

"언니……."

"많이도 바라지 않을게. 일주일에 두 시간, 잠깐 티타임 동안만이라도 배울 순 없을까?"

반짝거리는 눈. 탁자를 쥐고 있는 긴장 어린 손. 사정을 알고 나니 조금 전보다 목소리가 더 간절하게 들렸다.

더 이상 거절하긴 어려웠다.

"나 혼자 결정할 수 있는 일은 아니야. 제자를 받는 건 볼더니까, 그의 의사가 제일 중요하지."

그리고 고요한 곳에서 혼자 일하는 걸 즐기는 볼더의 성격상 아마 거절할 확률이 높았다.

"볼더에게 가서 물어보자. 하지만 그가 안 된다고 하면 깔끔하게 단념하기야."

안 된다는데도 계속 매달리면 곤란하니 미리 확인받아 놔야지.

"물론이지!"

하지만 놀랍게도,

"일주일에 한두 시간이라면, 뭐. 괜찮소. 다른 사람도 아니고 주인의 혈육이라 하지 않았소?"

볼더가 승낙했다.

"루신다 양이 만들었다는 그 반지도 인간의 솜씨치곤 꽤 나쁘지 않고. 투박하긴 하지만 루비의 결을 잘 살린 걸 보면 재능이 아예 없진 않다는 말이오."

"저, 정말요?"

루신다의 얼굴이 환하게 밝아졌다.

"루신다 언니는 사실 무기를 만들고 싶대. 칼이나 화살, 그런 거."

"그러면 더더욱 문제가 되지 않지. 주인님도 알다시피 그건 내 주특기잖소?"

내놓기만 하면 나는 듯이 팔려 나가던 칼리의 무구들.

'아, 맞다. 볼더 작품이었지.'

네이필리나는 고개를 끄덕였다.

"하지만 도제 관계를 맺는 순간부터 내게 가르침을 받는 순간만큼은 주인의 가족 취급 받을 생각 따윈 하지 마시오. 제자에게 쩔쩔매면서 가르칠 생각은 없으니까."

"물론이에요, 스승님!"

루신다가 열렬하게 고개를 끄덕였다.

"스, 스승님?"

처음 듣는 스승님 호칭에 볼더의 귀가 쫑긋했다.

"가르쳐만 주신다면 열심히 배울게요! 드위브 볼더의 제자라는 게 부끄럽지 않을 만한 작품을 선보이는 날이 올 때까지요!"

"큼큼! 뭐, 그리 말한다면야……! 한번 만들어 보든지……!"

그렇게 일주일에 두세 번, 루신다는 티타임을 핑계로 3별관을 찾기 시작했다.

"네이필리나!"

"응, 언니 왔어?"

루신다는 네이필리나의 방에서 편한 작업복으로 옷을 갈아입었다. 치렁치렁한 머리카락을 야무지게 한데 올려 묶은 뒤엔 볼더의 작업실로 달음박질쳤다.

"쇠질을 할 땐 말이야, 이렇게…… 저렇게 해서……. 알겠어?"

"네, 스승님!"

웃음 한 자락 없는 진지한 얼굴로 루신다는 매섭게 쇠를 내리치는 데 집중했다.

"그렇지! 그렇게! 잘하네!"

볼더가 목소리를 높였다.

스승의 칭찬에 루신다의 얼굴에 비로소 미소가 퍼졌다.

'저렇게 좋아할 줄은 몰랐네.'

잔뜩 달군 불 앞에서 땀을 뻘뻘 흘리면서도 열심히 배움에 빠진 그녀의 모습이 행복해 보여서,

"당분간은 고용인들과도 입을 맞춰 둬야겠네."

네이필리나는 그녀의 꿈을 작게나마 응원하기로 했다.

                                    * * *

"루신다, 어디 가니?"

2별관을 나서려던 루신다가 우뚝 굳었다.

"아, 네. 엄마. 네이필리나와 티타임을 하기로 했어요."

"요즘 들어 티타임이 잦아진 것 같은데?"

제시안느가 살짝 눈썹을 들어 올렸다.

"아, 네이필리나와 마음이 잘 맞더라고요. 요즘 자주 만나고 있어요."

"흠. 너 애들하고 영 못 어울리는 것 같더니. 하긴, 네이라면 뭐 애가 나쁘진 않으니까."

비교군이 몬테그, 페이선, 이오테니 이 천방지축 안하무인들보다는 확실히 네이필리나가 나은 선택지였다.

"엄마는 호텔로 나가 봐야 해. 이따 4시에 초상화를 그리는 화가가 오기로 했으니 시간 잘 맞추렴. 너, 저번에도 늦었다면서?"

수도 곳곳 귀족 가문의 영식들에게 보일 초상화니 각별히 신경을 써야 한다며 제시안느가 당부했다.

"네, 그럴게요."

루신다는 가슴을 쓸어내리며 얌전하게 대답했다.

'이동 시간을 더 줄여야겠어.'

볼더의 수업이 끝나면 작업실이 있는 정원에서 네이필리나의 방까지 달린다.

작업복을 벗고 드레스로 갈아입은 뒤 다시 화가가 기다리고 있을 2별관의 3층까지 다급하게 달려가는 여정이 길어지면서,

"루신다, 너 드레스가 조금 작아진 것 같은데."

루신다는 좀 더 건강해졌다.

"아, 요즘 디저트를 자주 먹었더니 살이 쪘나 봐요."

굳이 따지자면 살보다는 근육에 가까웠다.

"조심해야지. 너 잘못하면 초상화에 살찐 채로 그려진다?"

제시안느가 농담을 던졌다.

'지난번에 조금 빠듯하겠다 싶더라니? 역시⋯⋯. 그럼 오늘은 아예 작업복을 드레스 아래 입고 있어야겠다.'

오늘은 뭘 배우기로 했더라? 루신다의 가슴이 설렘으로 두근거렸다.

"그럼 엄마 갔다 올게."

"네, 조심해서 다녀오세요."

"그런데 루신다 너."

나가려던 제시안느가 잠깐 뒤돌았다.

"쓸데없는 일 하는 건 아니지?"

가령⋯⋯ 말이야.

그때의 일을 입 밖으로 꺼내진 않았지만, 눈빛으로 말하고 있었다.

"그럴 리가요."

루신다는 튀어나오는 심장의 박동 소리가 모친에게 들리지 않길 바랐다.

"저 마음 접은 지 오래예요."

"그럼 다행이지만⋯⋯."

제시안느가 다가와 루신다를 안았다. 오직 딸에게만 내보이는 그녀의 다정한 모습이었다.

"믿을 게, 우리 딸."

포근하고 달콤한 향기가 코를 찌르자, 루신다는 조금 울고 싶어졌다.

'죄송해요, 엄마.'

* * *

여느 때와 같은 밤이었다.

"네이필리나 아가씨, 안녕히 주무세요."

"그래. 너희들도 잘 자렴."

침실로 들어서던 네이필리나가 멈칫했다.

"누가 가져다 놓은 거지?"

베란다의 유리창 밖으로 뭔가가 나풀거렸다. 달칵. 문을 열자 밤의 차가운 바람이 밀려들었다. 작은 양피지 조각 하나가 문틀에 끼워져 있었다.

[고민은 끝났나?]

짧게 휘갈겨 쓴 필체. 누군지 알 것 같았다.

"글쎄요."

쓱 쓱쓱. 글자가 지워지더니 양피지 위로 새로운 글자가 떠올랐다. 지금 그녀가 하는 말을 듣고 대답하는 것처럼.

[그대의 추에 뭘 매달지도 생각해 봤고?]

"아니요."

[시간이 부족하진 않았던 것 같은데.]

"곧 연락한다던 게 누군데……."

맥밀란의 생신 연회가 지난 지 꽤 오랜 시간이 흘렀다. 그러나 대공은 감 감무소식이었다.

"그래서 이렇게 모시러 왔지."

양피지가 화르르 불타며 대공이 나타났다.

지붕에서 훌쩍 뛰어내린 그가 가볍게 베란다 난간에 발을 내딛기가 무섭게, 팟-!

네이필리나의 바늘이 그의 관자놀이를 노리고 날아갔다. 대공이 조금 귀찮다는 듯 쳐 내 버렸지만.

"이런. 죄송해요."

침입자라는 생각에 저도 모르게 네이필리나는 본능적으로 손목시계의 베젤을 먼저 조작했다.

"살벌하긴."

그는 검지와 중지로 붙잡아 낸 바늘을 네이필리나에게 돌려주었다.

'그래도 대공이라 싱겁게 끝났네.'

다른 사람이었다면 일단 저걸로 관자놀이가 뚫렸을 거고, 설사 살아 있다 해도 이 3층 베란다에서 떨어졌다면……

오밤중에 시체 하나를 처리해야 할 뻔했다. 네이필리나가 가슴을 쓸어내렸다.

"눈치를 봐선 마음의 준비가 덜 된 것 같은데 이쪽이 좀 다급해져서 말이지."

대공이 살짝 몸을 숙였다.

"블랙 티어에 대해서 말해 주지. 그게 뭔지, 그 뒤에 누가 있는지, 그리고 왜 그대의 능력이 필요한지까지."

"……"

"네이필리나, 나와 함께 가겠나?"

남자다우면서도 아름다운 손이 네이필리나의 앞으로 내밀어졌다.

'이 사람은 신체 부위 하나하나를 신이 공들여서 만들어 준 건가?'

좀 불공평하다 느끼면서도 네이필리나는 망설였다. 이 손을 잡고 나면 돌이킬 수 없을 테니까.

'하지만 그가 아니면 그 검은 성물에 대해 알아볼 방법이 없어.'

성국 엘 리체의 보물이자 섭정공이 마지막까지 노리던 것.

'정보가 필요해. 몰랐다가 또다시 뒤통수 맞을 수는 없어.'

대공이라면 스테프니 길드가 다뤘던 정보보다 훨씬 깊게 알고 있을 것이다. 그가 언젠가 반란군의 손에 죽을 운명이라는 사실도 그녀의 결심을 더해 줬다.

'10년 안에 죽을 사람이니, 혹 대공과 틀어진대도 그때까지만 버티면 돼.'

저를 살려 줬던 사람의 죽음을 말하자니 양심이 조금 찔렸다.

'대신 최선을 다해 돕자.'

제 재주가 필요하다고 했다. 뭔진 몰라도, 그에게 받았던 목숨값만큼은 할 생각이었다.

"좋아요."

네이필리나는 제 손을 얹었다.

"잘 생각했어."

대공이 칭찬하듯 눈을 접었다. 그의 손가락이 부드럽게 얹힌 손등을 감싸는가 싶더니,

휘익-! 워프 마법이 발동했다.

* * *

양발이 땅을 디디자마자 네이필리나의 다리가 휘청했다.

"처음이라 어지러울 거야. 호흡을 반복해."

대공이 허리를 붙잡아 주어서 간신히 엎어지지 않을 수 있었다.

'여기가 어디지?'

회색빛의 돌바닥. 길게 늘어진 복도. 어떤 고성의 내부인 것 같았다. 작은 창문 밖으로 성을 둘러싼 칠흑 같은 산맥이 보였다.

'적어도 수도 부근은 아닌 것 같네.'

어디선가 불어오는 작은 바람결에선 서늘한 냉기와 철, 그리고 익숙한…….

'피…….'

이건 피 냄새다. 그것도 적지 않은 양의…….

"주군, 어딜 갔다 오셨습니까! 큰일 났습니다. 그가 또…… 시도를…….
도저히 말릴 수가 없어요……!"

복도에서 달려오던 금발의 사내가 대공을 보곤 우뚝 발걸음을 멈췄다.

"지, 지금 여기 누굴 데려오신 겁니……까? 아니죠? 제가 지금 잘못 보고 있는 겁니까?"

아니다, 아무래도 그는 대공이 아니라 네이필리나를 보고 멈춰 선 것 같았다.

"인사해. 여긴 내 수하, 라울."

대공은 네이필리나에게 그를 소개했을 뿐, 라울의 반응은 신경 쓰지 않았다.

"주군!"

네이필리나를 데리고서 걷는 대공의 뒤로 라울이 다급히 따라왔다.

"주군, 설마, 저 여인에게 그를 보일 생각입니까? 진짜…… 아니시죠? 저 여자 어디를 믿고……."

"……."

네이필리나의 시선을 알아차린 라울이 황급히 고개를 숙이며 사과했다.

"초면에 실례되는 말씀을 해서 죄송합니다. 하지만 아가씨가 싫어서가 아니라 여긴 저희의 생사가 달린 곳이라서요, 이방인의 출입을 달가워할 수 없는……."

그러다 멈칫 다시 고개를 들었다.

"그런데 잠깐만, 실례지만 어디서 본 것 같은 얼굴인데……. 혹시 우리 어디서 본 적 있나요?"

네이필리나가 대답하기 전에 저 혼자서 다시 이마를 퉁퉁 두드렸다.

"아니, 지금 그런 걸 떠올릴 때가 아니지."

멀쩡한 사람처럼 보이는데 혼자서 부산스럽게 움직이는 양이 다소 경박했다. 하지만 그의 다급함만큼은 진짜였던 모양이다.

"주군, 제 말 좀 들어 주십시오! 그들에겐 또 어떻게 설명하실 참입니까!"

라울이 달려 나가 양팔을 좌우로 벌린 채 대공과 네이필리나의 앞을 막아 세웠다. 돌문의 입구에서 그들을 막는 모습이 비장한 수문장을 떠올리게 했다.

대공이 비로소 발걸음을 멈췄다. 라울을 내려다보는 시선이 그의 어깨를 짓누르듯 압박했다.

"'내'가 움직이는 데 설명이 필요한가?"

"……."

'그리 말씀하시면 제가 아무 말도 하지 못한다는 걸 아시면서……'

"아니요. 누가 감히 주군께 반기를 들 수 있겠습니까."

여기 있는 모두의 주인에게? 어림도 없는 일이다. 라울은 고개를 떨궜다.

"그렇다면 비켜."

네이필리나는 대공이 문을 열어젖히는 걸 보았다.

그의 어깨 너머에는, 카란툴라에서 봤던 그 괴물이 있었다.

"크를……."

툭툭 불거진 붉은 핏줄. 온몸 가득한 검은 반점. 날카롭게 튀어나온 발톱, 인간이 아니라 두발짐승의 것 같은 팔다리. 살점의 흑마법사가 죽기 전 변신했던 괴상한 생물체.

"블라디……미르?"

블라디미르, 설마 그가 살아 있었나?

"말도 안 돼. 그때 분명 몸이 반으로 갈려서……."

"그가 아니야. 자세히 봐."

대공이 네이필리나의 손목을 말아 쥐고 속삭였다. 손을 떨고 있다는 걸 그제야 알아챘다.

'다 잊었다고 생각했는데, 아직 남아 있었던 걸까.'

하아. 네이필리나가 긴 호흡을 들이쉬었다. 긴장을 누그러뜨리자 비로소 상황이 제대로 눈에 들어왔다.

'달라. 블라디미르가 아니다.'

그녀가 기억하고 있는 것보다 더 크고 우락부락한 건 차치하고, 그 눈이 달랐다.

"크르르르……!"

괴물과 시선이 마주쳤다. 주르르. 시뻘건 눈에서 검은 눈물이 흘러내렸다.

'검은…… 눈물……?'

순간 믿을 수 없게도 네이필리나는 괴물이 절망하고 있다고 느꼈다. 마치 놈에게 아직 이지가 남아 있기라도 한 것처럼 말이다.

"카아아!"

놈이 다시 꿈틀거리며 발버둥 쳤다. 괴물의 손, 팔꿈치, 발, 무릎, 허벅지 등 움직일 수 있는 모든 부위는 석벽에 쇠사슬로 단단히 고정되어 있었다.

그러나 힘이 어찌나 센지 놈이 발버둥 칠 때마다 벽이 들썩들썩했다. 아무래도 오래 버티진 못할 것 같다고 생각하는데 대공의 물음이 날아왔다.

"디에라를 본 적이 있나?"

"디에라요?"

"디온이 봉인하지 못한 마지막 마물이지."

"엘 리체의 주신, 디온을 말하는 건가요?"

중간 대륙은 단일신교다. 그중에서도 디온을 숭배하는 디온교가 가장 크고 강한 영향력을 행사했다. 각국마다 디온을 모시는 신전이 있고, 성국 엘 리체가 그들을 관리했다.

"그래."

주신 디온이 처음 인간세계에 강림했을 때, 중간 대륙에는 마물이 득실거렸다. 그는 모든 어둠의 생명체들을 봉인하고 인간들의 터전을 되찾아 주었다.

"여기까지가 알려진 디온의 태초 신화지."

"숨겨진 뒷이야기가 있다는 거군요."

대공이 네이필리나를 내려다보더니 살짝 웃었다. 잘했다고 칭찬하는 것처럼 한쪽 눈을 곱게 접으니 잠깐 아찔한 기분이 들었다.

"맞아. 디에라는 도망쳤고, 놈의 마기는 결국 중간 대륙에 남아 인간들을 전염시키고 있어."

마지막 문장은 과거형이 아니라 현재 진행형이었다.

네이필리나는 석벽에서 발버둥 치는 괴물, 아니, 디에라를 보았다.

"디에라로 발현하고 나면 저렇게 몸에 검은 반점이 일어나. 태초의 마기가 스며들었다는 증거로."

신화를 듣고 있는 것 같아서 영 실감이 나지 않았다.

"인간을 디에라로 발현시키는 물질이 있어. 디에라가 가진 마기의 원천이자 결정체."

"……."

"우린, 그걸 블랙 티어라고 부르지."

네이필리나의 머릿속에서 엘 리체의 성물이 떠올랐다.

원통에 담겨 있던, 찰랑이던 검은 액체. 그건 블랙 티어였다.

'잠깐. 그럼 어째서 엘 리체는 블랙 티어를 성물로 취급한 거지?'

말 그대로라면 블랙 티어는 그들이 믿는 신 디온의 불완전함을 증명하는 증거다. 그런데 왜 그걸 그들이 가장 신성시하고 숭배하는 성물로 만들었던 걸까?

'기디언은 또 왜 그 성물을 노려…….'

네이필리나가 짧게 숨을 들이켰다. 머릿속에서 빛이 번뜩였다.

'둘 다 힘을 원했던 거야.'

이지 따윈 없는, 오직 무분별한 파괴성만 남은 괴물들의 목줄이 손에 쥐어진다면, 그들은 일개 나라를 넘어 대륙 전체의 패자가 될 수 있다.

"하."

헛웃음이 튀어나왔다.

'그래서, 결국엔 고작 그 썩어빠진 권력을 위해서, 우린 개죽음당했다는 거지.'

그녀는 입술을 씹었다. 성국도 그녀의 원망에서 빠져나갈 수 없었다.

만약 그들이 디온의 종자로서 본분을 지켰다면, 헛된 탐욕에 눈멀지 않았다면, 이 모든 일은 일어나지 않았을 거다.

이곳으로 다시 돌아온 건, 그래서 제가 지난 생보다 일찍 성국의 음모를 알 수 있게 된 건 혹시 디온이 안배한 걸까?

네이필리나 제가 블랙 티어의 힘을 담는 그릇이 된 건, 눈먼 제 종자들을 함께 벌하라는 그의 계시는 아닐까?

'디온이시여, 원하신다면 그리 해 드리겠어요. 기꺼이요.'

그렇다면 네이필리나는 충분히 신의 기대에 부응할 자신이 있었다. 무신론자였지만 지금만큼은 디온을 향한 존경심이 무럭무럭 사무쳤다.

"그래서 제가 할 일은 저 디에라에게서 블랙 티어를 흡수하면 되나요?"

네이필리나는 비로소 대공이 제 능력이 필요하다고 했던 이유를 짐작했다. 대공이 고개를 끄덕였다.

"한번 디에라로 발현하고 나면 인간으로 되돌아가는 건 불가능해. 하지만 그대가 있으면 가능할 수도 있는 일이지."

"블라디미르는 바싹 마른 나무토막 같았어요. 저 디에라도 그렇게 될지 몰라요."

"내 수하는 그렇지 않을 거야."

대공은 확신하듯 말했다.

"잠깐만요, 주군. 디에라에게서 블랙 티어를 뽑아낸다니요. 그게 가능할 리 없잖습니까."

옆에서 두 사람의 대화를 듣고 있던 라울이 참지 못하고 끼어들었다.

'수하였구나.'

블라디미르는 한칼에 처치했던 그가 왜 저 디에라는 살려 두고 있는지에 대한 의문이 풀렸다.

"좋아요. 그렇다면."

네이필리나는 짧게 한숨을 내쉬고 디에라의 앞에 섰다.

"크르르……. 크르……."

놀랍게도 디에라는 네이필리나를 보자 발버둥을 멈추고 몸을 굳혔다. 조금 전 그들의 대화를 듣고 네이필리나의 다음 행동을 기다리고 있는 것처럼.

'그때처럼 고통스럽겠지.'

검은 반점이 제 쪽으로 빨려들어 오며 느껴지던 고통의 기억이 아직 생생해서인지 섣불리 움직여지지가 않았다.

"잠깐."

그때 대공의 손이 쑥 들어왔다. 축축이 젖은 손가락이 그녀의 입술을 비집었다.

"무슨 짓……."

"삼키지 말고 물고 있어. 그럼 아프지 않을 거야."

뚝. 뚝. 대공의 손가락을 타고 붉은 피가 떨어졌다. 그는 네이필리나가 망설이던 이유를 알고 있던 것이다.

"주군!"

네이필리나는 거부하지 않고, 그의 피를 머금었다. 그리고 디에라를 향해 손을 뻗었다.

"……!"

검은 반점들이 네이필리나의 온몸으로 빨려들어 갔다.

"도, 돌아오고 있어!"

기사 중 누군가가 경악에 차 외쳤다. 으르렁거리던 디에라가 발끝에서부터 조금씩 인간의 모습으로 변모하기 시작했다.

대공의 피를 머금고 있는 탓일까. 놀랍게도 예상하고 있던 고통은 없었다. 검은 연기는 그녀의 몸을 휘감는 대신, 발끝에서 일렁이다 산화되어 사라졌다.

얼마나 그렇게 있었을까.

"가, 감사합니다……."

조금 전까지만 해도 디에라였던 사내는 네이필리나의 앞에서 몸을 숙였다. 대공의 말이 맞았다. 그는 나무토막처럼 말라 가는 대신, 건장한 인간의 모습으로 되돌아왔다.

'어째서? 블라디미르와 뭐가 달랐던 거지?'

둘의 차이를 비교해 보던 네이필리나의 눈에 사내의 특징이 다시 들어왔다.

"로피진이에요?"

무심코 튀어나온 물음에 사내가 몸을 굳혔다. 그가 대공을 올려다보았다. 사실대로 말해도 되냐는 허락을 구하는 눈인 듯한데, 이미 거기서 답이 나왔다는 걸 모르는 것 같다.

"……."

네이필리나는 디에라를 안정시키려 고생하던 기사들을 훑었다.

대공이 부리는 이들 중간중간 로피진으로 추정되는 이들이 보였다. 노예로 부려지는 망국의 백성들이 북부군에 한둘 있는 것 따위 대수로운 일은 아니다.

한데 왜 저는 이곳에 자리한 로피진에게 다른 이유가 있으리라 생각되는 걸까.

"이제 돌아갈 시간이야, 네이필리나."

대공이 네이필리나의 어깨를 잡으며 속삭였다.

눈 깜빡할 사이에 네이필리나는 그녀의 침실 베란다에 다시 서 있었다. 워프 마법도 두 번째라서인지 처음처럼 휘청거리는 일은 없었다.

"대공 전하."

네이필리나는 난간에 위태롭게 선 그를 올려다보았다.

"로피진은 잊었어요. 믿기 어려우시겠지만, 전 제 앞가림을 하기에도 벅차요."

그러니 내가 조금 전 일로 당신의 적이 되지 않았기를 바란다고, 네이필리나는 말하고 있었다.

스카가드는 헛웃음을 삼켰다. 생존에 관한 한 타의 추종을 발휘하는 동물적인 감각을 지닌 여자가 놀라울 뿐이다.

"그대는 지나치게 눈치가 빨라."

대공이 살짝 한숨을 내쉬며 그녀의 어깨를 돌려세웠다.

"제 잘못만은 아니에요."

네이필리나가 불퉁하게 쏘아붙였다.

"숨기고 싶으셨다면 전하께선 처음부터 저를 데려가지 않으셨겠죠. 아닌 가요?"

로피진이라는 말을 꺼내는 순간 차갑게 얼어붙던 순간의 공기를 그녀는 읽었다. 그들에게 상당히 민감한 주제인 것 같은데, 그걸 주인인 앙헬 대공이 모를 리 없었다.

한데 왜, 대공은 수하들의 반대를 무릅쓰면서까지 그들을, 그 장소를, 로 피진들을 왜 제게 노출한 걸까?

"글쎄. 왜일까."

"제게 물으시는 건가요?"

"나 역시 아직 답을 찾지 못해서 말이야."

"그게 뭐……."

네가 모르면 누가 알아. 네이필리나가 눈을 흘겼다. 대공은 능청스럽게 웃을 뿐이었다.

* * *

마르쉐 후작저의 가주실.

밤이 소리 없이 내려앉은 시각, 후작은 칠흑 같은 창밖을 바라보고 있었다.

"디에라로 발현된 로피진을 놓쳤다?"

"……."

그가 저벅저벅 방을 가로질렀다. 찬장을 열고 위스키병과 잔을 꺼낸 그가 뒤를 돌았다.

"당신도 한잔하겠소?"

"……."

졸졸. 투명한 크리스털 잔 안으로 검붉은 피 같은 액체가 채워졌다. 홀짝. 우아한 손짓으로 들이켠 잔 너머를 보며 후작이 코웃음 쳤다.

"이렇게 쉽게 놓치고 실패하는 걸 보면 말이야, 당신들이 말하는 블랙 티어, 그 신의 눈물이라는 거, 별 소용 없는 듯하군."

"신을 모독하지 마소서, 후작. 언사를 조심해야 할 겁니다."

벽이 열리며 작달막한 사내가 걸어 나왔다.

"나는 신이 아니라서 두려움 역시 모른다오. 발끈하시긴. 대사제의 말대로 신이 있다면 어찌 이리 실패만 거듭하게 하시겠소?"

은은한 빛을 내뿜는 크림색 가운의 사내는, 성국 엘 리체의 열두 대사제 중 하나인 엘 누아르였다. 대사제는 코웃음 쳤다.

"디온의 힘은 위대하십니다. 다만 당신들의 믿음이 그만큼 강하지 못할 뿐이지요."

"그런 말은 나도 할 수 있겠소. 믿음 같은……."

"해서 직접 보여 드리려고 합니다."

대사제의 말이 끝나기가 무섭게 성기사 둘이 걸어 나왔다. 마르쉐 후작이 흠칫 몸을 굳혔다.

"디온을 위하여!"

성기사 하나가 약병을 기울였다. 검은 액체가 무자비하게 그의 목구멍 안으로 마구 들이부어지는가 싶더니,

"커, 커컥, 커커걱……."

성기사의 몸이 투둑투둑 터지며 변하기 시작했다.

"크르르르르……!"

"괴, 괴물……."

괴물이 마르쉐 후작에게 달려들려는 순간이었다. 다른 성기사의 검이 번쩍했다. 괴물의 떨어진 신체가 바닥으로 떨어지며 바싹 마른 짚풀처럼 말라 가기 시작했다.

"이, 이게 무슨……. 왜, 왜 내게 달려드는 거요?"

"디에라에겐 오직 파괴 본능뿐입니다. 오직 로피진만이 디에라로서 이지

를 가질 수 있지요. 통제가 가능해진다는 뜻입니다. 우리가 그들이 필요한 이유를 아시겠습니까."

그가 블랙 티어가 담긴 약병을 뒤흔들었다.

그러니.

"디온의 원대한 힘을 더는 부정하지 마시고 대사에 협조하시지요."

성국의 대사제는 경악에 찬 후작을 두고 그대로 자리를 나가 버렸다.

* * *

다음 날, 네이필리나는 늦잠을 잤다.

늦은 오후가 되어서야 자리에서 일어났다. 하아암, 입을 쩍 벌리며 기지개를 켜는 네이필리나를 젤피가 걱정스럽게 살폈다.

"아가씨가 늦잠을 다 주무시네요? 어제 잠을 못 주무시기라도 했사와요? 아까부터 계속 하품하시잖사와요."

'어제 한숨도 잠을 못 잤어.'

디에라와 블랙 티어. 성국과 섭정공. 그리고 앙헬 대공.

생각을 거듭하다 이른 해가 밝아 오고 나서야 겨우 잠이 들었다. 섭정공의 음모로 네이필리나 자신이 디에라로 변하는 악몽까지 꿨다.

"아무것도 아니야."

네이필리나는 밀려오는 졸음을 몰아내고 배시시 웃었다.

"주인님! 큰일 났어요!"

그때 미르딘이 벌컥 문을 열고 들어왔다. 여기까지 다급하게 달려왔는지 밭은 숨을 서너 번 고르더니 외쳤다.

"제시안느 님이 아셨어요."

"뭘?"

설마, 제가 생각한 건 아니길 바랐다.

"루신다 아가씨가 뭘 하는지 알아 버리셨다고요!"

* * *

몇 시간 전 아침.

"루신다 아가씨, 일어나세요."

시녀가 창문을 열며 루신다를 깨웠다. 침대 위로 쏟아져 내리는 밝은 햇살이 화사했다.

"으으음."

루신다가 늘어지게 기지개를 폈다.

"아가씨, 오늘은 차를 뭘로 하시겠어요?"

"카모마일로 부탁할게."

따뜻한 물로 목욕을 하고 향긋한 차 한 잔. 이따 먹을 조그만 크루아상 한 조각과 사과 한 개가 그녀의 아침이었다.

물결처럼 퍼지는 고풍스러운 드레스에 팔꿈치까지 오는 레이스 장갑을 끼자 콘체른의 숙녀, 루신다가 완성되었다.

"아가씨, 요즘은 기분이 좋아 보이시네요."

"응, 내가?"

"근데 방금 목욕하셨잖아요. 지금은 편하게 계셔도 돼요. 주세요. 제가 들고 있을게요."

계속 이렇게 긴 장갑을 끼고 있으면 답답하지 않냐며 시녀가 루신다의 팔 쪽으로 손을 뻗었다.

"아, 아니! 괜찮아!"

루신다가 재빠르게 손을 피했다.

"아가씨?"

"피부가 거칠어져서 로션을 잔뜩 발라 놨거든. 어, 어서 아침이나 가져와.

배가 고파 죽겠다니까?"

"어머, 그럼 진작 말씀하시지. 내 정신 좀 봐, 아직 아침도 안 가져왔다니. 지금 바로 가져올게요!"

시녀가 다급히 방을 나가자 루신다는 그제야 후우우, 한숨을 내쉬었다.

"하마터면 들킬 뻔했네."

장갑을 벗은 그녀의 양팔에는 크고 작은 상처들이 가득했다. 불과 철을 다루면서 생긴 영광의 상처들이었다. 물론 루신다에게만 영광으로 느껴질 테지만.

"엄마가 보면 날 죽이려 하실 거야."

루신다는 한숨을 내쉬었다.

'흉터 연고도 꼬박꼬박 바르고 있는데.'

하지만 요즘 계속 철을 만지다 보니 새살이 채 돋기 전에 새 상처가 생기기 일쑤였다. 그러니 엄마에게 절대로 들켜선 안 된다. 그래도 즐거웠다. 콘체른 저택으로 돌아온 이래 처음으로 행복하다고 느꼈다. 볼더는 뛰어난 장인이자 좋은 스승이었고 루신다는 배움에 목말랐던 학생이었다.

"오늘도 네이필리나 아가씨한테 가세요?"

약속한 티타임이, 아니, 수업이 없는 날이다.

하지만 볼더는 연습을 하고 싶다면 언제든지 공방으로 오라고 말했고, 때마침 오늘 제시안느가 저택을 비웠다. 2지구에서 열릴 자선 행사에 참석하기로 했으니 밤늦게서야 돌아올 것이다.

"응! 다녀올게!"

볼더의 작업실로 향하는 루신다는 콧노래가 흘러나왔다.

"맨날 오늘 같았으면 좋겠다."

* * *

볼더의 공방.

"마나 방직기에 문제가 생겨서 나는 오늘 하루 종일 기계를 손봐야 할 것 같구나. 너 혼자서라도 연습해 볼 테냐?"

루신다는 고개를 끄덕였다. 또 언제 이런 기회가 올지 모르는데, 그냥 날려 버리기는 아까웠다.

"항상 조심하는 거 잊지 말고. 오늘은 담금질까지만 하고 가거라."

볼더는 물가에 내놓은 아이를 보듯, 가기 전까지 당부에 당부를 거듭했다.

"자, 그럼 시작해 볼까."

스승을 내보내고 홀로 남은 공방.

"나도 언젠가 이런 공방을 가질 수 있겠지?"

실력도 생겨야 하고 모친인 제시안느도 설득해야 할 테지만, 지금은 상상만으로도 즐거웠다. 루신다는 머리를 질끈 올려 묶었다.

쾅! 쾅! 불에 벌겋게 달궈진 검을 쇠망치로 꽝꽝 두들겼다. 가녀린 팔에 자리 잡은 근육이 유연하게 물결쳤다. 쇠를 내리치는 양이 제법 아마추어 티를 벗어나고 있었다.

치이익-! 달궈진 검을 물에 집어넣자 경쾌한 소리가 났다. 이렇게 다시 달구고, 다시 식히고를 반복하면 검의 강도가 서서히 올라간다.

'비결이란 건 없다. 그저 무던히 같은 걸 반복하는 것뿐이야.'

루신다는 제련 과정 중 담금질을 제일 좋아했다. 시뻘건 불 앞에서 정신없이 망치질을 하다 보면 모든 상념이 밀려났다. 덥고, 무겁고, 힘들다. 하지만 한 발짝씩 천천히 나아가고 있다는 확신이 들었다.

"한 시간은 더 쳐야 할 거 같은데."

검의 상태를 가늠하는데 뒤에서 달칵, 공방의 문이 열리는 소리가 들렸다.

"스승님, 뭐 놔두고 가신 거 있으세요?"

담금질을 할 때에는 온 신경을 쏟아야 한다. 검에서 눈을 떼지 않고 루신다가 외쳤다.

"……."

하지만 볼더는 대답이 없었다. 가마의 장작이 타는 일정한 소리 사이에서 거칠게 숨을 들이켜는 듯한 숨소리가 들렸다.

'기계가 손볼 데가 많았나?'

장비를 가지러 오신 건가?

"스승님? 왜 말씀을 않으……."

결국, 루신다는 검에 처박았던 고개를 들었다. 문을 향해 몸을 돌렸다.

그리고 쿠웅.

손에 들린 쇠망치가 떨어지며 그 어느 때보다 무거운 둔음을 냈다.

"어, 엄마……."

공방의 문가에는 제시안느가 서 있었다.

* * *

"너, 너 지금…… 뭐 하는 거니?"

제시안느의 눈은 딸에게 못 박혀 있었다. 파티에서 갓 돌아온 듯한 화려한 드레스의 가슴팍이 거칠게 오르락내리락했다.

"어, 엄마……."

루신다가 더듬더듬 입을 열었다.

후덥지근한 공방 안. 꿉꿉하고 시큼한 땀 냄새. 시뻘겋게 달아오른 딸의 얼굴만큼이나 시뻘건 쇳덩이. 쇠망치…….

"제, 제가 설명할게요."

"언제부터 엄말 속이고 그 꼴로……."

"다, 설명할 수, 있어요. 엄마, 제가…… 사실은……."

그리고 하얀 팔뚝 위로 중구난방으로 남은 분홍빛 자국들. 하루 이틀 만에 생기고 사라질 흔적들이 아니었다.

안으면 떨어질까, 걸으면 엎어질까 걸음 하나하나 마음 졸이며 고이 키워 왔던 딸의 팔 위에 남은 상처와 흉터들을 봤을 때……. 투둑. 제시안느의 머릿속에서 뭔가가 끊어졌다.

"너 지금 여기서 뭐 하는 거냐고 묻잖아!"

* * *

"엄마는 너를 믿었어! 아카데미에서 네가 수업을 빠지고 괴상한 길드로 나돌아 다닌단 얘길 들었을 때도!"

제시안느의 카랑카랑한 고성이 작은 공방의 유리창 밖으로 터져 나왔다.

"그래서 네가 쫓겨났을 때도 난 널 이해하려고 노력했어! 널 배려하려고 노력했다고! 그런데 그 이해에 대한 대가가 이거니? 엄마를 속이는 거?"

"엄마, 제 말 좀 들어 주세요. 설명할게요. 왜 그랬는지, 왜 그럴 수밖에 없었는지!"

루신다는 자초지종을 설명하려 했지만 제시안느는 듣지 않았다. 아니, 스스로의 분노에 취해 들리지 않는 듯 했다.

하아, 하아, 그녀가 씨근덕거리는 숨을 내뱉으며 공방 안을 훑었다. 한쪽 벽의 나무 선반에 주욱 진열된 일련의 소형 무기들과 액세서리가 보였다. 선반의 끄트머리에 작게 붙여진 루신다라는 이름표까지도.

"고모! 루신다 언니!"

네이필리나가 공방에 도착했을 때 가장 처음 본 건,

"겨우 이딴 것들 때문에 몸을 그 꼴로 만들어……!"

화가 머리끝까지 나서 공방의 작품들을 가마 안으로 던져 버리는 제시안느였다. 화르르 이는 불 속에서 녹고 있는 작품들 중에는 루신다가 처음 만들었던 것도 있었다.

"그만 좀 하세요!"

그 순간, 루신다가 참고 있던 둑 역시 터져 버렸다.

"난 엄마의 인형이 아니에요! 호텔도, 결혼도, 신부도 전부 지긋지긋해요!"

엄마는 내 꿈이 뭔지도 모르죠?

그녀는 처음으로 제 모친을 향해 목소리를 높였다.

"난 대장장이가 되고 싶어요! 엄마가 원하는 얌전한 숙녀 따윈 되고 싶지도, 원하지도 않았다고요!"

"뭐, 뭐어?"

처음 보는 딸의 모습에 제시안느는 얼이 빠졌다가, 루신다가 토해 낸 고백에 다시 경악했다.

"대, 대장장이? 너 미쳤니?"

그녀는 귀를 의심했다. 얘가 지금 뭐라고 하는 건가?

"엄마가 뭐랬어! 그건 평민들이나 하는 거야! 힘들고 아프고 번거롭지만 먹고살려고 버틸 수밖에 없는 사람들이 하는 거라고!"

제시안느는 펄펄 날뛰었다.

"땀나고 힘든 일을 네가 왜 해! 네가 어디가 모자라서! 뭐가 부족해서! 엄마가 그러라고 널 키웠어?"

"내가 하고 싶은 거예요! 엄마는 왜, 왜 날 이해해 주지 않아요?"

루신다의 볼을 타고 눈물이 뚝뚝 떨어졌다.

"나는 엄마를 이해했잖아요. 이해하려 했잖아요. 엄마가 왜 그렇게 귀족에 집착하는지, 누구에게 보여 주고 싶어 하는지, 알아서…….."

마른 바닥 위로 물 자국이 점점이 번져 갔다.

"엄마가 그렇게 힘들어했으니까…… 나는 숨이 막혀도, 지쳐도, 이해하려 했어요. 그런데 왜…….."

엄마는 날 이해하려 하지 않나요? 왜 항상 나만 이해하고 받아들여야 해요?

숨죽인 울먹거림이 퍼져 나갔다. 루신다는 팔을 들어 가슴을 쳤다.

퉁. 퉁.

가슴을 치는 작은 울림은 쇠망치가 검을 내리치는 소리보다 무거웠다.

"숨이 막혀요, 엄마. 숨이 막혀서 그랬어요. 저 불 앞에 있는 동안은 괜찮아서, 편안해서, 좋아서……."

처음으로 토해 내는 진심이었다.

'루신다. 사랑하는 내 딸. 다 널 위한 거야.'

철이 든 어느 순간부터, 아니, 엄마가 저를 위해 살아간다는 걸 깨달은 순간부터 그냥 안으로 참고 밀어 넣기만 했던 해묵은 감정들.

제시안느가 비틀거렸다. 딸이 고백한 원색의 감정들이 그녀를 휩쓸어 정신을 차리기 어려웠다.

"난…… 난, 너를 위해서였어. 나처럼 만들고 싶지 않아서……."

"……."

"나처럼 배운 거 없는 천한 졸부의 자식이라는 소리 따위 듣게 하고 싶지 않아서, 나는……."

그녀의 손끝이 떨리고 있었다. 카랑카랑한 목소리가 젖어 들었다.

"알아요."

루신다가 지친 숨을 내쉬었다.

"근데 엄마, 더는 못 참겠어요."

뒤를 돌았을 때 그녀는 공방의 문 앞에 서 있는 네이필리나를 발견했다.

"미안."

짧은 사과를 끝으로 루신다는 그대로 나가 버렸다.

"……."

"너……."

제시안느는 눈물에 가득 찬 눈으로 네이필리나를 노려보았다.

"너, 너 때문이야. 너 때문에 루신다가, 저 착한 아이가 변한 거야."

"……정말 그렇게 생각하세요?"

"……."

네이필리나는 가마 쪽으로 다가갔다. 그러고는 아까 제시안느가 집어 던졌던 물건 중 하나를 집어 들었다.

"이거, 루신다 언니가 만든 거예요."

작은 넥타이핀이었다.

"처음 만든 작품은 꼭 고모한테 주고 싶다고 그랬어요. 왜 그런진 모르겠지만요."

제시안느는 네이필리나가 내민 넥타이핀을 천천히 집어 들었다.

삼각형 끝에 작은 사파이어 조각이 박혀 있는 모양. 가마의 열기에 살짝 우그러졌지만, 낯이 익은 형태는 전남편이자 루신다의 부친, 란델 후작의 넥타이핀과 닮아 있었다.

기억은 쏜살같이 과거로 되돌아갔다.

'숨이 막혀, 여보. 이혼해 줘요, 나 더 이상은 못 하겠어요.'

그렇게 이혼했다. 그를 여전히 사랑했지만, 결혼 생활은 진절머리 날 만큼 괴로웠다. 그래서 이혼하고 콘체른으로 돌아올 때, 그간의 모든 짐을 란델 후작가에 남겨 두고 왔다.

그곳에서의 괴로운 기억은 전부 남겨 두고 오고 싶었고, 란델가와의 인연은 전부 끊어 버리겠다는 결심이기도 했다.

'보고 싶어…….'

하지만 살다가 이따금씩 떠올랐다. 그의 물건 하나쯤은 가져와도 나쁘지 않았을 텐데, 싶은 생각이.

"이걸 어떻게⋯⋯."

제시안느가 루신다가 만들었다는 넥타이핀을 내려다보았다. 기억 속 남편의 넥타이핀과 완전히 똑같진 않지만, 루신다가 왜 이걸 가장 먼저 만들었는지는 알 것 같았다.

"한 번도 말한 적 없는데⋯⋯."

딸은 제가 때때로 남편을 그리워한다는 걸 알았던 거다. 이건 루신다가 그녀에게 보내는 작은 위로였다.

동시에 제시안느가 깃털 부채를 펼쳤다.

"고개 돌리렴."

그녀가 새침하게 쏘아붙였다.

"어차피 부채에 가려서 안 보여요."

네이필리나가 심드렁하게 말했다.

"그러니 신경 쓰지 말고 우세요. 못 본 척해 드릴 테니까."

"⋯⋯."

얼굴을 가린 부채가 간헐적으로 흔들렸다.

* * *

"2별관은 지금 완전 냉전이래요."

그날의 눈물과 루신다의 미래는 별개의 문제였던 모양이다.

"대장장이는 인정할 수 없어."

제시안느는 여전히 딸이 고백한 꿈을 받아들이지 못했다.

"차라리 대장장이들을 후원해서 장인 길드를 하나 만들럼. 네가 생각하는 걸 그들이 만들면 되잖니."

"⋯⋯그게 엄마의 대답인가요?"

루신다는 더 이상 그녀의 성정을 숨기지 않았다.

"루신다, 엄마가 널 더 어떻게 봐줘야 해?"

서로가 더 이상 물러서지 않는 지점까지 도달해 버렸다.

"······됐어요. 이젠 기대하지 않아요."

정답던 두 모녀 사이엔 싸늘한 냉기가 감돌았다.

그러길 며칠째.

"제시안느 님! 큰일 났어요!"

루신다의 시녀가 다급하게 제시안느를 찾았다.

"루신다 아가씨가!"

제시안느가 황급히 루신다의 방으로 달려갔다. 화이트 계열의 레이스로 아름답게 꾸며진 방은 싸늘하게 식어 있었다.

텅 빈 방에 남긴 쪽지 한 장.

[죄송해요, 엄마. 절 찾지 마세요.]

루신다가 떠나 버렸다.

"아아, 맙소사."

이마를 짚은 제시안느가 바닥으로 스르르 무너졌다.

"꺄악! 제시안느 님! 정신 차리셔요! 어서 의원을 불러!"

* * *

그 시각, 루신다는 1지구 시내의 카페에 앉아 있었다. 옆에는 단출한 사각형의 여행 가방도 함께였다.

"왜 엄마는 날 이해하지 못하실까."

하아. 그녀는 한숨을 내쉬었다. 어쩌면 이해하려고도 하지 않는 것 같았다. 화가 나는 마음에 짐을 싸고 덜컥 집을 나와 버렸지만……

"스승님의 공방으로 갈 순 없어."

당분간은 엄마를 보고 싶지 않았다. 잡히고 싶지도 않았다.

"스승님이랑 네이한테도 말 안 하고 나와서 깜짝 놀랐겠다."

지금쯤이면 그녀의 가출이 온 집안에 알려졌겠지.

그때 카페의 점원이 다가왔다.

"레이디, 죄송합니다만 이제 마칠 시간이라서요."

사색을 방해하지 못해 벌써 30분 마감을 늦춘 참이라 더는 어렵다고 했다.

"어머, 죄송해요. 벌써 시간이 이렇게 됐네요."

루신다는 사과하며 품속에서 은화를 꺼내 테이블 위에 올려놓았다.

"사죄의 팁이에요."

가출해서 기껏 나온 데가 번화가의 카페, 거기다 앞으로의 주머니 사정은 생각지 않는 후한 팁까지. 네이필리나가 봤다면 이래서 있는 놈들은 안 된다고 혀를 끌끌 찼을 것이다.

"이제 어디로 가지?"

어느새 해가 뉘엿뉘엿 지고 있었다. 하지만 집에 돌아가지 않을 것이다. 루신다는 한숨을 쉬며 시계탑 아래 분수대에 앉아 발을 굴렸다.

"루신다? 루신다 맞지?"

루신다는 고개를 들었다.

"아빠?"

그리고 제 앞에 서 있는 남자를 보고 커다랗게 눈을 떴다.

* * *

2별관이 발칵 뒤집어졌다. 집을 나간 루신다가 사흘째 돌아오지 않고 있기 때문이었다.

"네이필리나! 너 때문이야. 네가 헛바람만 넣지 않았다면⋯⋯!"

불똥은 네이필리나에게 튀었다.

"누나, 루신다가 걱정되는 건 알겠지만 네이에게 위협적으로 굴지 마."

"내가 지금 제정신인 것 같니?"

앞을 막아서는 헨리를 향해 제시안느가 사납게 외쳤다. 저는 지금 보이는 게 없었다. 루신다가, 제 하나뿐인 딸이 사라졌는데 어떻게⋯⋯!

"고모."

네이필리나의 목소리가 그녀의 머리를 헤집었다.

"정말 제가 루신다 언니를 부추겼다고 생각하세요?"

정말요?

"⋯⋯."

제시안느의 말문이 막혔다.

[죄송해요, 엄마. 절 찾지 마세요.]

안다. 루신다는 더 참을 수 없었던 거다.

그날 이후에도, 관계를 되돌릴 기회는 얼마든지 있었다.

루신다의 넥타이핀을 받았을 때, 돌아와서 식탁에서 둘이서만 조용히 식사했을 때, 저녁에 자기 전, 저를 돌아보던 아이의 발걸음이 잠깐 멈추었을 때.

어쩌면 루신다는 기다리고 있었는지도 모른다.

'만약 그때 내가⋯⋯.'

그러나 현실은 루신다가 아니었다.

그녀는 콘체른 호텔을 책임지는 사장이기도 했다. 현실은 지난 밤 놓쳐 버린 순간들만 되새기기를 기다려 주지 않았다. 루신다 때문에 벌써 사흘이나 제대로 일을 처리하지 못한 상황이니까.

"⋯⋯."

제시안느가 가만히 네이필리나와 헨리를 노려보는가 싶더니 이내 홱 몸을 돌렸다. 그러고는 그녀를 기다리고 있는 마차에 올라탔다.

"출발해. 호텔로 갈 거야."

"예, 제시안느 님. 이랴!"

힘찬 소리와 함께 마차가 출발했다. 창문 뒤로 콘체른 저택의 모습이 스쳐 지나가자 제시안느는 휙 줄을 잡아당겨 커튼을 쳤다.

사방이 막힌 마차 안은 이제 완전히 밀실이나 다름없었다.

"……."

그녀는 정면을 응시했다. 꼭 맞은편에 누가 앉아 있기라도 한 것처럼.

오늘도 변함없이 화려한 드레스를 입고, 꽃이 장식된 보닛을 쓴 모습은 평소 사교계를 풍미하는 제시안느와 같았다.

벨벳 의자에 꼿꼿이 앉아 있는 모습에선 흐트러짐 하나 없었다.

'숨이 막혀요, 엄마.'

"……나쁜 기집애."

조용한 읊조림이 적막을 깼다.

"어떻게 엄마 가슴에 칼을 꽂아."

혼잣말처럼 흘러나오던 독백은 점점 격해졌다.

"내가 저한테 어떻게 했는데! 나처럼 못 배운 평민이라는 꼬리표 안 달고, 나처럼 안 만들려고 내가 얼마나……!"

원망과 회한이 치밀어 올랐다. 괘씸했다. 아프고 서러웠다.

그 애를 위해서 있는 힘을 다했는데, 결과가 이랬다. 곱게 화장한 볼을 타고 투명한 물방울 하나가 똑 떨어져 내렸다.

그리고 다시 물방울 하나가 똑.

덜컹! 때마침 돌부리에 걸렸는지 마차가 크게 흔들렸다.

"포터! 정신 못 차려?!"

제시안느는 마차 벽을 쾅쾅 치며 버럭 마부에게 신경질을 냈다.

"죄, 죄송합니다!"

그리고 반대쪽 손으론 언제 빠르게 볼을 닦아 냈다. 물방울은 흔적도 없이 사라졌다.

"철없는 것. 내 품에서 안온하게만 자랐으니 세상 무서운 줄을 모르지."

그녀는 그럴수록 더욱 의연하게 턱을 치켜들었다.

"그러니 남들은 피하려고 안달인 험하고 궂은 사지에 제 발로 찾아 들어가는 거지."

그럼 어디 고생 한번 혀 빠지게 해 보라지.

제시안느가 다시 벽을 쾅쾅 두드렸다.

"마차 운전을 왜 이따위로 해!"

* * *

"제시안느 님, 도착했습니다."

호텔에 도착했을 때 그녀의 신경질은 극에 달해 있었다.

마차가 도착한 뒤 그녀의 비서인 알버트가 기가 한껏 빨린 얼굴로 내렸다. 그는 여기까지 마부석을 타고 왔다. 엉덩이가 배기고 잔뜩 힘을 준 다리가 살살 아파 왔지만 후회는 없었다.

5분 간격으로 마차 벽을 쳐 대며 고함치는 제 상사와 같은 공간에 있을 바에야, 차라리 말과 함께 마차를 끄는 게 나았다.

"앗, 제시안느 사장님 오셨습니까!"

호텔의 직원들이 달려 나와 반듯하게 허리를 굽혔다. 하지만 제시안느는 쌩하고 그들을 지나쳐 버렸다.

탁! 탁! 탁!

바닥에 내리꽂히는 듯한 구두 굽 소리가 유독 신경질적이었다.

"코드 레드, 코드 레드야."

마부가 벨보이에게 귓속말했다.

"왜. 무슨 일인데?"

"루신다 아가씨가 집을 나가셨어."

"뭐어?"

"벌써 사흘째라고."

소곤소곤. 소곤소곤.

"그러니까 오늘은 재깍재깍 알아서 기어야 해. 잘못 걸렸다간……."

아무나 걸리면 끝장이야. 비서와 함께 흠씬 시달리다 온 마부가 절레절레 고개를 저었다.

"지금 뭐 하는 거야?!"

입구에서부터 제시안느의 고함이 울렸다.

"이런, 벌써 한 놈 걸렸군."

운도 지지리도 없지. 마부는 혀를 끌끌 찼다.

* * *

루신다의 일방적인 가출로 제시안느는 그 어느 때보다 예민해져 있는 상태였다.

이성은 저 멀리, 오직 고조된 감정만 남아 있는 그녀의 눈에 호텔 입구에서 손님과 직원이 실랑이하는 모습이 눈에 들어왔다.

"무슨 일이야?"

"아, 사장님. 아니 글쎄, 이 사제가 자꾸 골든 게이트로 들어가겠다고 우기지 뭡니까."

땀을 흘려 대던 직원이 제시안느를 보자 얼른 입을 열었다.

제시안느가 운영하는 콘체른 호텔에는 평민과 귀족이 들어서는 문이 각각 따로 있었다.

황족은 금색의, 귀족은 은색의, 그리고 평민은 동색의 다리를 지나쳐야 했다. 각 다리는 각 최고급형, 고급형, 기본형의 객실 로비와 이어졌다. 입구부터 계급을 적나라하게 나눠 놓은 이 다리들 때문에 콘체른 호텔은 간간이 세간의 빈축을 사기도 했다.

하지만 평민들과 섞이는 걸 원치 않는 귀족과 황족들은 이 구분에 열광적인 성원으로 보답했다. 결국 그 덕분에 콘체른 호텔은 수도에서도 가장 인기 좋은 호텔 중 하나로 자리매김할 수 있었다.

세 색깔의 다리는 콘체른 호텔의 상징이나 다름없었다.

"왜 안 된다는 거요! 나는 저 황금 다리를 건너가야겠소!"

그런데 지금, 투박한 차림의 사제 하나가 그 상징을 깨뜨리려 하고 있었다.

"죄송하지만 저 다리는 황족만 이용하실 수 있는 다리입니다. 호텔의 방침상 불가능합니다."

사제는 막무가내였다. 직원들이 사제직을 핑계로 대고 은색 다리를 열어 준다 해도, 무조건 자신은 금색 다리를 지나갈 것이라고 우겼다.

"어떡하죠? 저렇게 뻗대면 황금 다리를 열……."

"무슨 말도 안 되는 소리야. 여는 순간 우린 끝이야, 알아?"

자신들에게만 열린다는 저 희소성이 주는 만족감 때문에 황족들은 비싼 돈을 치르고 이 호텔에 묵는 거다.

그런데 우겨서 아무나 올라갈 수 있다는 게 알려진다면 누구도 더 이상 황금 다리를 탐하지 않을 것이다.

"쫓아내."

"내가 누군지 알고 이러는 거야!"

사제는 경호원들에게 끌려 나가며 소란을 피웠다.

"디온께서 용서치 않으실 것이외다! 디온은 가장 하찮은 미물이라도 끌어안으라 하셨나니!"

"어서 끌어내지 않고 뭐 해?"

"후회하게 될 거요!"

중얼중얼 디온을 들먹이는 사제는 그녀에게 악담을 퍼부으며 떠났다.

제시안느는 머리를 털어 불쾌감을 털어 냈다. 입술을 씹어 대던 그녀는 란델 후작가가 있을 호텔의 서쪽을 잠시 보다가 읊조렸다.

"돌아오지 않을 테면 그러라지. 흥."

오기에 가까운 혼잣말이었다.

* * *

며칠 후, 제시안느는 헌금을 위해 신전으로 향했다.

신앙심이 돈독한 편은 아니지만 호텔을 운영하는 주요 인맥들이 디온교의 신도들이라 자주 가게 됐다. 주말은 늘 루신다와 함께 갔는데, 옆자리가 텅 비어 있으니 마음에 구멍이 숭숭 뚫린 것처럼 헛헛했다.

"디온께서 태초에 중간 대륙에 강림하시어……."

얼마 전 엘 리체의 사절단이 헬리오스에 왔다. 그래서인지 오늘은 성국에서 온 대사제가 미사를 주관했다.

예배의 마지막 순서인 성수를 뿌리고 세례를 내리는 의식이 시작됐다.

"성실한 신이시여. 이 사람을 수호하시고 엘 리체의 빛을 나누어 영원히 번창케 하옵소서."

한 사람씩 나가며 대사제의 축원을 받았다.

"제시안느 콘체른?"

그러나 제시안느의 차례에 이르렀을 때, 돌연 대사제가 선언했다.

"나는 이 여자에게 세례를 내리지 않겠소."

"예?"

"네에?"

사제, 신도 할 것 없이 놀람의 탄식이 퍼졌다.

"그게 무슨 말씀이세요?"

그중에서도 가장 놀란 건 제시안느 본인이었다.

'내가 이번 의식에 낸 후원금이 얼만데!'

"나를 기억하시겠소?"

제시안느가 항의하기 위해 고개를 든 순간, 그녀는 당황하고 말았다.

며칠 전 호텔에서 쫓아냈던 거렁뱅이 사제가 그녀의 앞에 있었다. 눈부시게 빛나는 새하얀 사제복을 입고 대사제의 직함을 나타내는 자주색 휘장을 어깨에 얹은 채로.

"디온께서는 그 누구도 차별할 수 없다 하시었소. 한데 제시안느 신도는 수많은 후원금을 내면서도 그 말씀을 전혀 믿지 않으시더군."

"주, 대사제님 저는……!"

"인간을 차별하는 오만방자한 신도는 받지 않소. 그러니 나는 세례를 내리지 않겠소."

대사제는 제시안느를 지나쳐 뚜벅뚜벅 걸어가 버렸다.

"잠, 잠깐……."

"대사제님에게서 물러서십시오."

제시안느는 그의 옷자락이라도 잡으려 했지만 금세 성기사들에게 가로막히고 말았다.

"지금 무슨 일이 벌어진 거지?"

그녀는 어안이 벙벙했다.

"세례식은 이걸로 마치겠소."

신도들이 뿔뿔이 흩어졌다. 어느새 제시안느는 텅 빈 신전에 홀로 서 있었다.

순식간에 벌어진 일이었다.

"도대체 무슨 일이래요? 성국의 대사제가 세례를 거부한 건 처음이지 않나요?"

대사제에게서 세례식을 거부당한 제시안느의 이야기는 금세 사교계에 퍼졌다.

"저럴 줄 알았어요. 제시안느 콘체른이 조금 세속적인 데가 있긴 했죠."

"좀이라고요? 황족, 귀족, 평민들을 나누어 놓은 그 다리를 보고도 그렇게 말씀하시는 거예요?"

"장식만 잔뜩 갖다 놓은 그 호텔은 어떻고요? 이혼 후에도 제멋대로였던 그 여자다워요."

화려하게 사교계를 활개 치는 제시안느를 그간 고까워했던 이들은 이때다 하고 화제에 열을 올렸다.

"아이구, 운이 좋지 않았네요. 하필 제시안느가 들어갈 때 성국의 사제와 마주칠 게 뭐에요."

타이밍이 잘못 얽혀 걸린 거라며 제시안느의 동정하는 자들이 있긴 했지만, 성국의 반대를 무릅쓰고 그녀의 편에 설 만큼은 아니었다.

문제는 사태가 점점 급진적으로 변해 갔다는 것이다. 제시안느의 행동을 꼬집었던 사제가 하필 디온교의 본체 성국에서 온 대사제라서일까.

"여기가 성국의 사제를 배척한 무도한 사도의 집이니라! 디온의 이름으로 벌하리라!"

디온교의 광신도들이 몰려와서 호텔 앞에 계란을 투척했다. 붉은 글씨로 호텔의 기물에 마구 낙서를 해 대는 건 예사였다.

"어쩌지요, 사장님. 매출이 자꾸 떨어지고 있습니다."

오는 손님들도 봉변을 당하니 점점 호텔을 찾는 발길이 뚝 끊길 수밖에 없었다.

"도대체 왜 이렇게 갑자기……."

제시안느는 아파 오는 이마를 감싸 쥐었다. 딸 루신다 때문에 가슴앓이를 했던 일도 지금의 사달에 비하면 별것도 아닌 것처럼 느껴질 정도였다.

제시안느는 몇 번이고 신전을 찾아가 대사제에게 사과하고 사태를 수습하려 했다. 하지만 그는 아예 알현 신청을 받아 주지도 않았다.

"제길, 대사제면서 하필 그런 차림으로 올 게 뭐야……."

"타도 사도! 타도 콘체른 호텔!"

그간 네이필리나가 차분히 다져 놓은 콘체른의 입지 탓인지 여론의 불이 백작가나 상단까지 와르르 번지지는 않았다.

불꽃은 콘체른 호텔만을 중점적으로 노리는 듯했다. 광신도들의 입소문을 타고 콘체른 호텔 체인의 불매 운동이 일어나고 있었다.

"맙소사……."

그럭저럭 호텔을 잘 이끌어 왔던 제시안느에겐 처음 겪는 위기였다.

'차라리, 이때 루신다가 내 옆에 없어서 다행이네.'

이 난리를 함께 보고 겪지 않아도 될 테니까.

"사장님, 가주님의 힘을 빌리시는 게……."

"안 돼."

제시안느는 단호했다. 부친에게 도움을 요청할 순 없었다.

'제시안느, 아무래도 네게는 호텔업이 벅찼던 모양이구나.'

그녀는 부친을 잘 알았다. 적어도 기디언보다는 더.

"내게서 호텔을 빼앗아 가시겠지. 능력 없는 놈이 사업을 이끄는 걸 내버려 두실 분이 아니셔."

"그럼 누구를 생각하시는 겁니까. 시간이 없어요. 이러다간 정말 호텔 문을 닫아야 할지도 모르겠습니다."

"……."

"네이필리나."

제시안느가 찾은 대안은 네이필리나였다.

"나를 좀 도와주렴. 너는 1황녀 전하와 친분이 있잖니. 그분이라면 이번 일을 무마시킬 수 있어."

"성국이 연관되어 있으니 1황녀보다는 2황자 전하의 입김이 더 셀 텐데요."

주디테 황비는 황궁 내에 간이 기도대를 만들어 놓을 만큼 열렬한 디온교의 신자였다.

"그런데도 절 찾아오신 걸 보면 기디언 백부가 도움을 거절하셨나 보네요."

제시안느가 이 와중에 질린다는 눈으로 네이필리나를 응시했다.

"넌 머릿속에 뭐 귀신이라도 들었니? 말도 안 한 걸 알아맞히니 소름이 돋아."

네이필리나의 예상이 틀리지 않았다. 제시안느는 기디언에게 먼저 도움을 요청했으나,

'겨우 이런 일로 2황자 전하를 뵈란 말이냐? 말도 안 되는 소리!'

기디언은 거칠게 그녀를 쳐 냈다고 한다. 사람한테 있는 대로 모멸감을 주면서 결국 하는 말이라곤.

'호텔을 내게 넘겨라. 그러면 2황자 전하에게 말을 해 보마.'
'말도 안 되는 소리 말아.'

저는 지금 사지에 몰려 있는데 그 와중에 제 호텔을 뺏어 가려 했다며 제

시안느가 배신감에 치를 떨었다.

'기디언이야 애초에 제게 이득이 되지 않으면 시작조차 않는 성격이니까.'

네이필리나는 별로 새삼스럽지 않았다. 제시안느가 입술을 깨물었다. 도도한 얼굴에 한껏 오기가 어렸다.

"……도와주기 싫으면 말아. 네가 아니라도 얼마든지 헤쳐 나갈 수 있으니까."

"자존심을 부리실 때가 아닌 것 같은데."

"……."

"전 좋아요. 고모의 그 꺾이지 않는 당당함이 좋거든요."

가능하면 오래토록 꺾이지 않았으면 좋겠구요.

"날 정말 도와주겠다는 거니?"

"공짜로는 아니에요."

"너 역시 호텔을 원하는 거네."

제시안느가 입꼬리를 비틀어 올렸다.

"콘체른은 순 다 도둑놈들뿐이야. 됐어, 됐어. 잊어버려."

네 도움 따위 안 받을 테니까. 제시안느가 입술을 짓씹고 일어서려 할 때였다.

"조건이 있어요."

"호텔을 넘기라는 조건이면 뭐든 필요 없어."

"호텔과는 관계없는 조건이에요. 할아버지의 이름을 걸고 약속할게요."

네이필리나가 차분하게 할 말을 꺼내놓았다.

'아직은.'

그녀가 가장 민감할 때 호텔을 운운한 기디언이 어리석은 거였다. 지금은 그녀의 편이 되어 주는 게 먼저였다.

'난 기디언과 달라.'

섭정공의 방식으로 그에게 되갚아 주지 않을 거다. 그와는 다른 방식으로도, 공존으로도 이 가문의 주인이 될 수 있다는 걸 증명할 거다.

"나중에 와서 네가 뭘 요구할지 어떻게 믿고?"

"고모, 아직 그런 걸 생각할 만큼 여유가 있으신가 봐요. 하긴 콘체른 호텔이 날아가면 제게 뺏길 걱정도 할 필요가 없겠네요."

네이필리나가 웃으며 속을 긁어내렸다.

"너 사람 속 일부러 뒤집니?"

"제게 먼저 오신 건 고모예요. 그러니 선택하세요."

지금 내 손을 잡을지. 이대로 호텔을 포기할지.

"……."

제시안느가 망설였다. 제 발로 찾아오긴 했지만 어쩐지 본능이 경고했다. 저 초식 동물의 아가리에 목을 집어넣지 말라고. 일단 이빨을 박아 놓고 나면 절대로 놓지 않을 거라고.

'하지만 다른 이들이라고 날 잡아먹지 않을까?'

기디언도 제 형제들의 목을 날리려 호시탐탐 노리고 있는데.

여긴 정신 차리지 않으면 잡아먹고 잡아먹히는 복마전의 판이다. 콘체른의 이름이 달린 채 살아간다는 건 그런 거다.

저를 똑바로 응시하는 초록빛 눈을 보고 있자면 마음이 동했다.

'루신다가 이 아이를 찾았던 건 그래서일까.'

"그래."

이 아이가 하는 말을 믿고 싶어져서.

제시안느가 자리에서 일어났다. 엉망진창이 된 호텔이지만 사장인 이상 다시 들어가 봐야 한다고 했다.

"루신다가 어디 있는 줄 아니?"

떠나기 전, 제시안느가 지나가듯 물었다.

"……."

"넌 알고 있겠지."

"어디 있는지 알려 드려요?"

"······필요 없어."

"언니, 지금 란델 후작가에 있대요."

"필요 없다니까······."

"궁금하셨잖아요. 지금도 신경 반은 언니한테 쏠려 있을 만큼. 그나저나 잠은 제대로 주무신 거예요? 얼굴색이 말이 아니신데?"

"란델이라니······. 하아."

제시안느가 숨을 내쉬었다. 내내 마음을 졸이고 있던 참이었다. 어디 잡혀 가지는 않았을지, 나쁜 일이 생기진 않았을지.

"언니가 란델 후작님과 우연히 마주쳤나 봐요. 얼마 전 연구를 끝마치시고 수도로 돌아오셨다네요. 고모는 이미 알고 계셨을지도 모르지만."

"몰랐어."

이혼 후 일부러 란델에 관해서는 아예 귀를 닫았다. 전남편인 란델 후작 또한 이혼의 충격이 컸는지 내내 지방의 연구소에 틀어박힌 채 수도로 올라오지 않았다.

"어쨌든 걱정하실까 봐요."

'그런데 거길 갔단 말이야?'

딸아이의 행방을 알게 되자 온몸이 긴장이 풀어지면서도 짐짓 화가 났다. 그 집을 찾아갔다고? 이혼 후 한 번도 란델 후작가를 찾지 않았던 루신다다.

그 정도로 제게 다시 돌아오기 싫었던 걸까?

"됐어. 어쨌든, 제멋대로 나가 버린 괘씸한 딸에 대해선 더 이상 듣고 싶지 않구나."

그러나 고개를 돌리는 제시안느의 옆얼굴에서 안심이 스치는 것을 네이필리나는 놓치지 않았다.

＊ ＊ ＊

"보스, 베르트 대사제에 대해서 좀 알아봤는데 말입니다."

바카디가 고개를 갸우뚱거렸다.

"헬리오스에 알려진 것과는 조금 평판이 다르던걸요."

지금 수도에선 베르트 대사제가 정의와 일침의 아이콘으로 급부상하고 있었다. 콘체른을 상대로 대쪽같이 옳은 말을 내뱉었다며 통쾌함을 느끼던 이들이 열광했기 때문이다.

자연히 그를 보러 디온 신전을 찾는 이들도 늘어났다. 베르트 대사제는 거의 대주교급의 인기를 누리고 있었다.

"엘 리체에서 온 성국인들에게 알아보았는데, 그들의 말로는……."

바카디가 허리를 숙여 귓속말을 하듯 목소리를 낮췄다.

"이번에 제국으로 오게 된 것도 신전에서 좌천당했기 때문이라더군요."

"좌천?"

"예. 베르트 대사제를 모시는 수습 사제 하나가 자살했답니다."

"자살?"

"예. 게다가 자살한 사제가 천민이라네요."

성력을 발현하여 신전에 들어온 드문 케이스였는데, 대사제가 그를 많이 괴롭혔다고 했다.

"천민 따위가 어디 디온의 힘을 담으려 하냐며 때리기도 했고요. 하여튼 조롱과 모욕이 익숙한 자였습니다."

신전에서는 그가 수습 사제의 압도적인 성력을 부러워해서 일부러 기를 누른 거라는 말도 있단다.

"엘 리체의 신전에서 일하던 직원에게 직접 새어 나온 얘기라고 하니 꽤 신빙성이 있습니다."

바카디가 덧붙였다.

"어쨌든 유서에서 베르트를 직접적으로 지목하진 않았지만 그가 원인이라는 설이 파다하여, 결국 여론을 잠재우고자 잠시 엘 리체를 떠나기로 했다는군요."

"흐응."

네이필리나가 턱을 쓸었다. 천민 사제를 괴롭히던 사람이 헬리오스에 와서는 갑자기 거룩한 평등주의자 행세를 한다?

"이거 구린 냄새가 나는데."

"원래도 권위적인 성격이라 정작 신전 내에서는 평판이 그리 좋지 못했다고 합니다."

쉭. 쉭.

베르트의 정보를 적어 놓은 페이지가 네이필리나의 손에서 빠르게 넘어갔다.

오직 사실에만 기반한 정보들. 정보는 상대에 대한 거짓말을 하지 않는다.

'베르트. 엘 리체의 12 대사제 중 하나.'

그런 그가 불명예를 안고 좌천되듯 성국 방문 단장으로 제국으로 떠밀려왔다.

"베르트로선 주목받아야 할 이유가 충분하군. 헬리오스로 들어올 때도, 엘 리체로 되돌아가기 위해서도 말이야."

"그리고 이상한 점은 말입니다. 콘체른 호텔에서 거절당하고 나와 그가 묵은 숙소가 로텐비르크 호텔이었다는 군요."

"로텐비르크? 객실 하룻밤 가격이 수도에서 제일 비싸다는 프라이빗 호텔 말이야?"

"저녁 늦게 체크인해서 사람들 이목이 없는 아침 일찍 나왔답니다."

"하."

네이필리나가 헛웃음을 터뜨렸다. 계층 간의 갈등을 유발하는 덴 콘체른보다 로텐비르크 호텔이 한층 위다.

'거긴 아예 처음부터 평민 출입 자체가 금지라고.'

그런데 왜 베르트가 타깃으로 콘체른 호텔을 노렸냐 한다면…….

"이쪽이 더 만만하니까."

자칫하다간 헬리오스와 성국과의 외교 관계로 변질될 수 있다. 그러니 대사제로서도 다른 대귀족들은 건드리기 부담스러웠을 테지.

하지만 콘체른은 다르다.

'유명하지만 권력은 없는, 졸부.'

베르트로서는 잠깐 건드리고 빠지기에 이보다 더 적합한 상대가 없을 터.

"……."

"보스? 표정이 왜 그러신……."

"내가 고모도, 우리 집도 그렇게 좋아하는 건 아니지만."

네이필리나가 고개를 삐뚜름하게 들고 턱을 쓸었다.

"그래도 남이 이렇게 함부로 건드리면 화가 나지 않겠어?"

베르트 대사제는 콘체른을 우습게 봤던 대가를 치러야 할 거다.

* * *

디온 신전에서는 매주 일요일, 신자들을 위한 무료 의료 봉사를 한다.

그러나 베르트가 신전에 도착한 이래, 그는 주에 한 번이던 의료 봉사를 매일로 늘렸다.

"성국에서 오신 대사제님이 고쳐 주셨네. 정말 따뜻하신 분이야!"

"발 벗고 나서 주셨지. 진정한 성자는 베르트 님을 말하는 것일세!"

성력 치료는 빠르고 편리했으나, 값비싼 치료비로 귀족들에게만 주어지는 전유물이었다. 신전 내에서 그의 입지는 나날이 높아져갔다.

"다행입니다, 대사제님. 콘체른 호텔에 대한 불매 운동도 순조롭게 벌어지고 있습니다."

"흐흐…… 잘됐군."

베르트는 기분 좋게 카우치에 몸을 묻었다.

"아주 계획대로 착착, 진행되고 있어."

"예. 다들 대사제님을 우러러보고 있습니다. 신도도, 알현 신청도 늘었고 후원금도 전국구에서 빠른 속도로 쌓이고 있습니다."

조금 더 기다리면 제국에 요구했던 후원금의 3할은 다 채울 것 같다. 이대로라면 성국에서도 곧 연통이 올 거라며 직속 사제가 말하자 베르트는 으스댔다.

"안 와도 상관없어. 여기 제국에 머물러도 되지. 나를 따르는 사람들이 이렇게 많은데."

"하하……."

"하지만, 일은 똑바로 처리해야 한다."

킬킬댔던 건 언제고 베르트가 얼굴에서 웃음을 지웠다.

"그분께서 원하시는 대로 실수 하나 없어야 할 것이야. 알겠느냐?"

"물, 물론이지요."

갑자기 바뀐 표정에 직속 사제는 찔끔해서 고개를 끄덕였다.

"이번 일만 잘 끝나면 우린 엘 리체로 금의환향할 수 있을 것이야."

"예. 물론이지요. 그것 아십니까? 매일 진행하고 있는 의료 봉사에서도 베르트 님을 우러러보는 목소리가 높습니다."

"좋아, 좋아."

조금만 더 버텨 보세. 응? 베르트가 만족스럽게 푸둥푸둥한 손으로 박수를 짝 쳤다.

"대사제님, 허리가 너무 끊어질 듯이 아픕니다……. 제발, 제발 도와주십시오……."

오늘도 베르트는 신전의 허름한 앞마당에서 디온의 가르침을 행하고 있었다.

"이런, 디온께서 굽어 살피십니다. 지금의 고통은 모두 디온의 안배이니, 고통마저 끌어안으시길."

그가 성력을 발현했다.

손끝에서 새하얀 빛이 새어 나왔다. 사람들은 숨죽인 채 그를 지켜봤다. 매번 눈으로 봐도 환상 같은 광경이었다.

"마, 말끔히 나았어!"

"베르트 님께서 성력을 발휘하셨다!"

사람들의 탄성이 울려 퍼졌다.

"당치도 않습니다. 저는 디온의 말씀을 전달할 뿐입니다."

그가 겸허하게 부정했지만, 그들은 이제 베르트를 흡사 신이 보낸 사자처럼 바라보고 있었다.

그때였다.

"사, 살려 주세요! 사제님, 제발 살려 주세요!"

잔뜩 몰린 인파를 요리조리 빠져나온 소년 하나가 베르트의 품속으로 뛰어들었다. 체구가 작고 워낙 더러워 마치 시궁창의 쥐를 연상케 하는 소년이었다.

무엇보다 사람들을 경악케 했던 건, 땟국물 가득한 소년의 얼굴에서 줄줄 흐르는 진물이었다. 몸 역시 마찬가지였다. 지저분한 상처와 진물이 흐르는 손을 뻗은 소년이 베르트의 사제복을 붙잡았다.

"웃……."

베르트는 본능적으로 그를 떼어 내려 했다. 그러나 벼랑 끝에 매달리기라도 한 듯, 소년의 거센 악력에 맥을 추지 못했다.

"살려 주세요. 살고 싶어요. 베르트 님, 제발 저를……!"

티끌 하나 없이 하얗던 사제복 위로 금세 아이의 때와 검붉은 오물이 졌다.

"루디! 루디!"

한 사내가 혼란한 인파를 가르고 튀어나왔다. 소년이 나타난 쪽과 같은 방향이었다.

"아빠!"

그는 소년이 베르트를 붙잡고 있는 걸 보고 털썩 주저앉았다.

"오, 디온이시여……."

제 아들이 베르트를 만나 감격하면서도 동시에 절망하는 듯한 오묘한 표정에 베르트의 가슴이 덜컥 내려앉았다.

"왜, 왜 그러는……."

사내가 넙죽 고개를 조아렸다.

"죄송합니다. 저희 루디는 나, 나병 환자입니다."

"뭐, 뭐?"

"사제님, 제발 우리 애를 좀 치료해 주십시오!"

나병. 사내가 뱉어 낸 청천벽력 같은 한마디.

베르트의 눈이 사내에게서 소년에게로 옮겨 갔다. 좀 더 정확하게는 그의 소매를 잡고 있는 소년의 손에.

베르트의 푸둥푸둥한 핑크빛 얼굴에 혈색이 싹 빠지며 낯빛이 새하얘졌다. 동시에 짙은 혐오감이 그의 등골을 타고 올랐다.

그래서 그는 본능적으로 소매를 털어 내고 말았다.

"살려 주세요, 죽고 싶지 않아요! 제발! 사제님!"

제게 주어진 유일한 희망이 성력 치료뿐인 걸 알아서일까, 소년은 끈질기게 베르트에게 매달렸다.

"사제님! 흐윽……!"

조그만 손이 그의 사제복을 붙잡고 놓아주지 않자 베르트는 거의 기절할 뻔했다.

엎치락뒤치락하는 실랑이에 베르트의 허리끈에 매달려 있던 작은 약병 하나가 떨어졌다. 약병은 사람들의 발을 지나 데구르르 굴러갔고, 스윽, 한 사내가 허리를 굽혔다. 그는 아무렇지 않은 척 허리를 굽혀 병을 집어 들고 품에 넣었다.

'더러운 천민에 나병이라니!'

베르트는 이를 악물었다. 사람들 앞이다. 입 밖으로 튀어나오려는 욕설을 간신히 삼켰다.

"살려 주세요, 제발 도와주세요! 사제님, 사제님!"

소매를 잡던 소년의 손이 허리춤까지 뻗어 나와 그에게 안기려 들었다.

베르트의 이성이 뚝 끊기는 순간이었다. 그는 거칠게 소년을 들어 패대기쳤다.

"놓으라니까! 어딜 그 더러운 손을 대! 옮기라도 하면 어쩌려고!"

허리춤에도 오지 않는 작은 소년은 바닥으로 나동그라지고 말았다.

"이 천박한 쥐새끼! 헬리오스엔 이런 뻔뻔한 놈들이 판을 치는구나! 누구한테 감히 병을 옮기려고!"

"으아아아앙!"

이렇게 매몰차게 내쳐질 줄은 몰랐는지, 소년이 와앙 울음을 터뜨렸다.

순간 좌중에 정적이 흘렀다.

"지, 지금 베르트 대사제께서…….."

"내가…… 잘못 들은 거지?"

환자들은 서로 얼굴만 쳐다보았다.

"루디! 괜찮으냐!"

"아파아아아아! 아파, 아파아!"

소년의 찢어지는 울음소리만 당황한 좌중에 휘몰아칠 때, 누군가 외쳤다.

"신의 사자는 병의 더러움을 구별하는 모양이지요! 그러고도 디온의 사자라고 할 수 있습니까!"

쩌렁쩌렁한 목소리가 울려 퍼지며 사람들의 정신을 일깨웠다.

"아까까지만 해도 신분 따위 상관 없댔잖아!"

"전부 거짓말이었나?"

"위선자!"

사람들은 순식간에 분노에 휩싸였다.

제일 처음 베르트를 비난하며 여론을 선동하던 사내는 성난 군중 사이로 홀연히 모습을 감추었다.

그리고 다음 날, 레이디 D의 칼럼에 새로운 기사가 실렸다.

[엘 리체에서 온 정의의 대사제, 어린 병자를 더러운 쥐새끼라 불렀다. 실수인가 파국인가.]

* * *

여론이 뒤집혔다.

"헬리오스인을 차별하는 엘 리체의 사제들은 자국으로 돌아가라!"

새로운 프레임이 생겼다.

"성국은 늘 그랬어. 디온의 사자랍시고, 늘 우리 제국인들을 아래로 보곤 했지."

"디온이 우리의 국교도 아닌데, 사도 취급 좀 받으면 뭐 어뗘?"

"콘체른도 안됐어."

"괜히 그쪽에서 길들이려고 하는 수 싸움에 잘못 걸려든 거지."

네이필리나가 계획했던 대로, 레이디 D의 타이틀은 제국민들이 가지고 있는 기본적인 애국심을 성공적으로 건드렸다.

[디온의 사자인가 성국의 사자인가. 일단 확실한 건 헬리오스의 사제는 아닌 것으로……]

주어는 없지만, 누구나 추정할 수 있는 상대로 쓰인 기사는 제국민들의 감정을 고조시켰다.

"이걸 국가적인 문제로 접근하면…… 답이 없지."

종교의 광신도를 데리고 왔다면 이쪽은 애국의 광신도를 데려오겠다.

네이필리나는 연이어, 성국이 제국 방문을 빌미로 약 500헥시온의 후원금을 요구했다는 사실도 폭로했다.

"돈에 눈이 먼 건 누군데!"

"콘체른은 이용당한 거야."

텅텅 비어 가던 콘체른 호텔에도 다시 손님들이 찾아오기 시작했다. 99퍼센트는 기사를 읽고 걸음을 내디딘 평민과 중산층이었다. 가십을 두려워하는 황족이나 귀족들이 세간의 이목이 전부 집중된 이 호텔에 나타날 리 없기 때문이다.

"엘 리체의 위선자 때문에라도 우리가 콘체른 걸 써 줘야지. 그간 얼마나 피해가 컸겠어."

의료 봉사 사건 이후 두 달, 콘체른 호텔을 이용하는 헬리오스인들이 다섯 배로 늘었다.

"다행이야! 매출이 다시 돌아오고 있어! 이대로라면 반년 안에 원상회복될 거야!"

전전긍긍하던 제시안느의 얼굴에 꽃이 피어난 건 그즈음이었다.

"아, 그리고요. 고모가 만든 그 되지도 않는 출입구, 내가 다 부쉈어요."

네이필리나의 말에 바로 구겨지긴 했지만.

"고객을 차별하는 것도 금지예요."

"뭐? 하지만 이렇게 말도 않고 갑작스럽게 부수는 게 어딨어?! 여긴 내 호텔……."

"그래서 고모의 호텔을 도와 달라고 먼저 손 내민 게 누구였죠?"

"……."

"고객을 신분으로 구분하는 게 무슨 의미가 있어요? 고모, 보세요."

네이필리나가 창밖을 가리켰다. 그녀의 손가락이 향한 쪽에는 콘체른 호텔 앞으로 주욱 늘어선 행렬이 보였다.

모두 헬리오스의 국민이었다. 간간이 기사나 사제들이 보이긴 했지만 절대 대다수가 평민들이었다.

"우리나라 호텔은 우리가 살려야지!"

쌈짓돈을 한 푼 두 푼 모아 달려온 이가 대부분이었다.

"신전이 왜 우리 콘체른을 공격하는 걸 멈췄다고 생각해요? 한번 물었던 건 놓지 않는 이들이 이 호텔을 그냥 내버려 두는 이유가 왜일 것 같아요?"

"……."

그들은 저 민중을 두려워하는 거다. 콘체른을 찔러 댔던 칼날이 언젠가 민중을 통해 자신들에게 날아올까 봐.

"봐요. 고모가 무시했던 사람들이 지금 고모를 보호해 주고 있잖아요."

제시안느는 창밖의 인파를 바라보았다. 그러다가, 이내 휙 하고 그녀를 지나쳐 가 버렸다.

"흥."

"고모."

"알았어. 무슨 말인지 알아들었다니까?"

새침하게 대꾸한 제시안느는 호텔 로비로 내려갔다. 인파는 아직도 뒤쪽까지 이어져 있었다. 그녀는 고객들을 향해 한 발 한 발 내디뎠다.

화려한 차림의 미인이 나타나자 사람들의 이목이 쏠렸다.

"여기 호텔 사장 아니야? 제시안느 콘체른이었던가?"

"맞는 것 같은데? 여긴 어쩐 일이지?"

그녀는 시선을 한 몸에 받으면서 로비 한가운데 섰다. 부채를 내리고, 그녀가 턱을 치켜들었다. 그리고 허리를 숙였다.

호텔 지배인과 직원들은 눈이 휘둥그레졌다. 자존심 강하기로는 세상에서 둘째가라면 서러울 제시안느. 그런 그녀가 사람들에게, 그것도 그녀가 경멸해 마지않는 평민들에게 허리를 숙인다고?

당황한 건 고객들도 마찬가지였다. 오가는 분주한 시선 위로 제시안느의 붉은 입술이 움직였다.

"이런 상황에도 콘체른 호텔을 찾아 주신 여러분들께 감사함을 이루 말할 수가 없습니다."

그녀가 한 걸음 걸어 나갔다.

"여러분들이 저희를 찾아 주신 이유는 호텔 콘체른의 객실이 훌륭해서도, 서비스가 훌륭해서도 아님을 잘 알고 있습니다."

그리고 다시 천천히 허리를 숙였다.

"헬리오스 제국을 아끼는 마음으로 여기까지 걸음해 주신, 여러분들의 마음을, 저와 호텔 콘체른은 잊지 않겠습니다."

"잊지, 않겠습니다!"

사장이 숙이자 직원들도 덩달아 몸을 숙였다.

"하여 그 감사함을 조금이나마 보여 드리고자, 오늘부터 한 달간, 호텔을 찾아 주신 헬리오스의 제국민들께 무료로 객실을 개방하려 합니다."

우와아아아!

우레와 같은 함성이 터졌다.

* * *

헬리오스의 디온 신전 역시 발칵 뒤집혔다.

"도대체 왜 하필이면 거기서 그 사달을 만드신 겁니까. 보는 눈이 몇 명이었는지 아십니까?"

헬리오스의 신전 소속의 1급 사제 오를은 베르트를 노려보았다. 신전 관리를 맡고 있단 이유로 그는 요즘 안팎에서 시달리고 있는 중이었다.

"나도 일이 이렇게 될 줄 어떻게 알겠나."

베르트는 오를을 진정시키려 애썼다.

"그래서, 내가 말한 건 어떻게 됐나, 그 나병 부자를 찾았어?"

지금 이 상황을 타개할 수 있는 건 베르트가 그 나병 걸린 소년을 말끔하게 치유하는 거다.

성력의 위대함을 보여 줌과 동시에, 일전의 실수를 만회하기 위함이었다.

"……."

"아직도 찾지 못했다고?"

"……행방이 묘연합니다. 환자들의 방명록에도 제대로 기록이 되어 있지 않더군요."

기이한 일이었다.

"아니, 그럼 어떻게 내가 있는 곳까지 올 수 있었던 거지?"

봉사지에 들어오기 전에 병명과 상태를 설명해야 하는데, 나병에 걸린 소년이 베르트가 있는 곳까지 무사히 올 수 있었다는 것부터가 말이 안 됐다.

그가 머리를 짚었다.

"아뿔싸, 함정에 빠졌구나."

제가 콘체른을 이용해 무대를 만들어 냈던 것처럼, 저 역시 연극의 상대자가 되어 버렸음을 깨달았기 때문이다.

"제기랄……."

그분이 알면 저를 용서하지 않을 거다. 베르트의 얼굴에서 핏기가 사라졌다.

그날 밤.

"내가 그대에게 바란 건 간단한 일이었어. 그저 디에라 몇 마리 풀고 헬리오스의 신도들을 다시 모으는 것."

그래서 결국 우리 디온의 힘을 공고히 하는 것. 그가 한심하다는 듯 혀를 끌끌 찼다.

"이렇게 수도를 들쑤시라는 뜻이 아니었는데……."

"죄송합니다, 방심했습니다. 한 번만 더 기회를 주십시오."

"베르트, 블랙 티어까지 잃어버린 어리석은 자네에게 누가 기회를 더 줄 수 있겠나."

그가 절레절레 고개를 젓더니 어쩔 수 없다는 듯 말했다.

"성국으로 돌아가게. 그대의 처분은 그때 결정하지."

베르트는 무릎을 꿇고 애원했다. 수치를 모르고 바닥에 몸을 숙여 그의 발끝에 머리를 조아렸다.

"위, 위대한 분이시여, 제발 용서를……."

"그렇다면 성국에 도착하기 전에 자네의 쓰임새를 다 보여야 할 걸세."

노여움이 켜켜이 배인 음성에 베르트는 그저 몸을 떨었다.

데구르르. 조아린 머리 위로 떨어진 작은 약병이 바닥을 굴렀다.

* * *

"그래서, 네이필리나, 여기 온 이유가 뭐니?"

호텔 콘체른의 스위트룸에서 콘체른의 두 여자가 마주 앉았다.

"고모."

네이필리나가 느긋한 기색으로 차를 들어 홀짝였다.

"시간이 그리 많이 지난 게 아닌데, 우리 약속을 벌써 잊어버리신 거라면 저, 섭섭할 거예요."

눈꼬리를 곱게 접자 무해한 웃음이 만들어졌다. 햇살 아래 금빛으로 부서지는 머리칼과 하얀 피부까지 어우러지자 귀여운 것을 볼 때처럼 마음이 몽글하게 풀어졌다.

그러나 제시안느는 이내 픽 입꼬리를 올렸다. 성국의 사제와 디온 신전을 함정으로 몰아넣은 장본인을 두고 무해하다니.

제가 잠깐 미치기라도 한 건가.

"흥. 내가 뭐 오빠들 같은 줄 아니? 약속은 지켜. 네 덕분에 호텔이 살아난 건 사실이니까."

제시안느가 탁, 다리를 꼬았다. 반짝거리는 에나멜 구두 위로 드레스 자락 끝에 매달린 진주들이 겹쳐지며 자르르르 듣기 좋은 소음을 냈다.

"말해 봐. 네가 원하는 게 뭔지."

"루신다 언니가 볼더의 제자가 되는 걸 허락하세요."

"뭐?"

곱게 화장한 얼굴이 대번에 붉으락푸르락해졌다.

"갑자기 여기서 루신다가 왜 나와?"

"요구하는 건 무엇이든 들어주시겠다 하셨죠."

"이건 달라! 내 딸의 인생이 걸린 문제라고! 대장장이나 되라고 내가 여태 까지 그 애를 애지중지 키워 온 줄 아니?"

"그래서."

챙- 네이필리나가 차갑게 찻잔을 내려놓았다. 제시안느가 움찔했다.

"계약을 불이행하시겠다는 건가요?"

후회하실 텐데요. 제시안느를 직선으로 응시하는 초록빛 눈동자는 그렇게 이야기하고 있었다.

"루신다 언니가 뭘 원했는지, 어떤 삶을 살고 싶어 했는지 고모가 여태까 지 아예 모르셨을 거라고는 생각 안 해요."

"……."

"눈치 꽤 빠르시잖아요. 영민하시기도 하고요."

"……."

제시안느는 대답 대신 입술을 더욱 꾹 말아 물었다.

"루신다 언니가 보고 싶지 않으세요?"

딸의 이름이 나오자마자, 제시안느의 팽팽한 기운이 흐트러졌다.

"언니는 고모가 보고 싶대요."

"그렇다면 루신다에게 전해 주렴. 나와 그 난쟁이, 둘 중에 선택하라고."

제시안나는 네이필리나의 말이 끝나기가 무섭게 쏘아붙였다.

"우리 둘은 절대 공존할 수 없으니까."

"고모는 언니와 호텔 중 뭘 선택하실 건데요?"

"뭐?"

제시안느의 말문이 막혔다.

"고모도 선택 못 하시면서."

"네이필리나, 너 정말 되바라졌구나? 시오르샤가 왜 그렇게 너를 싫어하는지 알겠어."

"그리고 고모는 고집이 쇠심줄보다 질기구요. 틀렸다는 걸 인정하기가 그렇게 싫으세요?"

제시안느의 날선 화법에도 네이필리나는 끄떡없었다.

"제가 핑계까지 되어 드리잖아요."

"……."

그러니까 저를 구실로 루신다에게 가라는 말이다.

"넌 정말……."

제시안느는 결국 눈을 떨구었다. 새파랗게 어린 조카딸의 속이 저보다 깊었다.

"……루신다가 날 보고 싶어 하지 않을 거야."

호텔이 공격받을 때 그 애를 까맣게 잊었잖아. 그 애를 챙길 정신도 없었는걸. 난 루신다의 엄마가 될 자격도 없어.

제시안느의 입에서 정처 없이 흘러나오는 혼잣말.

'이러다가 바닥까지 찍겠네.'

이쯤에서 제시안느를 흔들어야 했다.

"루신다 언니를 계속 란델 후작가에 놔두실 생각이에요?"

전 시가를 언급하자 제시안느의 얼굴이 형편없이 무너졌다.

란델 후작가. 사랑과 설렘으로 시작했지만 이제 제시안느에겐 기억을 떠올리는 것조차 괴로운 곳이다.

'엄마. 울지 마. 할머니가 또 뭐라 그랬어? 괜찮아. 나는 남동생 필요 없어.'

'할머니 싫어. 맨날 엄마랑 나한테만 뭐라 하잖아.'

'나는 엄마만 행복하다면 좋아. 엄마랑 갈래.'

이혼 후 어린 루신다를 데리고 콘체른으로 돌아온 건, 그곳에 아이를 도저히 두고 올 수 없었기 때문이다.

제시안느의 시어머니, 그러니까 란델 노부인은 늘 루신다가 아들이 아니라고 핍박하곤 했으니까. 그리고 천방지축 말괄량이였던 제 딸은 그곳에서 지나치게 빨리 어른이 됐다.

"아니."

절대로.

제시안느의 두 눈이 결연해졌다. 두 주먹을 꽉 쥔 채 그녀가 벌떡 자리에서 일어났다.

"그럼 어서 가지 않고 뭐 하세요."

네이필리나가 싱긋 웃었다.

"알버트! 마차! 마차!"

황급히 계단을 타고 내려가는 제시안느의 드레스 자락이 풍성하게 넘실거렸다.

"예? 제시안느 님, 갑자기 어딜 가시려고요?"

"란델 후작가로 갈 거야! 루신다를 데리러!"

제시안느는 로비가 쩌렁쩌렁 울릴 만큼 크게 외쳤다.

"예? 루신다…… 아가씨요?"

알버트의 표정이 이상했다.

"엄마!"

"여기 계신데……."

알버트 뒤로 달려오는 루신다가 보였다.

"소식을 뒤늦게 들었어요. 괜찮으세요?"

걱정스럽게 자신을 살피는 루신다를 보자 제시안느는 눈물이 왈칵 터졌다. 얼마 만에 보는 얼굴인가.

"어, 엄마?"

제시안느는 그녀를 와락 안았다.

"아, 몰라."

그냥 우리 딸 하고 싶은 거 다 하라 그래.

"루신다아…… 흑, 엄마가 잘못했어……."

딸을 꼭 껴안고 제시안느가 훌쩍거렸다.

* * *

성국 방문단은 기세 좋게 들어섰을 때와는 달리, 초라하게 제국을 떠났다.

"빨리 가 버려!"

"소금이나 뿌려 버려!"

악담을 하러 나온 행인들을 제외하고는 아무도 헬리오스를 떠나는 행렬을 배웅하지 않았다.

"……베, 베르트 님, 수도를 벗어났습니다."

베르트를 모시는 수습 사제들은 그의 눈치만 보았다.

'성국에게 도착하기 전에 쓰임새를 보여야 한다고? 그게 도대체 무슨 말이지?'

베르트는 그의 의미를 파헤치느라 정신이 없었다.

'내가 그대에게 바란 건 간단한 일이었어. 그저 디에라 몇 마리 풀고 헬리오스의 신도들을 다시 모으는 것.'

'후자는 이제 불가능하다. 그렇다면 그분이 바라시는 건.'

그래. 아직 전자의 선택지는 남아 있었다. 베르트는 유리 약병을 손에 굴렸다.

'성국으로 돌아가기 전이란 건, 반드시 헬리오스의 땅 위에서 풀어 놓아야 한단 말씀이겠지.'

"지금 어디까지 왔지?"

베르트가 퍼뜩 물었다.

"예. 수도를 벗어났고 북부를 달리고 있습니다. 이틀만 더 달리면 곧 국경입니다."

이틀. 시간이 짧다. 빨리 움직여야 한다.

"이 근처에 농가는 없는가?"

마차를 타니 몸이 배겨서 좀 쉬었다 가야겠다고 베르트가 핑계를 댔다.

"이라, 이랴!"

결국, 인근의 작은 마을에 성국 사절단의 마차가 멈춰 섰다. 창문 너머로 얼추 봐도 사오십 명은 족히 거주할 듯했다.

마을 주민들은 성국의 사제들에게 몹시 친절했다. 헬리오스 제국인들은 대부분 종교인에게 상냥한 편이었다.

"사제님들께 디온의 가호가 깃들길."

순박한 농민들은 망설임 없이 가진 것 중에서 가장 좋은 음식과 쉴 곳을 내어 주었다.

하지만 늦은 밤, 인적이 드문 우물가로 나온 베르트는 블랙 티어를 그들이

내일 마실 공공 식수에 떨어뜨렸다. 오늘이 아니라 내일 마실 식수라는 게 그가 할 수 있는 최대한의 배려였다.

"우리는 다시 출발한다."

내일 아침, 마을이 디에라로 뒤덮이기 전, 이 자리를 떠야 했다.

"베르트 님, 왜 이렇게 조급해 보이십니까. 꼭 뭔가에 쫓기는 사람처럼……."

갑자기 농가를 찾으라 하지 않나, 기껏 찾은 농가를 박차고 나서질 않나. 계속 기이한 행동을 반복하는 베르트 대사제였다. 그를 모시는 기사들이 의문을 삼켰다. 이번 충격이 커서 약간 돌아 버린 걸까?

그 말이 끝나기가 무섭게, 덜컹. 마차가 멈췄다.

갑작스러운 급정거에 베르트의 두툼한 뺨이 그대로 벽에 부딪쳤다.

"무, 무슨 일이냐!"

성기사가 마차 문을 벌컥 열었다. 이놈이 아무리 그렇지만 대사제도 몰라보고 무슨 무례냐고 따져 물을 새도 없었다.

"아, 암습입니다! 어서 몸을 피하십…… 컥!"

기다란 검날이 그의 가슴을 꿰뚫었기 때문이다.

"엘 베르트."

군화 한쪽이 마차 바닥으로 엎어진 시체의 등을 지그시 지르밟고 허리를 숙여 마차 안을 들여다보았다.

"엘 리체의 대사제라니. 이런, 귀한 몸께서 여기 계셨군."

그 얼굴을 알아본 베르트는 일순 말문이 막히고 말았다.

"아, 앙헬 대공이 왜……!"

* * *

탁. 탁.

땅을 파내는 일정한 삽질 소리. 베르트의 시체는 나머지 성기사들의 것과 같이 소리 없이 들판에 파묻혔다.

사람 수십 명이 죽어 파묻히는 모습을 보는 네이필리나는 무표정했다. 들판을 내려다보는 건 공포보다는 관찰에 가까운 시선이었다.

네이필리나가 저렇게 죽음 앞에 건조한 표정을 내보일 때마다 스카가드는 헛웃음이 새어 나올 것 같았다. 초식 동물을 연상케 하는 그녀의 말간 외양은 필시 상대의 방심을 사기 위한 거죽이리라. 늑대가 사냥 전 양의 거죽을 뒤집어쓰는 것처럼.

"네이필리나, 그대는 좀 더 조심하는 게 좋겠어."

하지만 좀 더 몸을 낮출 필요가 있다.

"놈들이 그대를 찾아가게 만들고 싶지 않다면."

지나치게 눈에 띄는 짓은 삼가라고 그는 낮게 경고했다.

"제 몸 하나 정도는 지킬 수 있어요."

도전적으로 들리는 음성에 살포시 노려보는 시선까지. 역시나 이 소녀는 들꽃보다는 살쾡이에 가깝다. 스카가드가 피식 웃었다. 곧게 뻗은 손이 네이필리나의 귓불을 살짝 매만졌다.

"그대는 용감해서 좋아. 하지만 무모하기도 하지."

"대공 전하."

네이필리나가 그보다 더 공손할 수 없는 목소리로 말했다.

"손이 잘리고 싶은 게 아니시라면 그 손 떼세요."

"분수를 모르는 깜찍한 언사도."

붉은 빛이 번쩍였다.

대공의 워프 마법이 시전됐다. 둘은 들판이 아니라 네이필리나의 방 베란다에 서 있었다. 곧고 두꺼운 손가락이 그녀의 손목을 두드렸다.

"정말 제 몸은 지킬 수 있나?"

"무슨……."

네이필리나는 인상을 찡그렸다.

손목에 느껴지는 압박감이 전혀 없어서 그저 감싸 쥔 것 같았는데,

'뭐 이렇게 힘이 세……!'

그의 손아귀에서 벗어날 수가 없었다.

"혹시 힘자랑을 하고 싶으신 건가요?"

"그럴 리가. 난 그저."

엄지가 그녀의 손등을 부드럽게 쓸었다. 동시에 스카가드의 눈가가 흐드러지듯 접혔다.

"엘 리체의 광신도들은 이보다 더 난폭할 거라고, 알려 주고 싶을 뿐이야."

"……."

빌어먹을 엄지가 쓰다듬는 동작이 기묘한 감각을 불러일으키게 했다. 희미한 사향 냄새와 함께 그가 고개를 숙였다. 그 모양새가 꼭 입을 맞추려는 것 같아서, 네이필리나는 저도 모르게 숨을 참고 말았다. 앙다문 입매, 옅게 떨리는 턱선을 내려다본 스카가드가 희미한 웃음을 삼켰다.

"내 기사를 하나 보내지. 믿을 만한 아이니 데리고 다니도록 해."

"괜찮아요."

"내가 괜찮지 않아."

할 말은 그것뿐이었다는 듯, 그가 미련 없이 몸을 일으켰다. 그리고 훌쩍 땅을 박차고 사라져 버렸다. 까마득히 높은 콘체른의 담장은 그에게 아무 문제가 되지 않는다는 것처럼.

"하."

홀로 남은 네이필리나의 입에서 뒤늦게 허탈한 숨이 터졌다.

그녀가 독침을 꾹 쥐었다. 제가 무슨 짓을 해도 제국 최고의 검사이자 마법사인 대공을 집에 들어오지 못하게 막을 순 없을 테지만, 그래도 다음번엔 그 잘난 턱에 표창 하나는 박아 줘야 속이 시원하겠다.

사람 그렇게 홀리는 거 아니라고.

* * *

"엘 베르트가 사라졌습니다."

늦은 밤, 성국 사절단의 소식이 그에게 전해졌다.

"헬리오스의 국경을 넘은 후론 행방이 묘연합니다."

"다른 흔적은 없고?"

"지금 성기사들을 풀어 찾고 있지만, 아직입니다."

"흔적을 남기지 않았다……. 그렇다면 실패한 거로군."

들켰던 거야. 꼬리를 잡히지 말라고 그리 일렀는데, 어리석긴. 그가 혀를 끌끌 찼다.

"한데…… 엘 베르트와 부딪쳤던 그때 그 나병 환자 말입니다……."

"갑자기 그건 왜?"

"여기저기 줄기를 타고 올라가니 콘체른 백작가가 나오더군요."

"콘체른? 엘 베르트가 헬리오스에 입성할 때 희생양으로 삼았던 그 졸부 가문 말이냐?"

"예. 맞습니다. 콘체른의 막내딸이 손을 쓴 모양입니다."

"하."

남자가 짧게 헛웃음을 내뱉었다.

"……보통이 아닌 계집애구나. 블랙 티어의 존재를 알고 움직인 것일지는 차차 알게 될 테지."

* * *

스카가드는 제 기사를 보내 주겠다던 말을 그 어느 때보다 빠르게 지켰다.

"아가씨, 새로 뽑은 하녀를 데려왔사와요. 여기 있는 리안이 아가씨의 식사 시중 담당이와요."

젤피가 데려온 하녀는 키가 꽤 컸다. 평범한 하녀복을 입고 있었지만 행동이 재빨랐고, 무엇보다 움직임에 소리가 없었다.

'살수구나. 로피진 출신인 것 같기도 하고.'

"리안이라고?"

젤피가 나가고 둘만 남게 됐을 때, 네이필리나가 물었다.

"대공께서 보내신 아이니?"

"네, 아가씨. 주군께서 보내셨습니다."

리안은 공손하게 대답했다. 하지만 그녀는 저 외에도 3별관에 들어온 하녀 두 명 역시 스카가드 앙헬이 보낸 호위라는 걸 밝히지 않았다.

'인사는 너만. 성격이 까다로워서 감시받는다 생각할 테니까.'

자랑은 아니지만, 무력 최강으로 알려진 앙헬의 비밀 기사단에서 저는 최정예였다.

"하나가 아니라 셋을 보내다니."

"네?"

리안은 귀를 의심했다. 네이필리나가 대수롭지 않다는 듯 어깨로 가리켰다.

"아까 세탁 담당이랑 드레스 관리 담당도 전하의 기사가 아니니?"

"……."

리안은 바로 답하지 못했다.

'말해도 되나? 주군께서 들켰을 땐 어떻게 하라고까지 명령하진 않으셨는데 내가, 밝혀도 되는 일인가?'

리안의 침묵을 다르게 해석한 네이필리나가 지나가듯 얘기했다.

"아닌가? 다른 쪽에서 넣었나 보구나. 내보내야겠네."

"네, 네니요!"

얼마나 당황했는지 '네, 맞습니다'와 '아니요, 내보내지 마세요'가 섞였다.

"응?"

"마, 맞습니다……. 주군의 사람들."

"아, 그래?"

네이필리나가 싱긋 웃었다. 별로 놀란 기색이 아니었다.

'무슨 귀족 아가씨가 이래?'

오히려 네이필리나를 따라다니며 놀라는 건 리안이었다. 벌레 하나 죽이지 못할 것 같은 순진한 외양과는 달리, 리안의 호위 대상은 상당히 무심한 성격의 소유자였다.

'아가씨의 감각, 여간 예민한 게 아니야.'

일반적인 귀족 영애가 이 정도의 기감을 가지고 있나?

'하지만, 따로 검술을 배우거나 하지도 않으신 거로 알고 있는데…….'

네이필리나의 얼굴을 대할 때면 방심할 수 없는 기분, 앙헬 대공을 모시면서 느껴 봤던 감정이 느껴졌다.

'그래. 우리 주군께서 짝을 허투루 고르실 리가 없지.'

어쩐지 생면부지의 여인에게 호위를 따로 챙기시는 것부터 수상했다. 드디어 주군에게도 봄이 찾아오려는 모양이다.

역시나. 리안의 눈이 미소로 접혔다.

* * *

루신다의 짧은 가출이 끝나고 싸늘한 적막이 맴돌던 2별관에도 봄날이 찾아왔다.

"네이필리나."

어느 날 루신다 모녀가 네이필리나를 2별관으로 불렀다.

"이게 뭐예요?"

"콘체른 호텔에 대한 내 지분 계약서야."

루신다가 대답했다.

"너만 좋으면 네게 팔고 싶어. 알다시피 난 호텔을 이어받는 건 관심이 없거든."

루신다의 지분이라면 적지 않다. 경영에 필요한 최소 3분의 1은 될 것이다.

"고모도 동의하신 일이에요?"

순순히 허락해 줄 리가 없는데 싶어, 제시안느를 올려다보자 그녀가 흠흠 헛기침을 했다.

"안 된다고 했는데 루신다가 워낙 완고하니 낸들 어쩔 수 있니?"

"……."

"뭐, 이번 일 같은 돌발 상황이 벌어지지 않는다고 장담하지 않을 수 없기도 하니까. 너라면 아주 나쁜 선택은 아니지."

경영에 영 문외한인 루신다보다는 네이필리나가 호텔 운영의 한 파트를 맡는 게 낫겠다고 생각해서 허락한 것뿐이라며 제시안느가 설명을 덧붙였다.

그 설명만으로 불충분한 부분이 있었다. 네이필리나는 더 묻지 않았다.

"고모, 난 거절 안 할 거예요."

하지만 제시안느는 그냥 고개를 끄덕일 뿐이었다.

'이 애는 달라.'

네이필리나가 한계까지 내몰렸던 호텔을 위기에서 구해 낸 뒤 루신다와의 화해를 조건으로 내민 순간, 제시안느 속에서도 어떤 벽이 허물어졌다.

'공존이 가능할지도 모르겠어.'

그녀의 형제인 기디언이라면 믿지 않았을 것이다. 그라면 호텔을 빼앗아 제가 가져가고도 안심하지 못해 제시안느의 손을 짓밟아 버릴 위인이다. 제시안느가 다시 호텔 따위 엄두조차 내지 못하도록.

하지만 이 아이는 안다. 호텔이 제게 미치는 의미를 이해하고 있다. 어쩌면 딸인 루신다보다 더 깊이. 그래서 조금 안심이 됐다.

설사 호텔에 무슨 일이 생긴다 해도, 이 아이가 있다면 나락까지 떨어지진 않도록 막을 테니까.

사업의 지속 가능성은 그 사업을 이끄는 자들의 가장 큰 고민거리다. 네이필라나는 그 고민을 해결할 수 있게 하는 방안이었다.

'아버지가 이래서 앨 아끼시는 건가.'

뭘 맡겨도 제 것인 양 있는 힘껏 지킬 거란 생각이 드니 말이다.

Ch 10. 제시안느

콘체른의 문장을 단 화려한 마차가 살롱 앞에 멈춰 섰다.

"도착했습니다, 제시안느 님."

에스코트를 위해 내밀어진 손 위에, 그녀는 새침하게 제 손을 얹었다. 화려한 패턴의 드레스가 걸음걸음마다 작게 물결쳤다.

"나 왔어요."

여느 때처럼 살롱에 들어서는데 갑자기 주변이 적막해졌다. 그 전까지 왁자지껄하면서도 편한 분위기였는데 제시안느의 등장과 함께 순식간에 얼어붙었다.

'뭐야?'

제시안느가 살짝 인상을 찌푸렸다.

"흠, 흠!"

귀부인들이 작게 헛기침을 하거나 딴청을 피웠다.

"난 잠깐 휴게실에 다녀올게요."

"목이 말라서 실례할게요."

모두 제시안느와 친밀하게 지내던 귀부인들이었다. 평소라면 반갑게 제시안느를 맞이해 줄 만한 이들이 그녀가 가까이 가자 서로 짠 것처럼 뿔뿔이 흩어졌다.

제시안느가 황당한 표정을 지었다.

"뭐예요? 갑자기 왜 저래?"

"그, 그게……."

살롱의 주인인 마담 봉즈가 난처한 미소를 지었다. 그녀는 입술을 달싹거리며 제시안느에게 다가왔다. 곤란하지만 호스트로서 미리 언질은 주어야겠다고 생각한 모양이다.

"얼마 전에 제시안느가 콘체른 호텔에서…… 그, 평민들에게 허리를 숙였잖아요?"

게다가 콘체른 호텔의 상징이나 다름없던 황금 다리를 부수기도 했다.

"그래서요?"

"그게 조금…… 과하다 생각했던 사람들이 있는 모양이에요."

마담 봉즈가 작은 목소리로 응원했다.

"물론 전 그게 용기 있는 행동이라고 생각해요. 하지만 제시안느도 알다시피, 그걸 좋아하는 귀족들은 별로 없을 거란 거……."

호텔의 벽을 내리고 신분과 관계없는 완전 개방을 행한 제시안느의 행보는 민중들에게 환영받았다. 그러나 일부 귀족들에겐 그 행위가 그리 달갑지 않았던 모양이다.

그들은 제시안느의 변화된 행보가 배신이자 여론에 편승하여 굴복한 거라고 생각했다.

"그래서…… 미안해요. 저도 호스트인 입장에서 대다수의 의견을 먼저 생각할 수밖에 없어서……."

마담 봉즈가 눈썹을 팔자로 늘어뜨리며 사과했다.

"앞으로는 전처럼 자주 보기 힘들 것 같아요."

"……."

"미안해요, 제시안느."

"됐어요. 어차피 호텔 일이 바빠서 오래 있을 수도 없었으니까요."

제시안느가 새침하게 대답했다.

"어랏, 사장님. 왜 이렇게 일찍 돌아오셨습니까?"

답지 않게 일찍 귀환한 사장을 보며 비서 알버트가 눈을 동그랗게 떴다.

"그럴 일이 있어. 호텔은 별일 없었니?"

"별일은요. 매일 손님들이 미어터져서 계속 객실을 가득 채우고 있으니 경사지요, 경사."

알버트가 싱글벙글 대답했다. 중산층 손님들의 비중이 늘어나면서 콘체른 호텔의 매출 규모가 점점 커져 가고 있었다. 인근의 고급 호텔 중에서도 단연 눈에 띄는 결과였다.

"이대로라면 로텐비르크를 따라잡는 건 시간문제입니다."

200년 역사의 호텔을 우리 세대에서 추월하게 될지도 모른다며 알버트는 신이 났다.

"아, 그건 그렇고 손님이 오셨는데 말입니다."

"손님?"

"예. 사장님을 찾아오셨다 하던데……. 루신다 아가씨의 작품을 가져오셨더라고요."

사무실에서 기다리고 있으실 거라며 그가 설명을 덧붙였다.

"알았어. 지금 갈게."

'볼더라는 그 드워프 장인인가?'

루신다가 제자가 되는 걸 허락했으니 뭔가 인사를 하러 왔을지도 모르겠다.

'여전히 맘에 안 들어.'

제시안느는 입술을 삐죽거리려다 애써 입매를 위로 올렸다.

'적어도 다시 싸우는 사이가 되진 말아야지.'

또 루신다가 화가 나서 다시 집을 나가기라도 하면 큰일이니까.

"후우."

손님이 기다리고 있다는 사무실에 다다르자 제시안느는 한번 크게 숨을 들이쉬었다.

"오래 기다렸어요? 반가워요. 날 찾아왔다고……."

힘차게 문을 열었다.

"오랜만이오, 제시안느."

'손님'이 벌떡 일어서서 어색하게 웃어 보이자 그녀는 흠칫 얼어붙고 말았다.

부드러운 인상. 큰 키와 늘씬한 체격. 잘 갖춰 입은 회색 정장과, 코끝에 걸친 안경이 남자의 지적인 매력을 더했다.

"당신은……."

그녀의 전남편 필립스 란델 후작이었다.

* * *

"미안하오, 주인 허락도 없이 사무실에서 제멋대로 기다리고 있었구려."

"여긴……."

잠시 말을 멈춘 제시안느가 침을 삼켰다. 너무 놀라 표정 관리가 안 됐다.

"어쩐 일이에요?"

너무 볼썽사나운 목소리가 튀어나오지 않았기만을 바랐다.

"잘 지냈소?"

정말 오랜만이지 않냐고 묻는 그의 목소리가 조금 떨리고 있는 것 같다면 착각일까?

"얼마 만이지? 10년 넘게 마주치지 않았다는 게 실감이 안 나오."

그래. 이혼 직후 수도를 떠난 이래 그가 연구를 빌미로 내내 지방을 전전하고 있다는 얘기를 들었다.

"시간이 벌써 이렇게 흘러 버린 건지…… 루신다를 보고 얼마나 깜짝 놀랐는지 모르오. 당신이랑 너무 닮아서……."

그는 조금 들떠 있는 것 같기도 했다.

"무슨 일로 왔냐고 물었어요."

제시안느는 차갑게 되물었다.

"이렇게 마주 보고 안부나 물을 사이, 아니잖아요. 우리."

"……제시."

"그렇게 부르지 마요."

제시안느가 툭 쏘아붙였다.

결혼 시절에나 불렀던 애칭이다. 이혼 합의서에 찍은 도장이 말라비틀어진 지금 듣기는 너무 낯부끄러운 단어였다.

"당신 말이 맞소. 그럴 만하지. 당신도 당황했겠구려."

후작이 고개를 끄덕였다.

"……."

"루신다가 놔둔 짐을 가져다주러 들렀소."

란델 후작이 바닥 쪽을 턱짓했다. 루신다가 쓴 듯한 자질구레한 도구들이 놓여 있었다.

"알겠어요. 직원한테 시켜서 이건 루신다에게 가져다줄게요. 볼일은 그것뿐이죠?"

말이 끝나기 무섭게 제시안느가 축객령을 내리고 뒤돌아섰다.

"그럼 이만 난 바빠서……."

"사실 그건 핑계요. 당신도 눈치챘겠지만."

란델 후작이 고백했다.

"얼굴 한 번만 보고 싶어서 왔소. 어쩜 내 기억보다 하나도 변한 게 없구려. 여전히⋯⋯."

아름다워. 중얼거린 그가 머쓱하게 머리를 쓸어내렸다. 그 동작이 20년 전
과 똑같았다.

'제시안느!'

아직 학자로서 이름을 날리기 전의, 순수했던 학도의 모습을 떠올리며
추억에 젖게 만들었다. 제시안느는 과거의 사랑스럽고 연약했던 시절들이
떠올랐다.

"⋯⋯혹시 만나는 사람 있소?"

잠깐이나마.

"⋯⋯."

'무슨 생각을 하는 거야.'

제시안느는 이내 진절머리 쳤다.

또 사람에 넘어가서 다시 그 지옥을 번복할 참인가? 불에 덴 것처럼 정신
이 확 들었다. 잠시 아득해졌던 제시안느가 다시 정신을 차렸다.

"그걸 당신이 알아서 뭐 하게요?"

그녀가 거만하게 팔짱을 끼고 삐딱하게 섰다. 그리고 후작을 향해 턱을 치
켜들었다.

"이만 나가 줘요. 당신이랑 더 볼일 없으니까."

란델 후작은 낯선 그녀의 반응에 조금 당황했다.

"솔직히 이렇게 당신을 다시 보는 것도 불쾌해요."

"미안하오. 실수를⋯⋯ 한 것 같구려. 내가 잘못 생각했소."

세월이 많이 흘러서⋯⋯. 조금은 괜찮아지지 않았을까⋯⋯.

그는 중얼거리다 이내 탄식 같은 혼잣말을 삼켰다.

"⋯⋯."

다시 흐르는 적막.

"알겠소, 제시안느. 그래도 오랜만에 당신 얼굴을 봐서 좋군."

"……."

여전히 대답이 없자 란델 후작은 멋쩍게 중절모자를 썼다.

"그럼 이만. 건강하길 바라오."

"……."

달칵. 문이 닫혔다. 저벅. 저벅. 문밖으로 들리는 발걸음 소리가 점점 멀어졌다.

"알버트!"

제시안느는 목청 높여 비서를 불렀다.

"예, 예! 사장님! 무슨 일이십니까!"

심상찮은 고함에 알버트가 황급히 달려왔다.

"너……."

제시안느는 그를 노려보았다. 알버트는 이혼 후 호텔을 경영하면서 뽑은 비서다. 필립스가 수도에 걸음하지 않은 지 10년이 훌쩍 넘어간다. 그간 왕래가 있던 것도 아니니, 알버트로서는 그가 제시안느의 전남편인 란델 후작이라는 걸 알 길이 없다.

모를 수도 있다고 이해는 하는데…….

"저 사람, 다시는 내 호텔 안으로 들이지 마. 알았어?"

시뻘건 눈이 저를 향하자 알버트가 겁에 질렸다.

"알았냐고!"

"예! 예! 알겠습니다!"

쿵. 다시 닫힌 문.

"에이씨……."

혼자가 된 제시안느가 머리를 헝클였다.

"왜 여기까지 날 만나러 온 거야……."

괜히 마음이 심란했다.

* * *

제시안느의 사교 생활에 제동이 걸렸다.

파티를 제집처럼 누비던 그녀였지만 요즘 제시안느 앞으로 오는 초대장의 수는 팍 줄었다.

"흥. 고작 이런 파티 따위, 안 가면 그만이지."

제시안느는 콧방귀를 꿰었지만, 기분이 상하는 것까진 어쩔 수 없었다.

'릴리엔의 기분이 이랬을까.'

눈앞에 대놓고 따돌리는 게 보이니 기분이 더러웠다.

"확 뒤엎어 버려?"

"제발 참으십쇼, 제시안느 님. 콘체른 호텔이 겨우 정상화된 지 얼마 지나지도 않았습니다. 이번엔 또 어디 기사에 오르실 참이세요."

알버트가 기겁하며 제시안느를 말렸다.

"흥."

그녀가 새침하니 고개를 팩 돌렸다. 입술이 삐죽 나왔다.

"제길, 난 원래 지금보다 더 활발하게 움직여야 하는데."

바쁘고 화려한, 이혼 후에도 변함없이 사교 생활을 즐기는 모습을 보여 줘야 하는데, 타이밍이 맞지 않아 영 빌빌거리고 있는 모습만 보여 주는 거 같아서 괜히 신경이 쓰였다.

"돌아와도 하필 왜 이런 타이밍에 돌아오는 거야……."

"사장님, 누가 돌아왔다는 말씀이십니까?"

"뭐? 돌아오다니? 나 아무 말도 안 했는데?"

초고속으로 부정하는 상사의 모습을 알버트는 조금 측은하게 바라보았다. 이제 그 역시 그때 그 손님이 누군지 안다.

'란델 후작님도 사장님한테 마음이 남아 있으신 것 같았는데.'

제시안느는 모를 거다. 란델 후작의 갑작스러운 방문 이후 그녀의 혼잣말이 늘었다는 걸.

* * *

"어쩌죠, 제시안느? 여긴 자리가 다 차서요."

오늘도 참석한 사교 클럽의 무리에서 따돌려진 참이었다. 제시안느의 얼굴이 조금 일그러졌다.

"제시안느, 차라리 그러지 말고 로열 클럽에 들어오는 건 어때요?"

그녀를 가엾게 여긴 마담 봉즈가 몰래 제안했다.

"로열 클럽이라뇨?"

"우리끼리 하는 조촐한 모임이 있어요. 수가 많진 않지만 멤버 하나하나 다 알아주는 분들이시죠. 그중에 제시안느의 상황을 특별히 안타깝게 보시는 분이 있어서요."

"됐어요. 그런 건 필요 없어요."

제시안느는 고개를 젓고 거절했다.

"뭐, 본인이 싫으면 어쩔 수 없죠."

마담 봉즈가 어깨를 으쓱하며 멀어져 갔다. 그녀까지 가 버리니 제시안느의 주변은 한층 더 썰렁해졌다.

"됐어. 뭐, 저희 아니면 인맥 없나?"

휴게실에서 화장을 고친다는 빌미로 그녀는 자리에서 빠져나왔다.

"그런다고 내가 한 말을 무르기라도 할까 봐?"

이젠 자존심을 넘어 오기 때문에라도 말을 바꾸지 않을 참이었다.

"잘못한 것도 없는데 왜 주눅이 들어? 당당하게 나가야지."

숨을 크게 들이켜고, 턱과 콧대를 더 높이 든 제시안느가 막 복도의 코너를 돌 즈음이었다.

멀리서 낯익은 얼굴이 보였다.

"아까, 봤어요?"

란델 노부인, 제시안느의 전 시어머니였다. 히익. 제시안느는 황급히 몸을 돌려 벽 뒤로 숨었다.

'내가 왜 숨었지?'

그리 생각하면서도 그녀는 가만히 서서 노부인이 지나가기를 기다렸다. 전 시모를 이런 곳에서 마주하고 싶지 않았다. 사실 그 어떤 곳에서도.

"제시안느가 여기 왔다구요?"

"네. 그런데 얼마 안 있어서 떠나 버렸어요. 로열 클럽도 얘기해 봤는데 거절하더라고요."

마담 봉즈의 목소리도 함께 들렸다.

"흐응, 알 만하네요."

혀를 끌끌 차는 노부인의 목소리가 들렸다.

"저는 아직도 부인께서 왜 그 여자에게 손을 내밀어 주려 하시는지 모르겠어요."

"별다른 이유는 없어요. 그냥 가엾어서요."

잠깐만. 제시안느가 멈칫했다. 조금 전 마담 봉즈의 말이 떠올랐다.

'그중에 제시안느의 상황을 특별히 안타깝게 보시는 분이 있어서요.'

그게 전 시어머니인 란델 노부인이었다는 건가?

"사실 내 며느리였기도 해서 다른 말을 얹고 싶진 않지만…… 전 별로 놀라지 않았답니다."

그녀의 말은 계속 이어졌다.

"그때도 ……그런 끼가 보였거든요. 아시죠, 제가 무슨 말을 하는지."

제시안느 173

"예법은 엉망이고 교양은 맙소사, 어디서 배워 온 건지 수박 겉핥기로 배워서 어디 가서 입을 열 때마다 마음을 얼마나 졸였는지 몰라요."

"어머. 그 정도였나요? 부인께서 고생이 많으셨겠군요."

"여러모로 우리와는 달랐던 환경이기도 했잖아요. 아무래도 그런 갈등들이 제일 어려웠던……."

노부인의 말소리는 점점 멀어지며 들리지 않았다. 제시안느가 주먹을 꼭 쥐었다. 그만큼 세월이 지났는데 하나도 변한 게 없었다.

저 여자는 여전히 제멋대로 저를 깎아내리고, 저는 아무 반박도 하지 못한 채 그저 듣고 있는, 어린 루신다를 안고 울먹임을 참았던 수많은 날들.

그곳에서 저는 아직도 빠져나오지 못한 건가? 제시안느는 여전히 제 속에 깊게 남아 있는 시모의 흔적을 느꼈다. 어쩌면 트라우마일지도 모른다.

'이젠 아니야.'

강렬한 호승심이 제시안느의 속을 태웠다.

"마담 봉즈!"

그녀는 거침없이 앞으로 걸어 나갔다. 화려한 드레스가 휘날리도록.

"아, 제시안느? 아직 안 갔어요?"

방금 전까지 제시안느에 대한 대화를 하고 있어서 그런지, 마담 봉즈의 얼굴이 조금 당황에 젖었다.

"네. 이제 막 가려던 참이었는데, 흥미로운 걸 보게 돼서요."

제시안느는 평소 같은 도도한 낯으로 란델 노부인과 마담 봉즈를 번갈아 보더니 이내 픽 입꼬리를 올렸다. 박쥐 같은 봉즈의 행동에 상처받긴커녕, 그녀를 훑어 내리는 자신만만한 시선은 네가 딱 그럴 줄 알았다는 눈빛이었다. 마담 봉즈의 얼굴이 되레 붉어졌다.

"……오랜만이구나."

"네, 부인. 그나저나 마담 봉즈."

마담 봉즈를 향해 말하고 있으면서도 제시안느는 노부인과 시선을 맞췄다.

"그 로열 클럽이란 거 말이에요."

드레스 자락을 쥐고 있는 고운 손등 위로 작게 힘줄이 돋았다. 제시안느는 이 여자에게 증명하고 싶었다. 저 여자에게 똑똑히 보여 줄 생각이었다.

나는 이제 당신의 말 한마디에 상처입고 울던 어린애가 아니라고.

당신은 나한테 아무것도 아니라고.

"들어가겠어요."

그러나 제시안느는 알았어야 했다. 때로는 그냥 그대로 흘려보내는 게 나은 기억이 있다는 걸. 모든 것은 그녀가 자신한 대로 흘러가지만은 않는다는 걸.

* * *

그리고 얼마 뒤.

제시안느가 네이필리나를 찾아왔다.

"네이필리나, 한 번만 더 날 도와줘."

푹 꺼진 안색. 바짝 마른 입술. 얼마 전에 봤던 제시안느와는 전혀 다른 모습에 네이필리나는 깜짝 놀랐다.

"무슨 일이에요, 고모?"

"네 도움이 필요해. 다른 사람한텐 도저히 말을 못 하겠어. 내가 너무 한심해서……."

네이필리나의 물음에 갑자기 감정이 북받친 모양이었다. 제시안느가 털썩 자리에 주저앉더니 양손에 얼굴을 묻었다.

"처음엔 그러려던 게 아니었는데, 자꾸 날 자극하니까…… 나도 모르는 새에 눈덩이처럼 불어나 있었어."

"도대체 무슨 일이길래 그래요. 일단 말해 보세요."

"나…… 돈 좀 빌려줄 수 있니?"

"뭐, 빌려드릴 수는 있어요. 얼마나 필요하신데요?"

"2만 골드……."

"2만 골드요?"

그냥 빌려주기엔 어마어마한 금액이다. 설명이 필요하다 생각했는지 제시안느가 더듬더듬 토해 냈다.

"로열 클럽이라고, 요즘 내가 하고 있는 게 있는데……."

무슨 클럽? 네이필리나가 인상을 찡그렸다.

잠시 뒤, 자초지종을 들은 네이필리나의 손에는 수표가 들려 있었다.

"5만 골드예요."

제시안느의 얼굴이 밝아졌다.

"역시 네이필리나, 너라면 날 도와줄 거라고 생각했어."

"착각하지 마세요, 고모. 공짜로 드리는 거 아니니까."

네이필리나의 목소리는 차가웠다.

"대신, 호텔 지분 저한테 넘기세요."

"뭐? 호텔이랑은 상관없잖아!"

"어떻게 상관이 없어요. 잘못하면 내기 도박판에 콘체른 호텔까지 넘어갈 상황인데."

네이필리나가 정곡을 찌르자 제시안느가 화들짝 놀랐다.

"너, 그걸 어떻게……."

"고모, 저한테 넘기세요."

그리고 그 로열 클럽이란 데, 저도 가 봐야겠어요.

* * *

'엄마가 요즘 이상하셔.'

제시안느의 변화를 가장 먼저 알아차린 건 루신다였다. 그녀는 네이필리나를 찾아와 상담했다.

'로열 클럽인지 뭔지 때문에 호텔 일도 점점 등한시하시고, 원래 그런 분이 아닌데……. 아빠랑 만난 날부터 좀 힘들어하시는 것 같더니, 이젠 점점……. 네이필리나, 네가 좀 알아봐 주면 안 될까?'

"……로열 클럽? 거긴 꽤 악질인 곳인데."
마담 포프리는 설명했다.
"일단 귀족 부인 하나를 타깃으로 설정해요. 주로 어리거나 무리에서 배척된, 그리고 돈이 많다는 특징이 있죠."
그리고 그들만의 사교 모임에서 본격적인 작업이 시작된단다.
"주로 내기 도박이죠. 계속 내기를 걸면서 빚을 지게 만들 수 있거든요. 이 정도 돈도 없냐, 힘드냐, 어렵지 않냐, 사람의 자존심을 계속 건드려서 손을 떼지 못하게 만들어요. 근데 거기 콘체른 양의 고모가 있다고요?"
어쩌다 거기까지? 마담 포프리의 애잔한 눈빛에 네이필리나가 조용히 답했다.
"사정이 있어서요. 그나저나 그 로열 클럽, 꼭 멤버십이 있어야 참가할 수 있는 건가요?"
"그럴 리가요."
마담 포프리가 싱긋 웃었다. 네이필리나의 머릿속을 읽어 낸 듯이 말했다.
"도박 실력과 돈만 있으면 얼마든지 깽판 칠 수 있는걸요."

* * *

"오늘은 안 오려나 보죠?"
"벌써 빚이 2만 골드였는데 무슨 정신으로 오겠어요. 콘체른 호텔 객실 여러 개는 팔아야 했을걸요.”

와하하. 테이블에서 한바탕 웃음이 터졌다. 로열 클럽의 멤버들이었다.

란델 노부인은 조용히 차를 마신 채 대화에 참여하지 않았다. 그녀는 제시안느의 빈자리를 보며 안심했다.

‘어딜 감히 내 아들한테 다시 붙으려고.’

돈깨나 있다고 구김살 없는 모양새가 마음에 들지 않았다. 누구도 얻기 힘든 최고의 남편을 얻어 놓고, 결혼 생활 조금 힘들다고 팽하니 이혼해서 도망친 것도 한심했고, 이제 또다시 제 아들을 홀려 집안으로 들어오려는 꼴이 괘씸했다.

그때, 별처럼 반짝거리는 음성이 날아들었다.

“여기가 로열 클럽 멤버들이 모이는 곳인가요?”

원탁 가까이 모두가 아는 얼굴이 쑥 나타났다.

“마, 마담 포프리?”

수도에서 제일 유명한 살롱의 주인이 여긴 왜……?

마담 포프리가 르 아라크네 외의 다른 살롱을 찾는 일은 드물었기에 모두 놀란 눈을 했다.

“여기서 꽤 재미있는 일들을 하고 있다 그래서요.”

마담 포프리가 싱긋 웃었다.

“로열 클럽이라고, 판돈이 제법 크다던데 저도 앉아도 될까요? 아, 여긴 제시안느의 조카인 네이필리나 양이에요.”

“친분이 없는 사람이랑은 곧바로 게임을 하기가 좀 그런데……. 더군다나 콘체른 양은 나이가 많이 어리잖아요.”

귀부인들이 주저했다.

“어머, 판돈을 이만큼 가져왔는데도 안 될까요?”

그러나 네이필리나가 순진한 얼굴로 금화가 가득 찬 주머니를 테이블에 쏟아부었다.

다른 사람들의 판돈이 손가락 세 마디 정도였다면 네이필리나의 판돈이 쌓인 높이는 팔뚝 정도까지 왔다.

도박판에서 제 판돈을 전부 드러내는 멍청함이라니. 게다가 저 순진한 눈망울은 룰을 제대로 숙지조차 못 하고 있는 게 틀림없다.

'호구 잡았다.'

"안 되기는요!"

귀부인들의 눈이 위험스레 빛났다.

그들은 몰랐다.

네이필리나의 전생이 평생 도박에서 한 걸음 정도밖에 떨어지지 않았다는 걸.

세상의 온갖 향락이 다 살아 숨쉬는 4지구의 스테프니 거리에서도 그녀를 이기는 자가 없었다는 걸.

* * *

몇 시간 후, 테이블 위는 초박살이 났다.

"자, 그럼 계산을 해 볼까요? 마담 봉즈는 4만 5천 골드, 루피시아 남작 부인은 2만 8천 골드……."

네이필리나가 낭랑하게 빚의 계를 나열하며 읊었다.

"그리고 마지막 란델 노부인의 빚은 8만 7천 골드가 되겠네요."

자리에 앉아 있던 귀부인들의 안색은 거무죽죽했다. 단 몇 시간 만에 저 어린 아가씨가 자신들을 빚더미에 올려놓았으니까.

"자, 아까 작성한 차용증들은 다 가지고 계시죠? 인장까지 찍어 놓았는데 나중에 다른 말 하시지 않을 거라고 믿어요."

네이필리나는 상냥한 말씨로 그들의 퇴로를 막았다.

"뭐, 꼭 그렇게까지 하지 않아도 여기 계신 마담 포프리께서 오늘의 증인이 되어 주실 테지만요."

"물론이죠. 네이필리나 양의 놀라운 활약을 제 눈으로 똑똑히 봤는데 어떻게 잊겠어요?"

마담 포프리가 태연하게 속을 긁었다. 그녀는 신이 나 죽을 것 같았다.

'이번 칼럼은 내기 도박이야!'

벌써 기사에 쓸 만한 충분한 소재는 다 모은 후였기 때문이다.

"꼭…… 이렇게까지 해야 해요?"

그들은 몇만 골드나 되는 어마어마한 빚을 감당할 자신이 없었다.

"뭐가요?"

네이필리나는 그들의 시선을 차단하며 눈을 말똥말똥하게 떴다.

"이건 그냥 내기였잖아요. 우리끼리 하는 게임……."

"제 고모한테는 그런 말씀 없으셨던 것 같은데? 2만 골드 제대로 받으셨잖아요?"

애원하고 떼를 쓰고 빌어도 상황이 바뀌지 않자, 귀부인들의 얼굴이 울상으로 변하며 자리가 파투 났다.

'그렇게 며칠 똥줄 좀 타 보라지.'

"란델 노부인, 부인 차례예요. 변제는 어떤 식으로 하실 건가요?"

"……."

노부인이 네이필리나를 노려보았다.

"뭐, 부인께서 상황이 안 되신다면 아드님께 변제를 요청할 수도 있어요."

"내 아들은 안 돼!"

아들이 그녀의 역린인 모양이다. 여태껏 자존심을 지키던 부인이 벌떡 일어났다.

"누가 졸부의 피 아니라 할까 봐 음흉하기가 네 고모에 못지않구나."

그녀가 음산하게 중얼거렸다.

"한 가지만 여쭤볼게요, 부인. 왜 그렇게 고모를 미워하세요?"

둘이 좋아해서 결혼시킨 거 아니었나?

노부인은 재빠르게 주위를 살폈다. 방 안에는 자신과 네이필리나뿐이란 걸 확인한 그녀가 매섭게 분노를 터뜨렸다.

"난! 난 걔가 처음부터 맘에 안 들었어. 배운 것도 없고, 교양도 없어서……. 필립스가 걔와 결혼하지 않으면 작위를 포기하겠다고만 하지 않았어도, 내가 그 계집을 우리 가문에 들이는 일은 절대로 없었을 테지."

노부인의 입은 칼을 베어 문 것처럼 날카로웠다.

"그래서 그랬다! 그 애 하는 짓이 하도 얄밉고 미워서! 내 아들과 다시 만날 생각 따위 하지 말라고 해!"

내가 제시안느를 왜 로열 클럽으로 끌어들였다고 생각하니? 노부인은 물꼬가 한번 터지자 멈출 줄을 몰랐다.

"난 그 앨 인정한 적도, 인정할 생각도 없다. 아주 질기고 끈질겼지. 그렇게 괴롭히는 데도 7년을 참더구나."

"……."

"그래도 결국 떨어져 나가서 다행이지. 콘체른의 그 천박한 피가 우리 집안에 남을 뻔했다 생각하면 아주 살이 떨려."

"그랬다네요."

네이필리나가 어깨를 으쓱했다. 시선은 란델 노부인을 묘하게 비껴 나가 있었다.

"누구한테 말하는 거야!"

휘릭. 네이필리나가 커튼 줄을 잡아당겼다. 휘장이 걷히고 그 뒤에 서 있던 사람이 드러나자 란델 노부인은 얼어붙고 말았다.

"피, 필립스, 네가 왜 거기에……."

"저한테는 제시가 제 발로 떠났다고 하셨잖습니까."

그의 눈에 배신감이 진하게 어렸다.

"그 사람을 그렇게까지 괴롭히실 줄은……. 어떻게 제게 한마디 말도 없으실 수 있습니까?"

"필립스, 내 말을 들어 봐라. 다 오해다. 쟤가 거짓말을 하고 있는 거야."

"방금 어머니의 입으로 하신 말조차 거짓이라 말하실 참입니까?"

"아, 아니다. 내가 말한 건⋯⋯."

노부인이 더듬더듬 아들의 손을 붙잡으려 들었다.

"어머니께 정말 실망입니다."

"피, 필립스!"

그녀가 그토록 아끼던 아들은 매정히 제 어머니의 손을 뿌리치고 가 버렸다.

* * *

"그래서, 결국 란델 노부인이 절연당했대요?"

"당연하죠. 후작이 그날로 후작가를 나갔다나 봐요."

"전 며느리한테 사과하기 전까진 아들 다시 볼 생각 하지 말라고, 평생 모르는 척하고 살자고, 부인이 잠옷 바람으로 나와 붙잡았는데도 뒤도 보지 않고 나왔대요."

수군거리는 말소리는 작았다. 하지만 그만큼 넓고 얕게 널리 퍼지고 있었다.

란델 노부인이 신성시하던 학자 가문의 고명한 위상은 땅에 떨어져 파헤쳐진 지 오래였다.

"맙소사, 이게 도대체 무슨 일이야⋯⋯."

"근데 정말 놀랍지 않아요? 전 며느리가 얼마나 미우면 도박에 끌어들여요? 란델 노부인이 설마 그런 소름 끼치는 시어머니였을 거라고는⋯⋯."

"원래 사람들의 진짜 모습은 아무도 모르는 법이죠."

"제시안느 콘체른도 대단해요. 어떻게 그런 사람 아래서 시집살이를 전부 견디면서 여태껏 입을 다물고 있었을까요?"

"나였으면 벌써 다 폭로해 버렸을 거예요……."

"그러니까요."

란델 노부인은 제시안느를 찾아왔다.

"내가 정말 잘못했다. 필립스를 설득해 주렴, 응?"

그녀는 제시안느를 보자마자 애원했다.

"그 애가 내 말은 전혀 듣질 않으려 해. 날 보기도 싫어해. 제시, 응?"

매섭게 눈을 부라릴 때는 언제고, 며칠 새 10년은 늙어 버린 듯했다.

"내가 다 사과하마. 그러니까…… 너희 둘이 다시 합쳐도 내 입 한번 벙긋 않으마. 영지로 내려가서 다신 얼씬도 않겠다."

그러니. 그녀가 용서를 빌었다.

하지만 그 근원은 진짜 제시안느에게 죄책감을 느껴서가 아니라, 아들에게 완전히 외면당할지도 모른다는 두려움이었다.

'고모, 그 사람이 진정 두려워하는 걸 보여 줘야 복수죠. 란델 노부인이 진짜 두려워하는 게 뭐겠어요?'

네이필리나의 말이 맞았다. 이 여자의 역린은 하나뿐인 아들이었다.

"이미 엎질러진 물을 어떻게 다시 담을 수 있겠어요."

홀쭉하게 빠진 볼살, 퀭한 안광, 헝클어진 머리, 공포에 질린 듯한 눈. 성벽보다 드높던 시모의 고고한 모습이 이렇게 초라하게 무너질지 어떻게 알았을까.

제시안느는 한숨을 삼켰다.

"그리고 저는 당신과 더 볼일이 없어요. 그러니까 나가 주세요."

하지만 그녀를 용서할 생각은 없었다. 터덜터덜 저택을 빠져나가는 노부인의 뒷모습을 보고 있자니 뭔가 가슴에서 응어리 하나가 떨어져 나가는 것 같았다.

풀릴 생각도 못 하게 칭칭 엉켜 있지만, 일단 떨어져 나갔다는 게 중요했다.

"……미안하오."

제시안느는 고개를 들었다. 필립스가 그녀의 앞에 서 있었다.

"정말 미안해. 내가 전혀 몰랐소. 당신이 뭘 견디고 있었는지."

"……이미 다 지난 일이에요."

"당신 말을 들었어야 했는데, 숨이 막힌다는 게 도와 달라는 요청이었는데 난 그것도 모르고……."

젖은 회한의 눈물이 볼을 타고 점점이 흘러내렸다.

"왜 나한테 말하지 않았…… 아니, 대답하지 않아도 되오. 답을 알 것 같으니까."

제 아내와 딸이 무슨 일을 당하는지도 몰랐던 놈을 어떻게 당신이 믿고 말할 수 있었겠나? 그가 무릎을 꿇었다.

"미안하오. 내가 어떻게 하면 보상할 수 있겠소? 당신의 잃어버린 웃음을, 청춘을, 시간들을 어떻게 갚을 수 있겠소?"

진심으로 사죄하는 그를 제시안느는 물끄러미 내려다보았다. 그래, 이런 사람이었지. 그래서 내가 선택한 거였지. 적어도 이 남자 하나만 본다면 최악의 선택은 아니었다.

"꼭…… 나쁜 일만 있었던 건 아니에요."

제시안느는 신기했다. 떠올리기만 해도 치가 떨리는 과거를 이제 이런 식으로 말할 수 있다는 게.

"당신에게 용서를 빌고 싶소. 내가 과거를 되돌릴 순 없겠지만……."

전남편의 말에 제시안느는 빙긋이 웃었다.

'만약 내가 그때 자존심을 버리고 당신에게 손을 내밀었다면, 우리 사이는 지금 달라졌을까?'

모르겠다. 지금은 의미 없는 가정일 뿐이었다.

"지금은 그냥 후련하기만 해서요. 다른 생각은 하고 싶지 않아요."

"그걸 네이에게 넘겼다고? 네 오라비를 두고?"

콘체른 호텔을 네이필리나에게 넘겼다는 소식을 들은 기디언은 펄펄 날뛰었다.

"오빠, 난 오빠가 이렇게 화를 내는 이유도 모르겠어. 콘체른 호텔은 내 소유야. 내 걸 내가 마음대로 하겠다는데 왜 오빠의 인가가 필요하지?"

"제시안느! 아직까지도 넌 철이 없구나. 콘체른 호텔이 네 친분으로 결정될 만큼 어중이떠중이 사업이냐?"

기디언이 꾸짖듯 목소리를 높였다.

"네 선택 하나에 호텔에 종사하는 수백 수천의 운명이 결정돼!"

"그래서?"

제시안느가 차갑게 되물었다.

"그래서 오빠가 나한테 뭘 해 줬는데?"

호텔의 주인은 저다. 그들에게 뭐가 최선인지는 입만 벙긋거리는 기디언보다 제가 더 잘 알았다.

"이혼하고 내가 집으로 돌아왔을 때, 아무도 손 안 내밀어 줬어. 오빠도 그랬지. 날 실패작으로 봤잖아."

"내가 언제……!"

"아니라고 말할 거야?"

"넌 그딴 게 이제 와서 뭐가 중요한 거냐."

기디언이 무심하게 대답했다.

"어리석긴. 너는 언제까지 과거에서만 살려고 해. 사람들은 모두 뒤를 돌아보지 않고 살아가."

아, 그래서 오빠는 내가 이번에 무섭다고, 도와 달라고 그렇게 애원했을 때도 안 움직였구나.

"그런 오빠가 내게 가족애를 들먹이다니 놀랍네."

제시안느가 입꼬리를 올리며 빈정거렸다.

"네이한테 호텔을 넘겨준 게 화가 나? 그럼 날 설득했어야지! 오빠가 진짜 날 동생으로 생각했다면, 그렇게 날 무시하지 않았겠지."

그녀는 비단 이번의 일만을 말하는 게 아니었다. 기디언과 살아왔던 오래 전부터 생긴 감정의 골이었다.

"네이는 유일하게 내 아픔을 알아줬어. 루신다를 이해했고, 나를 이해했지. 그 애와 냉혈한 오빠, 둘 중에서 내가 누굴 택할 것 같아?"

제시안느는 대답을 듣지 않고 횡하니 가 버렸다.

"……."

기디언이 인상을 찡그렸다.

* * *

란델 후작은 그로부터 매일 제시안느를 찾아와 용서를 빌었다. 그런데 우스운 건 그 행위가 하루가 다르게 조금씩 형태를 바꿔 갔다는 것이다.

"한 번만 더 기회를 주오, 제시안느."

"난 아직도…… 당신을…… 아니, 단 한 번도 당신을 잊어 본 적 없소."

"여자는 처음부터 제시안느 당신뿐이었소."

고백으로.

"평생 기다리라면 기다릴 수 있소."

제시안느는 아무런 대답도 주지 않았지만 예전처럼 그를 외면하지도 않았다.

그러다 어느 날.

"아이구, 다행이다. 우리 아빠 저러다 애간장 녹겠다 싶었는데."

루신다가 낄낄 웃자 네이필리나가 물었다.

"어떻게 됐길래?"

루신다는 대답 대신 창문의 커튼을 살짝 들어 올렸다.

청춘의 연인들처럼 열렬하게 키스하고 있는 두 사람이 보였다.

"여행을 다녀올 거야. 당분간, 호텔은 네이 네게 맡길게."

제시안느가 투덜댔다.

"등쌀에 신혼여행도 못 갔어. 그 얘길 했더니 필립이 허니문 여행을 가자는 거 있지?"

착 부채를 펼쳐 살랑살랑 바람을 부치는 모습에선 전에 없던 여유와 만족이 느껴졌다.

"웃겨. 결혼 20년 후 떠나는 허니문 여행이 어디 있니?"

"그럼, 다시 제게 고모부가 생기는 건가요?"

'똑같은 사위를 한 번 더 보게 되는 거냐? 너희 둘 다시 합치는 거야?'

부친 맥밀란도 같은 걸 물었었다. 제시안느는 까르르 웃으며 고개를 저었다.

"아니, 결혼은 하지 않을 거야."

그녀는 제 인생에 결혼은 더는 없다고 못 박았다.

"그럼…… 뭐예요, 두 분?"

"우린 쿨하고 즐거운 연애만 즐기기로 했단다. 필립도 동의했고. 못다 한 신혼여행을 떠날 거야. 더 늙기 전에."

"고모가 콘체른 호텔 사장인 건 기억하고 계시죠? 사장님이 유유자적 놀러 가겠다고 지금 말씀하시는 거예요?"

"어차피 이제 주인은 너인걸. 내가 여기서 더 뭘 할 게 있니?"

제시안느의 지분은 네이필리나에게로 넘어갔다.

하지만 지분을 양도한 것뿐, 제시안느 역시 계속해서 호텔의 사장으로 남아 있기로 했기 때문에 지금과 별다른 차이는 없었다.

"할 게 없긴요. 산더미같이 쌓여 있는걸요. 고모는 여행이 끝나면 여기로 돌아와야 해요."

"뭐?"

"란델 후작님이 계셔도 고모가 가장 사랑하는 건 이 콘체른 호텔이잖아요. 아닌가요?"

"맞아."

제시안느가 씩 웃었다.

똑똑. 노크 소리에 고개를 돌리니 문에 기대 있는 란델 후작이 보였다.

"제시, 준비 다 됐소?"

"내 사랑, 어서 와요."

제시안느가 달려가 열렬한 키스를 선사했다.

"그리고 고모, 유람선을 타고 가신다고요?"

"응, 그렇지? 대륙을 횡단하려면 배 쪽이 더 빠르니까?"

그건 갑자기 왜 묻느냐는 듯 제시안느가 눈을 깜빡였다.

"2부두로 가시면 제 유람선이 있어요. 그거 타고 가세요."

"너 무역선만 사는 거 아니었니?"

"이번에 고모 때문에 샀어요."

뭐어? 황당하게 되묻는 말에 네이필리나가 어깨를 으쓱했다. 그리고 고개를 돌려 란델 후작을 보았다.

"우리 고모 눈에 눈물 내면 끝까지 쫓아갈 줄 아세요, 란델 후작님."

"물론이죠. 날 쫓아올 콘체른 양이 무서워서라도 절대로 눈물 흘리게 하지 않겠습니다."

란델 후작의 너스레에 제시안느는 새침하게 명령했다.

"필립, 빨리 가서 짐이나 실어요."

Ch 11. 페이선

제시안느가 떠나고 콘체른 저택에 평화가 늘어지던 어느 흐린 오후. 릴리엔과 시녀 마그다가 네이필리나를 찾았다.

"가만히 둬선 안 된다니까요, 마님? 벌써 몇 번째예요?"

"하지만 저도 얼마나 입고 싶었으면 그랬겠어. 디자인은 내가 좀 더 손보면 되지."

"절대로 마님께 고마워하지 않을걸요?"

"뭐예요? 무슨 일이에요?"

릴리엔은 달래고 시녀인 마그다는 씩씩거리는 상황. 네이필리나가 물었다.

"이오테 아가씨 때문에 화가 나서 죽겠어요!"

"마그다!"

릴리엔이 얼른 마그다의 입을 막으려 했다. 마그다가 얼른 주인의 손을 피한 채 고자질했다.

"사실은요, 네이필리나 아가씨. 이오테 아가씨가 가끔 라리스 의상실에 오셔서 드레스를 마음대로 입고 나가시거든요. 한두 번이 아니에요."

이오테가?

"마님이야 너무 사람이 좋으시니까 괜찮다 하시죠. 근데 저흰 값도 안 치르고 야금야금 가져가는 거 보면 얼마나 속이 터져서요."

그것도 신작 드레스만!

"게다가 이번에는 2황자비 전하를 위해 만들어 놓은 드레스를 탐내지 뭐예요?"

"그렇다는데 엄마, 왜 말씀 안 하셨어요?"

릴리엔이 쓴웃음을 지으며 대답했다.

"……좀 가엽잖니. 너나 루신다는 챙겨 줄 엄마가 있지만 이오테는 그렇지 않잖아."

릴리엔은 이오테가 욕심이 많고 독점욕이 강한 것도 그녀를 챙겨 줄 모친의 부재 때문일지도 모른다고 생각하는 듯했다.

"드레스가 이오테 눈에 너무 예뻤나 봐. 모르고 그랬을 수도 있지."

시오르샤에겐 단호한 릴리엔이었지만 이오테는 네이필리나와 비슷한 연배다 보니 아무래도 매몰차게 대하기가 어려운 모양이었다.

'설사 그럴지라도 이건 도를 넘었지.'

의상실에 해를 끼치는 짓까지 귀엽게 넘어가 줄 수는 없다.

그리고 제가 겪어 온 이오테의 성격을 보건대, 그녀는 설사 그게 잘못이란 걸 알았어도 상관하지 않았을 거다.

"다음번에 이오테가 또 드레스를 훔치면 나한테 바로 알려. 알았지?"

"네, 아가씨!"

* * *

아무도 없는 평화로운 오후.

작은 발 하나가 조심스럽게 3별관의 옷장에서 빠져나왔다.

끄응. 들고 있는 짐이 무거워 입에서 나 죽겠다는 신음이 절로 나왔지만 입술을 말아 물었다. 도둑 걸음으로 살금살금.

'없지? 아무도 없는 거 맞지?'

"뭐 하는 거야?"

"꺄악!"

뒤에서 들린 목소리에 이오테는 깜짝 놀라 주저앉고 말았다.

"노, 놀랐잖아!"

"손에 쥔 그거, 2황자비 드레스 같은데."

네이필리나의 지적에 이오테가 황급히 드레스를 뒤로 감추려 했지만 너무 늦었다.

"안 된다고 하니 이젠 훔치기까지 하려는 거니?"

"훔치다니? 잠깐 입고 제자리에 돌려놓으려던 것뿐이야!"

이오테가 시치미를 뗐다.

"그거 2황자비 전하가 의뢰하신 드레스야. 네가 먼저 입고 나간 그 드레스를 우리 엄마가 납품하면 곤란해지는 거 몰라? 아니면 생각을 안 한 거야?"

"……."

통렬한 지적이었다.

'어떻게 되든지 내가 알 게 뭐야.'

이오테가 입술을 삐죽였다.

"여태까지 가져간 드레스가 열여섯 벌, 잠깐 입고 가져다주겠다고 대여한 드레스가 스무 벌. 근데 넌 지금껏 한 푼도 결제를 안 했고 빌려 간 드레스도 소식이 없더라?"

네이필리나가 그간의 내역을 쭉 읊어 주었다.

"얘는 무슨 가족끼리 돈을 받으려 그래?"

이오테가 팩 하니 쏘아붙이자 네이필리나의 입꼬리가 삐뚜름하게 올라갔다. 꼭 비웃는 것처럼.

"우습잖아. 우리 엄말 그렇게 무시하던 네가 이제 와서 도둑고양이처럼 우리 집에 숨어들고, 또 드레스를 훔치려 할 만큼 엄마의 드레스를 좋아한다는 게."

릴리엔은 잊었을지 모르지만, 네이필리나는 아니다. 이 애가 릴리엔을 무시한 게 몇 번이더라?

"아니면 최소한 사과가 먼저 아니니? 너 맨날 우리 엄마한테 무례하게 대했잖아."

"그런 적 없어! 작, 작은어머니는 아무 말 안 하시는데 왜 네가 그러는 거야?"

이오테가 떼를 썼지만 네이필리나는 전혀 굴하지 않았다. 아무나 보고 제멋대로 캉캉 짖어 대는 이 하룻강아지에게 한 번 더 경고해 둘 필요가 있었다.

네이필리나는 이오테의 손목을 잡고 확 앞으로 잡아당겼다.

"지금 뭐 하는······!"

"너 한 번만 더 우리 엄마 드레스에 함부로 손을 대면······."

갑자기 네이필리나의 표정이 싸늘하게 식었다. 그리고 이오테의 손목을 쥔 손에 지그시 힘을 주었다.

"놔, 놔아!"

아프진 않지만 쉬이 벗어날 수 없는 압박감. 게다가 무표정한 얼굴이 제 앞에서 비키지 않으니 이오테의 등골에 소름이 일었다.

"이 손을 잘라 줄 테니까, 명심해."

"······뭐?"

"못 들었어? 잘라 버린다고."

음산한 목소리에 이오테가 흠칫 어깨를 떨었다. 이때다 하고 네이필리나는 휙 이오테에게서 드레스를 빼앗아 들고 가 버렸다.

"이오테 아가씨가 네이필리나 아가씨를 못 당하시는군······."

몰래 훔쳐보던 고용인들의 입에서 작게 감탄이 터졌다. 소악마라고 불리던 이오테를 저렇게 꼼짝 못 하게 할 수 있다니. 별관의 고용인들은 입을 딱 벌렸다.

'저, 저게……!'

이오테의 얼굴이 시뻘겋게 달아올랐다. 사람들의, 그것도 제가 부리는 고용인들의 눈앞에서 잔뜩 창피를 주다니! 너무 분했다.

"그깟 드레스가 뭐라고! 그게 그렇게 중요해? 2황자비가 그렇게 무섭냐고! 새로 만들면 되는 거잖아!"

그녀는 엉엉 울며 2별관으로 돌아왔다.

"재능 있는 재봉사라며! 그렇게 힘든 일도 아닐 거잖아!"

"뭐야, 왜 그래?"

바닥에 무너져 엉엉 울고 있는 동생을 보고 페이선이 놀라 달려왔다.

"으헝헝헝헝……. 네이필리나가 나를 모욕했어."

볼락의 두 쌍둥이는 꽤나 우애가 돈독한 편이었다. 하나가 어디서 울고 오면 둘이 가서 상대를 흠씬 때려 주었다. 사건의 시시비비를 가리는 게 아니라 내 형제를 건드리면 누구든 반드시 보복한다는 식이었다.

"뭐?"

이오테가 잉잉 울었다.

"네이필리나, 그 계집애가 글쎄……."

이오테는 제 잘못은 쏙 빼고 네이필리나의 만행을 일렀다.

"드레스가 예뻐서 좀 만져 봤는데…… 그럼 내 손목을 잘라 버리겠대. 걔가 날 노려보면서……."

그녀의 눈물과 네이필리나에게서 느꼈던 공포, 거기다 극적인 과장을 덧붙이자 네이필리나가 무해한 이오테에게 패악을 부린 이야기가 되어 버렸다.

"뭐? 내 이걸 그냥……! 안 되겠다."

페이선이 자리에서 벌떡 일어났다.

"내가 가서 혼내 주고 오겠어."

"정말? 오빠가 혼내 줘. 어? 나 그 계집애 꼴 보기 싫어."

이오테의 눈이 반짝였다.

"당연하지. 안 그래도 그 계집애, 요즘 돈 좀 벌었다고 거들먹거리는 게 눈꼴셨어."

'지금 눌러 놓지 않으면 나중이 위험해.'

서열 정리는 타이밍이 중요했다. 페이선은 집안에서 나날이 높아지는 네이필리나의 위상에 위기감을 느꼈다.

"어디 가? 지금 네이필리나한테 가는 거야?"

"아니. 그 계집애 성격에 나 혼자 가면 눈 하나 깜짝하지 않을걸."

페이선은 콘체른 기사단으로 갔다. 그러곤 한창 훈련 중인 기사들을 불러냈다.

"애런, 바린, 찰리. 너희 나와. 3별관으로 간다. 다른 놈들도 구경 오고 싶으면 와."

"무슨 일이시기에 갑자기 기사들을 차출하십니까?"

따로 연락받은 건 없는데······? 기사단장이 고개를 갸웃거렸다.

"손봐 줄 일이 생겨서요. 네이필리나, 그 계집애가 감히 내 동생을 건드렸거든요."

"네? 누가 뭘 건드려요?"

"가자."

페이선은 더 설명해 줄 마음도 없는지 기사들에게 명령했다.

"잠깐만요, 페이선 도련님. 지금 기사들을 데리고 네이필리나 아가씨를 찾아가겠다는 겁니까?"

제가 잘못 들었기를 바란다는 듯 기사단장이 되물었다.

"그래요. 그게 왜요?"

"아니······."

'무슨 패싸움도 아니고 유치하게······'라고 말하고 싶었지만 기사단장은 최대한 말을 순화했다.

"도련님. 이오테 아가씨 때문에 화가 나신 건 알지만 한 번 더 재고하시지요.

이런 일에 기사들을 데려가실 순 없습니다."

"내가 내 기사들을 데려가겠다는데 뭐가 문제지요? 저들은 콘체른의 기사가 아닌가?"

하지만 페이선은 막무가내였다. 종국에는 저와 기사단장을 번갈아 가리키는 오만한 삿대질로 편을 가르기까지 했다.

"너희, 지금 여기서 결정해라. 나를 따를지 단장님의 결정을 따를지."

불우하게도 콘체른 기사단의 실세는 단장이 아니었다.

"죄송합니다…… 단장님."

대다수의 기사들이 쭈뼛쭈뼛 눈치를 보더니 페이선의 뒤로 가서 섰다.

'그럴 줄 알았지.'

페이선이 큭큭 비웃었다. 단장의 옆에 남아 있는 이들은 그와 오랜 시간을 함께했던 나이 지긋한 기사들뿐이었다.

"가자."

패거리처럼 기사단을 끌고 가는 페이선의 뒷모습이 위풍당당했다.

"다, 단장님. 어쩌지요? 저놈들 지금 3별관으로 가는데요……."

"하…… 시발……. 이 짓도 지긋지긋하다니까."

'저 애새끼, 한 번은 죽이고 나간다.'

속으로 되뇌며 기사단장이 거칠게 마른 얼굴을 쓸었다.

"뭐 해, 그렇다고 이대로 있을 참이야? 애들끼리 치고 박고 싸우는 일에 쪽팔리게 기사까지 끼게 냅둘 거야?"

"예?"

단장이 기사들에게 버럭 소리쳤다.

"빨리 가서 볼락 님 데려오지 않고 뭐 해? 가주님도! 어서!"

천상천하 유아독존 페이선의 앞을 막을 수 있는 사람은 이 집안에서 딱 두 명.

볼락과 맥밀란뿐이었으니까.

* * *

책을 읽고 있는 네이필리나 위로 그림자가 졌다.

"야, 네가 내 동생 울렸나?"

페이선이었다. 그 뒤로 기사들이 하나, 둘, 셋…… 계속 나왔다. 그들은 네이필리나를 압박하듯 횡으로 줄을 섰다.

"콘체른 기사들이 네 똘마니니? 줄줄이 소시지처럼 달고 오게."

네이필리나가 심드렁하게 대답했다. 쳐다보지도 않고 다시 시선을 책에 박자 페이선의 얼굴이 달아올랐다.

"내 동생을 모욕한 거 사과해."

"모욕한 적 없어."

"드레스에 손대면 손목을 자르겠다고 했다며."

"그 드레스가 자기가 서른여섯 번째로 훔친 드레스였다는 건 말 안 하디?"

네이필리나가 고개를 들었다.

"……."

페이선의 말문이 막혔다. 네이필리나가 뒤에 있는 이오테를 보았다. 기둥 뒤에서 빼꼼 고개를 내밀고 있던 이오테가 빨개진 얼굴로 황급히 뒷걸음질 쳤다.

"안 했구나. 그렇지? 저 애가 제대로 얘기했을 리가."

"닥쳐!"

페이선이 성큼성큼 걸어가 그녀가 읽고 있던 책을 빼앗아 집어 던졌다. 회색빛 페이지들이 나풀거리며 바닥으로 떨어졌다.

"할아버지가 너 요즘 좀 봐준다고 눈에 보이는 게 없지?"

분위기가 험악해지자 리안이 나서려 했다. 네이필리나가 그녀를 제지했다.

"됐어. 내버려 둬. 어쩌겠어. 쟤도 기사들까지 끌고 왔는데 뭐라도 해 보곤 가야 하잖아."

네이필리나가 페이선 뒤에 선 기사들을 훑었다.

"경들도 수고가 많네요."

알 만하다는 애잔한 시선이 기사들의 고개를 떨구게 했다. 페이선의 눈 밖에 날 수 없으니 하는 수 없이 따라왔다. 하지만 그들도 명색이 서임받은 기사인데 매번 이런 식으로 애들 패싸움에 동원되는 게 부끄러웠다.

'심지어 들어 보니 이오테 아가씨가 잘못한 거더만.'

'저러는 게 하루 이틀이야? 저 쌍둥이들 패싸움이라면 이제 넌더리가 나!'

이러려고 검을 잡고 수련을 열심히 한 것도 아닌데 말이다.

기사들이 동요하자 페이선의 얼굴이 더 험악해졌다. 네이필리나 저 계집애는 압박감을 받기는커녕 되레 세 치 혀로 제 기사들을 제멋대로 흔들고 있었다.

"닥치라고 했……!"

그가 분을 이기지 못하고 네이필리나가 앉아 있는 의자를 걷어차려 했다.

그러나 네이필리나가 재빠르게 일어선 탓에 애먼 철제 의자만 힘껏 발에 걸리며 콰당탕-! 페이선이 바닥으로 나동그라졌다.

의자를 찬 발은 얼얼하고, 바닥에 긁힌 살갗은 따가웠으며, 무엇보다 모두가 보는 앞에서 볼썽사납게 나동그라졌다! 페이선의 얼굴이 벌겋게 달아올랐다.

"이 비겁한 년이, 일부러 그랬지?!"

"일부러라니. 너 혼자 넘어진 거잖니."

저게 진짜!

벌떡 일어난 그가 손을 높이 들어 올렸다. 단숨에라도 따귀를 내리칠 듯한 우악스러운 자세였다.

"치려고?"

심드렁한 말투에 더 약이 올랐다. 누구든 폭력에 굴종하기 마련이건만 네이필리나 저 계집애만은 왜 이렇게 어려울까.

"쳐. 근데 네가 날 치는 순간, 이거 쉽게 안 끝나. 페이선, 제대로 생각해."

네이필리나의 무심한 눈이 똑바로 그를 응시했다. 평소의 말간 계집애라고는 생각할 수도 없는 시선이 직선으로 쏘아 들어온 순간, 페이선이 흠칫했다.

"……."

찰나의 움찔거림을 본 네이필리나가 미소를 지었다. 페이선의 얼굴이 일그러졌다.

"이게 미쳤나!"

그는 높이 쳐든 손을 내리며 대신 네이필리나의 멱살을 잡아 쥐었다. 양손으로 그녀의 드레스 깃을 우악스럽게 잡아 쥐며 제 쪽으로 끌어당겼다.

"너 진짜…… 죽고 싶어?"

음산한 목소리, 죽일 듯이 내려다보는 눈. 압도적인 덩치 차이에도 네이필리나는 평온해 보였다.

"……죽여 본 적은 있고?"

네이필리나가 코웃음 쳤다.

그녀의 멱살을 쥐는 손아귀 힘이 더욱 들어갔다. 이대로 확 목을 조를까. 그럼 저 건방진 입이 겁을 먹고 다물어질까. 페이선이 잔인한 상상을 하고 있을 때였다.

억센 손아귀가 페이선의 손을 꽉 잡아 저지했다.

"그만두십시오. 기사다, 답지 않은 짓, 입니다."

더듬거리면서도 끝까지 제 말을 끝내는 기사의 얼굴이 낯이 익다 했더니…….

"엔?"

지난번 대장장이 길드에 네이필리나와 동행했던 스콰이어였다. 그는 페이선의 손을 꾹 쥐어 누르며 페이선이 네이필리나의 멱살을 더 세게 잡지 못하도록 했다.

"미친놈아! 지금 누가 네 주인이야!"

누가 봐도 네이필리나를 보호하는 모양새에 페이선이 고함쳤다.

"페, 페이선 도련님이십니다. 하, 하지만 이건 옳지, 않습니다!"

"깜냥도 안 되는 평민 거지 새끼 받아 줬더니, 정신 못 차려? 이거 안 놔?!"

"먼저 아, 아가씨 잡은 손…… 놓으시면 같이 놓겠습니다!"

엔은 이번에도 완고하게 물러서지 않았다. 페이선은 그를 뿌리치려 했지만 황소 같은 힘을 뿌리치기엔 영 부족했다. 결국 네이필리나의 멱살을 잡긴 잡았는데, 엔에게 손을 붙잡혀 옴짝달싹하지 못하는 기이한 상황이 벌어졌다.

"놔! 안 놔? 놓으라고!"

페이선은 머리끝까지 화가 났다. 격분해서 네이필리나의 멱살을 붙잡은 손을 흔들며 발광했을 때…….

"네이필리나!"

헨리가 왔다.

제길, 페이선의 얼굴이 일그러졌다.

* * *

"뭐? 페이선이 기사들을 끌고 네이필리나와 싸우고 있다고?"

기사단장의 연락을 듣고 볼락은 3별관으로 향했다.

"둘째 형도 연락받고 온 거야?"

그는 3별관 입구에서 헨리와 마주쳤다.

"뭐야, 애들 싸움인 것 같은데 그리 흥분할 필요 있냐. 다 싸우면서 크는 거지."

볼락이 헨리의 어깨를 툭툭 두드렸다. 하지만 헨리는 탁 하고 볼락의 손을 쳐 냈다.

"만일 페이선이 네이 조금이라도 다치게 했으면 나 가만히 안 있어."

"헨리? 잠깐만! 좀 천천히……!"

그리고 힘껏 내달린 그의 눈에 비친 건, 페이선의 손에 멱살이 붙잡힌 채 매달려 있는 제 딸이었다!

"지금 페, 페이션 손에 쥐여 있는 게 네이⋯⋯필리나야?"

아니면 제가 잘못 보고 있는 걸까?

불면 날아갈까, 안으면 부서질까. 보는 것만도 귀하고 아까워 평생 손 한 번 올린 적 없었다. 그런데 그런 내 딸을.

"지금 저 새끼가⋯⋯?"

처음으로 헨리의 입이 욕설을 지껄였다.

이성을 잃은 아비의 눈에서 파르르 불꽃이 튀더니, 그가 앞으로 튀어 나갔다.

"내 딸한테서 손 떼!"

눈이 돌아간 헨리가 엉긴 세 사람의 덩어리로 그대로 달려들었다.

"헤, 헨리 님⋯⋯!"

헨리를 알아본 엔이 물러나면서, 아직까지도 네이필리나를 놓지 않은 페이션만 남았다. 헨리는 달려들어 페이션의 멱살을 쥐고 패대기쳤다.

"악! 아파! 아야야!"

"헨리! 내 아들한테 지금 뭐 하는 거냐!"

바닥으로 두 번째 나동그라진 페이션을 보고 볼락도 엉겁결에 참전했다.

"형 아들이 지금 내 딸 친 거 못 봤어?!"

"그래도 애를 그렇게 패대기치는 건 아니지!"

볼락과 헨리가 붙으면 헨리가 밀릴 게 자명했다. 평생 책만 본 헨리와 몸을 단련한 볼락은 체격부터가 달랐으니까.

"아빠! 저 계집애가 이오테를 모욕했어요!"

이오테가 이때다 하고 고자질했다.

"네이필리나가 먼저 잘못했네! 네가 똑바로 가르쳤어야지!"

"형이나 자식 교육 똑바로, 시켜!"

격분한 헨리가 볼락의 턱을 날려 버렸다.

"켁!"

단단한 주먹이 턱과 목 사이의 연약한 부분을 직격하자 볼락이 나가떨어졌다.

"내가! 말했지! 우리 네이 건드리면 가만 안 있는다고!"

"너, 너, 이 새끼……!"

볼락이 시뻘건 눈으로 주먹을 쥐었다. 명백한 공격 태세였다.

"어떡해, 말려?"

"지금 들어가서 어떻게 말리라고?"

기사들이 이러지도 저러지도 못하고 있었을 때,

"지금 다 뭣들 하는 거냐!"

쩌렁쩌렁한 노성이 그들의 움직임을 멈췄다.

맥밀란은 눈앞에 펼쳐진 아수라장을 내려다보았다.

헨리와 볼락. 네이필리나와 페이선. 그리고 저 멀리 숨어 빼꼼 고개를 내민 이오테까지.

백주에 애들이 싸움판을 벌이는 것도 모자라, 말려야 할 아비들이 한데 엉겨 붙어 있는 한심한 꼴이라니.

"아주, 개판이구나. 개판이야."

맥밀란이 혀를 찼다. 매서운 시선이 볼락을 향했다.

"너는 제일 큰 어른이 돼서 애들 싸움을 말리진 못할망정 주먹을 쥐고 있어?"

"아버지, 말리려고 했는데 헨리가……."

"시끄럽다!"

페이선은 입술을 깨물었다. 네이필리나와 헨리가 있는 앞에서 제 아버지가 혼나는 걸 보니 가슴이 뜨거워졌다.

"할아버지는 왜 네이만 편애하세요?"

"페이선!"

볼락이 황급히 아들의 입을 막으려 했으나 열이 오른 페이선에겐 들리지 않았다.

"저 계집애한테는 돈도 인맥도 전부 안겨 주셨잖아요! 왜 저희한텐 아무것도 안 해 주세요!"

"그 입 다물지 못해?!"

"할아버지가 자꾸 쟤만 끼고도시니까 네이필리나 저 계집애가 자꾸 건방져지잖아요!"

"한심하기 그지없구나. 이런 정신머리를 가진 놈을 내가 손주랍시고 두고 있었다니."

'제기랄, 저 멍청한 놈이 제 무덤을 팠어!'

볼락이 눈을 질끈 감았다. 부친은 페이선의 투정을 받아 줄 만큼 호락호락한 사람이 아니다. 저놈은 차라리 입을 다물어야 했다.

"아버지, 죄송합니다. 페이선은 제가⋯⋯."

"아들 한번 든든하게 잘 키웠구나."

맥밀란이 빈정거렸다.

"잘못을 뉘우치고 네이에게 사과하기 전까지 네게 어떤 활동도 허락하지 않겠다."

"지금도 보세요, 할아버지! 쟤 편애하지 않는다고 말하실 수 있어요?! 제가 뭘 그렇게 잘못했길래 저한테만 이러세요!"

페이선은 격분해서 네이필리나에게 삿대질했다.

"우리 엄마가 있었으면 쟤는 여기 발도 들이지 못했어요! 밖에서 어떻게 굴러먹었는지도 모르는 더러운 계집애를⋯⋯!"

그러나 페이선은 말을 끝내지 못했다.

"악!"

머릿속이 하얗게 빌 때까지 네이필리나를 모욕하는 말을 쏟아내기 직전, 어디선가 날아온 장갑에 거세게 입을 얻어맞고 말았기 때문이다.

"페이선 콘체른, 네게 결투를 신청한다."

네이필리나였다.

"네가 이기면 넌 사과할 필요 없어. 하지만 내가 이기면, 너도 기사단에서 나와."

"뭐?"

얼얼한 입가를 쓰다듬으면서도 페이선은 어처구니가 없었다.

"무슨 말도 안 되는……."

평생 검을 쥐고 기사 서임까지 받은 제게 결투를 신청한다고? 얘 정신이 어디 나가기라도 한 건가?

"네이필리나!"

그런데 사색이 되어 네이필리나를 말리려는 어른들의 얼굴을 보자 잔인한 충동이 일었다.

왜 안 돼? 저 건방진 계집애를 합법적으로 손봐 줄 수 있는 기회인데.

"좋아. 받아들이지."

"페이선! 너까지!"

"왜 안 돼요? 반대하셔도 상관없어요. 어차피 참가하는 두 사람만 동의하면 이루어지는 게 결투잖아요."

경악하는 어른들을 향해 페이선이 반항적으로 대꾸했다. 그리고 네이필리나에게 고개를 돌렸다.

"참고로 대리 결투 같은 건 안 돼."

"지면 기사단 나가겠다는 약속이나 지켜."

"좋아."

페이선이 비릿하게 웃었다.

* * *

네이필리나와 페이선의 결투 날짜가 정해졌다.

지금으로부터 한 달 뒤. 집안 어른들은 기절할 지경이었다.

"네이필리나, 도대체 무슨 생각으로 결투를 신청한 거냐."

"네가 질 게 뻔한 싸움이잖니. 기사 서임까지 받은 애를 무슨 수로 이긴단 말이야."

헨리 부부와 젤피, 미르딘, 맥밀란과 바터, 그리고 제시안느 모녀까지…….

"전 무를 생각 없어요."

네이필리나의 단호한 태도에 나중엔 순번까지 정해서 그녀를 설득하려 들었다.

하지만 대공의 기사들은 조금 달랐다.

"결투에서 진짜 중요한 건 기세예요, 아가씨."

"딱 한 합. 그 한 합에 모든 경기가 판가름 나요."

"페이선 그놈이 그리 뛰어난 검사는 아니니 아가씨라면 충분히 승산이 있습니다."

네이필리나는 리안을 물끄러미 바라보았다. 그녀는 로피진이다. 그리고 앙헬 대공의 최정예 기사다.

"저희가 도와드릴게요. 혹시 염두에 두신 전략이 있으십니까?"

"너희들이 쓰는 검술 있잖아. 그 검술을 잠시 빌릴까 하는데."

리안이 눈을 동그랗게 떴다.

"저희의 검술…… 말입니까? 예. 그렇다면 북부군에서 쓰는 검술을 알려드리겠습니다."

일반병들이 처음 군에 들어왔을 때 배우는 검술이라 네이필리나도 어렵지 않을 거라고 덧붙였다. 하지만 네이필리나는 고개를 저었다.

"아니, 그것 말고. 로피진들이 쓰는 살초식 말이야. 난 그게 필요해."

리안의 눈이 커졌다.

"로피진의 것을 배우시겠단 말씀이에요?"

"안 돼? 그들의 용병술은 가히 대륙 최고였잖아."

"그걸…… 아직까지 기억하고 있는 사람이 있는진 몰랐습니다."

리안의 눈이 아득해졌다. 잠깐 그녀가 감격하듯 입술을 말아 문 것 같았다.

"좋아요, 아가씨. 저희 로피진의 검술을 알려 드리겠습니다."

그녀는 목검을 꺼내 기본 동작들을 보여 주었다.

"힘은 중요치 않아요. 물론 세다면 더 좋겠지만…… 아시다시피 이건 대련보다는 상대를 제거하는 데 중점을 둔 살초식이니까요."

리안의 동작 하나하나가 군더더기 없었다. 깔끔하게 떨어졌다.

찌르고 베고 내려친다. 간단하지만 로피진 검술의 가장 근원이 되는 기본 1초식.

"1초식이라도 제대로 쓴다면 혼자서 천 명도 상대할 수 있습니다."

"그래."

페이선이 검을 쓰는 걸 본 적 있다. 그는 이걸 감당하지 못할 거다.

* * *

"누구와 결투를 한다고?"

스카가드는 귀를 의심했다.

"볼락의 장남 페이선입니다. 콘체른 기사단 내에선 최연소로 기사 서임을 받았고 현재 기사단을 주무르는 실세입니다."

리안이 주르르 이야기를 쏟아 냈다.

"그리고 넌 그 여자에게 로피진의 검술을 가르치고 있는 거고?"

"아가씨께서 먼저 부탁하셨습니다."

네이필라나 콘체른이 먼저? 스카가드의 시선이 리안을 향했다.

"어떻게? 네가 알려 줬나?"

"아니요? 그럴 리가요! 하지만 살초식이라는 것도 알고 계시던걸요."

"……."

"3년째 중급 기사 시험을 통과하지 못하는 놈을 상대로 충분히 소화할 수 있으시리라 판단했습니다."

실제로도 소화하고 있다는 보고도 덧붙였다.

"기이한 분이십니다. 검술도 따로 배운 적 없으신 분이 묘하게 움직임이 익숙해 보입니다."

"……."

"공간을 활용하거나 순간순간 상황에 따른 판단력도 높고요."

리안은 네이필리나와의 훈련을 빠짐없이 보고했다.

"눈으로는 이미 제 다음 움직임을 읽고 있는 것 같은데, 몸이 생각을 따라가지 못하는 느낌이랄까요. 주군, 제 말 듣고 계십니까?"

그녀는 어느 순간 대공의 관심이 다른 곳에 쏠려 있다는 걸 알아차렸다. 뭘 보고 계신 거지?

아아, 목검을 꺼내 드셨구나. 잠깐. 목검은 왜? 전하께서 어린 시절에 휘두르시던 거 아닌가?

"1초식, 어디까지 가르쳤다고?"

대공이 불쑥 물었다. 리안이 아무 생각 없이 진도를 읊었다.

"기본 체술과…… 네?"

설마! 주군께서 직접 가르치시려는 겁니까?

리안이 입을 따악 벌렸다.

* * *

"그래서, 저를 보시고자 한 연유가."

기사단장 루스는 전혀 예상치 못한 만남을 가지고 있었다.

'네이필리나 아가씨가 왜 나를…….'

"일이 이렇게 돼서 유감이에요. 상황이 많이 곤란하겠네요."

네이필리나의 말대로 이번 일로 가장 안팎으로 욕을 많이 들어 먹은 건 기사단장 루스였다.

가주 맥밀란에겐 명색이 기사단장인데 기사단 기강이 왜 이리 해이한지 질책을 들었고, 볼락에겐 왜 페이선에게 기사들을 딸려 보냈냐고 혼이 났다.

그리고 페이선, 그놈은 가주와 제 아비에게 일러바쳤다고 얼마나 심술을 부려 대던지.

"하아."

루스가 저도 모르게 새어 나온 한숨을 삼켰다.

"페이선 도련님을 탓하려는 건 아닙니다만……."

"알아요. 얼마나 어렵겠어요. 상사의 아들을 부리려면 고생이지요."

"하하……."

페이선 역시 네이필리나의 가족이니 차마 나쁜 말은 못 하고 그저 멋쩍은 웃음만 짓는 데서 루스의 고생이 느껴졌다.

네이필리나는 루스와 페이선 사이의 갈등을 잘 알고 있었다. 볼락이 콘체른 기사단 내의 위계질서를 제대로 세워 줬더라면 벌어지지 않았을 일이다.

그러나 불행히도.

'지금 볼락은 군수 사업에 집중하느라 정신이 없지.'

"다른 의도는 없어요. 페이선과의 결투를 준비하면서, 콘체른 기사단의 사정을 좀 알게 됐는데, 내가 도울 수 있는 부분이 좀 보여서요."

기사단에 배정되는 예산은 일차적으로 볼락의 손을 거친 다음 루스에게 내려온다. 볼락은 절반의 예산만을 기사단에 할애했다. 군수 사업에 들어갈 비자금이 필요했기 때문이다.

"연무장과 기사단의 무구를 보니까 좀 더 품이 들어갈 데가 많더라고요. 콘체른의 기사단이 다른 것도 아니고 예산 부족으로 기량이 떨어진다는 건 말이 안 되잖아요. 할아버지도 분명 우려하실 걸 테고."

"예? 원래 예산 금액이 더 있었다고요?"

루스의 눈이 등잔만 하게 커졌다.

"당장 볼락 님에게 가야겠습니다."

예산안을 꽉 쥔 루스는 당장에라도 볼락에게 가서 따질 태세였다.

"하지만 루스, 지금은 몸을 사려야 할 때예요. 천천히 하세요."

둘째 백부가 이걸 인정하실 리 없잖아요.

루스의 속이 부글부글 끓었다.

제가 페이선의 안하무인인 행동을 묵인한 이유는 어떻게든 그와 볼락으로 하여금 콘체른 기사단을 조금이나마 더 발전시키기 위해서였다.

여태 제안했던 새로운 무구와 훈련법이 예산 부족을 이유로 거절당한 적이 얼마나 많았나?

그런데 반쪽짜리 예산만 내밀고서 제가 신도 아닌데 그걸 해결하라고 해?

'하. 이 답도 없는 자식들이…….'

"그러니 필요한 건 지금 이걸로 대체하도록 해요."

네이필리나는 슬쩍 기사단의 예산안과 돈을 찔러 주었다.

"이건 대외비로 해 줘요. 나도 떳떳하게 손에 넣은 건 아니라서요."

"제게, 아니, 저희에게 이렇게까지 해 주시는 연유가 무엇입니까?"

페이선의 결투에 뭔가 손을 쓰길 바라는 거라면 그럴 수 없다고 루스가 선을 그었다. 네이필리나가 고개를 저었다.

"그저 둘째 백부든 페이선이든 콘체른의 기사들을 언제든 대체할 수 있는 상품으로 쓰는 게 싫을 뿐이에요."

루스가 멍하게 네이필리나를 쳐다보았다.

'페이선, 너는 이게 너와 내 싸움일 뿐이라 생각하겠지만…….'

실제로 네이필리나가 노리는 건 볼락이다.

'널 기사단에서 쳐 내야 볼락의 퇴로를 막을 수 있거든.'

볼락을 집어삼키기 위한 네이필리나의 물밑 작업이 서서히 시작되고 있었다.

* * *

늦은 밤, 네이필리나는 베란다 아래 정원에서 홀로 연습에 한창이었다. 땀에 젖은 이마를 훔쳐 내리다 멈칫한 네이필리나가 고개를 돌렸다.

"여긴 어쩐 일이세요, 대공 전하? 또 제 도움이 필요하신가요?"

"달밤의 훈련을 구경하러 왔지."

스카가드가 훌쩍 발코니에서 뛰어내렸다.

"좀 더 앞으로."

단단한 손이 그녀의 팔목을 잡아 자세를 교정해 주었다.

"끝이 심장을 파고들려면 더 세게 뻗어야지."

"로피진 검술을 아세요?"

옆에서 리안이 슬쩍 끼어들었다.

"아가씨, 로피진의 용병술이라면 북부군이든 정예군이든 전하를 따라갈 자는 없답니다."

그녀는 초롱초롱한 눈으로 두 사람을 바라보았다.

'대공 전하께서 누굴 손수 가르치시는 건 처음 봐.'

심지어 본인이 쓰던 목검도 가져와서 아가씨의 손에 쥐여 주시지 않았나.

꺄아악. 그녀가 입을 틀어막고 숨죽여 팡팡 공기를 쳤다.

'역시 주군께선 아가씨를……'

달밤 아래 함께 훈련하고 있는 두 사람을 보고 있자니 괜히 제 심장이 쿵쿵대는 것 같았다.

리안의 소리 없는 설렘을 알 리 없는 네이필리나는 의심스러운 눈빛으로 대공을 올려다보았다.

"진짜 절 훈련시켜 주시려고요?"

바쁘신 분께서 굳이?

"시간을 절약하고 싶은 거라면 페이선의 목을 그대 대신 내가 대신 날리는 방법도 있어."

대공이 느긋하게 지적했다.

"상대가 먼저 죽으면 결투는 파투 나잖나. 그럼 그대가 이렇게 열심히 준비할 필요도 없을 테지."

"고민하게 만들지 마세요."

지금도 사실 한 시간 간격으로 그냥 페이선의 방에 숨어드는 게 편하지 않을까 고민하고 있는 네이필리나였다. 그래서 대공의 제안은 참으로 달콤하게 들렸다.

"목검이나 바로 들어. 얼간이 기사를 상대로 살아남을 방법을 최고의 검사가 알려 줄 테니까."

최고의 검사라고 제 입으로 말하는데도 전혀 자랑으로 들리지 않는 사람을 꼽으라면 단연 대공일 것이다.

"아하하. 그럼 영광으로 알고 가르침을 받을게요."

네이필리나가 웃음을 터뜨렸다. 땀에 젖은 이마가 달빛에 새하얗게 빛났다.

단지 하룻밤의 강습으로 끝날 줄 알았건만 대공은 그다음 날에도, 그다음 다음 날에도 왔다. 초식 하나하나를 봐주고 연습은 또 얼마나 많이 시키는지.

'아니, 내가 지금 본인이랑 결투하는 게 아니잖아?'

헉헉대며 그의 훈련을 따라가던 네이필리나는 문득 생각했다.

"이렇게까지 과하게 할 필요는 어, 없을 것 같은데요."

중급 기사 시험도 통과 못 한 페이선 콘체른을 상대로는 과잉 준비 아니냐며 네이필리나가 지적했다.

"겨우 이 정도가 과해?"

북부군 훈련 양의 일주일 치도 안 될 거라며 순수한 의문을 표하는 대공이었다.

"전하가 암살 위협을 많이 받는 이유가 있었군요."

"훌륭한 수업에 대한 감사로 듣지."

어쨌든 그렇게 어설프게나마 로피진의 초식을 몸에 익힐 수 있던 건 대공 덕분이었다.

"내가 그대의 결투 상대라 생각해."

진짜 결투를 방불케 하는 대련을 해 주는 건 덤이었고.

'한 번만 닿아 보자.'

이젠 페이선과의 결투는 별개의 문제다. 매일 밤 땀을 비 오듯이 흘리며 연습하는데 이 목검이 저 옷자락 한번 건드리지 못한다는 게 몹시 약이 올랐다.

"딱 한 번만……!"

목검을 들고 달려드는 네이필리나의 외침이 밤하늘을 울렸다.

* * *

4주, 3주, 2주…… 네이필리나와의 결투일이 점점 다가왔다.

'내가 이기는 게 당연하지.'

페이선은 여전히 자신만만했다. 저는 최연소 기사 서임을 받은 수재이자 평생 손에서 검을 놓지 않은 기사였다. 검은커녕 연무장 한번 제대로 뛰어 본 적 없을 네이필리나에게 지는 일은 불가능했다.

결투 전 그가 고려할 사항은 어떻게 그 계집애를 두들겨 패고 싶은 충동을 참고 적당하게 끝낼 수 있을까 정도였다.

그렇게 유유자적 시간을 보내고 있는 페이선에게 기디언이 잠깐 찾아왔다.

"잘하고 있느냐?"

"어쩐 일이세요? 아버질 제외하면 집안 어른들은 다 네이필리나 걱정만 하고 있던데요."

페이선이 빈정거리자 기디언이 어깨를 두드렸다.

"너무 마음 쓰지 말거라. 아버지께는 집안의 막내를 특히 아끼시는 편이야.

헨리 때도 그랬지. 새삼스러운 일도 아니란다."

정치판에 관록이 붙어 가는 기디언에게 페이션처럼 단순하고 다혈적인 사람을 구워삶긴 어렵지 않았다.

"기디언 백부도 우리와 같았군요!"

"그래서 페이션, 나는 네가 진심으로 걱정된단다."

기디언이 슬쩍 입을 열었다.

"이건 명예랄 것도 없는 결투지. 네가 설사 이긴다 해도 네이필리나가 결과에 승복하지 않겠다고 나온다면 그땐 어떻게 할 참이냐?"

가주님께서 그 애를 얼마나 아끼시는지 알지? 그럼⋯⋯.

"결과를 무르려고 하실 수도 있단 말이군요."

"그래. 그러니 너도 마음의 준비를 해 두거라. 누가 봐도 네가 완벽하게 이기지 않으면 안 돼. 상대를 봐 가며 이기는 승리를 보고 누가 압도적이었다고 기억하겠니."

기디언은 슬쩍 페이션의 마음에 파문을 일으키고선 떠났다.

다음으로 찾아온 것은 볼락이었다.

"페이션, 너⋯⋯."

그는 전전긍긍했다. 작금의 상황이 전혀 마음에 들지 않았다.

"내일만큼은 제대로 해야 한다. 네 할아버지 외에도 널 보는 눈들이 많을 거야. 거기서 분을 못 참고 또 폭발했다간⋯⋯."

볼락의 잔소리는 끝이 없었다.

"편법이나 비겁한 짓도 안 된다. 절대로! 다른 기사면 몰라도 지금 상대는 네이필리나야. 까딱 잘못하면 네 평판이⋯⋯!"

페이션이 알겠다며 볼락의 어깨를 토닥였다.

"걱정 마세요, 아버지. 제가 설마 걜 죽이기까지 하겠어요?"

할아버지고 작은아버지고 날 씹어 삼키려 들 텐데.

'그냥 약간 손만 봐 줄게요. 정신 좀 차리도록.'

페이선의 눈이 잔인하게 빛났다.

* * *

마침내 결전의 날이 밝았다.

결투장으로 들어서던 볼락은 깜짝 놀랐다. 콘체른의 사람들로만 채워져야 할 관중석에 2황자 레클란의 얼굴이 보였기 때문이다.

'그냥 집안싸움으로 퉁치려고? 그럴 순 없지.'

판을 키운 건 네이필리나였다.

그녀는 2황자비 에울리케를 통해 이 내기 결투에 대한 이야기가 은근히 그의 귀에 들리게 했다.

"내기 결투라고? 그것도 콘체른 손주들 사이의? 이것 참 재미있군!"

내기라면 사족을 못 쓰는 자라 대번에 관심을 보였다. 그는 심지어 제 가신들을 잔뜩 끌고 왔다.

"자고로 시합은 관객이 많을수록 재미있지 않습니까?"

'이런.'

볼락의 표정은 그다지 기쁘지 않았다.

그럴 일은 없지만 만에 하나 이렇게 많은 귀족들을 모아 놓고도 지기라도 한다면 그게 무슨 개망신인가.

하지만 이 자리에 있는 손님들은 볼락이 마음대로 오라 가라 할 수 없는 귀빈들이었다.

'설마 지지는 않겠지…….'

그러나 그의 불안은 현실이 되었다.

"페이선, 그리고 네이필리나 콘체른. 두 사람은 앞으로 나와 주십시오."

네이필리나와 페이선이 양측에서 걸어 나왔다. 둘 다 검은 연무복을 입고 있다 보니 체구의 차이가 더 극명했다.

"네이필리나."

목검의 끝을 마주 대었을 때 페이선이 음산하게 읊조렸다.

"오늘 살려 달란 소리가 네 입에서 나오게 해 줄게."

"준비……."

"너야말로."

네이필리나가 싱긋 웃으며 대답했다.

"결투를 시작하겠습니다!"

심판을 맡은 콘체른 기사단의 단장 루스가 하얀 깃발을 올렸다.

결투가 시작됐다.

'왜…….'

그리고 페이선의 눈이 정처 없이 흔들렸다.

'빈틈이 보이지 않는 거야……!'

네이필리나는 가만히 목검을 들고 서 있을 뿐이었다. 그런데 그 자세가 지나치게 탄탄했다. 어느 쪽을 공격해도 곧바로 받아 쳐 낼 수 있을 만한 전무후무한 자세였다.

"이얍……!"

저보다 훨씬 작은 상대를 두고 지르는 우렁찬 기합 소리가 되레 더 없어 보인다는 걸 깨닫지 못한 페이선이 기합과 함께 먼저 공격했다.

'저 멍청한……! 적어도 선제공격은 내 줬어야지! 이 결투 한 번에 네 평판을 전부 말아먹을 참이냐?'

군중석에서 아들을 지켜보던 볼락이 이마를 감싸 쥐는 것도 몰랐다.

"오오오, 네이필리나 양이 꽤 잘 피하는걸? 페이선 군의 검이 한 번도 닿질 않았어."

"네이필리나 양이 잘 피하는 게 아니라, 페이선 군의 조준율이 형편없는 거라곤 생각지 않나? 보게, 실컷 휘두르기만 하지 실속은 전혀 없잖아. 저게 정말 최연소 기사 서임을 받은 기사의 검이라고?"

공격보단 차분하게 수비 위주로 페이선의 검을 방해하는 네이필리나의 모습은 초보라곤 믿을 수 없을 정도로 차분했다.

"네이필리나 양이 너무 잘하는걸? 혹 초보자가 아닌 거 아닌가?"

"무슨 말이야. 저 검을 보게. 단순히 베고 찌르고, 막고. 검술의 가장 기초만 반복하고 있잖아."

그녀가 로피진의 1초식만 배우겠다는 데에는 이런 계산도 깔려 있었던 것이다.

검술의 분류는 초식이 점점 화려해질 때 가장 두드러진다. 모든 검술의 1초식이 가장 많이 겹칠 수밖에 없기에 밖에서 봤을 때는 이게 어느 검술인지, 살초식인지도 쉽게 알아보기 힘들었다.

그래서.

'왜, 이렇게 날카로운……! 너무 깊게 들어오잖아!'

살초식이라는 걸 알 수 있는 건 직접 검을 맞대는 상대 정도뿐이었다.

목검의 뭉툭한 끝이 실수인 것처럼 목을 스쳐 지나갔을 때, 페이선의 등골이 서늘했다. 따끔한 목을 만지니 핏방울이 옅게 배어 나왔다.

'미친, 서, 설마, 여기서 날, 날 죽이려고.'

순간 마주친 눈에서 뿜어 나오는 살기에 페이선이 놀라 뒷걸음질 치다 넘어졌다. 목검이 손에서 떨어져 나갔다.

페이선이 진행 불능 상태가 됐으니 네이필리나는 잠시 싸움을 멈추고 그를 일으켜 주려 손을 뻗었다. 하지만 눈이 뒤집힌 페이선에게 그건 기회로 보였을 뿐이었다.

그는 바닥에서 모래 한 줌을 쥐어 네이필리나에게 뿌려 버렸다.

"웃……!"

그리고 그녀가 머뭇거리는 사이, 날아갔던 목검을 쥐고 다시 그녀를 상대했다.

"저런……!"

"저 나쁜……!"

군중석에서 성토가 쏟아져 나왔다. 페이선마저 들을 수 있을 정도로.

'이, 이기면 돼. 내가 이기면 다 만회할 수 있어.'

그는 애써 되뇌었다. 제가 방금 네이필리나의 불을 댕겼다는 것도 깨닫지 못한 채.

'이 쳐 죽일 놈이 호의를 이따위로 갚아?'

네이필리나도 좋아서 도와준 게 아니었다. 군중이 있으니 매너를 지킨 거였는데 페이선에겐 그 최소한의 예의조차 없었다.

머리끝까지 화가 난 네이필리나가 거칠게 얼굴에서 모래를 털어 내더니, 다다다다-! 직선으로 페이선에게 달려갔다.

"왜, 왜 오는……!"

서로의 거리를 잴 사이도 없이 막무가내로 돌진했다. 그리고 검을 높게 들어 올려 내리찍었다.

제 머리를 향해 수직 낙하 하는 목검을 맞고, 쿠웅. 페이선이 바닥으로 나동그라졌다.

"……."

"지, 진짜 졌다고?"

믿을 수 없는 광경에 잠시 사람들이 할 말을 잃었다. 심판을 맡은 루스마저 판정을 내지 못하고 어버버 얼어붙었다.

"……."

떨어진 검. 나동그라진 페이선.

그리고 조금 전과 다름없이 평온하게 검을 쥐고 있는 네이필리나.

누구의 승리인지는 명백했다.

짝. 짝. 짝. 누구도 섣불리 말을 꺼내지 못하고 있는 가운데 깔린 적막을 박수 소리가 깨뜨렸다.

2황자 레클란이었다. 도박광이자 스릴을 좋아하는 그에게 조금 전의 결투는 그의 흥미를 유발하기 충분했다.

"놓쳤으면 안타까울 뻔했네!"

그가 낄낄거리며 웃었다. 이 자리에서 가장 서열이 높은 건 2황자였다.

"내기 결투라 하였지?"

"그렇습니다, 황자 전하."

모두 넋을 잃은 와중 기디언이 공손히 대답했다.

"네이필리나 양, 아주 인상적인 활약이었네. 내 그대의 이름을 잊을 수 없을 것 같군."

짝. 짝. 레클란이 다시 한번 박수를 쳤다. 아직도 조금 전 결투가 자꾸 기억나는지 혼자서 큭큭 웃다가 고개를 절레절레 젓다가를 반복했다. 입이 찢어져라 낄낄 웃어 대는 게 황족으로서의 권위마저 잊어버린 듯해 보였다.

"이제 헬리오스의 어린 아가씨들도 용감히 뛰쳐나와 검을 쥘 때가 됐지. 그대는 훌륭한 귀감이 될 것 같군."

"감사합니다, 황자 전하."

"그래서 내기는 뭘로 했다던가? 궁금해지는군."

볼락이 끼어들었다.

"아, 페이선이 네이필리나에게 저지른 무례를 사과하는 것이었습니다."

그리고 네이필리나가 덧붙였다.

"페이선이 속한 콘체른 기사단에서 나오는 것이었습니다. 하지만 저는 페이선이 잘못을 뉘우쳤다면 그것으로 족합니다."

볼락과 페이선의 얼굴이 확 밝아졌다.

"안 되지, 안 되지. 그건 내가 용납할 수 없어."

그들이 가슴을 쓸어내리려 하는데 레클란이 고개를 저으며 끼어들었다.

'니가 뭔데!'

"신성한 결투의 의미를 퇴색되게 할 순 없지."

검을 잡아 본 적도 없는 네이필리나 콘체른이 기사를 상대로 벌인 사투다. 그건 말처럼 쉽게 되는 일이 아니다. 페이선을 나동그라지게 만든 마지막 일격만 봐도 지난 한 달간 그녀가 얼마나 열심히 수련했을지 짐작하긴 어렵지 않았다.

"게다가 상대는 그리 신사적이지도, 기사적이지도 못했지. 놀라운 일이야. 꽤나 한심하기도 하고, 페이선 경. 어떻게든 이기려고 기를 쓰지 않았나? 그대가 승리했다면 네이필리나 양처럼 쉬이 넘어가 주었을까? 나는 아니라고 보네."

레클란의 눈은 날카로웠다. 흥청망청 사는 듯해도, 제멋대로이긴 해도 그는 상황을 제대로 보고 있었다.

"조금 전 결투에서 보였던 그대의 비겁한 모습은 헬리오스를 지키는 기사라고는 생각할 수 없었지. 하여."

레클란의 적나라한 비난에 페이선의 얼굴이 벌겋게 달아올랐다.

조금 전 페이선이 네이필리나에게 모래를 흩뿌렸던 일을 말하는 것이다. 그것도 네이필리나가 쓰러진 그를 일으키려 손을 내어 주었을 때.

"나 레클란 마르쉐 헬리오스의 권위로 페이선 콘체른의 기사 서임을 해제한다."

"……!"

"저, 전하!"

"페이선 경, 그대는 처음으로 다시 돌아가서 생각해 보도록 해. 무엇이 진정한 기사도일지."

레클란의 말은 냉랭했다. 볼락은 다급히 레클란에게 매달렸다. 페이선의 기사 서임을 이대로 날려 보낼 순 없다!

"재고해 주십시오, 황자 전하! 페이선은 기사단을 이끌어야 할 재목입니다. 부디 다시 한번 기회를……."

"그런가? 그렇다면 아쉬운 일이로군."

레클란은 얼마나 인재가 없으면, 하며 혀를 쯧쯧 찼다.

"그렇다면 콘체른 기사단을 이끌 만한 인재를 내 하나 보내 주지."

"······."

"그러면 되겠지?"

레클란에게는 상대가 원하는 바를 알면서도 그걸 내어 주지 않는 잔혹함이 있었다.

마치 장난감을 가지고 놀듯이. 악취미라면 악취미였다.

"······."

'뭐라고 형이 말이라도 해 줘!'

볼락이 도움을 요청하는 눈으로 기디언을 바라보았으나 외면당했다.

네이필리나는 끝까지 침묵을 고수하며 모르는 척 레클란의 옆자리를 지키는 기디언을 보았다. 볼락의 아들인 페이선이 꺾이면 가문 내 볼락의 세력도 함께 줄어든다.

'기디언이 기회를 놓칠 리 없지.'

"자, 이제 그럼 뒤풀이를 가 볼까! 결투의 해후를 즐겨야 하지 않겠나?"

볼락 부자의 속을 뒤집어 놓고는 레클란은 가신들을 끼고 신이 나서 자리를 떠났다.

볼락은 붉으락푸르락해진 얼굴로 연무장에 서 있었다. 싸늘한 시선들 사이로 페이선이 주춤주춤 다가왔다.

"아버지······!"

"이 못난 놈이! 보는 눈도 많은데 최소한 룰을 어기지는 말았어야지!"

짜악! 두꺼운 손에 뺨을 맞은 페이선이 바닥으로 나가떨어졌다.

"자, 잘못했어요! 기디언 백부가······ 무슨 수를 써도 이겨야 한다고 해서······!"

"기디언이?"

볼락이 주먹을 쥐었다.

"뱀 같은 형님이 어찌 가만히 계시나 했소."

그가 이를 으득 갈았다.

"못난 놈. 네가 처음부터 이오테 말에 넘어가서 이 사달을 만들어 낸 게 아니냐!"

그는 아들을 위로하는 친절한 아버지가 아니었다. 기사 서임이 해제된 페이선은 바닥에서부터 다시 시작해야 한다. 서임식을 통과시키는 데도 그리 힘이 들었는데, 눈앞이 아찔했다.

아들을 통해 득을 볼 길은 요원해 보였다. 그렇다고 하나 남은 이오테에게 희망을 걸 수도 없었다.

'저 계집애는 시비만 걸고 다닐 줄 알았지……!'

사사건건 남 좋은 꼴을 못 보고 참견해 대는 게 꼭 이혼한 제 전처와 같았다.

볼락의 자식 농사는 망했다. 맥밀란이 제 농사가 망했다는 것보다 더 험하게 망했다.

'차라리 그때 오필리어를 버리지 않았다면…….'

볼락이 이를 으득 깨물었다. 제 첫사랑이자 연인이었던 오필리어를 뒤로하고 선택한 결혼은 처음부터 삐걱거렸다. 숨겨 둔 애인이 있었던 아내가, 결국 쌍둥이만 남긴 채 떠나 버렸기 때문이다.

그가 숨이 막혀 오는 가슴을 턱턱 쳤다. 속이 자꾸 답답해서 우락부락한 가슴을 풀어 헤쳤다.

"거 누가 냉수나 한잔 가져와 봐!"

붉으락푸르락한 얼굴은 시뻘겋게 달아올라서 언제든지 터져 버릴 것 같았다.

"뭐 하고 있어! 얼른 물 가져오래도!"

잔뜩 화가 나 있으니 기사들이 쭈뼛쭈뼛했다. 저런 상태의 볼락의 근처에 얼쩡거리다 불똥이 튀고 싶은 이는 아무도 없었다.

결국.

"엔, 네가 가라."

기사단의 제일 말단인 스콰이어의 등을 떠밀었다. 엔은 눈치를 보다 슬금슬금 일어서서 물병에 물을 받아 왔다.

"여, 여기 있습니다."

"그 덩치를 하고 동작이 왜 이렇게 굼떠!"

"죄, 죄송합니다……."

볼락이 버럭 짜증을 내며 엔에게서 물병을 빼앗아 들었다. 벌컥벌컥 물을 삼켰다.

"……."

"왜 그러세요, 주인님?"

그 광경을 지켜보던 네이필리나가 멈칫하는 걸 보고 미르딘이 의아해했다.

"잠깐만……."

네이필리나의 시야에 두 사람이 담겼다.

"저 둘, 많이 닮았잖아?"

Ch 12. 레클란

결투가 끝나고 난 뒤, 콘체른 저택에서는 조촐한 파티가 열렸다.

"기디언 경, 여긴 처음 걸음해 보는데 말이야. 진작 와 봤으면 어땠을까. 안타깝군."

2황자가 있어서 자체적으로 연 파티였다.

그리고…….

그는 조금 전 측근이 제게 속삭였던 말을 떠올렸다.

'저 소녀가 1황녀 전하의 책사라는 소문이 있습니다.'
'뭐? 누님의?'

세피니아가 언급되자 갑자기 불쾌해진 취기가 모두 날아가는 느낌이었다.

'좀 더 정확하게는 1황녀 전하께서 콘체른 양을 제 사람으로 만들려고 노

력하고 계신다는군요.'

'그럼 내가 데려와야겠군. 누님이 눈독 들이는 거라니까.'

세피니아가 가지는 모든 것은 제 것으로 **빼앗아** 와야 한다. 설사 그게 별 볼 일 없는 거라도.

"기디언 경, 조카딸을 회유해 봐. 내 밑으로 들어오라고. 그대 말은 들을 게 아닌가?"

레클란은 기디언에게 먼저 명령을 건넸다.

하지만 기디언은 네이필리나의 존재가 부각되는 걸 원치 않았다. 그래서 핑계를 대며 뒤로 미루려고 하는데, 때마침 네이필리나가 파티장에 등장했다.

"아, 아까 그 용감한 콘체른 양이로군."

연거푸 마신 와인이 딱 기분 좋을 정도의 취기를 선사했다. 레클란은 만족스러운 미소를 지으며 네이필리나를 향해 잔을 들었다.

"내 비에게 그대의 이야기를 꽤 들었다네. 아주 명랑하고 똑똑한 아가씨라고 말이야."

그는 네이필리나와 기디언을 번갈아 보며 이야기했다.

"여기 그대의 백부인 기디언 경을 보게. 처음엔 웬 돈 많은 놈팡이가 2황자파를 기웃거리나 수군댔지만, 지금은 이렇게 내 옆에서 가장 신임받고 있지 않은가?"

레클란이 손에 쥔 잔으로 기디언의 어깨를 툭툭 두드렸다.

"안 그런가? 기디언 경, 자네가 말해 보게나."

아무리 네이필리나가 어리고, 레클란이 말을 함부로 한다 해도 지금의 발언은 명백히 기디언을 무시하는 언행이었다. 자존심 강한 섭정공이 이걸 그대로 넘길 리 없다고 네이필리나는 생각했다.

기디언의 손등 위에 핏줄이 툭 불거졌다. 위기라고 생각했으나 그는 생각보다 잘 참아 냈다.

"맞습니다, 전하."

그가 웃었다.

"보게. 하지만 내가 내 가신들 중에서도 기디언 경을 크게 사는 이유가 뭔지 아나?"

"그게 무엇인가요?"

"그가 선택하는 건 언제나 승리하더란 말이야. 특히 경마장에서 그는 절대로 진 적이 없어. 기디언 경의 말이 항상 이기거든."

2황자가 경마광이라는 건 익히 알려진 유명한 사실이다. 그는 특히 1:1의 내기 경마를 좋아했다.

"그대의 백부는 생각보다 인내력이 좋아."

기디언이 잠시 자리를 비운 사이, 레클란이 중얼거렸다. 2황자 역시 아직 기디언을 시험하고 있는 과정인 모양이다.

이렇게 수년이 지나다 보면, 기디언 콘체른은 2황자에게 떼어 놓을 수 없는 중요한 최측근이 되어 가겠지.

그리 놔둘 수는 없다. 기디언이 아직 그에게 명확한 인상을 주지 못한 지금, 그 사이를 파고들어야 했다. 네이필리나가 비소를 삼켰다.

"경마를 좋아하시나 봐요, 전하."

봄바람처럼 상냥한 목소리였다. 초록빛 눈동자가 당신의 이야기를 경청하고 있다는 것처럼 초롱초롱했다.

"그렇지. 한데 좋아하는 것과 잘하는 건 다르더라고. 그렇게도 좋아하는데 꼭 이기지는 못했단 말이야."

레클란은 말을 골라 상대의 말과 시합을 시키는 내기 경마를 좋아했다. 게다가 판돈까지 크게 거니 경기가 질 때마다 돈이 숭풍숭풍 새어 나갔다.

"그래서 내 기디언 경을 보기도 부끄럽지 뭐야."

그 빈자리를 메워 주는 게 기디언의 돈이었다.

"한번 이겨 보기는 해야 하는데 말이지."

하지만 웃음을 터뜨리는 레클란을 봐선 그가 그렇게 상황을 심각하게 느끼는 것 같진 않았다.

'뭐, 나한텐 상관없는 일이지.'

제가 사이를 파고들 빌미가 될 테니까.

"하면 전하, 외람되지만 제가 한 가지 조언을 올려도 될까요?"

"응?"

"제 말대로 하신다면 이번엔 전하께서 백부께 면을 세우실 수 있을 겁니다."

"말해 보게, 콘체른 양. 내 한번 귀담아들어 보지."

레클란의 태도는 더없이 가벼웠다.

"전하의 가장 약한 말을 상대의 가장 빠른 말과 경주하게 하시지요."

"가장 약한 말을 말인가?"

"예. 그리고 가장 빠른 말은 상대의 두 번째로 빠른 말과, 두 번째로 빠른 말은 상대의 사장 가장 약한 말과 겨루게 하신다면, 어떤 말을 상대하든 늘 이기실 수 있으실 겁니다."

네이필리나가 미소 지었다. 앳된 얼굴과는 이질적인, 그러나 섣부른 확신이 넘치게 느껴지지 않는 차분한 미소였다.

그리고 며칠 뒤, 황실 경마장.

"이겼네! 이겼어!"

레클란은 잔뜩 신이 난 얼굴이었다.

"경하드립니다, 황자 전하. 오늘 고르는 경기마다 필승하시니 마침내 헬리오스의 뜻이 전하께 있으심이 틀림없습니다."

마지막 경기.

레클란의 말이 먼저 결승선에 도착하는 걸 확인한 기디언이 허리를 숙이며 그를 드높였다. 펑-! 양쪽에서 샴페인이 터뜨리는 시원한 소리가 났다.

"전하의 승리를 축하하려……."

"헬리오스의 뜻이 아니야. 경의 조카 덕분이지."

유리잔 위로 샴페인의 탄산이 부글부글 끓어올랐다. 기디언은 유리잔을 든 채로 멈췄다.

"제 조카라 하심은……."

"네이필리나 양 말이야! 그대의 천치 같은 조카들 중에 쓸 만한 이가 그 아이밖에 더 있나?"

결투에서 꼴사나운 모습을 가감 없이 드러냈던 페이션을 떠올리고 레클란이 인상을 찡그렸다.

"시합을 전부 이기는 건 처음이로군. 그 간단한 필승법 하나로 모조리 승리를 거뒀어."

레클란이 킬킬 웃음을 터뜨렸다.

"우스운 일이지 않은가? 내 밑에 있는 책사들의 수가 적지 않고, 단 한 명도 내게 오늘만큼의 압도적인 승리를 가져다주지 못했다는 게."

측근들이 잠시 멈칫했다.

"……."

"세피니아 누님께서 왜 그리 그 아이를 찾나 하였더니……."

안 되겠다.

레클란은 기디언이 준비한 샴페인엔 입도 대지 않고 자리에서 일어섰다.

"다음 경기 때, 네이필리나 콘체른을 여기 데려와야겠어."

우리 편으로 만들어야 한다.

"그 나이에 그 기지를 지닌 인재를 순순히 누님의 아래로 들어가게 할 수는 없지."

"……."

"기디언 경? 왜 대답이 없나."

레클란이 몸을 돌려 기디언을 응시했다.

"설마, 경의 조카일세. 경계하는 건 아니겠지?"

기디언의 굳은 미소를 레클란이 지적했다.

"콘체른을 중용할수록 그대의 힘이 커지는 거야."

"물론입니다."

그림자 아래 허리를 숙인 기디언의 얼굴이 일그러졌다.

레클란이 떠나고, 그는 여전히 경마장에 남아 있었다.

"기디언 님."

그의 보좌관이 다가왔다. 유리잔에는 여전히 샴페인이 담겨 있었다.

쨍그랑-! 기디언은 그걸 잡고 그대로 집어 던졌다.

"안 되겠다."

산산조각 난 유리 조각을 지그시 밟는 몸이 자르르 떨렸다.

"그 애를 여기서 멈추게 해야겠어."

'콘체른을 중용할수록 그대의 힘이 커지는 거야.'

"아니요, 전하. 그건 전하의 모순입니다."

1황녀 세피니아와 피 터지는 후계 싸움 중인 2황자가 제게는 가족의 정을 말하다니.

그가 코웃음 쳤다.

"저 역시 권력을 나누지 않습니다."

그 누구와도.

"전하에게 콘체른은 단 한 명이어야 합니다."

* * *

예상대로 얼마 지나지 않아, 네이필리나는 2황자의 초대로 경마장에 들어섰다.

"왔군, 콘체른 양."

레클란의 태도는 전과는 비교할 수 없이 친근했다.

"최근 그대 덕분에 내 승률이 크게 올랐어. 게다가 마젤란 대사와의 시합에서도 이겼지."

헬리오스와 비등한 세력을 자랑하는 마젤란이다. 심지어 마젤란은 드넓은 평야와 뛰어난 말들로 유명했다.

"졸지에 마젤란과 헬리오스의 대결이 되어 버렸긴 했지만."

레클란의 승리는 마젤란을 의식하는 황제에게 상당한 통쾌함을 안겨 줬던 모양이다.

"부황께 처음으로 칭찬을 받았어. 매번 유흥만 찾아다닌다고 꾸중하시기 일쑤였는데."

오늘의 경기 역시 지난번의 패배를 설욕하기 위해 마젤란 대사가 다시 요청한 특별 경기였다. 네이필리나 덕분이라며 레클란이 씨익 웃었다.

"어리고 미숙한 제 짧은 조언을 무시하지 않고 들어 주신 전하 덕분이지요. 저는 기여한 바가 없습니다."

"그래. 무릇 좋은 군주라면 책사의 말을 귀담아듣기 마련이지."

레클란이 기회를 놓치지 않고 그녀를 회유했다.

"그런 의미에서 나는 군주가 될 준비가 충분히 되어 있어. 콘체른 양도 그렇지."

레클란의 눈이 지긋이 네이필리나의 답을 기다렸다. 자신의 수족이 되라는 암묵적인 의미인 것을 그도, 저도 알았다.

"저는 아직 책사를 꿈꾸기도 부족한지라."

그녀가 애매한 말로 뒤를 끝맺었다. 거절이 익숙지 않은 레클란의 눈썹이 슬쩍 꿈틀거렸다. 하지만 곧 웃음 뒤로 미미한 불쾌감을 숨겼다.

"과연 그래야지. 그 정도는 되어야 내가 누이에게서 뺏어 오는 의미가 있겠지."

세피니아보다 레클란은 좀 더 원색적이었고, 불같았다.

"그래. 좀 더 비교해 보고 판단해 보게. 오늘 그러라고 불렀으니까."

레클란이 씨익 웃었다.

"그대도 곧 알게 될 거야. 대어가 아무리 세차게 헤엄친다 한들 흐르는 강물을 거스르진 못한다는 걸."

시류는 내게 있어. 그가 경마장의 가장 상석을 턱짓했다.

황금으로 장식한 화려한 벨벳 의자엔 황제가 있었다. 건강을 핑계로 좀처럼 황궁의 행사에 걸음하지 않는 이가 레클란의 시합에서 모습을 드러냈다.

오늘 이 경마장에 수많은 귀족들을 불러 모은 이유는 명확했다.

레클란은 모두에게 선보이고 싶은 것이다.

'황제는 제 편에 있다고.'

아무래도 황궁보다는 좀 더 자유로운 공간이라서 그런지 황제의 옆에 있는 여인은 주디테 황비가 아니었다.

"푸아드르 부인이죠? 요즘 폐하께서 자주 찾으시는 정부라고 들었어요."

심지어 황비의 눈을 피해 황궁에 몇 번 몰래 들인 적도 있다며 귀부인들이 속살거렸다.

"주디테 황비님이 아시면 어쩌시려고……."

"황궁이 들썩거리겠지요. 그러니 폐하께서도 밖에서만 만나시는 게 아니겠어요?"

황제의 늦바람이 닿은 곳은 한 떨기 들꽃처럼 수수한 여인이었다. 푸아드르 부인은 장미같이 강렬한 주디테 황비와는 다른 부드럽고 편안한 매력으로 황제를 사로잡았다.

"폐하, 저는 이렇게 폐하를 볼 수 있어서 기뻐요. 요즘 통 얼굴을 뵐 수 없었잖아요. 저를 잊어버리신 건 아닐까 얼마나 무서웠다고요."

푸아드르 부인이 황제의 무릎에 기대며 작게 애교를 부렸다.

"잊다니. 그대를 어떻게 잊겠나."

정부의 머리를 쓰다듬으며 퍼지던 황제의 웃음은 경마장으로 들어서는 이를 마주하곤 그대로 사라졌다.

"스카, 네가 여긴 어쩐 일이냐?"

레클란도 인상을 찡그렸다.

'앙헬 대공이 여긴 왜?'

"저도 내기 경마 해 보려고 왔습니다만."

앙헬 대공은 느릿하게 대답했다.

"네가? 별일이구나."

황제는 믿을 수 없다는 듯 되물었다. 무슨 꿍꿍이인지 의심스러워 인상을 찡그리며 대공을 노려보았다.

"저도 폐하를 여기서 뵙게 될 줄은 몰랐습니다만."

대공이 황제의 정부를 힐끗 바라보았다.

'어머.'

대공의 눈이 저를 향하자 푸아드르 부인은 자신도 모르게 얼굴을 붉혔다. 늙고 약해 빠진 황제와는 비교할 수도 없는 강인함과 사내다움, 게다가 얼굴까지 완벽하게 아름답지 않나.

황제가 정부의 변화를 놓칠 리 없다. 그의 눈에 불이 튀었다.

"흠! 그럼 앉아서 얌전히 관람이나 하고 가거라!"

황제는 거칠게 짜증을 내며 그가 손을 휘휘 내저었다.

"폐하의 분부대로."

앙헬 대공이 약을 올리듯 허리를 숙였다. 어깨에 걸친 흑담 모피가 살짝 바닥에 쓸렸다. 모피 사이로 근육질의 실루엣이 드러났다. 살짝살짝 보이는 게 더욱 육감적이었다.

"어맛, 폐하. 포도 좀 드셔 보세요. 정말 달아요."

황제의 상한 기분을 눈치챈 푸아드르 부인이 재빠르게 시선을 떼곤 아양을 떨었다.

* * *

"주군, 누굴 찾으십니까?"

스카가드는 슬쩍 경마장을 둘러봤다.

모여 있는 인파 속에서 동그란 머리통을 발견했을 때, 얼굴에 저도 모르게 미소가 번졌다. 그가 기둥에 비스듬히 몸을 기댔다. 귀여운 것을 지켜보는 양, 그의 시선이 간간이 닿았다.

피슝-!

경주의 시작을 알리는 화살이 날아가며 창공을 갈랐다. 헬리오스의 내기 경마는 토너먼트 형식으로 이루어졌다.

두두두두두두-!

기수들이 탄 말들이 바람같이 앞으로 내달렸다.

"백이오!"

귀에 백색 기를 꽂은 말이 먼저 결승선을 통과했다.

레클란의 말이었다. 스코어는 1:0.

타앙-! 다시 화살이 날아올랐고, 이번에도 레클란의 말이 이겼다.

"요즘 네 안목이 꽤 좋아졌구나."

연이은 승리에 황제가 넌지시 레클란을 칭찬했다.

눈엣가시인 마젤란의 콧대를 단단히 눌러 주었단 생각에 황제의 얼굴은 미소가 싱글벙글했다. 점점 굳어 가는 마젤란 대사의 얼굴을 보니 이보다 더 통쾌할 수가.

"자, 이제 마지막 경기입니다."

승부가 판가름 날 시점이다. 레클란은 자신만만한 미소를 지었다.

푸르르푸르르. 하얀 백기를 귀에 꽂은 거대한 흑마가 거칠게 투레질을 했다.

극적인 재미를 위해 레클란이 가지고 있는 말 중 가장 빠르고 사나운 놈을 마지막에 배치했다.

'마젤란의 말을 아예 눌러 버려라!'

가끔 함께 달리는 말의 엉덩이를 물어뜯어 버리기도 하는 호전적인 놈이었다.

'물어뜯어 버려도 괜찮지.'

부황은 그편을 더 좋아하실 테다. 레클란이 한창 기분 좋은 상상을 하고 있을 때, 그의 옆에 앉은 기디언은 가라앉은 시선으로 그를 훔쳐보았다.

'전하의 생각대로 되진 않을 겁니다.'

레클란의 마지막 말은 결승선을 통과하지 못할 것이다.

그리고 타앙-!

각자의 바람을 뒤로한 채 마지막 화살이 날아올랐다.

"달려, 달려! 헬리오스 만세!"

"마젤란! 마젤란!"

양국의 관객들이 열심히 환호했다. 레클란의 흑마는 돌풍처럼 내달리며 먼저 앞으로 튀어 나갔다.

"그렇지! 그거야!"

레클란이 무릎을 탁 쳤다.

"어⋯⋯?"

그때, 흑마의 경로가 바뀌었다. 직선으로만 앞으로 나아가던 말발굽이 각도를 바꾸어서⋯⋯!

"여기로 오고 있어!"

"꺄, 꺄아아악!"

관중석을 향해 달려오기 시작했다. 돌풍처럼 내달리던 말은 무서운 속도로 눈 깜짝할 사이에 관중석까지 다다르더니, 거칠게 뛰어올랐다.

"히히히히힝!"

좀 더 정확하게는 세 번째 열에 앉은 네이필리나를 향해서.

"……!"

"히히히히잉!"

거품을 문 흑마가 거칠게 날뛰었다.

거대한 말발굽의 그림자가 네이필리나 얼굴 위로 지는 순간. 누군가 허리를 감싸고 거세게 잡아당겼다.

'누구……?'

우지끈!

네이필리나가 있던 자리가 무거운 말발굽에 바스러졌다. 부서진 나뭇조각들이 튀어 나가며 의자 아래 매달려 있던 작은 향주머니도 덩달아 밖으로 튀어나왔다.

하지만 이 아수라장에서 그걸 알아차린 이는 네이를 제외하곤 없었다.

"……대공 전하?"

왜 여기 계세요?

네이필리나가 대공의 품에서 고개를 들었다. 허리를 단단하게 감싸 안은 팔. 숨이 닿을 것만 같은 근접한 거리. 그리고 제 어깨를 감싸고 있는 흑담 모피까지.

"……."

스카가드 역시 곧바로 답하지 못했다. 흑마가 네이필리나에게 달려드는 순간, 몸이 먼저 움직이고 있었으니까.

"히히히힝!"

흑마가 다시 울부짖었다. 대공은 빠르게 네이필리나를 놓아주고 물러났다. 사람들의 이목이 흑마의 난동에 쏠려 있는 와중이라 주목을 피할 수 있었다.

'하마터면 죽을 뻔했어.'

순식간이었다. 대공이 아니었다면 저 날뛰는 말발굽에 짓밟히는 건 제가 되었을 테다.

살았다는 안도감이 들기도 잠시, 그녀의 눈은 빠르게 경마장의 상황을 훑고 있었다. 흑마가 기사들의 손에 제압당해 죽고, 황제가 고래고래 고함칠 때까지.

코너로 몰리는 레클란과 당황스러워하는 기디언의 얼굴도 들어왔다.

그러다 기디언과 시선이 마주쳤을 때,

"……!"

순식간이었지만 저를 보고 경악하는 그의 표정을 잡았다. 좌석 아래 달려 있던 작은 주머니. 제 쪽을 향해 똑바로 달려들던 흑마의 말발굽.

'당신인가?'

네이필리나의 눈이 차가워졌다. 만약 그렇다면 제가 벌써 그의 살생 리스트에 올라갔다는 거다.

'2황자의 눈에 들지 못하게 아예 날 제거해 버리겠다는 건가.'

전생의 섭정공과 추호도 다르지 않아 기뻐해야 할지, 지긋지긋해야 할지 모르겠다.

네이필리나가 한 발 앞으로 나갔다. 그러자 지긋이 손목이 잡혔다.

"꼭 모든 일에 그대가 나서야 할 필요는 없어."

대공이 나지막하게 말했다.

"내 옆에 서. 숨을 곳을 빌려주지."

오른쪽 어깨에 멋스럽게 걸쳐진 흑담 모피가 보였다.

건장한 체구를 타고 흘러내리는 포근한 털. 그 옆은 안전하고 아늑해 보였다. 그녀는 잠깐, 그의 옆에 몸을 숨긴 제 자신을 상상해 보기도 했다.

"친절만 감사히 받겠어요."

하지만 네이필리나는 한 걸음 뒤로 물러나며 대공의 손길을 부드럽게 밀어 냈다.

찰나의 상냥함을 받아들인다면, 복수의 불꽃을 태우는 제가 언제고 멈춰 버리고 말리라는 걸 알고 있었기 때문이다.

* * *

"꺄아아악!"

"죽여! 막아! 폐하를 보호하라!"

기사들이 정신없이 발광하는 흑마를 죽여 사태를 겨우 진정시켰을 땐,

"도대체 누가 저 미친 말을 푼 거냐!"

쓰러진 정부를 안고 길길이 날뛰는 황제만 남아 있었다. 냉정한 기디언마저도 작금의 상황엔 당황할 수밖에 없었다.

'왜, 왜 일이 이렇게 되는……'

저 말은 황제의 정부가 아니라 네이필리나를 덮쳐야 했다. 그런데 어찌…….

"백부, 괜찮으세요?"

저 아이는 티끌 하나 다친 곳 없이 멀쩡한 건가.

"레클란, 어찌 된 일인지 묻지 않느냐! 이 한심한 놈아!"

황제는 여기가 마젤란의 대사도 있는 자리였음을 잊었다.

미친 말이 난입했고, 그 때문에 저와 아끼는 제 정부가 죽을 뻔했다는 사실이 그의 이성을 마비시켰다.

"저는 무슨 일이 일어난 건지 도저히……."

"저 말이 네 말이 아니기라도 하더냐? 이 시합을 연 게 네가 아니기라도 해? 이 무슨 한심한 대꾸란 말이냐!"

레클란은 어버버했다.

"저도 아직 파악 중에 있습니다. 부황, 너무도 갑작스러웠던 탓에……."

기디언은 더욱 나설 수 없었다. 그가 이 사태를 초래한 장본인이니까.

2황자파의 가신들 역시 섣불리 나섰다 황제의 분노를 살까 두려워 몸을 사렸다.

레클란은 초조했다. 뭐라도 말해야 한다. 이대로 가만히 있었다간 부황의

마음이 차갑게 식고 말 것이다. 하지만 뭐라고? 계속 몰랐다고 말할 것인가?

그때 노란 머리통이 먼저 앞으로 튀어 나갔다.

"폐하! 이걸 좀 보십시오!"

그녀는 죽은 흑마에게로 걸어갔다. 작고 어린 소녀가 잔인하게 죽은 말의 시체로 서슴없이 다가가는 모습이 사람들의 이목을 집중시켰다.

"이 바늘이 보이십니까?"

네이필리나는 죽은 말의 귀에 꽂혀 있던 백색 깃으로 손을 뻗었다.

"저걸 봐!"

"맙소사…… 그래서…… 미친 듯이 날뛰었던 거였어!"

네이필리나는 말의 귀에서 반쯤 피에 젖어 있는 깃을 빼냈다. 그 끄트머리에는 시꺼멓게 변색된 대바늘이 달려 있었다. 네이필리나는 손수건으로 조심스럽게 깃을 감싸고 다시 황제가 있는 쪽으로 돌아왔다.

그녀는 슬쩍 기디언을 살폈다.

"백부, 레클란 전하의 말이 갑자기 날뛴 건 단순한 사고가 아니에요."

네이필리나는 기디언에게 말했다. 하지만 기실 그에게 하는 말이 아니었다.

"……사, 고가 아니라니. 그게 무슨 말이냐."

기디언은 주먹을 꽉 쥐며 숨을 삼켰다. 할 수만 있다면 달려가 저 계집애의 입을 막아 버리고 싶었다. 하지만 황제와 2황자가 보고 있다.

그는 조카딸이 제 목에 올가미를 거는 동안 옴짝달싹할 수 없었다.

"여기 어딘가 저 말을 부르는 매체가 숨어 있을 겁니다. 폐하를 노린 거예요."

네이필리나는 부서진 관중석을 가리켰다.

"이 많은 관중석 중에서 저 말이 달려와 날뛴 건 폐하가 계신 이 서쪽의 좌석뿐이잖아요."

그녀의 말대로 드넓은 관중석 중 부서진 잔해가 남은 방향은 자명했다.

황제가 있는 쪽이었다.

'됐어!'

레클란이 환호성을 삼켰다. 네이필리나 콘체른이 이 상황을 벗어날 물꼬를 터줬다.

"부황! 여기 더 계시는 건 위험합니다. 뭣들 하고 있나, 어서 폐하를 궁으로 모시지 않고!"

그가 기사를 매섭게 질책하면서도 황제 앞에 부복했다.

"부황, 제가 반드시 이 음모의 배후를 찾아내겠습니다. 여긴 제게 맡기시고 어서 돌아가 심신을 안정하소서."

"……알겠다. 네게 맡기마."

황제 역시 다른 말은 하지 않은 채 황급히 자리를 떠났다.

처참히 죽은 말의 시체와 곳곳에 뿌려진 피들, 풍비박산 난 관중석. 정신을 잃고 다친 정부까지.

자칫하면 다친 게 정부가 아니라 저일 수도 있었던 일이라고 생각하니 등골이 서늘했기 때문이다.

* * *

내기 경마는 파했고 관중들은 모두 돌아갔다.

기사들이 돌아다니며 부서진 경마장을 조사하는 걸 보고 있자니 기디언은 피가 바짝바짝 마르는 기분이었다.

'일을 치른 놈들은 다 처리했다. 그러니 들킬 리는 없어.'

누군가를 제거할 땐 제게 혐의가 올 만한 실낱같은 가능성도 없어야 한다. 그런 면에서 기디언은 완벽함을 자랑했다.

"네이필리나 콘체른 말이야."

그 와중에 레클란은 잔뜩 상기된 얼굴로 그의 속을 긁어내렸다.

"반드시 손에 넣어야겠어."

이제는 단순히 세피니아가 그녀를 위해서만이 아니다.

"내가 필요해."

부황의 분노마저 가시게 만드는 그 기지와 대담함.

"누가 그 상황에서 나를 구해 줄 수 있었겠나? 경도, 그 많던 가신들도 엄두를 못 냈던 걸."

레클란이 기디언을 바라보았다.

"절대로 누님에게 넘겨줄 수는 없어. 기디언 경, 내 말뜻을 알겠지?"

"……."

기디언은 본능적으로 알아차렸다. 지금 2황자가 자신에게서 네이필리나를 덮씌우고 있다는 것을. 이제 황자에게 콘체른은 제가 아니라 그 애가 되어 버렸다는 걸.

기디언이 초조하게 방을 오갔다.

"전하의 눈에서 치워 버려야 해."

아예 사라져서 더 이상 그 아이를 보실 수 없도록.

* * *

얼마 지나지 않아 급보가 왔다. 맥밀란에게만 은밀히 전해진 속보였다.

"영지에서 전염병이 터졌습니다."

영지민들이 의문 모를 증상으로 픽픽 쓰러지고 있다는 소식이었다.

"갈증을 호소하고, 빛을 쐬지 못한다더군요. 의원도 도무지 병명을 찾아낼 수 없다고 합니다."

맥밀란이 이마를 짚었다.

"피부에는 검은 반점들이 퍼져 나간다는 모양입니다."

영지에서 온 서신은 도움을 간절히 바라는 내용이 담겨 있었다. 맥밀란은 수 번 넘게 읽어 본 서신에서 시선을 떼지 않았다. 주름진 손가락 끝이 서신을 벗어나 검붉은 마호가니 테이블을 쳤다.

톡. 톡. 톡. 일정한 간격으로.

"내가 영지로 내려가야겠다."

"가주님!"

가주의 결정이 초조한 침묵을 산산조각 냈다. 바터는 간곡히 만류했다.

"안 됩니다, 가주님. 무슨 일이 있을 줄 알고요. 기디언 님을 보내시지요. 영지는 그분의 관리 책임이지 않습니까."

하지만 맥밀란은 고개를 저었다. 단순히 관리 책임의 문제를 따질 만한 사안이 아니다.

영지의 사활이 걸린 중요한 문제였다.

"기디언은 해결하지 못해."

맥밀란은 확신했다. 작위를 받을 때 함께 하사받았던 영지였다. 그리 오랜 기간 머무르지는 않았지만, 그 의미는 그에게 여전히 특별했다.

"내가 가야 하네. 그래야만 해결할 수 있어."

사건을 맡길 수 있는 믿음직한 이가 있었으면 그리했었을 거다. 역병 앞에서도 흔들리지 않고 영지민들을 한데 모으고 의지를 불태울 수 있는 이가 있었다면.

하지만 맥밀란이 아는 그런 용기와 의연함을 가진 이들은 이제 세월의 무덤으로 돌아간 지 오래였다.

"너무 오래 살았나 보이."

맥밀란이 웃으며 탄식했다.

* * *

영지의 소식이 네이필리나에게도 전해진 건 그다음 날이었다.

"네이필리나 아가씨, 제발 가주님 좀 말려 주십시오."

바터가 그녀를 찾아와 간곡히 부탁했다.

"나이도 있으신 분께서 어쩌실 참인지 모르겠습니다. 도대체 제 말은 듣질 않으시니……."

'그래, 동부에서 전염병이 돌았어.'

동부의 최초 시발지 중 콘체른가의 영지 역시 있었던 모양이다.

'의문 모를 역병이라 해서 동부가 왈칵 뒤집어졌었다.'

괴상한 역병을 치료하는 방법은 추후에 알려졌다.

간단했다. 말린 볏짚 가루를 태워 물에 타 마시는 것.

'그런데, 검은 반점이라고?'

중요한 건 전생의 역병과 다르게 추가된 증상이 있었다는 거다.

설마…… 블랙 티어?

영지민들 사이에 디에라 발현이 진행되고 있는 건가?

만약 블랙 티어와 관계된 일이라면 절대로 맥밀란을 보낼 수는 없었다. 디에라로 발현한 영지민들 사이에서 그는 절대로 살아남을 수 없을 거니까.

하지만 네이필리나, 저는 다르다.

"제가 가겠어요."

"아가씨가요?"

* * *

네이필리나의 결심은 완고했다.

"기사와 결투를 하지 않나, 이번에는 역병이 도는 영지로 내려가신다고요? 보스, 미치셨습니까?"

바카디가 검지를 관자놀이에 대고 휘휘 돌렸다.

"그렇게 됐어. 그러니 내가 자리를 비운 사이에 기디언을 주시해 줘."

놈이 저를 적으로 인식한 이상, 이제 본격적으로 그의 행보를 확보할 필요가 있었다.

"이틀에 한 번씩 보고하는 거 잊지 말고."

"잠깐. 저도 갑니다. 기디언 콘체른의 정황은 롭이 맡을 거예요."

"바카디가 왜?"

"그럼, 혼자서 가시려고 했습니까?"

"나도 가겠소."

"주인님이 가신다면 저도 가야 해요."

바카디와 볼더, 미르딘까지 함께 영지로 떠나기로 했다.

"워프 마법진 위로 올라가시지요."

평소 같으면 마차를 타고 느긋이 여행하듯 콘체른 영지까지 이동했을 것이다. 그러나 역병의 창궐이 한시를 다투는 문제이니만큼 워프 마법으로 최대한 빠르게 이동하기로 했다.

"아가씨, 대공 전하께 말씀드려야지 않겠습니까?"

"왜?"

리안의 말에 네이필리나가 고개를 들었다.

정말 이유를 모르겠다는 말간 얼굴.

"콘체른 영지의 일이잖아?"

리안이 조금 당황했다.

'두 분 사이에 뭐 있으신 거 아니었습니까?'

대공과는 상관없는 일이라고 선을 긋는 모습이 어찌나 무 자르듯 깔끔한지 제가 다 서운할 정도였다.

"그, 그건 그렇습니다만."

"이건 내 일이야. 일차적으론 내가 해결해야 하는데 다른 사람한테 말해 봤자 그게 무슨 소용이 있어?"

네이필리나의 건조한 대꾸에 놀란 리안이 우물쭈물했다.

"갑자기 연락도 없이 떠나시면…… 기다리실 수도 있잖아요."

"누가?"

"대공 전하께서요."

큽. 설마. 네이필리나가 웃음을 터뜨렸다.

리안은 혼란스러웠다. 아무리 생각해도 서운해하실 것 같은데.

'정말 말 안 하고 가도 괜찮으려나?'

"리안, 갈 거야?"

빨리 결정해. 워프 마법진에 인원수 추가해야 하니까. 네이필리나는 건조하게 물을 뿐이었다.

* * *

대공저.

"검은 반점이 퍼진답니다. 일단 인근 영지에선 증상자들이 없고, 최초의 감염자가 콘체른 영지민이라 현재로선 콘체른에서만 일어나고 있는 일 같습니다."

"하지만 인간이 블랙 티어를 흡수하면 곧바로 디에라가 되잖아요? 이렇게까지 정체기가 길다고요?"

"영지 내에 최근 디온의 사제들이 다녀갔다는군요. 블랙 티어를 합리적으로 의심해 볼 수밖에 없는 상황입니다."

"……."

수하들이 저마다 보고를 올리며 의견을 나누었다.

그래서 라울은 읽지 못했다. 싸늘하게 피부에 닿는 이 공간의 공기가 말해 주는 전조를.

"방금 리안에게서 연락이 왔는데요. 네이필리나 아가씨께선 곧바로 영지로 떠나셨답니다."

"그리고?"

"끝인데요?"

라울이 텅 빈 양피지를 내보였다. 휙. 스카가드가 낚아채 살폈다. 아무것도 없었다.

"……."

"혹시, 주군……. 설마 네이 아가씨가 말없이 가셔서 그렇게 기분이 안 좋으신 겁니까?"

"……꺼져."

"네……."

라울이 조용히 뒷걸음질 쳤다.

* * *

워프를 타고 도착한 콘체른 영지.

"여기가 콘체른 영지 맞나요? 수도와는 영 딴판이네."

미르딘이 고개를 갸웃거렸다.

비포장된 도로. 여기저기 닫혀 있는 길가의 상점들. 지쳐 보이는 사람들. 어딜 봐도 번창하는 영지라 보긴 어려웠다.

"애초에 세습이 불가능한 작위에 딸린 영지를 노른자 땅으로 내어 줄 리는 없지만 그래도 이건 좀 심하군요."

바카디의 말대로 콘체른 영지령은 작위와 함께 주어진 형식적인 봉토였다. 사방이 산으로 둘러싸여 있어 교류가 어려웠고, 땅은 척박해서 농사를 짓기 어려웠다.

젊은 시절, 제국 여기저기를 돌아다녔던 바카디의 눈에 이곳은 악덕 영주에게 시달리는 가난한 영지를 방불케 했다.

"지금도 병자들 관리가 제대로 되지 않고 있군요."

콘체른성으로 향하는 동안 마주친 진료소는 단 한 개. 잠깐 들러 물어보았더니 일하는 의원도 다섯 명이 고작이란다. 이 영지를 통틀어서.

"다른 가문도 아니고 황금이 넘쳐나는 콘체른의 영지가 이렇게 열악하다는 건 이해가 안 되는데요."

콘체른 영지가 처음인 건 네이필리나의 다른 수하들도 마찬가지였다. 그들은 예상과는 다른 영지의 우중충한 모습에 당황했다. 그들이 머물 콘체른 저택도 예외가 아니었다.

"막내…… 아가씨가 오셨습니까?"

네이필리나 일행을 맞이하는 영지의 책임자 체프의 얼굴은 밝지 않았다.

"어째서 가주님께선……! 기디언 님의 눈을 피해 겨우 연통을 보냈는데……."

과장을 좀 더 붙여서 말한다면, 절망이 내려앉은 듯한 얼굴이었다.

"가주께서는 우리 영지를 버리실 참이지요? 돈이 더 나오지도 않을 것 같으니 아예 폐쇄하려는 게 아니십니까."

콘체른 영지를 벗어나 본 적 없었던 그다. 네이필리나의 활약상을 보지도, 듣지도 못했기에 그는 절망하고 말았다.

"이 역병을 해결할 방법을 알아."

"우리는 이제 다 끝…… 네에?"

체프의 볼을 타곤 눈물이 똑 하고 떨어졌다.

"역병을 해결하실 수 있다고요?"

그래. 훗날 밝혀진 역병의 원인은 대지였다. 동부의 대지만이 가지는 특유의 기운이 인간과 상충하여 만들어 낸 질병인 것이다. 목이 마른 것도, 빛을 쐬지 못하는 것도 동부의 지력이 부족해서 생긴 결과였다.

'그래서 햇빛 아래 말린 볏짚이 지력을 튼튼히 하게 해 주는 역할을 하지.'

괴이한 치료 방법이긴 했지만 어쨌든 효과가 없었다면 역병이 잡히지 않았을 것이다.

"물 한잔 떠다 줘."

고용인이 재빨리 물을 떠 오자, 네이필리나는 준비해 온 말린 볏짚을 꺼냈다.

"이걸 태운 뒤 그 가루를 물에 타면······."

네이필리나가 성냥을 그었다. 한 줌의 짚에 불이 옮겨붙자 황금빛 짚은 금세 새까만 재로 화했다. 그녀는 그 잿가루를 소담히 담았다. 그리고 가루를 부으려는데 컵에 담긴 물이 흘러넘쳤다.

손등 위로 물이 튀며 번졌다.

따끔하며 이는 통증.

"잠깐만. 이 물······."

이는 분명 블랙 티어를 흡수할 때 이는 통증이다. 네이필리나가 몸을 굳혔다.

"왜 그러십니까, 아가씨."

"이 물 어디서 가져왔어?"

* * *

저택의 고용인은 마을 뒤쪽의 우물에서 떠 왔다고 고백했다.

영지민들이 식수로 자주 이용하는 만큼 우물의 크기가 크고 깊었다. 네이필리나가 물을 길어 손가락을 하나 담가 보니, 옅게 블랙 티어의 기운이 느껴졌다.

'누군가 여기 블랙 티어를 일부러 넣은 거야.'

성국의 대사제 엘 베르트가 농가의 식수에 블랙 티어를 푼 것처럼, 콘체른의 영지민들을 디에라로 만들려 하는 의도가 분명했다.

'누가 콘체른을 노리고 있는 거지?'

콘체른 중에선 성국과 직접적인 관계가 있는 사람이 없다.

네이필리나, 그녀 자신을 제외하고는.

'그대는 좀 더 조심하는 게 좋겠어. 놈들이 그대를 찾아가게 만들고 싶지 않다면.'

대공의 경고가 떠올랐다.

'성국에서 내 존재를 파악한 건가?'

아니길 바라지만 괜히 찜찜해지는 건 사실이다. 네이필리나는 수면 침이 고이 잠들어 있을 손목시계의 베젤을 한 번 더 만지작거렸다.

하지만 다른 가능성도 있다.

'기디언이 성국과 좀 더 일찍 접촉했는지도 모르지.'

지난 생에서 섭정공과 성국의 사이는 꽤나 긴밀했다. 적어도 성물 때문에 틀어지기 전까진, 성국은 물밑에서 2황자 레클란을 지지하는 협력 관계였으니까.

'하필이면 기디언이 맡고 있는 콘체른 영지에서 전염병이 발병한 게 걸려.'

제가 영지로 내려가는 걸 기디언이 가만히 두고 보고 있었다는 것도.

콘체른 영지의 상징성을 알고 있음에도 네이필리나가 그곳에서 활개 치게 놔두는 것은, 그저 저를 2황자에게서 떼어 내기 위해서였을까, 아니면, 또 다른 함정이 숨어 있는 걸까.

'어느 쪽이든 상관없어.'

이건 기회였다. 기디언이 무얼 준비했든, 그의 손에 쥐어 있는 콘체른의 파이를 뺏어 올 기회. 네이필리나는 그가 제 손으로 쥐어 준 미끼를 고이 놓쳐 보낼 생각이 없었다.

"바카디는 말린 볏짚을 모아 줘. 볼더는 영지민들에게 한꺼번에 배분할 수 있을 만한 솥을 준비해 주고."

그리고 미르딘은…… 하고 네이필리나가 몸을 돌렸을 때였다.

"주인님, 근데 여기 우물 옆에 신기한 꽃이 피어 있네요."

우물 주변을 살피던 미르딘이 손가락으로 어딘가를 가리켰다. 이끼가 낀 우물의 벽돌 사이사이 자리 잡은 작고 푸른 꽃들이 보였다.

"이단바예요."

풀과 친숙한 엘프답게 미르딘은 곧바로 꽃을 알아보았다.

"로열 엘릭서의 재료가 되는 꽃이죠."

"엘릭서? 저걸로 로열 엘릭서를 만든다고?"

"네. 신기하네요. 헬리오스에도 이단바가 자라나는 곳이 있다니. 저도 여기선 처음 봐요."

이단바는 주변의 환경 변화에 민감해서 양식으로 키워 내기가 까다롭기도 하고, 보름 정도만 피고 나면 죽어 버린단다.

'그래서 이 우물물을 마신 영지민들이 디에라로 발현하는 시기가 비교적 늦춰졌던 건가?'

볼더의 잘린 손목도 되살렸던 로열 엘릭서다. 그 재료가 되는 이단바의 강력한 약효가 우물물에 퍼진 블랙 티어의 독성을 중화시킨 듯했다.

'그렇다면 이단바가 블랙 티어의 해결책이 될 수도 있겠어.'

"미르딘, 저 꽃만 따로 떼서 챙겨 놓으렴."

"네, 주인님!"

앙헬 대공에게도 알려 줘야겠다. 그러면 이미 알고 있을지도 모르겠지만.

콘체른 영지의 하루는 빠르게 지나갔다.

우물을 폐쇄하고 수하들과 영지민들에게 역병에 대처할 수 있도록 이런저런 명령을 내리고 나니 그새 해가 졌다.

어둑어둑해지나 싶더니 금세 까만 밤이 찾아왔다. 인적이 드문 새벽까지 기다린 네이필리나가 우물 앞에 섰다.

'내가 블랙 티어를 흡수할 수 있다는 건 아무도 모르니까.'

태운 볏짚이라는 치료 방법이 있다 한들 이 식수가 정화되지 않으면 근본적인 해결은 불가능하다.

'그러니 전부 정화해야 해.'

우물물에 퍼진 블랙 티어를 흡수해서 다시 원래대로 되돌려야 했다. 그래야 제가 떠나고 나서도 이 영지가 안전할 수 있었다.

후우우. 숨을 크게 들이쉰 네이필리나가 우물의 안쪽 벽에 있는 디딤돌들을 밟아 내려갔다.

발을 내디딜수록 축축한 이끼와 서늘한 공기가 그녀를 반겼다. 찰랑이는 물이 닿는 지점까지 내려간 그녀는 우물물에 손을 집어넣었다. 얼음처럼 차가운 수면이 그녀의 피부에 닿으며 물속에 퍼져 있던 블랙 티어가 안으로 빨려 들어가기 시작했다.

찌릿찌릿한 통각이 이어졌다. 이쯤 되면 적응될 법도 하건만, 블랙 티어가 신도 봉인 못 한 마물의 잔재라서일까, 고통은 늘 날카롭게 그녀의 신경 줄을 갉아먹었다.

"읏……."

'이럴 줄…… 알았으면 대공을 만나고 올 걸 그랬나.'

그의 피를 물고 있을 땐 괜찮았는데. 없으니까 배는 더 힘들어진 기분이었다.

늦었지만 어쩔 수 없는 일이다. 네이필리나는 이를 악물었다. 고통을 참느라 고개가 떨어지며 그녀의 황금빛 머리칼이 사르르 흔들렸다.

그래서 네이필리나는 알아차리지 못했다. 어두운 밤하늘 사이 저를 지켜보는 시선이 있다는 것을.

팟! 허공에서 일순 푸른 빛이 번쩍였다.

스르르, 우물 주변에 돋아난 풀들이 지그시 짓눌리는 소리가 났다.

꼭 누군가 그 위로 발걸음을 내딛는 것처럼.

"으으……."

우물 벽을 붙잡고 잠시 올라오는 토기를 삼키는데, 제 허리를 휘감는 손이 있었다. 단단하게 감싼 팔이 그녀를 안고 이동했다. 공중을 이동하는 듯한 부유감이 느껴지기도 잠시, 다시 눈을 뜨자 그녀는 우물 밖에 서 있었다.

"저, 전하……?"

눈앞을 가리는 커다란 인영. 은은한 윤기를 흩뿌리는 검은 흑담 털. 허리께로 느껴지는 건조하고도 뜨거운 온기.

앙헬 대공이 눈앞에 있었다.

"마셔."

네이필리나는 이제 거의 자동적으로 그의 손에서 떨어지는 피를 삼켰다. 대공은 어떻게 이렇게 제가 필요할 때마다 나타나는 걸까?

기이한 일이었다. 너무 힘을 써서 그런지 어지러운 시야 사이로 달을 등진 대공이 비쳤다.

"난 그대가 왜 이렇게까지 하는지 모르겠단 말이지."

나른한 목소리가 울려 퍼졌다.

"하고 싶어서…… 하는 게 아니에요. 해야 해서 하는 거지."

그녀가 입술을 깨물며 대꾸했다.

네이필리나에게 콘체른의 영지민들을 향한 애정은 없다. 복수라는 그녀의 개인적인 영달을 위한 일이니 하는 것뿐이다. 그건 콘체른의 피를 가진 이로서의 의무이자, 블랙 티어의 매개체라는 능력을 얻은 수혜자로서의 의무기도 했다.

"그냥…… 내가 할 수 있는 걸 하는 거니까…… 욱."

토기가 다시 밀려왔다. 아무래도 한 번에 이 많은 우물물을 정화하기는 벅찼던 모양이다.

네이필리나의 시야가 흔들렸다.

거기까지가 마지막 기억이었다.

"가지가지 하는군."

스카가드는 우물 벽을 붙잡고 정신을 잃은 네이필리나를 안아 들었다. 블랙 티어에 오염된 물을 정화하느라 모든 기력을 소진한 탓이었다.

창백해진 안색이 눈에 들어왔다. 얼마나 꽉 쥐었던 건지, 주먹을 쥔 작은 손이 하얗게 질려 있었다. 스카가드가 혀를 찼다.

"왜 이렇게 미련하게 구는 건지."

네이필리나 콘체른에게 각박하게 군 적은 없었다.

필요한 것이 있다면 내어 주었고, 애초에 이 여자와 맺은 거래가 그런 주고받기를 위한 관계였다.

한데 왜 네이필리나 콘체른은 그걸 활용하려 하지 않지? 그의 도움이, 그의 피가 필요하다고 말하면 어디가 덧나나? 미련하게 이 거대한 우물물을 혼자서 죄다 해독할 생각을 하다니.

왜 이렇게 짜증이 나는 건지 모르겠다.

스카가드는 한쪽 손으론 제게 기대 있는 네이필리나를 붙잡고, 다른 한쪽 손으론 짜증스럽게 이마를 쓸어 올렸다.

"리안."

"예, 주군."

조용히 어둠 속에 몸을 숨기고 있던 리안이 대답했다.

"침실이 어디지?"

"아, 제가 아가씨를 모셔 가겠습니다."

리안이 팔을 뻗으며 다가섰다. 하지만 스카가드는 네이필리나를 내어 줄 생각을 하지 않았다.

'주군께선 저러시는 건 처음 보네.'

술에 술 탄 듯, 물에 물 탄 듯 어디에든 물 흐르듯 적응하는 대공이었다.

사람이든 물건이든 그가 고집스레 쥐고 있던 적이 없었던지라, 리안은 지금 네이필리나를 내어 주지 않는 주군의 모습이 조금 낯설었다.

"어디야."

이크, 주군을 앞에 두고 딴생각을 하다니. 리안이 짧게 고개를 흔들어 상념을 떨쳐 내고는 얼른 대답했다.

"……아, 예. 4층 제일 끝 방입니다. 발코니가 있는 곳입니다."

스카가드가 훌쩍 땅을 박찼다.

콘체른령의 저택에서 네이필리나에게 주어진 방도 그녀를 닮은 아기자기한 인테리어였다.

고용인들이 영주의 막내 손녀딸이라는 점을 고려한 것인지 인형 같은 꽤나 귀여운 소품들이 여기저기 놓여 있었다.

하지만 네이필리나가 손을 댄 흔적은 전혀 없다. 건드리기조차 하지 않은 것 같다.

'제 취향이 아닌 건 아예 관심이 없으시군.'

스카가드가 웃음을 참았다. 그 와중에 그녀를 침대에 내려놓는 모양새가 자못 조심스러웠다.

영지를 떠나기 전 그는 네이필리나의 얼굴을 잠시 살폈다. 채 닦지 못한 핏자국이 입가에 말라붙어 있었다. 그는 손수건으로 핏자국을 닦아 내렸다.

천을 쥐는 손가락이 부드러운 입술을 스쳤을 때, 스카가드의 손이 잠시 멈췄다. 서로의 피부가 닿아 있는 접촉이 얼마나 얄궂은 감정을 불러일으키는지.

"……."

그러나 멈칫거림은 찰나였다.

언제 그랬냐는 듯, 스카가드의 얼굴이 다시 무표정해졌다. 잠시 실낱처럼 풀어졌던 감정을 비집고 차가운 현실이 밀려들었다.

'네이필리나 콘체른.'

블랙 티어를 흡수할 수 있는 유일한 인간. 디에라를 발현시키고 또 소멸시킬 수 있는 인간.

존재 하나로 성국과 헬리오스, 그리고 앙헬까지 삼국의 양상을 가를 수 있는 위험 분자.

기실 스카가드가 신경 써야 하는 건 이런 사실들이다.

네이필리나 콘체른의 창백한 얼굴에, 저 여자는 무슨 이유로 저리 처절히 제 자리를 만들려 하는지, 매번 홀로 감당하려 하는지 따위에 신경을 빼앗겨 선 안 된다는 말이다.

"……."

그럼에도 그는 마지막까지 네이필리나의 얼굴을 꼼꼼히 닦아 주곤 떠났다. 하얀 피부를 문지르는 손길이 놀랍도록 조심스러웠다는 것을 그는 깨닫지 못했다.

그가 떠나고 방 안이 소리 하나 없이 적막해졌을 때, 혼자 남은 네이필리나가 눈을 떴다.

잠깐 정신을 잃었다가 조금 전 입술을 문지르는 손길에 정신이 든 참이었다. 조용히 제 입술을 문지르는 손길의 주인이 대공이라는 걸 알았을 땐 얼마나 놀랐는지 모른다.

눈을 감고 죽은 듯이 호흡하려 모든 신경이 다 쏠렸다. 그리고 그가 떠나가고 난 지금은…….

"……더워."

네이필리나는 머리끝까지 열이 오른 얼굴을 뒤집어 시트 속으로 파묻었다.

* * *

찰랑.

물 튀기는 소리와 함께 네이필리나가 몸을 일으켰다.

우물물에 적신 손을 타고 물방울이 뚝뚝 떨어졌다. 통증 대신 차가운 온도만이 손에 남았다. 어젯밤 고군분투했던 네이필리나의 노력이 성공했다는 증거였다.

하지만 그 사실과는 별개로…….

'…….'

"아가씨, 괜찮으십니까? 갑자기 얼굴이 빨개지셨습니다."

리안이 조심스레 그녀의 안색을 살폈다.

"아냐, 됐어. 괜찮아."

네이필리나는 다급히 손을 내저었다. 맙소사. 타인에게 들킬 만큼 정신을 빼고 있었다니.

"그나저나 리안, 어제 대공 전하를 부른 건 네 생각이었니?"

"네? 아뇨, 저는……."

리안이 우물쭈물했다. 제가 뭔가 하기도 전에 주군께서 이미 여기 와 계셨다고 말해도 될까? 눈치를 봐서는 아무래도 사실대로 말하지 않는 편이 좋겠다 싶었다.

"그…… 예. 블랙 티어를 흡수할 때 아가씨가 아파하시는 걸 알아서…… 혹 제가 괜한 짓을 한 거라면 죄송합니다."

"됐어. 너도 중간에서 곤란할 테지. 이해는 해."

저를 호위하고 있지만 리안의 실질적인 주인은 앙헬 대공이라는 걸 네이필리나는 잊지 않았다.

"하지만 공사다망하신 분께 매번 도와 달라 할 수는 없는 일이지. 이런 작은 일은 나 혼자서도 가능하니 전하를 너무 귀찮게 하진 말렴."

대공과 저는 계약 관계다. 그 이상의 선을 자꾸 넘어서려 하는 건, 그를 떠올릴 때마다 자꾸 다른 감정이 스며드는 건 제게 너무 위험한 일이었다.

'그러면 이 현실에 안주하고 싶어질 테니까.'

"네? 네, 아가씨. 그리……하겠습니다."

리안이 굳어진 네이필리나의 눈치를 보며 작게 고개를 끄덕였다.

* * *

정화된 식수에 태운 볏짚 가루를 섞은 물이 각 영지민들에게 제공됐다.

"오, 아가씨의 말이 맞았습니다. 증상이 즉각 호전되고 있군요!"

어떻게 아신 거냐고 체프가 열정적으로 캐물었다. 전생에서 보고 와서 그렇다고 말할 수는 없기에 네이필리나는 대충 타국의 의술서를 참고했다고 밝혔다.

사람들은 빠르게 회복되었고, 곧 역병은 사라졌다.

"이야기 들었나? 우리 병을 고쳐 준 게 막내 아가씨라는 거?"

"그래. 수도에서부터 치료제를 가져왔다지? 영지민들의 집을 돌아다니면서 직접 치료제를 나눠 주셨다는군."

"흥, 그렇게 속고도 아직도 저 높으신 나리들에게 희망을 가지려 하나? 병이 사라지면 뭐 해, 여긴 글렀어!"

그러나 영지민들의 분위기는 여전히 어두웠다. 병이 나았는데도, 죽을상을 하는 얼굴에는 별로 변화가 없었다.

"상단이 주기적으로 오가는데 왜 영지 분위기가 이런 거지?"

네이필리나는 이해가 가지 않았다.

"영지에서 벌어들이는 건 변변찮은데, 가져가는 건 많으니 자연히 의욕이 나지 않을 수밖……."

"가져가는 거라니?"

투덜거리던 체프가 멈칫하더니 사과했다.

"죄송합니다, 실언을 했네요."

"영지 운영에 문제가 있는 거라면 내가 할아버님께 말씀드릴 수 있어."

"……아닙니다. 방금 한 말은 못 들은 걸로 하십시오. 아가씨는 다시 수도로 돌아가 봐야 하시지 않습니까?"

그러려고 했는데. 축 죽어 있는 영지의 분위기가 영 우중충해서 말이지.

"제가 봤을 때 궁극적으로 콘체른 영지의 문제점은 대표 사업의 부재입니다."

체프가 한숨을 내쉬었다.

"금광이 한창일 때까지만 해도 이렇진 않았지요."

"금광?"

"예. 가주님의 광산이 이 근처에 있다는 건 알고 계시지요?"

원래 맥밀란은 영주들에게 곡식을 납품하던 떠돌이 평민 장사꾼이었다.

하지만 수금이 밀려 내내 골치를 앓곤 했다. 구두쇠 영주들이 물품만 받아 놓고 입을 싹 닦아 버리기 일쑤였기 때문이다. 악착같이 대금을 받아 내려는 맥밀란에게 질린 한 하급 귀족은 밀린 대금 대신, 동부에 있는 오래된 돌산의 명의를 넘겼다.

"이거나 먹고 떨어지라는 식이었습니다. 풀 한 포기 나지 않는, 있으나 마나 한 돌산이었으니까요."

'후안의 내 명반 광산 같았나 보네.'

오히려 통행에 방해가 된다고 영지민들의 징징거림을 받아 왔던 귀족이 제 골칫덩이를 넘긴 격이었다.

그런데 거기서 대박이 터졌다. 버려진 산에서 금이 발견되었기 때문이다.

그것도 엄청난 매장량의 금. 맥밀란 콘체른은 하루아침에 떼부자가 됐고, 오늘날 콘체른이 졸부라 불리게 된 근원은 이 금광에서 탄생한 것이다.

'이게 맥밀란 콘체른을 벼락부자로 만들었던 금광이란 말이지.'

체프는 한 발 건너 한 발마다 금을 캘 수 있다는 광산의 호황기 때는 이 영지에 사람이 바글바글했다고 말했다.

"하지만 지나친 채굴로 금줄이 말라 버렸지요."

광산에 매장된 금은 무한하지 않다.

"게다가 갱도가 무너지는 사건도 두엇 벌어진 이후로는 금광 안으로 들어 가려는 광부도 없고……. 뭐, 그렇게 사람들 발길도 끊겼습니다."

콘체른 상단도 규모가 급상승해서 금광에만 매달릴 필요가 없어지면서 이 곳은 결국 폐광으로 전락했다는 얘기였다.

"지금의 콘체른 영지는 상단에서 오는 원조만 받는 반 유령 도시에 가깝지요. 아니, 소모 도시라 해야 할까요."

영지의 자원이나 토산물을 개발해서 새로운 돌파구를 만들어 보려는 노력도 있었지만 전부 실패로 돌아갔다고 한다. 애초에 금광을 제외하면 콘체른의 영지는 비옥함이나 풍요와는 거리가 먼 땅이었던지라.

가주인 맥밀란 역시 폐광 그 자체에서 뭔가 수익을 만들어 낼 수 있을 거란 기대를 버린 듯했다.

'그래도 매달 이 영지를 다 꾸리려면 들어가는 돈이 엄청날 텐데.'

그럼에도 가문의 자산에는 전혀 변함이 없다니. 새삼스레 콘체른이 보유하고 있는 돈이 얼마나 많은지 체감했다.

"그 금광, 내가 한번 보고 싶은데."

영지에 숨겨져 있는 새로운 광물이나 돈이 될 만한 사업을 찾는 것보다는 있는 금광을 재활용하는 게 효율이 더 높을 것이다.

'게다가 폐광에서 남아 있는 광물이 발견된 적도 왕왕 있었으니까.'

다행히 네이필리나에게는 광산의 내부를 인간보다 잘 살펴볼 수 있는 이종족, 드워프 볼더가 있었다.

"금광을요?"

체프가 이해할 수 없다는 얼굴로 손쉽게 승낙했다.

"별로 구경하실 만한 건 없을 텐데……. 정 원하신다면 내일 출발하지요."

* * *

수도의 콘체른 저택.

맥밀란이 고개를 들었다.

"네이필리나가 역병을 치료했다고?"

"예. 조금 전 연락이 왔습니다."

"어디 아픈 데는 없고?"

"영지민들 모두 쾌유했고, 아가씨도 무사하시다는군요. 직접 치료제를 알아내셔서 무리 없이 역병을 몰아냈답니다."

"다행이군, 정말 다행이야."

맥밀란이 가슴을 쓸어내렸다. 손녀딸이 저를 대신해 영지로 출발한 이래 내내 마음을 졸이고 있었던 탓이었다.

"그런데 가주님, 아가씨께서 영지에 좀 더 머무르겠다 하시는군요."

"왜? 거기에 무어 더 볼일이 있어서?"

"오래전 폐광된 가주님의 금광 있잖습니까."

바터가 머리를 긁적거렸다.

"그걸 다시 개발시키고 싶으신 모양입니다."

"맙소사, 거기 가서 또 새로운 걸 찾았단 말이냐?"

맥밀란이 이마를 짚었다.

"하지만 거긴 금맥이 마른 지 오래일 텐데?"

"예. 저도 그리 말씀드렸건만, 일단 본인 눈으로 확인하고 싶으시다더군요."

"도대체 무슨 생각을 하는 건지 예상이 가지 않는군."

맥밀란이 고개를 절레절레 저었다.

"갱도도 몇 번 무너진 적 있으니 위험하다고 안 된다고 해. 금광이 필요하거들랑 새로 사 줄 테니 빨리 돌아오라고 하게나."

"그리 전하겠습니다."

아가씨가 과연 들으실지는 모르겠지만요. 바터가 속으로 중얼거렸다.

* * *

다음 날.

네이필리나는 체프가 안내한 금광의 입구를 올려다보았다.

"크다……."

입이 쩍 벌어졌다.

"그래도 한때는 수백 명이 여길 왔다 갔다 했던 걸요."

아마 동부에 있는 금광 중엔 규모가 제일 클 거라며 체프가 어깨를 으쓱거렸다.

"여기서부터가 그 유명한 콘체른, 황금의 광산입니다. 저 안으로 들어가시면 됩니다."

네이필리나 일행은 줄에 매달린 수레를 타고 금광의 가장 아랫바닥으로 내려가 보았다.

바깥은 햇살이 쨍쨍한 아침인데도 금광 안은 어두컴컴했다. 사각형 수레의 각 끝에 걸린 작은 횃불이 이 어둠 속에서 서로를 알아볼 수 있게 하는 유일한 수단이었다.

"어때, 볼더?"

네이필리나는 슬쩍 볼더에게 물었다. 유심히 폐광 안의 구석구석을 살피던 볼더는 고개를 갸웃거렸다.

"폐광이라 하지 않았소?"

"맞습니다."

체프가 대신 고개를 끄덕였다.

"한데 나는 왜 아직 금 줄기가 남아 있는 걸로 보이지?"

체프가 귀를 쫑긋했다.

"아직 캐낼 수 있는 양이 남았단 말입니까?"

"남다마다. 좀 깊이 파묻혀 있긴 해도 매장된 양은 상당한 것 같은데? 벌써 폐광하긴 너무 아깝지 않소?"

다만 볼더는 금광의 갱도 사이사이 지하수가 흐르고 있다고 했다.

"문제는 저 지하수가 자주 터진다는 겁니다. 안전이 보장되지 않는데 광부들을 내려보낼 수는 없는 일이라."

"물만 빼내고 나면 안전하단 소린데……."

네이필리나는 금광의 내부를 살폈다. 그때 퍼뜩 머리를 스쳐 지나가는 게 있었다.

일전에 황궁을 방문했을 때 정원에서 본 거대한 분수가 떠오른 것이다. 하얀 포물선을 그리던 분수의 물은 쉴 새 없이 분수대의 물을 끌어 올렸었지.

"볼더, 만약 펌프로 저 물을 아래에서부터 위로 퍼 올린다면?"

지하수를 빼내면 금광의 안전성은 커진다. 그럼 볼더가 말하는 금맥이 아직 살아 있는, 더 깊은 곳까지 내려가는 것도 가능해진다.

"펌프?"

네이필리나는 황궁에서 봤던 분수 펌프를 설명했다.

"이렇게 말이야. 이 금광에서 사용할 수 있도록 적용할 수 있겠어?"

"아래에서 위로? 수압과 공기 차이를 이용하면 불가능한 일은 아니로군!"

볼더가 눈을 반짝였다.

"필요한 건 전부 대어 줄 테니까 만들어 볼 수 있겠어?"

"잠깐, 그럼 지금 여기 광의 지름이 ……니까 ……렇게 하면 되고…… 여긴 ……게 계산해서……."

볼더는 정신없이 양피지에 도안을 그리기 시작했다.

* * *

요즘 영지민들은 힐끔힐끔 금광을 기웃거렸다.

금광의 드넓은 앞마당에서 저희의 허리춤께나 올 듯한 키 작은 남자가 장정들에게 뭔가를 지시하고 있었다.

뚝딱뚝딱. 망치를 두드리고 톱을 켜는 소리가 산을 울렸다.

"뭘 만드는 거래?"

"금광을 다시 살린다는데?"

"장인이 네이필리나 아가씨의 드워프라는구만."

뭐든 시큰둥해 보이던 영지민들이었다. 그러나 날이 흘러갈수록 볼더가 만드는 기구의 뼈대가 더해지면서 관심을 끌어모았다.

"드워프들이 이것저것 뚝딱뚝딱 만드는 데는 신이라고 하지 않았어?"

"그럼 기대해 봐도 되나?"

마침내 커다란 물레방아와 접목시킨 펌프를 완성한 볼더는 의기양양하게 외쳤다.

"이거면 금광에 있는 지하수 죄다 퍼낼 수 있소!"

덜커덕. 덜커덕. 물레방아가 돌아가며 펌프가 금광의 지하수를 끌어 올렸다.

푸우우-! 갱도 저 아래서부터 끌어 올린 물줄기가 쏟아지자,

"와아아아!"

"성공이다!"

영지민들이 환호성을 내질렀다.

"그럼 이제 금광을 다시 열 수 있는 거야?"

"정리만 되면 가능하지 않겠나? 물을 빼냈으니 중간에 터질 염려도 없어!"

"지하수에 잠겨 있던 아래층에는 이전보다 훨씬 더 많은 금이 잠들어 있다는군."

사람들의 목소리에 활력이 맴돌았다. 추억으로만 남아 있던 그들의 호황기를 다시 일으킬 수만 있다면 뭐가 두렵겠나 싶었다. 금광의 개발은 영지민들의 열띤 참여에 탄력을 받아 불같은 기세로 진행되었다. 볼더의 펌프 물레방아가 지하수를 퍼내고 나면, 빈 곳에 일꾼들이 내려가 탄탄하게 다져 갱도로 만들었다.

* * *

"죄송합니다, 엘 누아르. 실패했습니다."

남자가 허리를 숙였다.

"콘체른의 막내딸이 도착하고 난 뒤 역병의 치료제랍시고, 태운 볏짚 가루를 탄 물을 먹였는데, 기이하게도 그게 블랙 티어까지 없애 버렸는지……."

아무도 디에라로 발현하지 못했습니다.

남자는 낯을 들 수 없었다.

그들은 네이필리나가 블랙 티어를 푼 식수를 정화시켰다는 사실을 몰랐다. 결국 겉으로 남은 건 볏짚 가루뿐이라 거기에 뭔가 요인이 있다고 생각할 수밖에 없었다.

"뭐, 볏짚 가루?"

엘 누아르가 황당하다는 듯이 되물었다.

"내 살다 살다 디온의 힘이 볏짚 따위로도 발휘되는진 처음 알았네. 그래서 요리조리 빠져나간 그 계집은 어디 있다던가?"

"아직 영지 내에 있습니다. 폐광을 개발한답시고요."

기이한 기계를 만들어 한창 공사 중이더니, 금광을 다시 여는 날이 머지않아 보인다고 했다.

"축하할 일이로군. 그렇다면 우리도 뭔가 보내야 않겠나."

자꾸 거슬리니 수도에 돌아가기 전에 처리하는 게 좋겠어.

"우리 대사를 저지하는 잡벌레들이 생기기 전에 말일세."

엘 누아르가 한숨을 내쉬었다. 헬리오스에 들어온 이후로 자꾸 일이 어그러지는 터라 골머리가 아팠다.

"엘 누아르, 그런데 말입니다……."

남자가 쭈뼛거렸다.

"북부군으로 보이는 이들이 영지에서 목격됐답니다. 우리 쪽에서 추적하다 놓치긴 했지만…… 아무래도 그쪽에서 콘체른 영지를 눈여겨보고 있는 것 같습니다."

"뭐, 북부군? 앙헬 대공이 왜……?"

주름에 접혀 있던 엘 누아르의 눈이 드물게 크게 떠졌다. 진작에 쇠퇴하여 다 나자빠진 변두리 영지가 그와 무어 관계가 있어서?

두 사람의 관계를 모르는 그들로선 앙헬 대공이 설마 네이필리나 콘체른을 지키기 위해 피 같은 제 수족을 내주었다곤 꿈에도 생각지 못했다.

엘 누아르가 깊게 한숨을 들이쉬었다. 크림색 가운의 소매 끝이 잘게 흔들렸다.

"왜 하필이면 그놈인 거야, 제기랄……."

앙헬 대공은 성국이 헬리오스를 손에 넣는 데 가장 큰 걸림돌이 되는 인물이다.

황제를 포함한 헬리오스의 황족은 별 볼 일 없다. 디에라 군단 하나면 쓸어버릴 수 있으니까. 하지만 제국 최강의 검사라 불리는 앙헬 대공이라면 얘기가 달라진다.

'디에라조차 승리를 확신할 수 없지. 그때, 반드시 없애 버렸어야 했는데.'

성국은 이미 오래전부터 그의 비범한 재능을 알아차리고 제거하려 했으나 몇 번이나 실패했다. 황제가 매몰차게 그를 전장으로 내몬 배경에는 성국의 입김도 함께 작용했다.

그러나 대공은 끝내 위풍당당하게 제국으로 돌아왔다. 이젠 이쪽에서 쉬이 건드리지도 못할 정도로 거물이 되어.

"폐광 안으로 디에라를 좀 들여보내야겠는데, 대공의 수하들의 눈을 피할 방법이 없나?"

대공이 얼마나 껄끄럽냐의 문제와는 별개로 네이필리나 콘체른을 그냥 내버려 둘 수는 없다. 그 운 좋은 계집의 입이 언제 열릴지 알 수 없으니까.

"기디언 콘체른에게 다시 연락하겠습니다. 그러면 들키지 않고 진입하는 길을 알 겁니다."

"2황자의 화수분이라던 그 계집의 백부 말이지?"

남자가 고개를 끄덕였다.

"예. 이번에 블랙 티어를 콘체른 영지에 푼 것도 그의 협조 덕분이었지요. 요즘 2황자가 그 계집을 탐내는 바람에, 2황자파 내에서 기디언 콘체른의 입지가 조금 애매해졌다지 않습니까."

"다른 사람도 아니고 친조카를 누르려고 제 영지를 이용하다니, 이건 뭐 제정신이 아니라 해야 할지, 결단력이 있다 해야 할지."

엘 누아르가 절레절레 고개를 내젓자 남자가 대답했다.

"권력욕에 있어서만큼은 마르쉐 후작과 호적수가 될 수 있을 만한 사내더 군요. 잘 키워 내면 후작을 견제하기 좋은 카드가 될 듯합니다."

"늦지 않게 움직이게."

엘 누아르가 당부했다.

"그 계집이 멀쩡히 수도로 돌아가는 일은 없어야 할 테니."

* * *

지하수를 퍼내고 새로운 갱도를 거의 다 완성한 참이었다. 며칠 후면 광부 들이 들어가서 작업을 시작할 수 있을 것이다.

네이필리나는 볼더와 한 번 더 수레를 타고 내려갔다. 금맥이 어느 정도까 지 이어지고 있는지를 좀 더 정확하게 파악하고 싶었기 때문이다.

"여기 돌 주변이 붉은색으로 변한 거 보이시오? 이게 금광석의 흔적이라오."

볼더가 횃불을 가까이 대며 설명해 주었다.

"아래로 내려갈수록 단단한 바위들이 많아지는군. 금은 무른 바위보단 이 런 단단한 바위에서 많이 채굴된다오."

한참 그렇게 설명을 듣고 있던 네이필리나의 등을 타고 어디선가 서늘한 바람이 불었다.

"볼더, 방금…… 소리 들었어?"

키아아……. 키아아…….

음이 울리는 것 같은 기이한 소리.

"뭐가 보여야 말이오."

작게 자리한 횃불들 사이에선 아무것도 보이지가 않아서 볼더가 횃불을 높게 쳐드는 순간이었다.

코끝을 스치는 비릿한 피 냄새. 네이필리나가 몸을 굳혔다.

저 멀리서 번득이는 붉은 눈동자를 발견했다.

디에라다.

'왜 여기에 디에라가……?'

그것보다 더 중요한 건 놈의 궤적에서 벗어나는 거였다.

"볼더, 내가 신호하면 달려. 수레가 있는 곳까지 가는 거야."

하나, 둘…….

"셋!"

둘은 횃불을 내던지고 있는 힘껏 내달렸다.

'도대체 어떤 미친놈이 디에라를 금광 안에 집어넣어 놔!'

쿵쿵-! 디에라의 크기가 너무도 거대한 탓에 작고 좁은 갱도의 형태가 디에라의 발목을 잡았다. 쿵쿵쿵-! 디에라가 갱도의 천장에 부딪치며 있는 대로 박살을 내고 있었다.

"저, 저 괴물은 도대체 무슨……!"

철퍼덕. 옆에서 달리던 볼더가 넘어졌다.

"난 무시하고 먼저 가시오!"

볼더가 외쳤다. 어차피 그의 체력으로서는 네이필리나를 따라 도망치기가 벅찼다.

'제길……!'

네이필리나가 욕설을 삼켰다. 볼더를 버리고 갈 순 없었다.

그녀는 안간힘을 써서 볼더를 일으켰다. 어둠에 익은 눈으로 드워프의 어깨를 붙잡고 말했다.

"볼더, 내가 저놈들을 따돌릴 테니까, 수레를 타고 올라가."

올라가서 사람들한테 알려. 내 말 알아들었지.

"안 되오. 그럴 순 없소. 주인을 두곤……."

"안 그럼 우리 지금 다 죽어. 이게 둘 다 사는 법이야."

디에라들이 폐광 밖으로 나가면 콘체른 영지는 끝이다. 그러니 이 안에서 해결해야 했다.

네이필리나의 머리가 철저하게 생존의 가능성을 계산했다. 지금 이 입구를 막아 디에라를 상대로 공격력 0인 볼더가 탈출할 수 있게 만들면.

"나는 살아남을 수 있어."

제힘으로도 디에라를 상대할 수 있다.

"그럼 주인은……!"

"어서 밖으로 나가!"

그의 대답을 기다릴 만한 여유가 없었다. 네이필리나가 볼더를 앞으로 밀어 버렸다. 그러고는 다이너탄을 폭발시켰다.

쿠르르릉! 다이너탄이 터지면서 네이필리나와 볼더 사이의 천장이 무너지며 그들을 단절시켰다.

"주인, 주인……!"

볼더의 앞은 막았다.

네이필리나는 허리를 펴고 정면을 노려보았다. 이제부턴 저와 디에라 사이의 싸움이 될 터였다.

* * *

"크르르르르."

잔뜩 화가 난 듯한 디에라와 대치했다.

네이필리나는 재빠르게 퇴로를 살폈다. 그리고 양 좌우로 뻗어져 있는 다른 갱도의 위치를 확인했다.

'제길, 하필이면 이런 데서 디에라를 맞이하다니.'

블라디미르와 1:1로 격전을 벌이던 그날이 떠올랐다. 품 안의 단검을 감아 쥐는 손이 괜히 땀에 젖은 것 같았다.

'두려워할 필요 없어. 내 능력을 기억해.'

"크르르르……!"

디에라가 달려드는 동시에 네이필리나가 놈의 팔에 매달렸다. 블랙 티어의 기운이 네이필리나에게 빨려 들어가면서 디에라가 몸부림쳤다.

"카아아악……!"

고통스러운 비명을 지르는 디에라 외에 또 다른 붉은 눈들이 들어왔다.

'한두 놈이 아니야.'

새하얀 고통 속에서도 네이필리나가 이를 악물었다. 여기서 모두를 상대하는 건 불가능하다. 저는 블랙 티어를 담을 수 있는 유일한 매개체다. 흡수도 가능하지만 밖으로 내보내기도 가능했다.

"카아아아악……!"

그리고 저를 붙잡고 있는 놈의 마지막 힘까지 모두 흡수한 순간이 왔다. 네이필리나는 왼쪽의 뚫린 갱도로 몸을 던지며 응축된 기운을 전부 폭발시켰다.

콰콰콰콰쾅-!

커다란 폭발과 함께 갱도가 무너졌다. 디에라들과 네이필리나의 가운데 거대한 벽이 생겼다.

"돼, 됐다……."

네이필리나는 다시 정신을 잃었다.

* * *

다이너탄이 폭발하며 갱도의 입구가 막혔다.

새하얀 빛이 폭발하며 네이필리나의 모습을 잠깐 비췄던 게 볼더가 기억하는 주인의 마지막 모습이었다.

"주인!"

주인, 주인, 주인-!

볼더의 외침이 어두운 금광 안을 메아리처럼 울렸다.

그가 지상 밖으로 나왔을 때,

콰콰쾅쾅-! 금광을 뒤흔드는 거센 폭발음이 일었다.

"무슨 일이야! 보스는 어디로 가고!"

보이지 않는 네이필리나의 모습에 바카디가 바락 고함쳤다.

"괴, 괴물이. 검은 반점의 짐승, 붉은 눈들이…….."

하얀 수염이 전부 푹 젖어 버린 볼더가 헐떡이며 제대로 된 정보를 전달하려 했다.

"그게 얼마나 있었습니까?!"

리안은 그 괴물이 디에라를 말하는 것임을 알아차렸다.

'주군에게 알려야 해!'

디에라가 가득한, 무너진 금광 안에서 네이필리나가 얼마나 버틸 수 있을까. 리안의 얼굴이 어두워졌다.

그건 스카가드에게 달린 일일지도 모른다.

* * *

그리고 채 반나절도 지나지 않아,

"주군, 어째서 그렇게 막무가내로 달려가신 겁니까?"

콘체른 영지라는, 앙헬령과 수백 킬로는 떨어진 멀고 낯선 곳에서 라울은 머리를 감싸 쥐었다. 네이필리나 콘체른이 폐광에 갇혔다는 리안의 보고를 듣자마자 제 주군은 자리를 박차고 나갔다. 허겁지겁 정예들을 소집해 간신히 그와 동행한 라울의 눈에 무너진 거대한 바위 벽이 보였다.

'세상에, 이걸 다 어느 세월에 파헤친단 말이야?'

게다가 리안의 보고에 의하면 폐광의 내부에는 디에라들이 돌아다닌다고 했다. 함부로 들어갔다간 표적이 되어 개죽음당하기 십상이다.

"주군, 섣불리 움직이실 일이 아닙니다. 준비를 하고 진입하도록……."

"비켜."

그러나 라울이 채 말을 끝내기도 전에 스카가드의 모습은 사라진 지 오래였다.

"주군……! 제기랄, 뭣들 하고 있어? 빨리 이거부터 치우지 않고!"

제 상사만큼의 워프 마법을 부릴 순 없으니, 결국 무너진 바위들을 치워 내는 수밖에 없다.

갱도를 꽉꽉 메운 커다란 돌들을 보면서 라울이 소리쳤다.

* * *

네이필리나가 눈을 떴다. 새까만 어둠이 시야에 들어옴과 동시에,

"커엇……!"

그녀가 기침을 토해 냈다. 먼지와 모래 범벅이 된 얼굴을 닦아 내는 손이 깔깔했다. 앞뒤로 막힌 바위 더미를 보며 네이필리나가 한숨을 내쉬었다.

"이런. 완전히……."

"크르르……."

갇혔잖아? 작은 소음이 들림과 동시에 네이필리나는 목소리를 삼켰다.

'이 뒤에 디에라가 있어.'

아까의 폭발 때문에 저를 찾지 못한 듯싶지만, 소리를 내면 제 위치를 찾아낼지도 모른다.

무너진 갱도를 치울 수도 없었다. 그걸 치우고 나면 그 뒤에 몇 마리가 있

을지 모르는 디에라를 상대해야 할 테니까. 네이필리나가 할 수 있는 건 조용히 숨죽여 그들이 저절로 물러가길 기다리는 것밖에 없었다.

혹은 누군가 저 디에라들과 싸워 저를 구해 줄 때까지…….

'아니. 그럴 일은 없어.'

순간 머릿속을 스치는 얼굴에 네이필리나는 머리를 흔들었다.

누군가에게 기댈 생각은, 그를 기다릴 생각은 하지 않아야 한다. 그건 사람을 연약하게 만들 뿐이니까.

'괜찮아.'

네이필리나는 차분하게 되뇌었다. 빛 하나 들어오지 않는 어둠이 오랜만이었다.

'나 혼자서도 잘 처리할 수 있어.'

지금은 상태가 조금 좋지 않아서, 놈들을 전부 처리할 자신은 없어서 기다리고 있는 것뿐이다. 다음 방법을 생각하기 위해서, 잠시 숨을 돌리는 것뿐이다.

'볼더는 잘 도망쳤을까.'

새까만 어둠 속에선 시간이 얼마나 지났는지도 알 수 없었다.

그저 생각이 꼬리를 물고 이어지며 시간의 흐름을 어렴풋이 짐작할 뿐이었다.

'괜찮아. 아직 공간도, 산소도 충분해.'

그런데 이상하게도 조금씩 숨이 막히는 것 같았다. 폐쇄된 공간, 이 어둠 속에 오로지 저 혼자뿐이라는 사실이 그 어느 때보다 크게 다가왔다.

툭. 툭. 네이필리나는 가슴을 작게 쳐 내렸다.

그래도 나아지지 않아서 무릎을 굽히고 몸을 둥글게 말았다. 무릎 사이에 고개를 묻고 작게 숨을 내쉬었다.

그때 콰르르-! 굉음과 함께 입구를 막았던 파편들의 벽 한쪽이 와르르 무너졌다.

네이필리나가 퍼뜩 고개를 들었다. 반짝이는 푸른 빛이 눈 부셨다. 어둠에 익숙해진 눈이 적응하지 못해 끔뻑였다.

그리고 아득하게 들리는 목소리.

"네이필리나!"

"……전하?"

빛이 사그라진, 벽이 무너진 자리에 앙헬 대공이 서 있었다. 그의 뒤로 죽은 디에라의 시체들이 보였다.

"그대는……."

네이필리나를 보자마자 그가 성큼성큼 걸어왔다.

"사람을 돌아 버리게 만드는 데가 있어."

매번 티끌 하나 없이 멋들어진 차림을 고수하던 그는 없었다.

먼지와 피가 잔뜩 엉겨 붙은 흑담 모피. 땀에 젖은 머리칼. 이를 악물며 뱉어 내는 음성이 마치 날것처럼 날카로웠다. 잔뜩 일그러진 그 얼굴을 마주하는데 왜 눈물이 차오르는 걸까.

"……!"

네이필리나가 어찌할 바를 모르고 그 자리에 멈춰 섰을 때, 적막을 깬 건 대공이 먼저였다.

어느새 가까이 다가온 그가 거칠게 그녀를 안았다. 건장한 가슴팍이 거세게 오르락내리락거렸다. 그에게서 발산되는 은은한 열기가 네이필리나에게 닿았을 때, 그녀는 참지 못하고 손을 뻗어 그를 마주 안았다.

길을 잃어버린 아이가 멀뚱히 서 있다 엄마를 다시 보고 나서야 와앙 울기 시작하는 것처럼 날것의 감정이 둑이 터진 양 흘러넘쳤다.

"왜…… 이제……."

왜 이제 왔어요. 기다렸는데.

기다리지 않으려 했는데도, 당신이 자꾸 생각나서…….

간헐적인 혼잣말이 제멋대로 튀어나왔다. 그가 듣고 있는지는 모르겠지만.

"전, 전하 때문이에요. 전하가……."

당신이 날 약하게 만들었어. 당신을 기다리게 만들었잖아. 그러지 않으려고 했는데.

이 길을 뚫고 나타난 은인에게 감사는커녕 원망의 말이 차올랐다. 적반하장도 유분수지, 하고 생각하면서도 멈출 수가 없었다.

이마로 그의 가슴팍을 툭툭 쳐 대면서 온갖 배은망덕한 말을 늘어놓아도 대공은 잠자코 들어 주었다. 어린애의 투정을 듣는 것처럼 너그러운 태도였다.

그게 고맙고도 얄미워서 네이필리나가 저도 모르게 허리를 두른 손에 힘을 주었다.

"웃."

낮은 신음이 들리자 찬물을 맞은 것처럼 정신이 들었다. 네이필리나가 퍼뜩 몸을 떼어 냈다.

"다쳤어요?"

허리를 감쌌던 손이 축축했다.

"잠깐 스친 것뿐이야."

허리께에 짐승의 발톱이 남긴 듯한 상처가 선연했다.

"나 때문에……."

무너져 버린 폐광 안에서 네이필리나를 찾으며 디에라들까지 상대해야 했을 그였다.

그녀 자신조차 이렇게 빨리 구출될 거라고 생각하지 못했는데, 대공은 믿을 수 없이 빠르게 저를 찾아냈다.

그리고 그 결과는……. 네이필리나는 이를 악물었다. 하지만 새어 나온 눈물 한 방울이 볼을 타고 미끄러지는 것까진 막지 못했다.

"아주 울보가 되어 버렸군그래."

그가 피식 웃으면서도 손을 내밀어 그녀의 볼을 닦아 주었다. 친근한 손길은 그답지 않았다. 잔뜩 젖어 버린 손을 보고 네이필리나는 제가 계속 울고 있다는 걸 알았다.

'이토록 볼썽사나운 꼴이라니, 정신 차려.'

여긴 약하게 보이면 그대로 목덜미를 낚아채는 야생의 세계다. 스카가드 앙헬은 사냥감의 뒤를 놓치지 않는 맹수 중의 맹수였고.

지금은 우호 관계를 유지하고 있지만, 또 언제 틀어질지 모르는 게 사람 일이다. 네이필리나가 다급하게 볼을 닦아 냈다. 그러고는 아무렇지 않은 표정을 지으려 했다.

하지만 잘 되지 않았다. 둑에서 넘친 물처럼 풀어진 감정이 제대로 추슬러 지기는커녕, 눈물샘이 고장 난 것처럼 눈물이 볼을 타고 자꾸 미끄러졌다. 약점을 보이고 말았다는 생각에 네이필리나의 얼굴이 일그러졌다.

"괜찮나?"

그러나 대공은 그녀의 생각처럼 눈을 번뜩이지도, 여유롭게 상황을 관망하지도 않았다.

"그대도 다친 거야? 어디 봐."

일그러진 네이필리나의 표정에 덩달아 제가 아프기라도 한 것처럼 같이 눈가를 찌푸렸다. 상처가 있는 건 아닌지 저를 세세하게 살피는 푸른 눈을 마주했을 때 그녀의 가슴속에서 징 하는 진동이 울렸다.

네이필리나는 문득 알아차렸다. 그녀가 견고하게 세웠던 세상을 향한 벽이 그의 앞에서는 속절없이 허물어진다는 것을.

아무렇지 않은 척할 수 없었던 건 이 남자 때문이었다. 그가 있으니까, 그가 왔으니까, 그가 저를 끝끝내 찾아냈으니까.

'아아, 난 이 사람을…….'

인정하지 않으려 그리도 발버둥 쳐 왔건만.

가슴에 스미는 선연한 감정을 더 이상 부정할 수 없는 순간이 끝내 찾아오고 말았다.

*　*　*

"어떻게 온 거예요?"

무너진 갱도는 깜깜한 암흑 속이었다. 그러나 대공의 검에서 새어 나오는 푸른 빛 덕분에 시야를 확보하긴 어렵지 않았다.

"……."

금광 안은 같이 걷는 두 사람의 소리를 빼곤 적막했다.

"내 수하가 그대 옆에 있다는 걸 잊지 마."

"감시 역으로 붙이신 게 맞았네요."

네이필리나가 농담을 던졌다. 그런데 평소와 같이 여유롭게 받아칠 줄 알았던 대공이 마른 얼굴을 쓸었다.

"감시…… 하, 그래, 감시라고 생각해. 그거라도 없었으면……."

얼마나 미친놈처럼 여길 쏘다녔을까. 비틀린 입매 사이로 살짝 욕설이 새어 나왔다. 그 모습이 네이필리나에겐 영 당황스럽고 낯설 뿐이라, 그녀는 그저 고개를 돌렸다.

"네이필리나 아가씨!"

"무사하신 겁니까!"

처음 보는 모습에 당황해하고 있을 때, 정신없이 달려오는 그녀의 수하들이 보였다.

"주군……!"

잔뜩 내려앉은 먼지에 거지꼴이 된 라울을 비롯한 대공의 기사들도 서넛 보였다.

'저들이 왜……. 아아, 디에라가 여러 마리 발견됐으니…….'

북부군들의 입장에선 좌시할 수 없었을 거다.

"돌아가지."

앙헬 대공은 네이필리나가 수하들과 재회하는 걸 본 후 미련 없이 몸을 돌렸다. 푸른 빛이 번쩍하며 그와 기사들은 언제 그랬냐는 듯 소리 없이 자리를 떠났다.

"주인, 다행이오. 오, 신이시여, 정말 다행이오."

"허어엉, 주인님……."

"보스, 정말 목숨이 서너 개라도 되기는 해?"

한편 네이필리나의 수하들 역시 모두 무너진 금광을 헤치느라 먼지와 눈물에 범벅 된 해괴한 꼴이었다.

"저기…… 앙헬 대공 전하 아닙니까?"

"맞아."

"보스랑 무슨 사이길래…… 콘체른 영지까지 찾아올 정돕니까?"

"사이랄 만한 것도 없어."

그냥 서로의 필요를 주고받는 거래 관계일 뿐이다. 어느새 사라진 대공의 뒷자락을 좇으며 네이필리나가 고개를 저었다.

'달라지는 건 없어. 아니, 없어야 해.'

그를 향한 마음을 자각했다 해도 바뀌는 건 없었다. 서로가 걸어가는 길은 너무도 다르기에. 전생과 현생이 뒤섞인 차가운 현실만이 여전히 네이필리나를 기다리고 있을 뿐이었다.

* * *

무너진 금광의 재건 작업은 이르게 완성됐다.

부서진 부분이 주로 갱도의 입구였고, 수리가 쉬웠던 게 다행이었다. 디에라의 시체들은 대공의 기사들이 수거했는지, 네이필리나와 볼더를 제외하면 그 정체를 제대로 아는 이가 없었다.

어쨌든 한 번의 고난 끝에 콘체른의 금광은 다시 새로운 모습으로 나타났다.

"들었어? 막내 아가씨가 우리 폐광을 다시 개발한 거?"

"그분, 불사신이래. 역병에서도 살아남고 금광이 무너졌을 때도 상처 하나 없이 맨몸으로 나오셨다잖아."

네이필리나가 콘체른 영지에 있었던 시간은 그리 길지 않았다. 그러나 그 동안 겪은 파란만장한 사건들로 인해 그녀는 불사신의 대명사로 영지민들에게 알려졌다.

"그런 아가씨가 살아 나오신 광이니 분명 좋은 게 나올 거야!"

의욕 있는 광부들이 다시 금광을 찾기 시작했다.

그리고 얼마 지나지 않아.

"금, 금이다!"

놀랍게도 맥이 끊겼다 생각했던 금광에서 다시 금이 나왔다.

체프는 거의 덩실덩실 춤을 출 지경이었다.

"아가씨의 말대로였습니다! 금 말고도 은과 동도 함께 있었습니다."

내려갔던 광부가 기쁜 소식을 전했다.

"금이 나온다! 금이 나온다구!"

"우리 콘체른 영지가 다시 부흥을 이룰 때까지 얼마 남지 않았다."

광산이 다시 예전의 모습을 띨 수 있다는 가능성 자체가 이들의 열정을 새롭게 일깨워 준 듯했다.

"네이필리나 아가씨, 고맙습니다!"

수도로 돌아가려는 다음 날, 콘체른 저택 앞으로 줄이 길게 늘어졌다. 네이필리나의 배웅을 하려는 영지민들의 줄이었다.

"고맙습니다, 아가씨. 우리 살길을 찾아 주셨어요. 더 열심히 살겠습니다!"

"우리 영지에 또 오세요! 꼭이요!"

작은 아이들은 목말을 탄 채 손을 흔들고, 들판에서 꺾어 온 들꽃을 던지며 그녀를 떠나보냈다.

그리고 네이필리나가 떠나기 전, 체프 역시 그녀를 찾아왔다.

"지난번 제가 왜 영지가 이리 어려워졌는가에 대한 말씀을 채 다 드리지 못했지요."

체프의 얼굴은 그 어느 때보다 엄숙했다. 가주의 아들을 고발하려는 시점이다. 긴장이 아니 될 수 없었다.

체프는 눈앞의 막내, 네이필리나 아가씨의 성정을 지난 몇 달간 봐 왔다고 생각했다. 하지만 팔은 안으로 굽는다고, 기디언의 비리를 듣고도 저를 무시하거나 입막음할 가능성도 있었다.

꿀꺽. 침을 삼킨 그가 마침내 입을 열었다.

"이 서류들은……."

체프가 손에 든 것은 두툼한 파일 뭉치였다.

"기디언 님이 그동안 영지를 착복해 가신 내역입니다."

그는 분기마다 기디언의 보좌관들이 와서 회계상 외의 자금을 긁어 간다고 말했다.

"여기 보십시오."

일괄적으로 정리된 보고서 형식의 서류집에는 기디언이 저지른 비리 사실들이 명확하게 나열되어 있었다.

"사실은 누구도 믿지 못하겠더라고요. 그냥 덮어 버릴까, 묻을까 수도 없이 고민했습니다."

"……."

"하지만 도저히 그럴 수는 없어서 제힘으로 수도까지 가져려 했습니다."

그들이 어떻게 세수를 착복했는지. 그 돈들이 다 어디로 빠져나가는지. 꼼꼼한 체프의 기록은 기디언을 더욱 옥죄는 올가미가 될 것이다.

'손 안 대고 코 푼다더니, 이걸 이리 쉽게 받을 줄이야.'

서류 뭉치를 보물처럼 안고 돌아가는 네이필리나의 입꼬리가 슬쩍 올라갔다.

"아가씨께서 맥밀란 님께 전해 주십시오."

배웅을 나온 체프의 마지막 부탁이었다.

네이필리나는 성공적으로 임무를 완수하고 수도로 귀환했다.

"금을 정말 다시 발견해 냈단 말이냐?"

그녀는 작은 뺄벳 상자를 열었다. 새로 발견한 아래쪽 갱도에서 채굴한 금이었다.

"네, 할아버지. 아직 양이 많진 않지만, 좀 더 작업이 진척되고 나면 꽤 괜찮은 산출량이 나올 거예요."

맥밀란은 놀라워하면서도 네이필리나를 크게 칭찬했다.

"금광의 소유주는 할아버지시니까요. 이번에 채굴된 금들은……."

"아니다. 폐광을 다시 활용해서 이런 성과를 만들어 낸 건 네이 네가 아니냐. 새로이 채굴된 금들은 전부 네가 알아서 하거라. 나는 손대지 않겠다."

맥밀란이 두 손을 들었다.

"정말요?"

네이필리나의 얼굴이 환해졌다.

'30프로라도 받아 낼 수 있다면 다행이라 생각했는데!'

금광의 채굴권이 굴러 들어왔다. 맥밀란으로선 상당히 통이 큰 결정이라 할 수 있었다.

지금의 콘체른을 만든 기반 역시 이 금광으로부터 나왔으니까. 상징성과 수익을 동시에 쥐었으니 어찌 기쁘지 않을까.

그러나 소식을 뒤늦게 들은 기디언은 못마땅함을 감추지 못했다.

네이필리나를 영지에 처박아 두려던 계획이 빗나감도 모자라 금광을 준다고?

"아버지, 금광의 채굴권을 전부 네이필리나에게 넘긴다는 건 재고해 주십시오."

기디언이 반발했다.

"왜 또 반대더냐?"

"콘체른 영지는 제 소관 아래에 있지 않습니까."

그러니 금광 역시 제 소유가 되어야 한다는 주장이렷다. 아니, 최소 네이필리나에게 주어져서는 안 된다는 입장 표명이 지지부진하게 이어졌다.

"네놈의 욕심은 대체 어디까지냐."

맥밀란이 참지 못하고 서류를 집어 던졌다. 종이가 기디언의 얼굴을 때리고 지나갔다. 모멸감에 앞서 기디언은 당혹스러웠다.

한 번도 이런 식으로 원색적인 감정을 표현한 적 없던 부친이 대체 왜?

"도대체 왜 그러시는지 저는……."

기디언이 떨어진 서류를 집어 들었다. 그 내용을 읽어 내리자 사색이 됐다.

"아버지, 이건……."

맥밀란은 그를 죽일 듯이 노려보고 있었다.

"착복을 해? 그것도 모자라 네 멋대로 세율을 올리고, 세금을 매겨? 돈세탁까지 해?"

다 늙어 빠진 아비 얼굴에 금칠을 해도 모자랄 판에, 너는 아예 똥칠을 해?

"아버지, 오해가 있으십니다."

"저 두꺼운 서류 전부가 네 전적을 다 증명해 주는데 무슨 오해가 있어!"

맥밀란의 노성은 그칠 줄을 몰랐다. 영지에서 네이필리나가 가져오지 않았다면 영영 몰랐을 일이다. 자료를 숨기고 준비한 자조차 4, 5년이 걸렸다 하지 않나.

"네 사람들이다! 네 영지의 사람들이란 말이다! 그들에게서 빼앗아 가지면 네겐 무엇이 남느냐?"

기디언이 이번만큼은 이해할 수 없다는 듯 반박했다.

"그게 뭐가 잘못입니까? 영지민들은 영주를 위해 존재하는 이들인데."

"그래서 결국 넣은 게 네 주머니더냐? 네가 잘 알고, 네가 제일 익숙한?"

"……."

"못난 놈."

맥밀란이 혀를 찼다.

"너는 이제 영지에서 손을 떼거라."

"아버지!"

기디언이 귀를 의심했다. 여태껏 크고 작은 일들이 있어 왔어도 부친이 자식들에게 먼저 내어 준 사업에서 아예 철수시킨 건 처음이었다.

"뭘 놀라느냐, 그럼 이 짓을 해 놓고도 용서받길 바랐어?"

"고작 영지의 일일 뿐입니다. 저 역시 가문을 위해서였다고요."

"그리 생각한다면 너는 더더욱 영지를 관리할 자격이 없다."

"저는 그럼 어떻게 하란 말입니까?"

"네 힘으로 이루어 낸 걸 계속하면 되는 게 아니냐! 그것조차 결정을 못 해서 나한테 묻는 거냐?"

맥밀란이 한숨을 내쉬었다. 그는 이제 더 실망할 것도 없었다.

'기디언은 안 되겠구나.'

그는 모를 것이다.

방금 부친의 마음에서 제가 완전히 벗어나고 말았다는 걸.

* * *

수도로 돌아온 네이필리나는 롭의 보고를 받았다. 기디언이 만났던 사내들 중 신전의 사제들이 있었다는 내용이었다.

'그럼 영지의 역병도 결국…….'

2황자에게서 저를 떼어 내기 위한 특단의 조치였음을 어렵지 않게 눈치챌 수 있었다.

기디언이 바랐고, 성국이 행했을 거다. 그는 제가 수도로 영영 돌아오지 못할 것이라 예상한 듯했다.

'날 보내려고 그 수많은 영지민들의 생명을 걸었단 말이지?'

역시나 섭정공다웠다. 제 걸 위해서라면 물불 가리지 않던 기디언 콘체른의 본성은 변하지 않았다.

"좋아."

그가 선물을 주었으니 네이필라나 역시 받은 걸 되돌려 줄 시간이었다.

Ch 13. 이안

네이필리나가 수도로 돌아올 즈음에 콘체른 저택에는 성국에서 돌아온 기디언의 차남, 이안이 있었다.

중급 사제 수련을 마치고 잠깐 들른 거라고 했다.

"잘 있었니, 네이필리나?"

이안이 다가왔다. 몬테그보다 얄쌍한 얼굴에 사제답게 부드러운 인상이었다.

"응, 오빠도 오랜만이야."

이안은 제 모친의 당부를 떠올렸다.

'네이필리나 그 계집애를 절대로 믿지도, 얕보지도 말거라. 속에 얼마나 음흉한 능구렁이가 들어차 있는지 몰라.'

시오르샤는 네이필리나의 지난 행보들을 일러바쳤다. 특히 그녀가 명반을 이용해서 어떻게 시오르샤를 농락했는지. 부친인 기디언 역시 네이필리나 때문에 2황자파에서 최근 애매한 위치로 전락했다고 시오르샤가 호소했다.

"오랜만에 집으로 와 보니 너무도 많은 것이 바뀌었더구나."

간만에 돌아온 이안의 눈에도 누가 가문의 실세를 쥐고 있는지가 너무도 명백했다. 가문의 장남에게 응당 쥐어져야 할 특권과 권한들이 모조리 막내에게 넘어간 꼴이라니.

그 중심에 모친의 말대로 네이필리나, 이 아이가 있었다.

'이 집에서 득세하려면 이 애를 꺾어야만 하겠군.'

이안은 본능적으로 네이필리나가 제가 눌러야 할 적임을 감지했다.

"해서 내가 제대로 다시 되돌려 놓을 참이다."

"제대로?"

"네이필리나, 네 혀와 술수가 몹시 대단하다지. 그 교묘함으로 지금껏 네가 원하는 걸 쥐었는지 몰라도 이제부터는 힘들 거다."

이안은 팔짱을 끼며 경고했다.

"집안에는 으레 지켜야 할 가풍이 있어. 난 네가 그걸 전부 흩트리고 있는 걸 좌시하지 않을 거야."

"그래?"

네이필리나는 별 반응 없이 어깨를 으쓱했다.

"백부님과 큰어머님이 들으시면 아주 감동받으시겠다. 근데 이안……."

그녀가 몸을 이안 가까이로 굽혔다.

"그렇게 백부를 위해 봤자 오빠 차례는 안 올 거야. 일단 몬테그 오빠부터가 남한테 뭐라도 남겨 줄 만한 인간은 아니잖아."

말간 얼굴로 그녀는 이안의 가슴속에 독이 묻은 깃털을 간질였다.

"다들 욕심이 많은 분들이지. 지금보다 훨씬 상황이 좋았을 때도 오빠를 신전으로 보내 버렸잖아."

그럼 지금은?

"오빠한테 돌아갈 파이가 남아 있을까?"

"……."

"솔직히 지금 이 집에서 존재감이 제일 약한 건 이안, 너야. 알고 있지?"

몬테그는 와이너리를, 이오테는 액세서리, 페이션은 기사단. 공방의 기술을 공부하는 루신다를 제외하면 어정쩡한 위치에 놓여진 건 이안뿐이었다.

가문 외부의 신전에 있으니 큰일이 있지 않은 이상, 집안에서 뭔가 일을 행하기도 어렵고.

"디온 신전으로 가기로 한 건 내 생각이다. 두 분은 날 지지해 주신 거고."

이안은 쉽게 흔들리지 않았다. 하지만 네이필리나는 개의치 않았다.

"정말? 몬테그 오빠는 참 다행이다. 가장 큰 경쟁자가 이렇게 알아서 떨어져 나가 주니 말이야."

일단 던져 놓고 나면 하나는 걸려서 그의 마음을 계속 불편하게 할 테니까.

'이안 콘체른, 나중에 섭정공만큼이나 승승장구하지.'

숨기고 있는 야망으로 치자면 섭정공에 버금가는 놈이다. 그걸 조금씩 긁어 주면, 이안이 화살을 겨누는 방향의 궤도가 함께 수정될 거다.

"충고 하나 할까? 신전을 나오고 싶은 거라면 지금뿐일 거야. 상급 사제까지 올라가고 나면 발 빼기 어려울걸?"

네이필리나가 눈썹을 추켜올리며 어깨를 으쓱했다.

"아, 어쩌면 그걸 백부나 큰어머니가 바랐을 수도 있고. 두 분 선택은 처음부터 몬테그 오빠였잖아. 하지만 난 그때도 몬테그보단 이안 오빠가 더 적합하다 생각했어."

내 생각일 뿐이지만.

네이필리나가 혼잣말에 가까운 말을 끝내곤 싱긋 웃었다.

"네 수는 이거구나. 이런 식으로 교묘하게 우리 가족을 이간질하는 것."

저는 넘어가지 않는다며 이안이 부드러운 웃음을 지었다.

"그래? 그럼 한번 얘기해 봐. 이안, 만약 네가 신전으로 돌아가지 않겠다고 한다면 그들이 어떻게 반응할지."

네이필리나가 싱긋 웃으며 그의 가슴에 돌을 던졌다.

"우리 대화는 그 후에 다시 하도록 해."

* * *

"이안, 무슨 생각을 그렇게 하니?"

시오르샤의 목소리에 이안이 퍼뜩 고개를 들었다.

"아, 아무것도 아니에요."

"정신 제대로 차리고 있어. 좀 있으면 저녁 시간이다. 아버님의 앞이니 흐트러짐 없어야 해."

영지의 부실 관리로 기디언이 책임을 잃고 물러난 이래, 중앙관은 평소보다 상당히 위축되어 있는 상태였다.

이안은 고개를 저었다. 고군분투하는 모친을 돕지는 못할망정 왜 흔들리고 있었단 말인가.

"근데 어머니."

하지만 인간은 꼭 알고 있어도 시험해 보고 싶은 욕망을 참지 못한다.

"저 신전에서 나오려고요."

뜬금없이 던진 말에 시오르샤가 고개를 들었다.

"그게 무슨 말이니?"

목소리 끝이 다소 신경질적이었다.

"아무래도 저와 맞지 않는 것 같습니다. 그냥 빨리 집으로 돌아와서 어머니와 아버지께 힘이 되고 싶어요."

"아냐! 네 형이 잘하고 있는걸. 네가 굳이 집으로 돌아올 필요까진 없어."

시오르샤가 황급히 손을 내저었다.

"게다가 이 어미는 우리 집안에서 독실한 사제가 나온다면 정말 뿌듯할 것 같구나."

시오르샤가 다정하게 그의 어깨를 두드렸다. 그러나 이안의 얼굴에선 웃음기가 사라져 있었다.

"너 신전으론 언제 가냐?"

몬테그가 다리를 꼬며 카우치에 늘어지게 누웠다.

"왜, 형. 내가 빨리 가 줬으면 좋겠어?"

"무슨, 왜 말을 그렇게 해. 그냥 궁금했던 거지."

황급히 말을 돌리는 몬테그를 보고 이안이 비소를 삼켰다. 거짓말을 하려면 좀 더 티 나지 않게 했어야지.

"아직 고민 중이야."

"어엉? 그게 무슨 말이야."

"아무래도 나완 맞지 않는 거 같아서."

몬테그가 자리에서 벌떡 일어났다.

"맞지 않는다니. 아직 제대로 해 보지도 않았잖아. 다들 그렇게 생각해."

다급하게 이안을 설득하려 드는 게 우스웠다. 나이가 어릴 뿐, 어릴 적부터 지능도 능력도 이안이 더 뛰어났다. 이제 와서 경쟁자가 하나 더 늘어날까 봐 전전긍긍하는 꼴이라니.

이안 역시 기디언 부부의 친아들이었다. 그러나 부모님이 몬테그에 쏟는 애정과 관심은 확실히 남달랐다.

'형은 뭐든지 쉽게 얻지.'

몬테그는 능력에 비해 항상 과분한 직책을 받았다. 하지만 저는? 발버둥 쳐 노력해도 형의 앞길을 방해하지 말라며 밀쳐 내질 뿐이다.

이제 알겠다.

일찌감치 부모님이 저를 사제로 키우려 했던 건, 몬테그의 후계 구도에 잡음이 생기지 않도록 제일 먼저 치워 버린 거라는 사실을.

이걸 왜 그전까진 깨닫지 못했을까.

이안이 네이필리나를 만나러 갔을 때, 그녀는 일에 파묻혀 있었다. 서재를 개조해 만든 그녀만의 사무실은 아늑했지만 정리 정돈과는 거리가 멀었다. 직물 공장과 무역선 중개, 금광 등 그녀의 손을 거치는 일은 무척 많았다.

서류를 검토하고 확인하고 결정하는 냉정한 모습에서 콘체른가 막내의 연약한 모습은 찾아볼 수 없었다.

"네이필리나."

이안의 목소리를 듣고도 네이필리나의 시선은 여전히 서류에 못 박힌 채였다.

"날 찾아온 거 보면 내 말이 틀리지 않았단 뜻이구나."

고개도 들지 않은 채 네이필리나가 피식 웃었다.

"어때, 생각이 좀 바뀌었어?"

"……."

며칠 사이에 질투와 배신, 슬픔으로 점철된 가족 관계를 겪은, 이안의 안색은 말이 아니었다.

"오빠는 지금 날 견제할 때가 아니야."

자존심이 상하지만 부정할 수 없었다.

'그래. 몬테그 형이 고꾸라져야 내 자리가 돌아올 수 있다.'

네이필리나가 제 책상에 놓인 파일 하나에 손을 뻗으려다 멈칫했다.

"둘 중에 하날 선택하라면 난 이안 오빠 편이야. 그러니 도움이 필요하면 말해."

"네 도움 따윈 필요 없어. 내 자리는 내가 만들 테니까."

이안이 차갑게 거절했다. 네이필리나가 어깨를 으쓱했다.

"그럼 뭐."

그때 똑똑, 작은 노크 소리가 들렸다. 혹 다른 집안 어른들일까 싶었는지 이안이 얼굴에 선연하던 적대적인 표정을 지웠다.

그러나 문을 열고 나타난 건 3별관의 시녀였다.

"네이필리나 아가씨, 의상실에서 연락이 왔는데요. 문제가 조금 생겨서…… 잠깐 봐 주셔야 할 것 같습니다."

"알았어. 지금 갈게. 오늘 대화는 여기까지 하지."

"……."

"안 나가?"

둘은 서재를 나왔다. 네이필리나가 먼저 시녀를 따라가 버렸을 때, 이안이 재빠르게 다시 서재로 몸을 돌렸다.

'여기쯤이었지?'

그는 아까 파일 하나를 집어 들려다 멈칫 다시 놓아 버리던 네이필리나의 행동을 떠올렸다.

'거기 뭔가 있는 것 같은데, 나한텐 보이기 힘들다는 거지?'

파일철을 휙 연 이안이 내용을 재빠르게 살폈다.

"이건…… 몬테그의 조사 보고서잖아?"

이안이 급하게 다음 페이지를 넘겼다.

거기에 있는 내용과 비교하면, 몬테그가 와이너리를 운영하면서 저질렀던 일들은 너무 사소해서 범죄 행위로도 칠 수 없을 정도였다.

'황실에 납품하는 와인병에 물을 탔다고? 미친 거 아냐?'

황실을 상대로 사기를 치다니. 제 형 몬테그는 멍청한 걸까, 간이 배 밖으로 나온 걸까.

'할아버지가 이 사실을 아시면 형에게 와이너리를 계속 맡기실 리 없어.'

보고서에는 몬테그의 다른 비밀들도 함께였다. 가령 그가 현재 만나고 있는 여자들이 몇 명이고, 그들 사이에 있는 아이들이 몇이나 되는지까지도.

이안이 보고서를 다시 집어넣고 제자리에 두었다. 가장 결정적인 정보가 적힌 종이 하나만 빼낸 채 살금살금 서재를 빠져나왔다.

이안은 그 모습을 전부 지켜보고 있는 이가 있다는 걸 몰랐다.

"미끼를 물었군요."

"걸려들었네."

네이필리나가 킬킬 웃었다. 이안처럼 의심 많은 놈에게 먼저 증거를 내밀어 봤자, 믿지 않을 거였다. 손에 직접 쥐여 줘도 거짓말이라며 쓰지 않았겠지.

'내가 나서는 것보다 이안이 움직이는 게 더 모양이 좋아.'

기디언의 두 아들이 서로 치고받고 싸우는 광경이라면 그리 흔히 볼 수 있는 건 아닐 테니까.

* * *

며칠 뒤.

"잉? 지금 뭘 하는……."

술에 거나하게 취해 있던 몬테그의 와이너리에 낯선 손님이 들이닥쳤다.

"몬테그 콘체른."

"으응?"

황실의 하얀 제복을 입은 커다란 장정이 그의 앞에 섰다. 사내의 얼굴에는 웃음기가 하나도 없었다.

'뭐, 뭐지?'

"당신을 황실 식품 납품 기준 미달 건으로 조사하겠습니다."

"예? 그게 무, 무슨……! 오해가 있었을……."

화들짝 놀란 몬테그의 얼굴에서 술기운이 날아갔다.

'아닌데! 황궁으로 들어가는 제품에는 장난친 적 없어!'

저도 누울 자리를 보고 발을 뻗는다. 황실로 납품할 와인에 장난칠 만큼 어리석진 않았다.

"아닙니다! 무슨 말도 안 되는! 저는 그런 적 없습니다."

몬테그의 얼굴이 새파래졌다.

"일단 황궁으로 가셔서 조사를 받으시지요."

각 잡힌 제복을 입고 허리에 검까지 찬 기사들의 차가운 모습은 몬테그를 더욱더 압박했다.

결국 그는 양팔을 내밀 수밖에 없었다. 와이너리의 모든 직원들은 그들의 젊고 충동적인 사장이 족쇄를 차고 비참하게 끌려가는 모습을 아연한 표정으로 바라보았다.

"뭐? 누가 어딜 끌려가?"

몬테그의 소식은 곧바로 바터를 통해 맥밀란에게까지 전해졌다. 그가 주름진 손으로 테이블을 꽝 쳤다.

'이걸…… 말해 드려도 되나.'

바터가 멈칫했다. 잘못하다간 주인이 뒷목을 잡고 넘어갈 것 같았다.

"그게…… 가주님."

마음의 준비를 끝나고 그가 천천히 사실을 토해 놓았을 때,

"그게 말이 되는 소리얏!"

가주실 밖으로 어마어마한 노성이 터져 나왔다.

"아니, 이게 무슨 일이에요? 우리 몬테그가 감옥이라니! 황궁의 감옥에 왜!"

소식을 들은 시오르샤는 거의 기절할 지경이었다.

"여보! 이게 무슨 일이에요?!"

"몬테그 그 정신 나간 놈이 황실에 납품하는 와인에다 물을 섞었다잖아!"

기디언 역시 당황스럽기는 마찬가지였다. 갑작스레 잡혀 들어간 제 큰아

들 때문에 정신이 하나도 없었다.

[콘체른 와이너리, 가짜 와인 유통으로 곤혹.]
[물 탄 포도주가 최고급 와인으로 둔갑, 황실 납품 의혹까지?]
[와이너리의 주인, 콘체른의 직계 3세 몬테그 콘체른은 누구인가. 현재 수감, 조사 중.]

몬테그가 황실 기사들에게 잡혀간 지 채 하루가 지나기도 전에, 사건은 수도의 각 일간지에 대서특필되었다.

놀라울 정도로 빠른 속도였다. 누군가 콘체른을 노리고 감시를 붙여 둔 게 아닌가 싶을 정도로.

"맙소사. 가짜 와인이라니, 그 콘체른 상단이? 이제 전설의 장사꾼도 다됐군."

제국민들의 반응은 일단 놀람이 대부분이었지만 곧 반론이 제기됐다.

"아닐세. 이번 일은 맥밀란 콘체른이 아니라 그의 손자가 저지른 짓이야."

"그 왜 있잖나, 수도 유흥가는 다 쏘다니던 한량! 와이너리는 전적으로 그놈이 운영했잖아."

"아, 그 놈팡이였어? 그래도 맥밀란이 제 핏줄 관리를 어떻게 했길래……."

"그렇다고 말하기엔 지난번 생신 연회에 초고위 귀족들을 대거 참석 시켰던 이도 맥밀란의 손녀가 아니었던가?"

"하나는 가문을 드높이려고 그리 애쓰는데 다른 하나는 그걸 죄다 망쳐 놓는군. 같은 3대인데 이토록 다를 줄이야."

"서른도 안 된 젊은이라 하지 않았던가? 간도 크지."

몬테그의 가짜 와인 사건은 걷잡을 수 없이 퍼져 나갔다.

한편 콘체른의 가주실.

싸늘한 공기 속, 훌쩍거리는 소리가 울려 퍼졌다.

"아버님, 그렇다고 몬테그를 계속 감옥에 두실 참이세요? 얼마나 고생을 하고 있는지, 눈물로 쓴 편지가 하루가 멀다 하고 와요."

"황실 모독죄로 잡혀간 놈이 편지 쓸 정신이 있다면 그리 힘들지 않은 거다."

아직까진 펜을 쥘 손과 우는소리를 할 정신이 멀쩡히 남아 있다는 말이니 말이다. 맥밀란의 시큰둥한 지적에 시오르샤가 움찔했다.

"누군가 손을 쓴 거예요. 제 아들은 함정에 빠진 거라고요."

그녀는 눈물로 호소하며 음모론을 제시했다.

"몬테그는 황실에 들어가는 물품엔 가짜 와인을 넣지 않았다고 했어요. 필시 몬테그를 시기한 누군가가 중간에 품목을 바꿔치기한 거예요. 황실에 고의로 찌른 것도 그 사람일 거라구요!"

아들, 특히 장남인 몬테그에 관한 한, 동물적인 모성애를 자랑하는 그녀였다.

이번 사건이 누군가 몬테그를 끌어내리기 위해 벌인 계략이라는 점을 알아차린 건 확실히 대단했다. 문제는 그녀가 그 사실을 전달하는 대상이 적절하지 못했다는 것뿐.

"큰애 너는 지금 이 판국에 그게 중요하단 말이냐……!"

맥밀란의 말문이 막혔다. 어처구니없다는 표정이 그대로 드러났다. 주름진 미간이 이내 거세게 일그러졌다.

"가짜 와인을 만들었다는 것 자체가 문제인 거다! 그것도 콘체른의 이름을 달고! 어찌 그 심각성을 추호도 몰라!"

그의 노성이 쩌렁쩌렁 울렸다.

"헬리오스에서 콘체른이라는 이름이 주는 믿음을 잃지 않으려고 반백 년이 넘는 세월을 바쳤다."

제품의 질에 있어선 타의 추종을 불허하던 콘체른 상단이다. 그 명성을 만들어 내기 위해 맥밀란은 각고의 노력을 기울였다. 최고의 제품을 제공한다는 데 있어 하늘을 우러러 한 치의 부끄러움도 없는 그였다.

한데 그 명성에 도움이 되진 못할망정 똥물을 튀기다니?

"그것도 고작 돈 한두 푼에 눈이 먼 저 천둥벌거숭이 때문에!"

시부의 매서운 분노에 시오르샤는 찔끔해서 어깨를 움츠렸다. 그러면서도 포기하지 못하고 다시 애원했다.

"아버님, 한 번만요. 한 번만 용서해 주세요. 잘못은 잘못이지만, 그 험한 곳에서 애가 얼마나 고생이 많을지……."

"이런. 너도, 몬테그도 전혀 뉘우치고 있지 않구나."

맥밀란이 질렸다는 표정으로 고개를 절레절레 흔들었다.

"오늘부터 몬테그는 와이너리에서 손을 뗀다. 그뿐만 아니라 콘체른의 어떤 사업에도 관여할 수 없어."

맥밀란의 입에서 청천벽력 같은 소리가 떨어졌다. 어떤 사업에도 관여할 수 없다니, 가문에서 몬테그의 팔다리를 전부 잘라 버리겠다는 말이나 다름 없지 않은가.

"아버님!"

"아버지!"

여태 나서지 않던 기디언마저 참지 못하고 목소리를 높였다.

"와, 와이너리는 몬테그의 전부예요! 그걸 빼앗아 가시다니요."

"아버지, 제 아들의 살길을 아예 틀어막으실 셈입니까? 어찌 이러세요."

"어찌? 어찌라 했느냐?"

맥밀란이 기디언을 향해 몸을 돌렸다. 주름진 눈엔 배신감마저 어렸다.

"기디언, 내가 더 이상 너희들에게 뭘 더 어떻게 해 주어야 하느냐."

원하는 건 모두 해 주었다.

제 자식들에겐 적어도 헬리오스의 그 누구보다 풍족한 삶을 누리게 하고 싶었다. 특히 기디언에게는, 장남이라고 제국 각지를 오가며 고생시켰던 과거가 미안해서 더 내어 주려 했다.

그게 잘못되었던 걸까?

'아니면 내가 처음부터 이놈을 잘못 봤다는 건가?'

상인으로서 최고의 안목을 가지고 있다 하던 맥밀란 콘체른마저도 제 자식에 있어선, 허물을 제대로 보지 못하는 한낱 아비였다는 건가?

"모르겠구나, 모르겠어……."

머리가 아플 뿐이다. 관자놀이를 짚는 동작에서 노인의 짙은 피로감이 느껴졌다.

"그리고 기디언, 너는 도대체 가장으로서 집안 관리를 어떻게 했기에……."

'아내와 자식이 죄다 이 모양인 거냐'라는 뒷말은 삼켰다. 속에 있는 말을 전부 뱉어 냈다간 가뜩이나 메마른 부자 사이의 관계가 파국으로 치달을 걸 알아서였다.

그러나 맥밀란은 자신이 미처 숨기지 못한, 한심한 듯 기디언을 쳐다보는 시선이 모든 것을 말해 주고 있다는 사실을 몰랐다.

"……."

기디언이 조용히 주먹을 쥐었다. 불끈 핏줄이 서는 손등에서 그가 현재 감내하고 있는 모멸감과 수치심의 깊이를 짐작할 수 있었다.

"더 얘기할 것도 없구나."

맥밀란은 고개를 절레절레 저으며 자리에서 일어났다.

"아버, 아버님! 이렇게 그냥 가시면 안 돼요! 제발요! 한 번만 더 기회를……!"

시부가 이 일을 이대로 마무리 지으려 한다는 걸 깨달은 시오르샤가 그를 붙잡고 매달렸다.

"우리 몬테그는요! 아버님 손자는요!"

그러나 맥밀란은 냉정히 큰며느리의 팔을 뿌리쳤다.

"콘체른 상단에서 그놈에게 개인 배상을 요구하지 않는 걸 감사하게 여겨라. 가족 된 정으로 내 그것만큼은 막았으니."

결국, 몬테그의 와이너리마저 회수되고 말았다.

처음이자 마지막으로 그에게 주어졌던 콘체른의 사업이요, 책임이었다. 잘만 운영했다면 가문을 이끌어 갈 차기 후계자로서 톡톡히 자리매김하고, 기디언의 입지마저 다질 기회였으나 전부 허망하게 날아가 버렸다.

이제 몬테그의 손에 콘체른의 문장이 단 나뭇가지 하나도 쥐어질 일은 요원했다.

* * *

이슥한 밤, 헬리오스 황궁의 감옥 입구에 그림자가 졌다.

"여, 여기 있어요."

로브를 머리부터 발끝까지 뒤집어쓴 그림자는 입구를 지키는 간수에게 작은 돈주머니를 내밀었다.

"10분 뒤면 다른 간수가 교대하러 올 테니 그 안에 나와야 하오."

간수가 신신당부하자 그림자가 고개를 끄덕였다.

"맨 끝방이오."

저벅, 저벅저벅.

감옥 안으로 들어간 그림자의 발걸음이 점점 빨라졌다. 그리고 맨 끝방에 다다랐을 때, 그림자는 로브를 벗어 내렸다. 비루먹은 말처럼 축 늘어져 있던 창살 안의 죄수는 저를 찾아온 방문인의 정체를 한눈에 알아보았다.

"어머니!"

몬테그는 시오르샤를 보자 울음을 터뜨렸다.

"맙소사, 그새 여윈 것 좀 봐!"

시오르샤 역시 울음을 삼켰다. 아련하기 그지없는 모자 상봉이었다.

"얼굴이 반쪽이 되어 버렸구나! 얼마나 고생이 심했으면!"

"어머니! 절 빨리 꺼내 주세요. 이곳에서는 단 하루도 더 버틸 수가 없습니다!"

몬테그는 다급하게 쇠창살을 쥔 채 얼굴을 바깥쪽으로 들이밀었다. 그렇게 하면 제가 밖으로 나갈 수 있기라도 한 듯 말이다.

"여긴 최악이에요."

감옥의 벽은 청소가 뭐냐는 듯 축축하게 이끼가 끼어 쿰쿰한 냄새가 났고, 쥐들이 시종일관 찍찍거리며 바닥을 돌아다녔다. 한때 백색이었을 시트는 때가 끼어 누렇다 못해 회색빛이었고, 이가 득실거렸다. 싸구려 매트리스는 누우면 딱딱한 프레임이 그대로 느껴졌다.

평생 곱고 예쁜 것만 보면서 먹고 입고 자란 몬테그에게는 지옥 같은 환경이었다.

"조금만 더 있다면 전 죽고 싶어질 거라고요!"

"몬테그, 흑, 내 아가……. 얼마나 힘들겠니. 이 끔찍한 곳에서…… 흑."

"할아버지는 뭐라셔요? 아버지는요? 왜 같이 오시지 않고요?"

울먹이던 시오르샤가 멈칫하는 걸 몬테그는 깨닫지 못하고 말을 이었다.

"2황자 전하께서도 제가 여기 갇힌 걸 아시죠? 필시 아버지가 얘기하셨을 테니까. 한데 왜 지금까지 절 이렇게 내버려 두는……. 어, 어머니……?"

말을 잇다 몬테그가 싸늘해진 모친의 표정을 살피며 더듬거렸다.

"2황자도, 네 할아버지와 아버지도…… 전부 잊어버려."

시오르샤는 콘체른의 혈족이라면 이제 치가 떨릴 지경이었다.

"몬테그, 특히 네 아비는……."

쓰레기야.

마지막 단어는 묵음으로 삼킨 시오르샤는 황궁으로 떠나기 전, 남편과의 대화를 떠올렸다.

'당신, 정말 몬테그를 저대로 내버려 둘 생각은 아니겠죠?'

'와이너리는 이미 넘어갔어. 이 상황에서 나섰다가 당신까지 아버지 눈밖에 완전히 나고 싶어서 그래?'

'2황자 전하는요? 아버님이 우릴 도와주지 않아도, 2황자 전하가 계시잖아요. 당신이 그분께 말을 잘 해 보면…….'

'쓸데없는 소리!'

기디언은 버럭 화를 냈다.

'당신은 정말 이해를 못 하는군.'

그가 걸어와 시오르샤의 어깨를 아프게 그러쥐었다.

'몬테그를 구해 달라는 말이 무슨 뜻인 줄 알아? 2황자와 가신들에게, 그 뱀 같은 자들에게 내 약점을 내 손으로 쥐여 주라는 거야.'

'당신……'

'고작 가짜 와인 사건 하나 처리하자고 내 목에 목줄을 걸 순 없어. 어차피 경범죄니 사형이나 팔목을 자르는 것 같은 형벌까진 안 나올 테지.'

기디언이 무심한 눈으로 말을 이었다.

'일이 년 정도만 있다 나오면 돼. 아직 젊으니 다시 시작할 수 있어.'

시오르샤는 귀를 의심했다.

'일, 일이 년? 당신 미쳤어요? 지금 우리 자식을 그렇게 오래 감옥에 처박아 두겠다고요?'

'그럼 지금 그것 말고 다른 방법이 있어?'

기디언이 짜증스럽게 일갈했다.

'견디라고 해. 몬테그 그놈도 제가 벌인 짓의 결과는 감당해야지. 멍청한 놈. 일을 벌였으면 들키지 않게 완벽히 처리했어야지.'

한심하다는 듯 혀를 끌끌 차는 건 덤이었다. 시오르샤가 분노에 차서 소리 쳤다.

'몬테그는 당신 아들이에요! 쓸모가 없으면 언제든 던져 버릴 수 있는 장기말이 아니라!'

비정하고 늘 이해 계산에만 치중하는 남편이라는 걸 스무 해 넘는 결혼 생활 동안 몰랐던 건 아니다.

하지만 제 피를 이어받은 아들에게까지 저리 매몰차게 하나하나를 계산하고 있을진 몰랐다.

'됐어요. 당신은 이제 빠져요. 이 허수아비 같으니.'

'뭐? 무슨 생각인 거야.'

'당신은 이제 꺼지라고! 내가 알아서 할 테니까!'

그렇게 달려 나온 게 지금 여기, 몬테그의 앞이었다.

"걱정 말렴, 몬테그. 이 어미가 반드시…… 널 꺼내 줄 테니까."

시오르샤의 목소리는 확신보다 오기에 가까웠다.

황궁의 감옥에서 나온 뒤 시오르샤는 아들을 꺼내기 위해 백방으로 돌아다녔다. 황실 납품 관계자들을 찾아 로비를 하며 돈을 그야말로 쏟아부었다.

하지만 그녀의 바람처럼 일은 그렇게 쉽게 풀리지 않았다.

"황실로 직접 고발장이 들어왔다는군. 정확한 조사가 끝나기 전까진 쉬이 내보내 주기가 어렵겠소."

다른 이도 아니고 황실을 상대로 친 사기였다. 황실에 납품하는 다른 상인들에게도 본보기가 되어야 할 필요가 있다는 거였다.

"그래도 요즘 잘나가는 콘체른이니까 이 정도지, 다른 어중이떠중이 귀족이었다면 벌써 유배지로 보내졌을 거요."

나름 시오르샤를 위로하려 꺼낸 말인 듯했지만, 이어지는 이야기는 오히려 그녀를 아연하게 만들었다.

"제 입으로 실토할 때까지 죽도록 고문하다가 결국 이삼십 년 형 받고 엘 카트라파즈 같은 곳에 수감되겠지. 아마 그즈음엔 양 팔다리가 멀쩡하게 달려 있을진 모르겠지만 말이오."

엘 카트라파즈는 제국의 최남단에 위치한 악명 높은 교도소였다.

바다 한가운데 있는 섬에 지어져 탈출이 불가능한 폐쇄적인 곳이라 간수들이 어찌나 혹독하게 죄수들을 다루는지, 형기의 절반을 다 채우기도 전에 죽는 죄수들이 대부분이었다.

"엘 카트라파즈라니……. 안 돼요!"

시오르샤의 얼굴이 백지장처럼 새하얘지자, 사건의 조사를 맡은 기사가 슬쩍 귀띔했다.

"그래도 유배형까진 안 나올 거요. 댁 가문의 막내 아가씨가 힘을 쓴 모양이더군. 보석금은 내야 할 테지만."

황실 쪽에선 이 와중에 나름 콘체른에게 편의를 봐주고 있는 거라는 말도 덧붙였다. 시오르샤가 흠칫했다.

"막내…… 아가씨라니요?"

"왜 있잖소, 댁의 그 방울뱀 자작이랑 얽혔던……. 2황자 전하께 따로 부탁을 한 모양이던데."

네이필리나? 그 애가 왜 여기서 나오는 건가.

시오르샤의 얼굴이 찌푸려졌다는 걸 알아차리지 못한 기사가 말을 이었다.

"그래서 공문이 내려왔지 뭐요. 처벌이 확정될 때까진 고문 같은 비공식 조사 방식은 금지하라고. 어쨌든 그 덕에 댁의 아들이 아직 사지 멀쩡한 줄이나 아시오."

기사가 자리를 떠나고 나서도 시오르샤의 표정은 풀리지 않았다.

"몬테그가 이렇게 된 게 누구 때문인데! 이제 와서 고마워하기라도 할 것 같아?"

시오르샤는 다른 콘체른가 일원들과는 달랐다. 네이필리나가 독보적으로 주목받지만 않았어도 제 아들이 가짜 와인 같은 잘못된 선택을 할 리는 없었을 테니까!

하지만 그것과는 별개로,

'어째서 그 계집애도 도와주는 걸 기디언은……!'

평소에도 남편을 향한 기대가 없는 그녀였지만 남편의 냉정함이 이번처럼 뼈에 사무친 적은 없었다.

그녀를 가장 괴롭게 하는 콘체른의 정적조차 가족이란 미명 아래 몬테그에게 손을 뻗어 주는데, 정작 친부라는 이는 어떠했던가.

'그 사람에겐 우리 모자 역시 쓰고 버릴 수 있는 패일 뿐인 거야.'

아내와 자식마저 그에겐 권력을 향한 교두보 그 이상, 그 이하도 될 수 없다는 걸 눈앞에서 확인해 버린 시오르샤였다.

"……."

저택으로 돌아온 시오르샤가 조용히 고개를 들었다.

남편이 있을 중앙관을 바라보는 시선이 자못 매서웠다.

* * *

결국 몬테그를 감옥에서 빼내기 위해 시오르샤는 천문학적인 금액의 보석금을 지불해야 했다.

그러나 그것만으로 전부 끝나는 일도 아니었다.

"허억……. 쥐가, 벌레가…… 이익, 내 몸에 올라왔어……."

몇 주도 안 되는 수감 생활이었건만, 심약하고 고귀한 도련님인 몬테그에겐 너무 가혹한 시간들이었던 모양이었다. 그는 감옥을 나오자마자 시름시름 앓기 시작했다.

"……딱히 병이 있지는 않은데……. 열이 있는 것도 아니고요."

그를 진찰하러 온 의원이 고개를 갸웃거렸다.

"병이 날 만큼 오래 머무른 것도 아닌데……. 삼사 주 정도 투옥됐다 하지 않았습니까?"

게다가 황실 감옥은 나름 고위 귀족들이 들어가는 곳이라 편의 시설이나 내부 상태가 양호한 편이었다.

엘 카트라파즈처럼 악명 높은 감옥에 비하면 거의 천국이나 다름없다.

'참 나, 누가 보면 십수 년 투옥 생활을 한 줄 알겠군.'

의원이 한숨을 삼켰다.

사실 거기엔 몬테그의 계산도 깔려 있었다.

'할아버지가 내 불쌍한 꼴을 보시면 와이너리를 다시 돌려주지 않을까?'

그가 집으로 돌아오니, 조부가 앞으로 와이너리를 비롯해 몬테그에게 어떤 가업도 내주지 않겠다 했다는 청천벽력 같은 소식이 기다리고 있었다.

가문에서 내치진 않겠다. 그냥 콘체른의 돈만 쓰다 죽어라.

그게 얼음 같은 조부가 남기는 메시지였다.

맥밀란이 두려워서 찾아가 용서를 빌고 와이너리를 다시 달라고 말할 용기는 없었다.

'분명 엄청 화내시겠지. 너무 무서워.'

그러니 그는 간접적으로 조부의 동정을 얻어내 기회를 엿보려 했다.

"지금 우리 애 다 죽어 가는 얼굴이 안 보여요? 아무 병이 없다니!"

시오르샤가 눈에 불을 켜며 꽥 소리를 질렀다. 침대에 누워 있던 몬테그가 때를 맞춰 천장을 향해 아련하게 팔을 뻗었다.

"으으…… 어머니……. 제가 죽으면…… 와이너리가 보이는 양지바른 곳에 묻어 주십시오……. 죽어서도 콘체른의 안녕을 빌겠습니다. 제 진심을 알아주신다면 저는 그걸로 족할……. 끄으윽……."

"얘! 몬테그! 그런 말 하지 말렴. 어미 가슴을 찢어 놓을 참이냐!"

모자가 눈물을 흩뿌리며 부둥켜안았다.

'놀고 있네…….'

의원이 혀를 끌끌 찼다.

몬테그는 제 상태가 조부인 맥밀란의 귀에 들어가길 바랐겠지만, 여파는 다른 곳에서 일어났다.

"콘체른의 큰손자가 다 죽어 간다며?"

"오늘내일한다는군. 지금 중앙관은 거의 초상집이래."

"저런, 잘못을 했다곤 하나 아직 젊고 창창한 사내가 아닌가. 안타깝군."

몬테그가 다 죽어 간다는 소식이 수도에 쫙 퍼졌다. 1지구에서부터 4지구까지 곳곳이.

그리고 며칠 뒤.

"여기가…… 몬테그 님의 집이 맞나요?"

아리따운 여인이 콘체른 저택의 대문을 두드렸다.

사슴 같은 눈망울을 한 여자에게선 한 떨기 들꽃 같은 청순하고 순박한 분위기가 물씬 풍겨 났다. 하지만 아름다운 외모와는 달리, 낡은 가방이나 허름한 차림새가 영 귀족 같아 보이진 않았다.

"몬테그? 우리 큰도련님을 말하는 거요? 손님이 올 거란 언질은 못 받았는데, 약속이 되어 있소?"

"약, 약속은 안 했지만……."

"그렇다면 들어갈 수 없소."

문지기가 퉁명스럽게 일갈했다. 요즘 기디언 가족의 히스테리 때문에 저택의 고용인들이 골머리를 앓고 있는 상황이었다.

'괜히 또 꼬투리를 잡히면 우리만 욕보지.'

"아니에요. 약속은 안 했지만, 몬테그 님은 절 분명 보고 싶어 하실 거예요."

"당신이 누군 줄 알고……."

확신에 찬 여자의 말에 문지기가 퉁명스럽게 쏘아붙이려던 때였다.

"엄마, 여기가 어디예요?"

금발 머리 소년 하나가 여자의 등 뒤에서 빼꼼 고개를 내밀었다. 여자의 허리께쯤 겨우 오는 키나 앳된 얼굴로 보아 네다섯 살 정도 되었을까.

문제는 아이의 이목구비가 어쩐지 낯설지 않았다는 것이다.

'어, 어디서 본 것 같은데……. 누굴 닮은 거지?'

문지기가 그렇게 생각할 때쯤, 두리번거리는 아이에게 여자가 상냥하게 대답했다.

"응. 네 아버지가 여기 계신단다."

'······큰, 큰도련님을 닮았어!'

문지기의 눈이 등잔만 해졌다.

어딜 봐도 저 소년은 몬테그의 씨임이 분명했다. 하지만 몬테그는 미혼 귀족 남성이다. 대내외로 알려진 연인이나 약혼 관계도 없었다.

'맙소사. 이, 이건 내 선에서 처리할 수 있는 사안이 아니다.'

그는 등 뒤로 식은땀이 줄줄 흘러내리는 걸 느꼈다. 문지기는 옆에 서 있던 동료에게 몸을 돌렸다. 들어온 지 얼마 안 된 신입이었다.

"중앙관의 몬테그 도련님께 일러라. 그······ 도련님을 찾는 모자가······."

"레이첼, 전 레이첼이에요. 이름을 말하면 그이가 알 거예요."

여자가 상냥하게 끼어들었다. 레이첼이든 바이첼이든 무슨 상관이랴. 문지기는 고개를 끄덕였다.

"예, 예에. 그 모자께서 오셨다고 말이야. 어서 가서 전해라."

"예!"

신입이 부리나케 자리를 뜨자, 문지기는 다시 여자에게 몸을 돌렸다.

"조금만 기다리시면 될 겁니다, 레이디."

그의 태도는 조금 전과 달리 몹시 공손해졌다.

"고마워요."

"한데 두 분은 언제부터 만나신 건지······."

그가 슬쩍 물음을 띄웠다. 아이가 이만큼 큰 걸로 보아, 두 사람의 관계가 이어진 것은 최소 오륙 년은 넘어 보이니 말이다.

'몬테그 도련님이 갓 성인이 되었을 즈음이잖아?'

성인식 이후로 아예 대놓고 동네방네 유흥을 즐기던 몬테그였다. 그 난봉꾼이 여자를 만나 사생아를 만들었다 해도 그다지 놀라운 일은 아니었다.

'문제는 시오르샤 마님이 가만히 계실 리가 없는데······.'

눈앞의 여자는 누가 봐도 평민이었다. 이런 여자를 시오르샤가 제 아들, 그것도 가장 아끼는 장남의 배필로는 눈에 흙이 들어가도 인정할 수 없을 터.

'그래서 몬테그 도련님한테만 살짝 알리긴 했는데…… 괜찮을까?'

신입이 저택으로 들어간 지 제법 시간이 흘렀건만, 여전히 깜깜무소식이었다.

문지기들은 전전긍긍했다.

"왜 이리 오래 걸리는 거지? 연통을 보낸 지가 언젠데."

"병석에 누워 계시니 바로 몸을 일으키는 게 어디 쉽겠나. 아무래도 시간이 걸릴 수밖에 없지. 신입이 은밀하게 모시러 갔으니 조금만 더 기다려보세."

문지기들끼리 대화를 나누며 몬테그가 있을 중앙관 쪽을 바라보았다.

그때 문지기 하나가 눈을 빛냈다. 저택에서 나온 이가 이쪽을 향해 오는 모습이 보였기 때문이다.

"아, 마침 저기 오네."

그렇다고 저리 헐레벌떡 달려올 것까진 없는데.

"내가 신입을 너무 혹독하게 부렸나?"

중앙관으로 사람을 보냈던 문지기가 머쓱하게 이마를 긁적거리다 멈칫했다.

"아니, 신입이 아니라……!"

"몬, 몬테그 도련님이잖아?"

저택 안쪽에서 눈썹이 휘날리게 달려오는 사내는 다름 아닌 몬테그였다. 병석에 누워 오늘내일한다는 세간의 이야기가 무색하게도, 그는 돌풍처럼 이곳으로 달려오고 있었다.

새파랗게 질린 얼굴과는 달리, 두 다리를 힘차게 땅에 내디디면서.

"네가 왜 여기……!"

대문으로 가까워질수록 아이와 여자의 모습이 명확해졌다. 몬테그의 안색이 더 죽어났다.

"정, 정말이었단 말이야?"

그는 기절할 것 같았다.

따로 얻어다 준 타운 하우스는 어디에 두고 저 여자가 지금 제집 앞에 와 있는 건가!

"여보!"

여자는 몬테그를 보고 감동의 눈물을 터뜨리려 했다.

"너……!"

하지만, 몬테그가 팔을 와락 붙잡고 당기는 바람에 하마터면 넘어질 뻔 했다.

"여기가 어디라고 와!"

신사와는 거리가 먼 우악스러운 손길로 몬테그는 여자를 잡아당겼다.

"아픈 거는요? 몸은 괜찮아요? 세상에, 피부 까칠한 것 좀 봐!"

"일단 다른 곳에서 얘기해. 지금은……."

콘체른 저택의 대문은 사람들이 많이 오가는 곳이다. 지금은 다행히 몬테 그와 모자, 그리고 문지기들뿐이지만 언제 다른 이들이 나타날지 모른다. 게 다가 이들을 제 모친인 시오르사에게 들키기라도 한다면…….

몬테그의 등골을 타고 소름이 올라왔다.

'절대 안 돼.'

여자의 팔을 쥔 손에 더 힘이 들어갔다.

"당신을 보려고 왔어요. 너무 걱정돼서, 견딜 수가 없어서……."

하지만 여자는 쉽게 움직이지 않았다. 몬테그의 짜증이 치솟았다.

"어련히 알아서 연락할까! 생활비가 떨어진 것도 아닐 텐데 왜 여기까지 와서 사달을 만들어!"

"당신이 죽을 날만 기다리고 있다는데 내가 어떻게 가만히 있을 수 있 겠어요!"

여자가 손을 뻗어 옆에 서 있던 아이를 끌어안았다.

"우리 마크는요! 당신 아들을 계속 사생아로 살게 내버려 둘 거예요?"

마침내 여자의 입에서 확실한 단어가 나왔다.

"미, 미쳤어? 조용히……!"

몬테그가 기겁하며 입을 막으려 했지만 그녀는 도리질 쳤다. 톡 치면 쓰러질 것 같은 가녀린 인상과는 반대로 여자의 강단 있는 입은 멈추지 않았다.

"우리 마크는 절대로 아비 없는 자식으로 만들지 않겠다 했잖아요! 몬테그 콘체른! 나랑 약속했잖아!"

작은 체구에서 흘러나온 목소리가 세차게 울려 퍼졌다. 몬테그가 죽으면 아들이 콘체른가의 혈육으로 인정받는 일은 요원해진다. 그것이 아침 댓바람부터 여자가 저택을 찾아온 궁극적인 이유였던 듯했다.

"레이첼, 목소리 좀 낮춰!"

"했어, 안 했어!"

"했어. 그러니까 소리 좀……."

"내게 거짓말을 한 거야?!"

여자의 큰 눈에 배신감이 일렁였다.

"나를 갖고 논 거였어, 당신? 사랑을 속삭인 것도 전부 날 기만한 거였어?"

몬테그가 초조하게 입술을 깨물었다. 그렇다고 말하면 이 여자는 절대 순순히 돌아가지 않을 것이다.

가녀려 보이지만 한번 화가 나면 기어코 끝장을 보는 여자였다. 타운 하우스로 집을 얻어 준 것도, 악덕 집주인의 횡포에 화가 난 그녀가 집주인을 고발해서 머물 곳이 없어졌기 때문이다. 집주인은 결국 감옥에 들어갔고, 집은 경매에 부쳐졌다.

말간 얼굴로 어찌나 야무지게 일을 처리하는지, 그때 몬테그는 이 여자와 끝을 내더라도 절대 척을 지진 않기로 마음먹었을 정도였다.

"그럴 리가. 무슨 소리야. 마크는 내 아들이고, 넌 내 하나뿐인 여자인걸."

"정말이죠?"

"그럼."

"흑!"

여자가 감동에 젖은 눈으로 몬테그의 품에 안겼다. 둘의 포옹을 지켜보던 문지기들이 허업, 숨죽여 입을 막았다.

"그럼 진, 진짜 도련님 아들이었단 말이지?"

"방금 도련님 입으로 한 말 못 들었어? 하나뿐인 여자라잖아!"

주변의 고용인들이 술렁이는 게 느껴지자 몬테그는 더 초조해졌다.

'제길, 빨리 내보내야 해.'

그가 여자의 어깨에 양손을 얹고 이마를 맞댔다.

"레이첼, 봐. 난 멀쩡해! 죽는 일 따윈 없다고!"

"하지만 신문에선……."

"일단 조금 있다 얘기해. 지금은 상황이 좋지 않아."

사랑을 속삭이는 연인의 행동은 다정했지만 조급한 목소리는 어쩔 수 없었다.

"당신, 알지? 내가 이 집에서 얼마나 많은 적들과 싸우며 버티고 있는지. 당신이 여기 온 건 그들에게 날 찌를 칼을 쥐여 준 거나 다름없어."

그 와중에 여자를 구슬리며 문제의 소지를 돌리는 건 덤이었다. 여자가 울상을 했다.

"미, 미안해요. 난 그런 줄은 생각지 못하고……."

"괜찮아. 당신도 걱정이 됐으니 그럴 수 있지. 일단 집에 가 있어. 정리되는 대로 내가 들를 테니까."

"마크는요? 이렇게 된 거, 당신 조부께서 증손자를 보고 싶어 하시지 않겠어요?"

"무슨 개뼉……!"

……다구 같은 소리냐고 외치려던 몬테그가 애써 고함을 삼켰다. 지금은

이 대문에서 여자와 아이를 치우는 게 먼저다.

"하하. 이번 일 때문에 지금 조부께서 내게 많이 화가 나셔서 말이야. 나중이 좋겠어."

몬테그가 서둘러 아이를 안고 여자의 어깨를 감싸며 내보내려고 할 때였다.

"달링, 그 여자 누구예요?!"

화려하게 차려입은 또 다른 여자가 달려와 몬테그와 여자의 사이를 갈라놓았다.

붉은 머리에 육감적인 몸매, 입가엔 매혹적인 점이 있는 여자였다. 그리고 그 여자의 손을 잡고 있던 양 갈래 머리 소녀가 마크에게 달려들었다.

"우리 아빠한테서 떨어져!"

"아아앙! 아빠, 쟤가 날 밀었어요!"

떠밀려 바닥으로 나동그라진 마크가 잉잉 울었다.

두 아이에게서 나온 아빠라는 단어가 가리키는 대상은 이 자리에 몬테그 하나뿐이었다.

"아, 아빠?"

문지기들의 눈이 휘둥그레졌다. 애가 또…… 있단 말이야? 귀족들의 사생활을 처음 보는 신입의 눈은 거의 튀어나올 지경이었다.

"달링! 이 여자 누구냐구!"

"달, 달링이라뇨? 여보! 저게 무슨 말이에요!"

흥분과 분노로 인해 날카롭게 치솟는 두 여자들의 목소리도 한데 섞였다.

"왜, 왜 지금 이렇게……."

몬테그는 어안이 벙벙했다. 이렇게 갑작스럽게, 그리고 얼토당토않게 제은밀한 사생활이 밝혀질 줄은 몰랐기 때문이다.

하지만 아직 끝이 아니었다.

"꺄아악, 허니!"

붉은 머리 여자의 어깨 뒤로 또 새로운 여자가 나타났다.

"죽으면 안 돼요! 나랑 우리 아이는 어떻게 살라구요!"

등에는 갓난아이를 업은 채였다.

* * *

몬테그의 생각과는 달리, 그날 콘체른 저택의 대문 앞에는 그들만 있던 게 아니었다.

가짜 와인 납품 사건의 후속편을 취재하려 대기 중이었던 기자 하나가 숨어 있었던 것이다. 그는 눈앞에서 펼쳐진 특종을 놓치지 않았다.

며칠 뒤.

[지금까지 이런 놈은 없었다. 이것은 바람인가, 불륜인가. 몬테그 콘체른의 세 집 살림 기록기!]

최초 보도에 이어 수도의 유명 일간지들은 전부 몬테그의 스캔들을 대서특필했다.

[콘체른가 큰손자의 전무후무한 스캔들!]

[몬테그 콘체른의 사실혼 배우자'들'. 그의 문어 다리는 총 몇 개인가?]

[현재까지 확인된 사생아만 세 명. 제보자 속출……]

레이디 D만 제외하곤.

"솔직히 네이필리나, 당신 때문인 거 알죠?"

레이디 D, 아니, 마담 포프리가 짐짓 눈을 흘기며 거드름을 피웠다.

"나 이래 봬도 파트너와 의리는 제대로 지킨다고요."

"그게 무슨 말이에요?"

"몬테그 군이 네이필리나의 사촌 오빠잖아요. 다른 사람도 아니고 당신 가족을 건드리는 건 좀 그래서……."

결국 눈앞에 들이밀어졌던 몬테그의 스캔들을 포기했다며 그녀가 투덜거렸다.

"쓸데없는 짓을 했군요, 마담 포프리. 아까운 기회를 놓쳤어요."

네이필리나가 어깨를 으쓱했다.

"내게 물어보지 그랬어요. 더 큰 소스들을 주었을 텐데."

"네?"

그랬다면 지금보다 화력이 서너 배는 더 컸을 것이라며 네이필리나가 아쉬워했다.

"지금보다 화력이 더 커지면 몬테그 군은 영영 재기가 불가능할지도 모르는데요?"

가짜 와인으로 황실과 소비자들을 우롱한 것도 모자라, 여자들을 농락한 몬테그 콘체른에 대한 대중의 눈이 곱지 않았기 때문이다.

"게다가 이번 일은 콘체른 백작가의 위명까지 땅으로 떨어뜨렸잖아요."

네이필리나가 버럭 화를 내도 이상할 게 없는 일이었다. 혼자서 분투하며 열심히 가문의 명성을 드높여 놨더니, 몬테그라는 흑색 분자 하나가 잿가루를 휘휘 뿌려 놓은 꼴이었으니까.

"이런, 마담. 당신답지 않게 상황 파악이 느리군요."

네이필리나가 킬킬 웃으며 찻잔을 들어 올렸다. 오묘한 보랏빛의 찻물이 하얀 잔 안에서 일렁였다.

"그게 딱 내가 원하는 거였어요."

몬테그가 기어 올라올 수 없는 절벽까지 떨어지는 것. 그리고 그게 불씨가 되어…….

"원했던 거라니, 무슨……."

마담 포프리가 멈칫했다.

몬테그는 가주 맥밀란의 장남, 기디언의 큰아들이다. 그러니까, 다다음 대의 콘체른 백작이 될 가능성이 가장 높은 인물이라는 거다.

지금에야 그 색이 전부 바랬다지만, 와인 사건이 터지기 전까지만 해도 쾌활한 그의 평판은 나쁘지 않았으니까.

"정글에서 말이에요, 개체를 하나 멸종시키려면 어떻게 해야 하는 줄 알아요, 마담?"

"……."

"새끼들을 먼저 죽여야 해요. 더 이상 번식이 불가능해지게."

그런 몬테그가 고꾸라지면 자연히 그의 부친인 기디언의 입지가 후계자로서 약화될 수밖에 없다.

그러니까 네이필리나가 노리는 건 궁극적으로…….

"허, 허업!"

마담 포프리가 양손으로 입을 막았다.

네이필리나가 장난스럽게 한쪽 눈을 깜빡이자, 마담 포프리는 결연하게 고개를 끄덕였다.

"나, 나 알아들었어요. 다음번에는 반드시 놓치지 않겠어요."

그녀가 끝까지 가고 싶은 유일한 파트너, 네이필리나 콘체른의 눈치를 볼 필요가 없다면!

익명의 칼럼니스트 레이디 D는 더 현란하게 펜을 놀릴 수 있다.

"이런 얘길 내게 해 준다는 건 콘체른 양도 우리의 파트너십에 의미를 두고 있다고 생각해도 되겠죠?"

네이필리나가 싱긋 웃었다.

"물론이죠."

물론 마담은 알고 있었다. 그 무해한 미소만 믿고 정신을 빼놓았다간 큰코다친다는 걸.

그래도 이 상냥하고 건조한 소녀가 저를 동료로 받아들였다는 의미는 되지 않을까. 마담은 조금 기뻐지려는 마음을 숨기고 짐짓 눈썹을 늘어뜨렸다.

"그럼 그때 저택 앞에 일부러 기자를 대기시켜 놓았던 건가요? 그럴 거면 저한테 먼저 연락을 주시지."

네이필리나가 고개를 저었다.

"그거, 나 아닌걸요."

"콘체른 양이 보냈던 게 아니었어요? 그럼 누가……?"

"흐음, 글쎄요……."

슬쩍 올라가는 입꼬리가 자못 의미심장했다.

* * *

콘체른 저택.

사람들이 잘 오가지 않는 정원의 으슥한 곳에서 밀회가 이루어지고 있었다.

"당신……!"

이안이 기자의 멱살을 잡아 쥐었다. 억눌린 고함이 터졌다.

"사생활은 빼기로 했잖아. 우리 계약은 몬테그의 와이너리만 건드리는 거였어!"

세 집 살림 스캔들에 대한 기사가 퍼져 갈수록, 몬테그의 여성 편력에 대한 대중의 성토가 높아졌다.

'애가 셋이라니, 네놈은 도대체 처신을 어떻게 하고 다녔기에……!'

가짜 와인에 이어 여자와 사생아 문제까지 터져 버리니, 가주인 맥밀란마저 참지 못하고 몬테그의 뺨을 올려 칠 정도였다.

어찌나 분노가 거셌는지, 기디언도 섣불리 나서지 못했다. 큰손자의 망나니짓에 학을 뗀 맥밀란은 더 이상 그에게 어떤 지원도 하지 않겠다 선언했다. 가문의 돈이나마 마음껏 쓰게 해 주겠다는 이전의 선언마저 철회한 것이다.

몬테그에겐 이제 정말 그의 보잘것없는 몸뚱이 하나밖에 남지 않았다. 돈도, 명예도, 출셋길도 전부 막혀 버렸다.

"당신 때문이야."

이안이 기자를 잡아먹을 듯이 노려보았다. 멱살을 쥔 손의 힘이 더 거세졌다.

"그래. 우리 계약은 와인까지였지. 그건 이미 끝난 걸로 아는데?"

그러나 기자는 조금도 밀려나지 않았다. 되레 조롱기를 머금으며 코웃음 쳤다.

"그리고 사생활은 빼다니, 이봐, 순진한 소리 마. 난 기자야. 무슨 말도 안 되는 소릴 하고 있어."

기자가 거칠게 이안의 손을 떨쳐 내며 가슴을 털었다.

"그리고, 막말로 그 기사 나만 썼나? 지금 수도에서 당신 형 얘기 안 하는 곳 있는지 찾아보라고."

"네놈이 제일 먼저 터뜨리지만 않았어도 이렇게까진 되지 않았어! 처음부터 이럴 작정으로……!"

"뭐? 참 나."

어이가 없다는 듯 기자가 헛웃음을 내뱉었다.

"내가 여자랑 사생아들더러 저택 앞에서 기다리라고 했어? 애를 셋이나 만들라고 했나? 따질 거면 난봉질에 미친 당신 형한테 먼저 따져야지."

"너, 이 자식……."

거친 숨을 몰아 내쉬는 이안의 가슴이 오르락내리락했다.

"그리고, 어차피 네 형 묻으려고 한 건데 더 잘됐지 않나?"

뒤늦은 분노를 토하는 이안이 이해되지 않는다는 듯, 기자가 빈정거렸다.

"왜 이제 와서 불만이지? 당신으로선 기다리고 있던 게 드디어 터져 준 거잖아. 이제 당신 형은 회생 불가능해. 그 자리는 당신 거라고."

원하던 거잖아? 기자가 킬킬 웃었다.

"이런 식으로는 아니었어!"

이안은 머리가 아팠다. 몬테그의 사생아들이 저택까지 찾아올 줄은 그도 예상하지 못했다.

"그 여자들은 왜 하필 지금 찾아와서……!"

그건 제 꾀병이 이런 나비 효과를 불러올 줄 몰랐던 몬테그도 마찬가지일 테지만 그 사실이 이안에겐 어떤 위안도 되지 못했다.

이안이 머리를 감싸 쥐었다. 모순적이게도 저는 형을 끌어내리길 원했을 뿐, 몬테그가 완전히 매장되길 바랐던 건 아니었다.

'단 한 번. 단 한 번이면 됐는데!'

작은 나비의 날갯짓 한 번으로 끝날 일이 몬테그를 송두리째 삼키는 거대한 회오리가 될 줄 알았다면……!

"이게…… 다 무슨 소리냐……?"

그때 머리 위로 얼음물을 붓는 듯 차가운 음성이 들렸다. 이안은 머리부터 발끝까지 뻣뻣이 굳어 버리고 말았다.

"아, 아버지……."

고개를 돌린 자리에 기디언이 서 있었기에.

* * *

"이 못난 놈!"

철썩!

살을 치는 거센 소리가 울렸다.

기디언의 투박한 손이 어찌나 세게 이안의 뺨을 올려붙였는지, 장정인 그가 두세 걸음 밀려날 정도였다.

"다른 사람도 아니고 네 형을 모함해? 네가 제정신이냐?"

와이너리의 비리를 황실에 찔러 넣은 자가 다른 이도 아닌 제 아들이라니. 모든 사건의 전말을 알게 된 기디언은 머리끝까지 화가 났다.

"여보, 이러다 죽겠어요!"

몬테그는 아직 동생의 배신에 어안이 벙벙한 채였고, 시오르샤만 기디언의 팔에 매달렸다.

하지만 이미 흠씬 매타작이 끝난 후였다. 이안은 헛웃음을 내뱉었다.

'애초에 말릴 생각이 있었다면 더 일찍 끼어드셨겠지.'

아니다, 몬테그였다면 제 어머니는 아버지가 손을 들어 올리기도 전에 앞을 막아섰을 테다. 금이야 옥이야 아끼는 장남에 대해서라면 잠깐 스치는 칼바람도 두고 보지 못하는 사람이니까.

터진 입술의 피를 닦아 내며 이안이 삐뚜름히 입꼬리를 올렸다.

"그러면 안 됩니까?"

"뭐?"

기디언이 귀를 의심했다.

"몬테그를 모함하면 안 되냐고요. 아버지도, 어머니도 제게 찾아 주실 생각 없는 제 자리, 제가 제 손으로 얻어 내려 한 게 그리 큰 잘못입니까?"

"너……!"

적반하장으로 나오는 둘째 아들의 처음 보는 모습에 기디언도, 시오르샤도 순간 할 말을 잃고 말았다.

"왜 그랬냐고 물으셨죠. 네. 답해 드리죠. 형이 있는 한, 이 가문이 내 손에 들어올 날은 없으니까요."

이안이 어금니를 악물었다. 그의 목에 힘줄이 잔뜩 불거졌다.

"몬테그에겐 이 황금의 가문이 주는 모든 걸 안겨 주고, 저는 평생 사제나

하면서 가끔 적선하듯 던져 주는 고깃덩이나 먹으며 살라고요?"

부드득, 이를 가는 소리가 났다. 이안이 제 아비를 노려보았다. 기디언과 같은 색의 눈동자가 숨김없이 날것의 감정을 드러냈다. 한계까지 몰리자 이성을 잃어버린 까닭이다.

"아니요, 저는 그러지 않을 겁니다. 그렇게 살지 않을 거예요."

그래서 그랬어요. 시간을 돌려도, 기회가 다시 주어져도, 저는 똑같이 그럴 겁니다.

온몸으로 내보이는 열띤 분노와는 다르게 몹시도 냉정한 목소리였다. 남편과 너무도 닮아 있는 모습이라, 둘을 지켜보던 시오르샤는 소름이 끼쳤다.

한편 그 사실을 인지하지 못한 기디언이 기가 막혀 고함쳤다.

"몬테그는 네 친형이다! 너와 한배에서 난……."

"이렇게 하지 않았으면 두 분이 저를 제대로 보기라도 하셨겠어요? 저 같은 건 처음부터 없었던 것처럼 전부 형에게 물려주셨겠죠?"

이안이 코웃음 쳤다. 평소에는 본체만체하더니 장남에게 일이 터지자마자 저에게 달려온 두 부모가 우스울 뿐이었다.

"아버지가 오늘 절 찾아온 것도 몬테그의 대체재가 필요해서가 아닙니까?"

신전에서 돌아왔든 말든 관심도 두지 않던 둘째 아들의 안위가 갑자기 궁금해질 리도 없다는 걸 이안은 잘 알고 있었다.

"아까워라. 하필 그때 아버지에게 들켜 버리다니. 개 같은 타이밍이에요. 그렇죠?"

"너……!"

언제나 냉혹하던 부친의 붉으락푸르락해진 얼굴. 준열한 어조.

분노를 감추지 못하는 모습이 어쩐지 통쾌했다.

"아니라고 하실 겁니까?"

"……."

"봐요, 제가 생각한 그대로잖아요. 그러니 자."

킬킬 웃으며 이안이 양팔을 벌렸다.

"전 준비가 됐어요, 아버지. 무엇부터 하면 될까요? 뭐든 형보단 나을 거라고 약속드리죠."

쉰 목소리로 기디언을 보며 킬킬 웃어 대는 이안의 모습에는 광기가 서려 있었다.

"이, 이안, 네가 어떻게……."

처음 보는 둘째 아들의 모습에 시오르샤가 입을 막았다. 몬테그는 믿기지 않는 듯 아직도 어안이 벙벙해 있다가 이내 얼굴을 일그러뜨렸다.

"이놈이 그래도!"

철썩. 아들의 조롱을 참지 못한 기디언이 다시 뺨을 올려붙였다. 잔뜩 붉어진 볼. 옆으로 돌아간 고개. 이안이 삐딱하게 기디언을 올려다보았다.

"아버지는, 적어도 당신은 나를 이해해야죠."

"뭐?"

"당신이었으면 놓쳤을 겁니까? 숙부들을 끌어내리고서라도 그 자리 차지하실 거잖아요."

아닙니까? 이안이 짓씹듯이 내뱉었다.

"그러니 적어도 아버지는 저를 비난하시면 안 됩니다."

당신이 평생 가르쳐 준 거잖습니까.

노려라. 뺏어라. 가져라.

"저는 배운 대로 했을 뿐이에요."

광기로 가득 찬 이안의 눈에는 추호의 부끄러움도 없었다.

크릉, 크릉. 몬테그가 콧구멍을 벌름거렸다. 그의 살갗이 파르르 떨리고 목에는 핏대가 섰다.

"너, 이 자식……!"

그 역시 저를 바닥으로 끌어내린 배후가 이안이란 걸 오늘에서야 안 참이었다.

몬테그로서는 처음 겪는 뼈아픈 배신이었다. 다른 사람도 아니고 제 친동생이, 저를 함정으로 몰아넣은 장본인이었다니!

"개자식아!"

몬테그는 이안에게 주먹을 날렸다. 높아진 목소리는 거의 고함에 가까웠다.

그러나 이어서 이안이 몬테그의 턱을 날리며 싸움에 불이 붙었다.

"악! 가, 감히 날 때려?"

"왜, 그럼 내가 형한테 맞아 주기만 할 줄 알았어?"

내가 왜? 너 같은 천치한테?

이안이 삐뚜름한 입술을 올려 웃어 보였다.

"너…… 죽여 버릴 거다!"

두 사람이 엎치락뒤치락 엉겨 붙었다. 장성한 귀족 남자들의 개싸움이 시작됐다.

"아악! 너희들 도대체 왜 이러는 거야! 이안 너는 어떻게 형한테 그런 짓을!"

제 배로 낳은 아들들이 서로를 죽일 듯이 싸워 대는 걸 보고 시오르샤는 거의 쓰러질 지경이었다.

"죽어야지, 내가 죽어야지! 이 꼴 보려고 내가…… 어어억!"

시오르샤는 뒷목을 잡다가 그대로 뒤로 넘어갔다.

"마님! 마님! 정신 차리세요! 의원 불러!"

"이안 도련님 지금 손에 가위 들었어! 어서 말리지 않고 뭐 해!"

그야말로 아수라장이었다.

* * *

"……그래서 어떻게 됐어?"

네이필리나가 고개를 들었다. 머리를 빗겨 주던 미르딘이 절레절레 고개를 내저었다.

"어떻게 되긴요. 아주 난장판이었대요. 시오르샤 마님은 죽겠다고 뒷목 잡고 넘어가시고, 기디언 님은……."

어디서 참나무 몽둥이를 가져와 아들 둘을 흠씬 두들겼다는 소식이 들렸다.

"기디언 백부가?"

"정말 화가 머리끝까지 나셨나 봐요. 몬테그 도련님과 이안 도련님 둘 다 지금쯤 침대에서 끙끙 앓고 계실걸요."

네이필리나는 웃음을 삼켰다. 언제나 냉정한 이성을 자랑하던 기디언이 제 자식들에게 손을 댔다니. 그것도 참나무 몽둥이로. 귀족답지 않다며 가정교사들에게 체벌도 금지시켰던 사람인데 말이다.

전생에서 몬테그는 어떤 지저분한 비리든 덮어 주고 무마해 주던 소중한 아들이었고, 이안은 자신을 닮아 권력을 주무르며 종횡무진하는 자랑스러운 아들이었을 텐데.

네이필리나의 개입으로 그 미래가 전부 뒤틀려 버렸다. 섭정공의 든든한 미래이자 기둥이 되어 줄 아들들은 더 이상 존재하지 않게 된 거다.

그가 겪었을 혼란이 눈에 보였다.

'자식 사업이 그렇게 마음처럼 되는 게 아니라니까.'

기디언이 제 부친인 맥밀란의 감정을 조금이나마 이해할 수 있었던 순간이 아니었을까, 감히 상상해 봤다.

"몬테그 도련님은 지금 짐을 싸고 있을걸요. 짐마차가 중앙관 앞에 여러 대 기다리고 있던데."

미르딘이 지나가는 말로 덧붙였다.

"아, 오늘이야?"

네이필리나가 자리에서 일어나 힐긋 유리창 밖을 보았다. 하인들이 몬테그의 짐을 싣고 있었다.

몬테그의 여자들과 사생아 문제는 바터가 정리했다. 시오르샤는 아들의 씨일지언정 평민 피가 섞인 사생아들을 절대로 호적에 올릴 수 없다고 필사적으로 반대했다.

'큰마님이 저리 나오시는데 어찌할까요.'

'그렇다고 저들을 그냥 저버릴 순 없지. 몬테그, 그 어리석은 놈이 싸지른 일이지만 결국 저들도 도의적으론 내 가문의 사람들이나 다름없어.'

맥밀란은 사생아들을 저택 내로 들이지는 않았지만 여자들에게 집과 매달 양육비를 제공하기로 했다. 말이 양육비지 제국 어딜 가도 떵떵거리며 놀고 먹을 수 있는 천문학적인 금액이었다. 사생아들의 존재와 책임을 인정하겠다는 말이자 여자들에게 보내는 사죄이자 위로금이나 다름없었다.

'결국 후레자식을 손주로 둔 내 잘못이지 누굴 탓하겠누.'

'아니, 아버지. 그 돈이면 차라리 몬테그한테 주시지……'

'시끄럽다, 네 손주가 될 애들한테 돌아갈 돈까지 탐내는 게 아니라면 입 다물거라.'

바터를 통해 사생아들의 후처리만 정리하고 난 뒤 맥밀란은 이 일에서 아예 손을 뗐다.

결국 몬테그의 미래는 기디언 부부에게 오롯이 주어졌다. 사생아들 문제가 일단락되었어도 수도에서 몬테그에 대한 관심이 도무지 식지 않자, 기디언 부부는 결국 특단의 조치를 내렸다.

그를 세간의 이목이 줄어들 때까지 콘체른 영지로 보내기로 한 것이다.

문제는,

"몬테그에겐 아무런 직책도 줄 수 없다."

가주 맥밀란의 반대에 부딪혔다는 것.

"영지에는 갈 수 있다. 언제까지 그곳에서 머물러도 눈감아 주마. 하지만 그것뿐이다."

"아버지, 다시 한번 생각해 주십시오. 제 아들인 몬테그가 맨몸으로 영지에 가면, 영지민들이 그를 어떻게 취급하겠습니까?"

더군다나 몬테그는 영지를 바득바득 착취해 간 기디언의 아들이다. 가주의 핏줄이니 대놓고 해를 끼치진 않겠지만, 딱 거기까지겠지. 기약 없이 영지에 머물러야 할 몬테그의 삶이 고달파지리라 예상하는 건 어렵지 않았다.

"네가 뿌려 놓은 씨앗이 아니더냐. 네 아들이 대신 받아야 한다면 마땅히 그래야지."

맥밀란은 완강했다. 그는 한술 더 떠 몬테그에게 새로운 시종을 딸려 보냈다.

"내가 부리는 아이다. 꼬박꼬박 몬테그에 대한 보고를 받기로 했지."

말이 좋아 시종이지, 대놓고 감시역이었다.

"혹여나 영지에 있는 동안 또 네 주머니를 불릴 생각은 추호도 말아라."

그때는 정말로 이름에서 콘체른이란 성을 떼어 내게 되리라 맥밀란이 못 박았다.

"네, 네에⋯⋯. 명심하겠습니다, 할아버지⋯⋯."

몬테그를 향해 맹렬하게 쏘아 내는 푸른 눈엔 노여움이 가득했다. 가주실의 분위기가 싸늘하게 식었다.

겁에 질린 몬테그는 연신 고개만 끄덕였다.

"흑, 우리 몬테그, 그 춥고 배고픈 곳에서 어찌 살라고⋯⋯."

콘체른 영지가 따뜻한 동부에 위치하고 있다는 걸 시오르샤는 자꾸 잊어먹는 모양이었다. 몬테그는 죽을상을 하고 터덜터덜 마차에 올라탔다. 시오르샤는 마차가 지평선 너머로 보이지 않을 때까지, 손수건이 푹 젖도록 눈물을 흘렸다.

"⋯⋯."

이안이 다가와 제 손수건을 내밀었다. 모친의 눈물 젖은 모습을 차마 그냥 두고 보기 힘들었던 모양이다.

"어머니."

"아아, 들어가서 누워야겠어. 어지럽구나."

"어머니!"

그러나 시오르샤는 이안을 못 본 척 지나쳐 버렸다.

"어머니! 어머니까지 이러실 겁니까?"

"그럼 내가 어찌하리라 생각했니? 네 맘에 들지 않으면 이 어미도 네 형처럼 끌어내릴 참이야?"

시오르샤도, 기디언도 이안을 없는 자식 취급 했다.

"넌 신전으로 되돌아간다."

"아버지!"

"이번에도 네 마음대로 해 보고 싶으면 해 봐라. 하지만 명심해. 네가 제멋대로 움직이는 순간부터 너는 내 아들이 아니니까."

기디언과 맥밀란은 달랐다. 그는 부친보다 훨씬 더 냉정한 사람이었다.

"네가 내 통제 아래 있지 않겠다면 나 역시 너를 더 품을 필요가 없다."

이안은 명백히 그의 권위에 도전했다. 그리고 기디언은 그걸 그냥 넘기는 인간이 아니었다. 설사 그 상대가 제 친아들이라도.

기디언은 차갑게 벼려진 말투로 그를 지나쳤다.

시오르샤 역시 대답 없이 남편을 따랐을 뿐이었다. 그녀는 감히 제 소중한 큰아들을 모략하려 한 작은아들을 아직 용서하지 못했다. 얼이 빠진 듯 서 있는 둘째 아들을 차가운 시선으로 지나치며 기디언은 생각했다.

'가만히 두었으면 언젠가 자라나 내 목마저 옭아매려 들었겠지. 등잔 밑이 어둡다고 하마터면 구렁이를 키워 낼 뻔했어.'

장남을 앞에 내세우려 했던 궁극적인 이유는 하나다.

어수룩한 몬테그는 늙어 죽을 때까지 제 아비를 거스르지 못할 테니까.

하지만 이안은 어릴 적부터 영리하고 만만치 않은 데가 있었다. 그래서 먼저 신전으로 보내 놓고 그 야망이 거세될 즈음 데려와 천천히, 하나씩 쥐여 주며 키워 낼 생각이었는데.

'그새를 못 참고 저 천치가 일을 벌였지.'

결국 장남이 멀고 척박한 영지로 터덜터덜 떠나는 결과만 남았다.

바로 얼마 전 영지에서 돌아온 네이필리나의 전례가 있으니 역병을 치료하거나 광산을 개발하는 것처럼 큰 업적을 만들기 전까지, 몬테그가 떳떳이 수도로 귀환하긴 어려울 터였다. 애초에 네이필리나와는 달리 영지로 가게 된 이유도 너무 구차했고.

기디언의 미간이 짜증스럽게 일그러지다 멈칫했다. 영지로 보내려 했던 조카딸은 돌아오고 그곳에 되레 제 아들이 가게 된 결과가 너무도 공교로웠기 때문이다.

'설마 이거…… 네이필리나가 손을 쓴 건가? 내가 한 짓에 대한 복수로……?'

순간 기디언의 머릿속에 믿을 수 없는 생각이 스쳐 지나갔다. 그는 이내 고개를 흔들었다.

'아냐, 그럴 리가 없어. 일단 내가 영지의 역병을 만들어 냈다는 걸 그 계집애가 어떻게 알겠어.'

성국과 블랙 티어의 은밀한 비밀을 그 계집애가 알 수 있을 리 없다.

영지에서 돌아온 후 네이필리나의 행보는 평소와 같았다. 따로 접촉하는 이도 없었고, 말간 얼굴에선 일말의 공포도, 불안도 읽어 내기 힘들었다.

'알았다면 저리 태연할 수 있을 리 없어.'

제국을, 아니, 대륙을 송두리째 뒤집어 놓을 수 있는 사안이다. 기디언 그마저도 그 엄청난 사실을 알고 난 뒤 한동안 불안에 떨며 밤잠을 설쳤는데, 새파랗게 어린 계집애가 저보다 평정심이 뛰어날 거라고 생각하긴 어려웠다.

심지어 그는 광산에서 조카를 죽이려 했다. 성국에서 보냈다던 디에라들이 광산 안에서 흔적도 없이 사라지며 미수로 끝나 버렸지만, 그 괴물들을 들여보낼 수 있게 한 장본인이 기디언이라는 건 변함없는 진실이었다.

네이필리나, 그 영민한 아이가 사실을 알았다면 이리 가만히 있을 리 없다.

곧바로 가주에게 알리고 저를 공격했겠지.

'내가 너무 예민해졌군. 이게 다…… 엘 리체 놈들 때문이야.'

곧 성국의 디에라들이 헬리오스의 국경에서 모습을 드러낼 시기가 머지않았다.

국경이 발칵 뒤집힐 테다. 덩달아 기디언의 촉각도 곤두서 있었다.

'지금은 이딴 가정사에 신경 쓸 때가 아냐. 이참에 성국과의 관계를 제대로 잡아 놓아야 해. 그리고 그들에게서 블랙 티어란 물질을 가져올 수만 있다면……'

제국의 존망은 그의 손에 달리게 될 것이다.

디에라의 존재를 반기지 않는 마르쉐 후작과는 달리, 디에라에 우호적인 행보로 기디언은 성국과 관계를 이어 나가고 있었다.

그는 머리를 털며 상념을 날려 보냈다.

그에게는 멍청한 자식을 태우고 떠나가는 마차나, 발칙한 자식 놈보다 중요한 일이 산재했다.

한편, 모두가 가 버리고 홀로 남은 이안은 복도에 서 있었다.

"내게…… 돌아올 줄 알았는데……."

내 손에 쥐어질 줄 알았는데.

그는 텅 빈 제 두 손을 내려다보았다. 모두 허상이었다. 뜬구름처럼 밀려나 버려서 제게 남아 있는 건 아무것도 없었다.

"괜찮아?"

이안이 고개를 들었다. 저 앞에서 싱긋 웃고 있는 네이필리나가 보였다. 순간 그의 눈에 화르르 불길이 일었다.

저 계집애였다. 저를 구슬려 형인 몬테그를 적으로 인식하게 한 것도, 몬테그의 비리를 손에 쥐어 준 것도.

"너……!"

그가 우악스럽게 두 팔을 벌리며 달려들려다 리안에게 붙잡혔다. 무릎이 꺾이고 양팔은 붙들렸으며 목은 리안에게 눌린 볼썽사나운 모습으로.

"그러다 죽겠다, 살살하렴."

"예, 아가씨."

네이필리나의 당부에 리안이 무릎에 힘을 뺐다.

"이 나쁜 년, 날 속였어!"

켁켁, 억센 힘에서 벗어난 이안이 기침을 내뱉으면서도 네이필리나를 노려봤다.

"속이다니, 내가?"

그녀가 코웃음 쳤다. 이안의 광기에 주춤거리던 기디언 부부와는 달리, 네이필리나는 마치 말썽쟁이 어린아이를 대하는 것처럼 거리낌이 없었다.

그녀가 어깨를 으쓱했다.

"내가 뭘 했는데?"

"형의 비리는 네가 찾은 거였잖아! 몬테그를 등신으로 만든 건 너⋯⋯!"

"아니지, 이안. 생각해 봐."

네이필리나가 한 발 한 발 다가왔다.

"나는 그걸 세상 밖으로 내보낼 생각이 없었어."

추호도.

"그걸 마음대로 가져간 건 너였지. 심지어 난 그 도둑질도 눈감아 줬잖아?"

천연덕스러운 대꾸에 이안이 할 말을 잃고 말았다.

"내 말이 틀려?"

"⋯⋯."

네이필리나는 이번 일에서 한 번도 움직인 적 없었다. 적어도 겉으로는.

처음부터 그녀가 짜 놓은 각본 위에서 날뛰고 있었다는 걸 깨달은 이안의 얼굴이 새하얘졌다.

"너, 설마 일부러⋯⋯."

네이필리나는 대답 대신 평소와 다름없이 미소만 지을 뿐이었다.

'네이필리나 그 계집애를 절대로 믿지도, 얕보지도 말거라.'

욕망과 질투에 눈멀어 뒤로했던, 모친의 말이 뒤늦게 떠올랐다.

그러나 이미 엎질러진 물이었다. 함정에 빠졌단 걸 알았지만 다른 방법이 없었다. 그의 가족은 이미 돌이킬 수 없을 만큼 깨져 버렸으니까.

"이안 오빠, 나라면 먼저 본인 몸부터 지키겠어."

이제 너를 지켜 줄 수 있는 울타리가 아무것도 없잖아?

네이필리나가 몸을 숙여 그의 귓가에 속삭였다. 동시에 그녀의 호위가 이안의 등을 누르며 압박했다. 그녀는 내려다보고, 그는 올려다보는 비굴한 자세에 분노를 토하기 전, 눈이 마주쳤다.

"……."

상냥한 목소리와는 달리 초록빛 눈동자에 비친 한 줄기 감정은 살기였다.

아니, 예고이기도 했다. 몬테그를 치워 낸 네이필리나가 노리는 다음 타깃은 그가 될 것이라는. 목에 칼날이 놓인 것처럼 스산한 공포가 이안을 지배했다.

리안이 이안을 풀어 주자 그가 비틀비틀 자리에서 일어섰다. 긴 다리가 바람 앞의 가시나무처럼 볼품없이 흔들리고 있었다. 맹수 앞에 놓인 사냥감이라도 된 양, 그는 주춤주춤 뒷걸음질 쳤다.

결국, 몬테그가 영지로 떠난 지 얼마 되지 않아 이안 역시 마차에 올라탔다. 신전으로 가는 마차였다.

* * *

몬테그와 이안, 두 아들이 쫓기듯 수도를 떠나 버리고 중앙관은 초상집처럼 삭막한 분위기였다.

"시오르샤 마님이랑 기디언 님, 두 분 다 제대로 말도 안 하신대요."

부부는 아들들의 삐뚤어진 성장의 근거로 서로를 지목했다.

그리고 둘 중 누구도 그걸 인정하지 않았다. 차라리 샹들리에가 깨질 만큼 소리 높여 싸웠을 때가 좀 더 애정이 있었다고 볼 수 있을 지경이었다.

"두 분 이혼하실까요?"

"그럴 리가."

네이필리나가 픽 웃었다.

시오르샤가 콘체른이 주는 부와 안락함을 포기할 리도, 귀족가 주류에 포함되길 꿈꾸는 기디언이 이혼남이라는 꼬리표를 받아들일 리도 없다.

"그냥 계속 저렇게 살겠지."

적어도 겉으로는 멀쩡해 보이는 부부로. 하지만 안은 갈기갈기 찢어진 지 오래일 것이다.

'기디언 콘체른은 점점 혼자가 되어 갈 거야.'

기디언은 이 집안에서 고립됐다. 아들들이 떠났고, 아내의 마음 역시 진작에 떠나 버렸다.

'사랑이나 애정 같은 걸 우습게 생각하는 놈이니 아직까진 그 의미를 모르겠지만.'

네이필리나는 냉소를 삼켰다.

Ch 14. 미르딘

중앙관의 회색빛 분위기와는 별개로 콘체른의 다른 별관들은 평소와 다름 없이 화창한 하루를 보내고 있었다.

"여보, 이 옷 어때요? 이번에 새로 만들어 본 신상품이에요."

"늘 그랬듯 당신처럼 사랑스러운 드레스군요."

릴리엔의 의상실은 여전히 번창했고, 헨리 부부 사이에서는 여전히 핑크 빛 기류가 감돌았다.

"네이필리나! 내가 드디어 만들었어! 이 검 너에게 줄게!"

"하하. 뛰어난 인간 제자를 두는 것도 나쁘진 않은 것 같소! 이건 드워프 가 만들었다고 해도 깜빡 속겠어!"

루신다는 볼더의 도움 없이 무기를 만들어 내는 데 성공했다. 팔꿈치만 한 작은 단도였지만 백금을 도금해서 섬세하면서도 아름다웠다.

"흥, 인정하긴 싫지만 예쁘긴 하네. 엄마도 하나 만들어 주렴. 호신용으로 하나 가지고 다니게."

제시아나도 신혼여행에서 돌아왔다. 란델 후작과 집을 합치지는 않았기에, 그리움이 식지 않은 후작이 콘체른 저택의 대문 이음쇠가 닳도록 찾아오곤 했다. 물론 남사스럽다며 제시안느에게 번번이 쫓겨나곤 했지만.

그렇게 각자의 다사다난한 하루하루가 흘러갈 무렵, 콘체른 저택 앞에 낯선 손님들이 찾아왔다.

"여기가 콘체른 백작가가 맞습니까?"

그들은 로브를 깊숙이 쓰고 있어 얼굴은 제대로 보이지 않았다.

"네이필리나 콘체른 양을 찾아왔는데."

무리의 맨 앞에 있는 남자가 물었다. 로브 아래에서 흘러나오는 목소리는 깊고 풍부했다.

그의 억양은 어딘가 독특한 데가 있었다. 적어도 헬리오스 제국에선 들어본 적 없는 억양임은 분명했다. 로브 끝으로 보이는 반짝이는 은발이 신비로움을 더했다.

"아, 아가씨!"

남자의 이국적인 분위기에 압도된 문지기는 지난번과 다르게 곧바로 3별관으로 연통을 넣었다. 문지기에게 방문객의 묘사를 들은 네이필리나가 바로 응접실로 안내를 시켰다.

"안으로 들어오시지요."

달빛처럼 새하얀 바탕에 금실로 수를 놓은 로브의 무리가 콘체른 저택으로 입성했다.

"네이필리나 양?"

응접실에 들어서는 네이필리나를 본 남자가 자리에서 일어섰다. 로브에 달린 후드를 벗고 내밀어 온 그의 손을 마주 잡는데 남자가 잠깐 멈칫했다.

"……."

"왜 그러시나요?"

"아무것도 아닙니다."

하지만 그의 시선이 전보다 주의 깊게 저를 살피는 걸 알 수 있었다. 로브 안에 숨겨져 있던 남자의 모습은 놀라웠다. 웬만한 기사들을 웃도는 큰 키에 늘씬한 체격, 하얀 얼굴에 금빛 눈동자가 빛나는 은발의 미남이었다.

아니, 단순히 미남이라고만 하기엔 충분치 않았다. 남자에게선 새벽빛처럼 서늘하면서도 찬란한 분위기가 풍겼다. 그를 안내하던 콘체른의 고용인들이 다 반쯤 넋을 놓을 만큼.

'엘프.'

그녀가 기억하는 엘프들보다 좀 더 서느렇고 독보적인 분위기가 풍기는 것만 빼면 말이다.

어쨌든 네이필리나만큼은 그 분위기에 동화되지 않았다. 일단 대공을 만나면서 인간 같지 않은 상대를 대하는 데 면역이 생기기도 했고,

"백염의 숲에서 오신 건가요?"

상대의 배경을 파악한 후였으니까.

네이필리나의 말에 남자가 살짝 눈썹을 추켜세웠다. 어찌 알았냐는 물음인 것 같았다. 대답하듯 네이필리나는 귀와 소매를 차례로 눈짓했다.

남자의 은발 사이 힐끗 보이는 뾰족한 귀와 로브 소매 끝에 놓인 불 모양의 자수. 그가 빙그레 미소 지었다.

"네이필리나 양은 눈썰미가 좋군요."

"엘프를 제대로 기억하고 있는 자라면 누구든 알아차렸을걸요."

"기억이라……. 맞습니다. 우리 종족이 인간들을 떠난 지 꽤나 오래되긴 했죠."

우릴 기억하는 인간이 얼마 되지 않을 만큼. 그가 추억을 되새기듯 허공에 시선을 두었다.

"숲에서 너무 오래 머무르기도 했구요. 일이백 년이 눈 깜짝할 새 지나가 버리니……."

그가 절레절레 고개를 저었다.

"그사이 대륙이 많이 바뀌어 있더군요. 너무 지나치게 말입니다."

"……."

"샷된 것들이 오염시킨 대지가, 풀과 나무들의 비명 소리가 들립니다."

끝으로 갈수록 무거워지는 분위기를 알아차렸는지 남자가 얼른 용건을 밝혔다.

"당신이 보내 준 편지를 읽었습니다. 미르딘, 그 아이가 여기 있다던데."

'그 아이?'

친근히 부르는 게 꼭 아는 사이라도 되는 듯한 눈치였다.

"일단 앉으세요. 미르딘을 불렀으니 곧 이곳으로 올 겁니다."

그때 벌컥 문이 열렸다.

"주인님, 이안 그 새끼요! 신전에서도 지금 완전히……."

문을 열어젖히고 신이 나서 달려오던 미르딘의 발걸음이 멈췄다.

아이의 눈이 크게 떠졌다.

"아, 아빠가 어떻게 여길……."

주춤주춤 아이가 뒷걸음질 쳤다. 그리고 다시 붙잡기도 전에 쌩하니 도망가 버렸다.

"그대들의 도움이 필요하군."

하지만 남자는 전혀 당황한 것 같지 않았다. 오히려 익숙하다는 느낌이었다.

"왕이시여, 맡겨만 주십시오."

남자가 부드럽게 명령함과 동시에 목석처럼 자리하던 엘프들이 벌떡 일어나 일사불란하게 움직였다. 돌풍처럼 그들의 신형이 쏘아 나가는 방향은 미르딘이 사라진 쪽이었다.

'잠깐, 왕? 지금 왕이라 했나?'

"걱정 마십시오. 오래 걸리지 않을 겁니다."

네이필리나의 머리 위에 뜬 물음표가 보이는 것처럼 남자가 편안한 웃음을 지었다.

그의 말대로 10분이 채 지나기도 전에, 네이필리나는 미르딘을 다시 볼 수 있었다. 아이는 제물대에 오른 양처럼 엘프들에게 양팔 한쪽씩을 붙잡힌 채였다.

"도망갈 생각은 꿈도 꾸지 마십시오, 왕자님."

엘프 하나가 낮게 읊조리며 미르딘의 퇴로를 막아섰다.

"제길, 할아방탱 주제에."

"앉으렴."

소란스러운 와중에도 남자가 우아하게 명령했다. 주변의 왁자지껄한 분위기에 전혀 동화되지 않은 듯했다.

"제길⋯⋯."

입술이 댓 발 나온 채로 미르딘이 터덜터덜 걸어와 남자의 옆에 앉았다. 네이필리나의 초록빛 눈동자가 남자와 미르딘을 번갈아 응시했다.

그리고 뒤늦게 깨달았다. 두 사람이 같은 황금색의 눈동자를 가졌고, 이목구비가 꽤나 닮아 있다는 걸.

* * *

"그러니까⋯⋯ 미르딘이 당신의 아이라고요?"

"소개가 늦었습니다. 에텔레타리엘입니다."

조용히 고개를 끄덕이며 남자가 자신을 소개했다.

"그리고⋯⋯ 요정왕이시고요?"

"부족한 몸으로 일족을 이끄는 중책에 있어 부끄러울 따름이지요."

어쩐지 엘프들 중에서도 분위기가 유독 독보적이다 했다.

'이름에 리엘이 들어간다는 건, 순혈 엘프라는 거잖아?'

네이필리나는 그가 이름을 뒤늦게 밝힌 이유를 알아차렸다.

엘프들 중에서도 가장 강한, 그리고 가장 오래된 태초의 엘프 놀라드리엘의 혈통이라는 뜻이었다. 놀라드리엘의 이름이 이어지는 건 일족에서도 순혈에게만 해당된다고, 일전에 책에서 읽었던 적이 있었다.

'순혈 중의 순혈이었어.'

미르딘은 그의 자식이다.

'그래서 하프 엘프라도 엘비쉬를 만들 수 있을 만큼 능력이 강했던 거구나.'

이제서야 모든 게 빛을 밝히듯 명확해졌다.

"아빠, 여긴 어떻게 오신 거예요?"

미르딘이 불쑥 물었다. 네이필리나는 아이의 얼굴이 평소와 달리 경직되어 있다는 것을 알아차렸다.

"네이필리나 양이 편지를 보내 주었단다. 제국에 길 잃은 어린 하프 엘프 하나가 방황하고 있다고."

"맙소사."

미르딘이 머리를 감싸 쥐었다.

"주인님이 왠지 백염의 숲을 알고 있을 것 같다 생각은 했지만 제게 말도 않고 연락부터 보내셨을 줄은 몰랐어요."

"미안하지만 널 데려왔을 때 바로 보낸 거야."

거리가 까마득해서 이렇게 빨리 답을 받게 될 줄은 몰랐지만.

"……주인님, 절 보낼 생각이셨던 건가요?"

미르딘이 상처받은 눈으로 네이필리나를 바라보았다. 앳된 황금빛 눈동자에는 배신감마저 어렸다.

"……그래."

네이필리나는 굳이 부정하지 않았다. 사실이었으니까.

"어째서요? 아아, 주인님은 처음부터 내가 필요하지 않았으니까?"

'난 네가 필요 없어. 네게 요구할 것도 없고.'

'알아요. 하지만 제가 레이디를 필요로 해서요.'

쓸쓸한 눈빛을 한 미르딘이 첫 만남의 기억을 떠올리고 있다는 걸 알 수 있었다.

"하지만 난 우리가…… 그때와는 달라졌다고 생각했어요."

아이가 네이필리나와 함께한 지도 적지 않은 시간이 흘렀다. 다사다난한 일들을 겪으며 서로 간에 최소한의 애정과 신뢰가 쌓이기엔 충분한 시간이었다.

"……."

네이필리나는 멈칫했다. 이미 지나간 일을 가타부터 설명하는 건 그녀답지 않았다.

하지만.

"그땐 네가 나와 그리 오래 머무를 것 같지 않았어."

이번에는 조금 달랐다. 그녀는 좀 더 솔직해지기로 했다.

"넌 잠깐 몸을 숨길 곳이 필요했을 뿐, 얼추 정리가 되면 다시 떠날 것 같았지. 내가 네게 꽤 흥미로운 인간이기도 했을 테고."

"……."

"하지만 알다시피 헬리오스 제국은 엘프에게 그리 상냥한 곳이 아니니, 네가 좀 더 안전해지길 바랐어. 꼭 내 옆이 아니더라도 말이야."

미르딘이 멈칫했다. 잠깐 몸을 의탁할 곳이 필요했을 뿐인 듯했다는 네이필리나의 말을 감히 부정할 수 없었다.

'주인님은 그럼 그때부터 내 속셈을 알고 곁에 두신 거였어.'

미르딘은 뒤통수를 한 대 거세게 맞은 기분이었다.

"하지만 그때와는 달라요. 이제 전, 전 주인님 옆에 남고 싶어요. 주인님과 계속 같이……."

"상황은 변했고 나는 여전히 네 판단을 존중해. 하지만 그 전에."

그녀의 시선이 품위 있게 자리를 지키고 있는 요정왕과 엘프들을 힐긋 스쳐 지나갔다.

"가족들과 먼저 할 말이 있지 않겠어? 너를 위해 한걸음에 달려온 분들이잖니. 자리를 비켜 줄게."

달칵. 네이필리나가 응접실 문을 닫았다. 미르딘은 주인의 드레스 자락이 가볍게 흔들리며 문 뒤로 사라질 때까지 멍하니 서 있었다.

"좋은 인간을 만났구나, 미르딘."

네 유랑이 의미가 있었던 모양이야. 요정왕이 빙긋 웃었다.

* * *

얼마 후 다시 모인 응접실엔 엘프들과 미르딘, 그리고 네이필리나가 있었다.

"그…… 에텔레타……리엘."

태초의 요정 혈통인데 이렇게 막 불러도 되나? 네이필리나가 멈칫했을 때 요정왕이 부드럽게 웃었다.

"그냥 에텔이라 불러 주십시오."

네이필리나는 몰랐다. 인간으로서 요정왕이 사사로운 애칭을 허락하는 존재가 된다는 것의 의미를.

"미르딘에게서 그간의 얘기를 전해 들었습니다."

요정왕이 미르딘을 눈짓했다.

"네이필리나 양이 어떻게 저 아이를 구해 주었는지, 그리고 도와주었는지도요."

미르딘이 머쓱하게 머리카락을 만져 댔다.

"게다가 저희에게까지 알려 주시다니 이 고마움을 어떻게 갚아야 할지 모르겠군요."

"네이필리나 양이 아니었다면 우리 왕자님을 다시 보긴 힘들었을 겁니다."

다른 엘프들도 감사를 보냈다. 네이필리나는 고개를 저었다.

"미르딘의 운이 좋았을 뿐인걸요. 한데."

아까부터 자꾸 걸리는 단어가 있었다.

"왕자님이라뇨……?"

이 아이는, 누가 봐도 여자인데?

네이필리나는 하얀 머리에 앙증맞게 매달려 있는 작은 리본과, 귀엽게 펴져 내린 동그란 앞치마, 그리고 노란색 스커트를 내려다보았다.

"주인님! 그게!"

미르딘의 얼굴에 처음으로 당황이 짙게 서렸다. 에텔이 대신 대답했다.

"백염의 숲 엘프들은 성년이 되고 난 후에야 성별이 확실히 정해집니다. 그때까진 여자도, 남자도 될 수 있지요. 숲을 떠날 때만 해도 소년이었는데……."

에텔 역시 아들의 스커트에 시선을 돌렸다.

"굳이 따져 보자면 당신의 앞에선 소녀로 있기를 선택한 모양이군요."

"그게 아니라…… 이게 사정이 있어요."

미르딘이 울상을 지었다.

아이가 밝힌 전말은 이랬다. 빅터 앙길레라는 미르딘이 소녀인 줄 알고 집으로 데려왔다.

"그리고 놈의 감옥에서 나왔을 때도 주인님은 제가 여자인 줄 아시는 것 같더라고요."

저택에서도 아예 그를 소녀로 대하니 진실을 밝힐 겨를이 없었단다.

"그야……."

네이필리나는 기억을 떠올렸다.

예쁘장한 얼굴, 긴 머리, 가녀린 팔다리.

'착각했구나.'

"나중에라도 말하지 그랬어. 불편했을 텐데."

미르딘이 쭈뻣쭈뻣 대답했다. 얼굴이 조금 붉어져 있었다.

"근데 사실대로 밝히면 이제 주인님 머리 빗는 거…… 안 시켜 주실 거 같아서……."

"그것만 안 될 거 같니?"

옷시중 드는 것도, 다른 것도 다 금지야. 네이필리나가 짐짓 눈을 흘겼다.

"저, 그럼 여기 계속 남아도 돼요?"

하지만 미르딘의 얼굴이 되레 밝아졌다. 그는 화가 난 네이필리나가 저를 내치는 게 아닐까 두려워하고 있었기 때문이다.

"글쎄……. 에텔, 미르딘을 백염의 숲으로 데려가실 생각인가요?"

요정왕에게 물음을 던지면서 네이필리나는 낯선 감정을 느꼈다. 가슴이 조금 조여드는 듯한 이 느낌은 꼭 적을 앞에 두고 있을 때와 비슷했다.

'나는 이 아이와 계속 있고 싶은 걸까.'

영원한 건 없다는 걸 알고 있다. 시간이 흐르며 애틋해지는 친밀함의 감정이든 뭐든 간에.

한편 겨우 만난 가족을 내가 생이별시키는 게 아닐까, 하는 걱정도 있었다.

요정왕은 네이필리나를 보며 빙긋 웃었다.

"엘프의 수명은 꽤나 길답니다. 아가씨가 생각하는 것보다 훨씬 더."

그녀의 머릿속을 들여다본 것처럼, 그녀의 건조한 표정 뒤로 역시 미르딘이 떠나는 걸 원치 않는다는 걸 알고 있다는 듯이.

"하니 기다릴 수 있습니다. 자주 보지 못하는 건 아쉽지만 저 애는 아직도 이곳에 미련이 남은 것 같으니까요."

"고마워요, 아빠!"

미르딘의 얼굴에 함박웃음이 번졌다. 요정왕이 흐뭇하게 미소 지으며 자리에서 일어났다.

"나는 이만 돌아가야겠다. 너 때문에 숲을 너무 오래 비웠어."

그가 우아한 몸짓으로 손짓했다.

"아힐."

"예, 전하."

요정왕의 뒤에 서 있던 다른 엘프가 작은 나무 궤짝을 들고 나왔다.

"이건, 아이를 돌봐 주신 데 대한, 그리고 앞으로도 미르딘을 잘 부탁드린다는 뇌물입니다."

안에는 푸른 액체가 담긴 약병 수백 병이 들어 있었다.

"이건 로, 로열 엘릭서잖습니까!"

때마침 함께 자리한 헨리의 보좌관 제임스의 눈이 튀어나올 듯 커다래졌다.

황실도 서너 병 가지고 있는 게 고작인 로열 엘릭서가 이렇게 많다니!

"이건 너무 과해요. 저는 대가를 바라고 미르딘을 구한 게 아닙니다."

네이필리나는 궤짝을 선뜻 받아 들지 않았다. 이건 꼭 미르딘을 두고 거래하는 기분이었다.

"하지만……."

그때 엘릭서 병 위에 뿌려져 있는 푸른 잔꽃들이 눈에 들어왔다. 싱싱해서, 아직도 풀내가 가득 났다.

"잠깐 모두 나가 봐."

"하지만 주인님, 저는……."

"호위들도 함께 부탁할게요."

옆에 있겠다는 미르딘과 요정왕의 호위들도 억지로 내보내자 방 안에 네이필리나와 에텔, 두 사람만 남았다.

"모두를 물리고 무슨 이야기를 하실지 궁금해지는군요."

"에텔, 엘릭서를 대량으로 만들어 보실 생각은 없으세요?"

"엘릭서를 말입니까?"

요정왕은 경계하는 기색을 보였다. 네이필리나가 고개를 저었다.

"로열 엘릭서는 엘프들의 무기지요. 그걸 건드릴 생각은 없어요."

그 희소성이 지켜졌을 때만이 비로소 온전한 가치를 발휘할 테니까.

"대신, 약효를 낮춘, 그래서 일반 사람들도 쉽게 접근할 수 있는 엘릭서를 개발하면 어떨까 싶어요."

콘체른 영지에서 우물가에 핀 이단바들이 블랙 티어로 오염된 물을 희석시켰던 것처럼 말이다.

"좋은 제안이지만, 왜 우리 일족의 비기를 쓰면서까지 그 엘릭서를 만들어야 하는지에 대한 의문은 드는군요."

에텔이 지적했다.

"중간 대륙의 대지가 오염됐다고 하셨죠? 에텔이 말하는 삿된 기운이 혹 이건 아닌가요?"

'삿된 것들이 오염시킨 대지가, 풀과 나무들의 고함 소리가 들립니다.'

네이필리나는 탁자를 짚으며 검지 끝으로 블랙 티어의 기운을 내보냈다. 파스스-! 그녀의 검지가 닿은 부분만 부식되어 바스러졌다.

"아까 그래서 놀라신 거죠? 에텔이 말하는 삿된 게 제 몸에도 흐르고 있으니까."

"하하, 일단 네이필리나 양이 나를 계속 놀라게 하고 있다는 사실은 맞습니다."

잠시 멍해졌던 에텔이 헛웃음을 내뱉었다. 그가 이마를 쓸어 올렸다. 반짝이는 머리가 죽 뻗은 검지 사이로 부드럽게 물결쳤다.

"소멸되었어야 할 힘이 왜 그대의 안에서 살아 숨 쉬는지, 왜 그대가 선택된 건지 나는 모릅니다."

하지만.

"이 대륙에서 가장 오래된 것을 꼽으라면 단연코 나일 겁니다. 그러니 정답에도 내가 가장 근접할 테지요."

그가 돌연 동문서답을 했다. 네이필리나는 가만히 그 말을 들어 주었다.

"이 땅의 그 누구보다 오래 보았고, 또 들었어요. 이미 삭고 낡아 버려 그 대들이 아직 모르는 진실까지."

엘프의 하얀 손가락이 뻥 뚫린 탁자의 흠집을 매만졌다.

"네이필리나 양의 안에 있는 건 삿된 기운이 아닙니다. 그건, 디온의 원력(原力)이죠. 그가 놓친 마물의 것이 아니라."

아아. 그가 잠시 잊어버렸다는 듯 눈을 찡긋했다.

"이 땅에선 마물이 아니라, 디에라라고 부르던가요?"

"……전 디에라의 기운을 흡수할 수 있어요. 흡수한 걸 밖으로 내보낼 수도 있고요."

네이필리나가 홀린 듯이 고백했다.

요정왕에게서 흘러나오는 신비한 기운들이 그가 하는 말이 진실이라고 말해 주고 있었으니까.

"그렇죠. 디에라의 힘도 원래는 디온의 것에 불과합니다. 주인이 오면, 빌린 건 토해 놓아야 하는 게 이 세상의 이치인 법."

디에라의 의사와 상관없이 강제적으로 기운이 네이필리나에게 밀려들었던 이유였다.

"하지만 오염된 힘이지요. 바로 받아들이긴 쉽지 않았을 텐데, 몹시 고통스럽지 않던가요?"

에텔이 네이필리나를 보며 동정의 눈빛을 보냈다. 그녀는 처음 디에라의 힘을 흡수했던 때를 떠올렸다. 살갗이 다 터지고 폭발하는 것만 같던 생생한 아픔이 아직도 선연했다.

"괜찮아요. 참을 만했어요."

"네이필리나 양은 강한 사람이군요."

그녀는 잠시 입술을 깨물었다. 제가 강해서가 아니었다. 고통을 견딜 수 있었던 건 그 남자, 스카가드 앙헬의 도움이 있었기 때문이었다.

그때 요정왕이 입을 열었다.

"하지만 무조건 참는 것만이 능사는 아니지요. 고통을 경감할 방법이 있긴 합니다."

"그런 방법이…… 있다구요?"

"디온이 마물을 봉인할 때 부리던 사냥꾼이 있습니다. 그 어떤 종족보다 강인하고 기민해서 이 대륙을 떠나기 전까지 늘 함께했지요."

디온이 대륙을 떠났어도 사냥꾼은 여전히 남아 있었다고 했다.

"그를 찾으세요. 그의 피가 오염된 힘을 정제하는 데 도움을 줄 겁니다."

"그가 아직…… 대륙에 살아 있나요?"

"아니요. 하지만 그의 대는 계속해서 이어져 왔습니다."

고난과 아픔을 견디면서 살아남고 있지요. 그가 덧붙였다. 네이필리나가 멈칫했다.

"디온의 사냥꾼에게 흐르는 순혈이어야 합니다. 그래야 온전한 쓰임을 발휘할 수 있으니까."

"……."

"내 조언은 여기까집니다."

말을 마친 에텔이 자리에서 일어나려 했다.

"잠깐만요. 아직 엘릭서에 관한 이야기는 끝나지 않은걸요."

"……."

"제 힘만으로는 디에라를 정화하긴 부족하다는 걸 당신도 알고 계시잖아요."

네이필리나 혼자서 모든 블랙 티어를 빨아들일 순 없다. 그녀는 신이 아니니까.

"대륙이 무너지면, 백염의 숲도 온전하지 못할 거예요."

네이필리나는 에텔에게 그가 인정하고 싶지 않을 사실을 일깨워 주었다. 그녀는 로열 엘릭서 병들 위에 흩뿌려져 있는 푸른 잔꽃송이들을 들어 올렸다.

"이단바가 있으면 블랙 티어의 힘을 중화시킬 수 있어요."

에텔이 고개를 저었다.

"그렇다 해도 백염의 숲에서 나는 이단바로는 그 엄청난 양을 충당할 수 없습니다. 숲이 전부 말라 버릴 거예요."

"그건 걱정 마세요."

이단바가 피는 건 백염의 숲만이 아니까.

"이 꽃들이 대량으로 피는 곳을 알고 있어요."

네이필리나는 이단바꽃으로 뒤덮인 콘체른 영지를 떠올렸다.

"미르딘에게 확인하셔도 좋아요. 그 아이도 함께 봤으니까."

"……내 눈으로 보고 확인하겠습니다."

백염의 숲으로 돌아가기 전, 에텔은 엘프들과 콘체른 영지에 들르기로 했다. 네이필리나의 말대로 이단바의 재배 가능성을 확인하고 난 뒤 엘릭서 제작을 돕겠다는 거였다.

"이건 내 종족의 생존 때문만은 아닙니다."

에텔이 덧붙였다.

"중간 대륙에 아직도 인간다움을 잃지 않은 이가 있다는 걸 발견한 데에 대한 기쁨이라고 생각해 주세요."

그리고 그가 수도를 떠나고 며칠이 지난 후.

"주인님! 아빠가 편지를 보냈어요!"

엘프어로 적혀진 양피지에는 로열 엘릭서의 제작법이 적혀 있었다.

'그냥 엘릭서가 아니라 로열 엘릭서라고?'

요정왕이 보낸 뜻밖의 선물을 제 눈으로 보고도 네이필리나는 어안이 벙벙했다. 투명 잉크로 적힌 데다 이중 마법이 걸려 있어 미르딘의 피로 인증을 해야만 제대로 내용을 읽을 수 있었다.

엘프들이 이 제작법을 얼마나 귀중히 여기고 있는지 알 수 있는 대목이었다.

"제작은 전적으로 미르딘 네가 맡아 주렴."

"걱정 마세요, 주인님! 제가 백염의 숲에서 나오는 것보다 더 뛰어난 품질로 만들어 볼게요."

그럼 대륙 최고의 부자가 되는 건 시간문제라며, 아이가 신이 나서 중얼거렸다.

"아니, 이건 팔지 않아. 판매용이 아니란다."

네이필리나가 고개를 저었다. 요정왕 역시 그 사실을 예상하고 기꺼이 제작법을 내어 준 것일 테다.

"그럼요?"

"그냥…… 혹시 모를 사태에 대비하는 것뿐이지."

'만일의 미래를 대비하기 위한 하나의 방책일 뿐이야.'

성국이 블랙 티어를 전부 풀어 버리거나, 미쳐 날뛰는 디에라들이 세상에 퍼질 때를 대비한. 성국과 기디언의 몰락을 바라면서도 네이필리나는 진정으로 염원했다.

지금 그녀의 불안이 그저 기우가 되기를.

Ch 15. 마담 포프리

1황녀궁.

"……."

네이필리나와 1황녀 세피니아가 마주 앉았다. 아직 탁자 위에 있는 차가 식기도 전이건만 응접실에선 싸늘한 공기가 흘렀다.

"부황의 눈 밖에 날 뻔한 레클란을 위기에서 구해 주었다지."

1황녀와의 독대는 영지에서 돌아온 이후로 처음이었다.

"그 대가로 그대의 사촌 오빠를 구명해 달라 부탁했다니, 그 아이와도 거래를 시작한 건가?"

"전하."

"내가 고작 몬테그 콘체른 하나 빼내지 못할 거라 생각할 리는 없을 테고."

"……."

"아니면 그대가 선택한 이가 내가 아닌 그 애라고 받아들이면 되나?"

세피니아의 목소리는 자못 차가웠다. 실망한 것 같기도 했다.

"레클란이 하루가 멀다 하고 콘체른 저택으로 서신을 보낸다지. 그대가 아주 마음에 들었나 보아."

세피니아의 얼굴에 창백한 쓴웃음이 떠올랐다.

네이필리나 콘체른을 갑자기 손안의 진주처럼 대하는 레클란의 갑작스러운 태세 전환을 이해 못 할 일은 아니다. 저 역시 눈앞의 소녀를 놓지 못하고 절절거리고 있는 입장이 아니던가.

"전하, 무슨 오해를 하시는지 모르겠습니다. 저는 그저……."

네이필리나의 말을 자르고 세피니아는 손으로 탁자를 내리쳤다.

"지금 세상 사람들은 다 그대가 레클란의 편에 선 줄 알아."

쿵. 짧지만 둔탁한 소음이 응접실을 울렸다.

"내가, 이 세피니아 힐데가르드 헬리오스가 닭 쫓던 개처럼, 콘체른을 바라보고 있다는 소문이 돌고 있으니 말일세."

자존심 강한 세피니아가 제 입으로 말을 꺼낼 정도면 꽤나 오래 참았다는 뜻이 될 테다. 네이필리나가 영지에서 돌아온 뒤로도 제법 시간이 흘렀으니까.

"전하, 진정하시지요."

약혼자인 로잔 기사단장이 다가와 세피니아의 어깨를 그러쥐었다. 하얀 정복이 잘 어울리는 단정한 미남의 얼굴도 굳어 있었다. 네이필리나의 행보를 보아 2황자를 지지한다고 여기는 듯했다.

네이필리나는 그를 잠깐 바라보다가 입을 열었다.

"그렇지 않을 겁니다. 말씀드렸듯 콘체른은 어느 누구와도 척을 지지 않으니까요."

"하, 자신만만하군. 그 말을 어찌 증명할 텐가?"

세피니아 황녀는 신중하면서도 권위적인 사람이다. 네이필리나가 저와 레클란과 사이를 오가는 데서 느끼는 긴장감을 그녀가 언제까지나 버텨 낼 순 없을 것이다.

"전하와 로잔 단장님의 약혼식이 얼마 남지 않았지요."

네이필리나는 그 신경 줄이 끊어지기 전, 주력을 쥐여 주었다.

"약혼식의 시작부터 끝까지 드는 모든 비용을 제가 대겠습니다."

"뭐?"

세피니아의 아름다운 눈이 커졌다. 황실 행사 하나를 치르는 데는 어마어마한 예산이 들어간다. 하물며 그게 약혼식이고 그 주인공이 다음 황위의 유력 계승인인 1황녀라면?

"함부로 던지는군. 자네 가문이 폭삭 내려앉을 수도 있네."

"전하, 제 성을 잊으신 건 아닐 테지요."

하지만 그녀는 콘체른이다. 헬리오스의 마르지 않는 황금의 가문.

"하. 그래, 최근 금광을 다시 개발했다더니, 돈 쓸 곳이 넘쳐나나 보군."

세피니아는 다시 놀람을 숨기고 평온을 가장한 표정으로 대답했다.

"써 달라는 곳은 많겠지만, 진정 쓸 수 있는 곳은 한정적이라서요."

"하여 대가는? 그대의 거래는 늘 주고받음이 따르지 않는가."

네이필리나는 고개를 저었다.

"이번에는 아무것도 주실 필요가 없습니다. 전하를 위해 제가 드리는 개인적인 선물이라 생각해 주십시오."

"선물이라 가볍게 말하기엔 규모가 너무 큰데."

"소중한 거래처에 대한 투자라면 아깝지 않습니다."

"……."

아무렇지 않은 얼굴로 말하지만, 황족 약혼식의 모든 비용을 댄다는 건 웬만한 담력이 아니면 할 수 없는 일이다. 이건 그만큼 세피니아가 네이필리나 콘체른에게 중요한 상대라는 뜻이 될 테다.

"그대는 미쳤어."

세피니아가 혀를 내두르며 고개를 절레절레 저었다. 그러나 전과 달리 표정에서 온풍이 감도는 걸로 보아 마음이 풀어졌다는 걸 느낄 수 있었다.

"그래도 말해 보게. 내 보답하고 싶어서 그러니."

"그렇다면……."

네이필리나는 생각에 잠기는 척 잠시 뜸을 들이다 대답했다.

"약혼식을 준비함에 있어 저희 콘체른 가문의 문장을 사용하는 걸 허해 주십시오."

"문장이라?"

"제가 바라는 건 그것뿐입니다."

그녀가 바라는 결과 역시 분명했다.

약혼식 날, 곳곳에 박혀 있는 콘체른의 문장을 보게 되면, 모두 알게 될 것이다. 1황녀의 약혼식을 후원하는 게 누군지 말이다.

'지난번 가짜 와인 사건으로 떨어진 평판도 회수하는 게 좋겠고.'

콘체른 상단이 여전히 황실과 함께할 만큼 건재하다는 의미가 될 터.

'약혼식 자체가 걸어 다니는 광고판이나 다름없지.'

네이필리나는 처음부터 가문의 문장만을 요구할 생각이었다.

'약혼식비는 내 선에서도 충분히 댈 수 있어.'

가주의 손을 빌릴 필요도 없었다. 이제 그녀의 재산 역시 차곡차곡 쌓이고 있었기에.

게다가 금광까지 재개발되며 그녀의 자산은 기하급수적으로 늘었다.

"문장이라, 하하! 그건 나도 생각지 못했군. 획기적인 발상이야."

세피니아가 웃음을 터뜨렸다.

"그러니까…… 나도, 레클란도 결국 그대의 가문을 위한 체스 말이 되는 건가?"

세피니아 역시 네이필리나의 요구가 의미하는 바를 알아차렸다.

"그럼에도 거부하기엔 너무 달콤한 걸 내밀었어. 발칙하기 그지없긴."

네이필리나가 나서 주니 그만큼 세피니아의 약혼식을 준비해야 하는 1황녀파의 부담이 줄어든다.

게다가 제국 최대의 상단을 등에 업고 준비하는 약혼식이니 그 규모나 화려함은 보장된 터. 1황녀 쪽에선 손 안 대고 코 푼 격이니 거부하기도 어렵다.

후원자가 제 가문의 문장을 박아 제공한 건 처음이긴 하지만, 약혼식의 준비는 오롯이 1황녀의 재량이니 문장 하나 박아 주는 게 어려운 일도 아니었다.

게다가 콘체른이 스타트를 끊고 나면, 비슷한 선전을 노리는 다른 귀족들까지 끌어모을 수 있으니 어딜 봐도 1황녀에겐 득이었다.

'아마 이 소녀는 그것까지 계산해서 내게 요구하는 것이겠지.'

상대에게 철저하게 마음의 빚을 지우면서도 제 몫의 빚은 남겨 두지 않는 게 노련하기 그지없었다.

"말도 안 되는 말씀이십니다. 제가 어찌 감히요."

화들짝 놀라는 척 어깨를 떨며 네이필리나가 공손히 머리를 숙였다.

"그래, 그런 노련한 순진함마저 마음에 드네. 네이필리나, 나는 그대가 자꾸 탐이 나."

그러니 내 사람이 되라니까.

네이필리나를 보며 세피니아가 한숨을 내쉬듯 말했다.

"저로서도 쉬운 결정은 아니었습니다."

네이필리나가 농을 던졌다.

"제 손을 내어 드렸는데 이제 몸통까지 가지려 하시다니. 너무하시네요, 전하."

"난 진심일세. 정말 그대가 필요하다고."

세피니아가 쓴웃음을 지었다. 아름다운 얼굴에서 고고함이 걷히고 날것의 초조함이 설핏 드러났다.

드문 일이었다.

"대공까지 떠나고 나면 그들은 본격적으로 달려들겠지. 이 드넓은 궁에 내가 안심할 수 있는 상대는 없어."

명실상부 중립인 대공을 제 편이라 말할 수는 없다. 오히려 스카가드 앙헬은 헬리오스 황실에게 공통의 적 같은 존재였다. 언제 저 맹수에게 목덜미를 물릴까 전전긍긍하면서 눈치를 보느라, 저희 밥그릇 싸움마저 잠시 소강시켜 버리는 그런 존재 말이다.

확실한 건 대공이 떠나고 나면, 가까스로 유지되고 있는 지금의 중립 상태는 언제 깨질지 모른다는 거다.

"떠나⋯⋯다니요?"

세피니아가 한숨 쉬듯 내뱉은 말 속에서 이질적인 단어가 들렸다. 네이필리나가 멈칫했다.

"대공 전하께서 어디로 가시나요?"

"아아, 듣지 못했나?"

세피니아는 대수롭지 않게 말했다.

"그럴 만도 하지. 며칠 전 급보가 왔으니 수도에 퍼지긴 아직 이르겠군."

세피니아는 헬리오스의 서쪽 국경인 폴리모스 지역에서 민란이 일어났다고 말했다.

"폴리모스는 예로부터 중범죄자들을 유배시키는 곳이었잖나. 뒤를 받치는 산맥엔 오크 같은 사나운 몬스터가 득실거리고."

그래서 영지민들을 유독 더 혹독하게 굴리는 걸로 악명 높은 곳이었다.

"거기서 반란이 일어났단 말입니까?"

"그래. 간수들과 영주의 횡포를 더 이상 참지 못하겠다며 일어났다지. 석 달 만에 영주의 목이 잘려 내걸렸다는구나."

수도에선 성벽에 영주의 목이 걸릴 때까지 반란이 일어났는지도 몰랐던 실정이었다.

범죄자들로 이루어진 반란군들이 언제 세를 불릴지 모르는 일이라 황실에서도 촉각을 곤두세우고 있었다.

"모두 눈치만 보고 있는데 대공이 자원했지. 폐하로서는 앓는 이를 뺀 듯한 기분이실 거야."

반란군과 보기 싫은 북부군 둘 다를 소모시킬 수 있으니 황제로서는 대번에 허락이 떨어졌다고 했다.

* * *

1황녀궁을 나온 네이필리나는 화창한 하늘을 올려다보았다.

"콘체른 양, 괜찮습니까?"

머리가 조금 멍한 게 따갑게 내리쬐는 햇살 때문일까, 아니면 조금 전 1황녀궁에서 들었던 말 때문일까.

'듣지 못했나? 대공이 자원했지.'

마차 타는 곳까지 그녀를 에스코트하란 명을 받은 로잔 기사단장이 순간 휘청하는 네이필리나를 붙잡았다. 그가 아니었다면 길의 턱에 걸려 하마터면 나동그라질 뻔했다.

"잠깐, 다른 생각을 하느라 미처 보지 못했네요. 감사합니다, 경. 하지만 전 괜찮답니다."

"안색이 좋지 않습니다."

네이필리나는 싱긋 웃어 보였지만 아까부터 제 안색이 회색빛인 건 깨닫지 못했다.

"콘체른 양에게 무슨 일이라도 생기면 제가 전하께 혼이 날 겁니다. 의원을 보고 가시지요."

단장은 1황녀의 주치의를 부르려 들었다. 네이필리나가 손을 내저으며 만류했다.

"그럼 콘체른 양의 시녀라도 부르겠습니다. 잠깐 기다리시지요."

입궁할 때 호위로 데리고 왔던 리안을 말하는 듯했다. 황녀와의 독대를 위해 그녀를 두고 왔다. 아마 마차에서 그녀가 기다리고 있을 것이다.

'리안은 그 사람의 수하지.'

리안도 그가 떠난다는 걸 알고 있었을까?

'착각하지 마. 대공과 나는 같은 편이 아니야.'

서로의 이득을 위해 함께하는 협력 관계일 뿐이다. 각자에게 들키고 싶지 않은 비밀이 있고, 그걸 파헤칠 자격은 주어지지 않았다.

'어찌 됐든 지금은 조금 피하고 싶어.'

1황녀를 상대하느라 온 신경을 써서 그런지 머리가 무겁고 목이 뻐근했다. 네이필리나는 혼자만의 생각 정리가 좀 필요하다고 느꼈다.

"사실은 약혼식이 열릴 정원의 부지를 좀 둘러보고 싶어서요."

약혼식 예산의 규모를 파악한다는 핑계를 대자 로잔 단장이 고개를 끄덕였다.

"그렇다면 저 기사가 안내해 드릴 겁니다. 에릭."

"예! 걱정 마십시오, 단장님!"

네이필리나가 낯선 황궁에서 길이라도 잃을까 걱정이 됐는지, 로잔 단장은 젊은 기사 하나를 딸려 보냈다.

에릭은 예의 바르고 배려심이 깊은, 그렇기에 다소 말이 많은 기사였다.

"로잔 단장님이랑 우리 전하, 정말 잘 어울리지 않습니까? 콘체른 양도 그렇게 생각하시지요?"

"저기서부터 주단이 깔리는 거지요? 행사의 상징 색은 정하셨습니까? 혹시 제가 하나 추천해 드려도 될까요?"

"이곳이 황실 정원입니다. 중앙에 있는 분수를 중심으로 동서남북으로 피어 있는 꽃들은 제국의 각 지방을 뜻하는……."

"경."

"예, 콘체른 양! 뭐든 분부하십시오. 콘체른 양이 불편함이 없게 모시라는 전하의 명이 있었답니다!"

초롱초롱한 눈으로 저를 내려다보는 어린 기사에게 네이필리나가 부탁했다.

"햇볕을 쬤더니 조금 어지러워서요, 죄송하지만 차가운 물을 좀 가져다주실 수 있을까요?"

저는 여기서 기다릴게요, 하며 그녀가 살짝 분수대에 걸터앉았다.

"물론이지요!"

에릭은 고개를 끄덕이며 자리를 떴다. 네이필리나는 빠르게 멀어지는 기사의 뒷모습을 말없이 지켜보다가 고개를 들었다. 그녀의 심란한 심리 상태와는 달리 오늘 하늘이 유독 화창했다.

"……."

쏴아아아. 백색 대리석의 분수대에서 힘차게 물이 치솟았다.

네이필리나는 포물선을 그리며 흩어지는 분수대의 물줄기를 멍하니 응시했다. 차가운 물이 흩뿌려지며 무지개를 만들어 내는 걸 보다가 일어섰는데,

"이런, 선객이 있었군."

기다렸다는 듯 그녀에게 다가오는 인물과 마주쳤다.

"헉, 헉. 콘체른 양, 조금만 기다리실…… 허억!"

차가운 물을 길어 네이필리나에게 달려가려던 에릭이 멈칫했다. 저 멀리서 네이필리나에게 접근하는 화려한 붉은색 드레스.

주디테 황비였다.

"황비가 왜…… 지금은 산책하는 시간도 아닌데?"

에릭이 주춤주춤 뒷걸음질 쳤다.

"큰, 큰일 났다! 빨리 황녀 전하께 알려야겠어!"

저로서는 도저히 저기서 네이필리나 콘체른을 빼 올 수 없다. 에릭은 곧바

로 등을 돌려 1황녀궁으로 달렸다.

* * *

'왜 하필…… 아까 그냥 돌아갔어야 했어.'

하필 여기서 황비와 마주칠 게 무언가.

네이필리나는 조금 전의 자신을 후회했으나 이미 엎질러진 물이었다. 이제 와서 피하기엔 이미 황비의 눈에 띈 후였다.

"네이필리나 콘체른, 제국의 서쪽 영광을 밝히는 빛을 뵙습니다."

주디테 황비를 마주한 네이필리나는 말간 얼굴 뒤로 당황을 감추고 무릎을 굽혔다.

"아아, 콘체른의 막내 아이구나."

그녀가 부채를 펼쳤다.

"잠시 말동무가 필요해. 그대가 함께해 주었으면 하는데, 실례는 아니겠지?"

'아니요. 아주 실렌데.'

하지만 여기서 곧이곧대로 말할 수는 없다. 네이필리나가 미소를 걸쳤다.

주디테 황비는 장성한 아들을 두고 있는 여인이라고는 믿을 수 없게 아름다웠다. 화려한 꽃이 만개한 듯, 코끝에 앙증맞게 자리한 작은 점이 요사스러운 미모의 정점을 찍었다.

"물러가 있으렴."

황비가 뒤의 시녀들에게 지그시 눈짓하자 그들이 스스슥 뒷걸음질 쳤다. 아름다운 꽃밭을 배경으로 네이필리나와 주디테, 둘만 남았다.

"잠시 걸을까."

네이필리나는 공손히 허리를 숙이고 황비의 드레스 자락을 뒤따랐다.

정원을 거니는 내내 황비는 아무 말도 없었다. 그저 마실을 다니는 것처럼 가볍게 노닐 뿐이다.

'도대체 무슨 생각을 하고 있는 거지.'

이 황궁에서 제일 위험한 여자를 말하라면 네이필리나는 단연코 눈앞의 황비를 꼽을 것이다. 아름다웠으나 어쩐지 똬리를 튼 검은 뱀을 떠올리게 했다.

'내게서 뭘 원하는 걸까.'

둘만 남겨진 게 우연이라고 생각할 만큼 그녀는 순진하지 않다. 더군다나 지금이라면 황비는 이미 제 행적들을 전부 파악한 지 오래일 터. 네이필리나는 경계심이 겉으로 드러나지 않도록 노력했다.

"생사를 오갔다던데."

우아하게 걷던 주디테 황비가 먼저 입을 뗐다. 하늘을 걷고 있는 것 같은 어쩐지 몽롱한 목소리였다.

"호수에 빠졌다지?"

'언제 적 이야길 하는 거야.'

예상과는 달리 황비는 뜬금없는 화제를 꺼냈다.

"예, 황비 전하."

"호수가 꽤나 깊었다 들었는데, 어떻게 빠졌던 건지 기억하니?"

"아아……."

모른다. 처음 이 몸에 들어왔을 때의 기억을 되새겨 봐도 호수에 빠지던 순간의 기억만큼은 흐릿했다.

"제가 깨어난 이후로는 그 전의 기억이 잘 나지 않는 터라……."

"그래?"

황비의 목소리가 잠깐 희열에 찬 듯 일렁였다.

"누굴 보았거나 만나진 않았고?"

대화는 황비가 묻고 네이필리나가 답하는 식으로 이어졌다.

"사고 전의 기억도?"

"네. 의원의 말로는 충격 때문에 일정 기간의 기억이 통째로 소실될 수도 있다고 하더군요."

일단은 기억하지 못하는 걸로 답해 두어야겠다. 네이필리나가 담담한 표정 뒤로 생각을 숨겼다.

"정말이니?"

"어찌 전하의 앞에서 거짓을 고하겠습니까."

"……."

황비는 그 이후로는 아무 질문도, 대답도 하지 않았다.

또 살얼음 같은 침묵이 한동안 흘렀다. 네이필리나는 조용히 그녀의 뒤를 따라다니기만 했다.

얼마나 걸었을까. 붉은 장미 덩굴 아래서 황비가 발길을 멈추었다.

"……때때로 제 땅이 아닌 곳에 피는 것들이 있단다."

황비는 장미밭에서 뻗어 나온 덩굴이 근처의 석상을 휘감은 모습을 올려다보았다.

가녀린 하얀 손이 만발한 장미 하나를 툭 꺾었다. 가시가 푹 박히며 황비의 손가락에 핏방울이 맺혔다.

'손끝이…… 파래? 줄기의 풀물이 든 건가?'

손톱 아래 옅은 푸른빛을 띠고 있는 하얀 살은 찰나처럼 지나가 버렸다. 네이필리나의 동물적인 눈썰미가 아니었다면 알아보지 못했을 거다.

"적절한 시도, 때도 모른 채 아무 데서나 피는 것들은 꺾어 내 버려야 하지. 어떤 희생을 치르더라도 말이야."

"……."

"어떻게 생각하느냐?"

"현명하시다고 생각합니다."

황비가 몸을 돌려 네이필리나를 물끄러미 쳐다보았다. 깊이를 알 수 없는 시선이 저를 조용히 탐색하는 게 느껴졌다. 꼭 그녀의 반응을 살피기라도 하는 듯.

'황비가 나를? 왜?'

그녀의 아들인 레클란을 간 보는 게 거슬렸나? 아니다. 이건 그것과는 약간 궤가 다른 관심처럼 느껴졌다.

"재미있는 아이로구나. 레클란이 관심을 둘 만해."

황비가 피식 웃었다. 짙은 장미가 꽃망울을 터뜨리듯 농염한 웃음이었다.

하지만 그 웃음 사이로 묘한 분노가 느껴졌다. 저를 관찰하는 것 같기도, 거슬려하는 것 같기도 했다. 어느 하나 확신할 수 없는 기묘한 반응에 네이필리나는 저도 모르게 등을 곧추세웠다.

"내 궁으로 가자꾸나. 좀 더 대화하고 싶으니."

말이 끝나기가 무섭게 퇴로를 막듯 네이필리나의 뒤로 시녀 두 명이 서는 게 느껴졌다.

'안 가겠다고 말하면 잡아가기라도 할 분위기잖아?'

하지만 황비 궁에 갔다가 쥐도 새도 모르게 사라진 사람들이 얼마나 많던가. 물론 대놓고 죽이진 않겠지만 방심할 수 없는 상대라 긴장을 늦출 수 없었다.

차락. 황비는 네이필리나의 대답도 기다리지 않고 바로 몸을 돌렸다.

"따라오지 않고 무얼 하니."

가만히 서 있는 그녀를 재촉까지 했다.

'어쩔 수 없나.'

한낱 백작 영애가 황비의 명을 거절할 수 있을 리 없다. 에릭이 부디 이 상황을 보고했길 바랄 뿐이었다.

지금으로선 황비에게서 그녀를 빼내 줄 수 있는 건 1황녀나 2황자 정도니까.

한숨을 삼킨 네이필리나가 발걸음을 내디디려는데, 갑자기 손이 쑥 당겨졌다.

"어쩝니까, 그렇겐 안 되겠는데."

느긋한 목소리가 울려 퍼졌다.

고개를 숙이고 있던 네이필리나는 제 발밑으로 지는 짙은 그림자를 알아차리고 고개를 들었다. 화창한 날씨나 만발한 꽃, 푸른 잔디와는 전혀 어울리지 않는 이질적인 존재가 서 있었다.

"앙헬 대공이 여기 어쩐 일로."

황비의 목소리에 처음으로 당황함이 실렸다.

검은 그림자가 더 커졌다. 좀 더 정확하게는 네이필리나 쪽으로 가까워진 거였다.

하지만 압도적인 체격을 자랑하는 대공의 작은 움직임이 황비의 시녀들에 겐 몹시 위협적으로 느껴진 모양이다.

"무례합니다! 전하로부터 물러서십시오!"

기사들이 달려와 황비의 앞을 가로막았다. 칼부림이 나기라도 한 것처럼 그들의 얼굴에 경계가 한껏 섰다. 아니, 대공을 마주하며 얼굴에 짧게 스쳐 지나간 건 한 줌의 공포인지도 모르겠다.

"참으로 하찮은 호위를 두셨습니다, 황비 전하."

말끝에 피식거리는 가벼운 웃음이 담겼다. 마치 비웃는 것처럼.

"아직…… 내 물음의 답을 하지 않았습니다, 대공."

"여기 있는 아가씨에게 볼일이 있어서요."

"콘체른 양에게 말입니까? 그대가요?"

네가 얠 볼 일이 뭐가 있어서? 믿을 수 없다는 듯, 황비의 아름다운 눈매 가 가늘게 좁혀졌다.

"어째서?"

대공은 싱긋 웃을 뿐이었다. 그 평온한 기색이 황비의 자존심을 상하게 한 것 같았다.

"대답하세요!"

"내게 대답을 명할 수 있는 분은 단 한 분뿐이십니다. 황비께서 모르시지 않을 텐데요."

황제의 앞이 아니고서는 누구에게도 굽히지 않겠다. 대공이 암시하는 바 는 명확했다.

"비전하의 물음은 폐하도 그리 궁금해하지 않으실 듯한데."

황실에 남아 있는 유일한 아들이며, 강력한 차기 황제 후보자인 2황자의 어미이자 황제의 총애를 등에 업고 있는 주디테 황비였다.

그녀 앞에서 이렇게 건방진 소리를 내뱉을 수 있는 이는 정말로 손꼽혔다.

실로 대쪽 같은 오만함이었다.

"……."

주디테가 주먹을 꽉 쥐었다. 얼굴이 울긋불긋 달아올랐다.

네이필리나는 구름 위에 있는 것처럼 거리감이 있던 황비가 앙헬 대공 앞에서 이토록 인간적인 모습을 드러내는 데 놀랐다.

심지어 황비는 대공보다 나이가 많은데도 말이다. 그녀가 처음 황제의 여인으로 궁에 들어왔을 때 대공은 고작 서너 살배기 아이였으니까.

분위기와 몇 마디 말로 그녀를 무자비하게 깔아 누를 수 있는 대공이 대단한 걸까, 아니면 감정을 감추지 못하는 황비가 미숙한 걸까.

"선약이 있다 하니 어쩔 수 없지요."

황비는 물러났다.

"콘체른 양."

"예, 전하."

"즐거운 시간이었다. 또 보자꾸나."

"영광입니다."

네이필리나는 대답 대신 허리를 깊게 숙였다. 등에서 식은땀이 흘러내렸다.

황비는 우아하게 뒤돌아 나갔다. 그러나 분노를 전부 감추지 못한 듯, 그녀의 드레스 자락이 거칠게 흔들렸다.

"……."

"간도 크군. 용감한 건가, 멍청한 건가."

멀어지는 황비를 보며 앙헬 대공이 낮게 내뱉었다.

"뱀 같은 여자야. 너 같은 병아리는 순식간에 가죽을 벗겨 삶아 먹는."

말을 해도 참.

네이필리나의 얼굴이 똥 씹은 것처럼 변했다. 대공이 제 턱을 들어 올리기 전까진.

"그대는 별로 먹을 것도 없지만."

대공의 시선이 그녀의 눈을 지나 오뚝한 코, 톡 튀어나온 볼, 그리고 입술까지 다다랐다. 네이필리나의 초록빛 눈동자가 그의 눈을 똑바로 바라보았다.

"도와주셔서 감사해요."

"……."

"감사 인사가 듣고 싶으신 거였죠?"

대공은 대답하지 않았다.

'맞는 것 같네.'

네이필리나가 한숨을 내쉬었다.

"대공 전하께선 참 생각지도 못한 곳에서 잘 나타나시네요."

"그대가 지나치게 빨빨거리는 거겠지."

"……."

"곧장 돌아가도록 해. 더 혼이 나고 싶지 않다면."

대공의 손에 끌려 얼떨결에 정원을 빠져나가는 동안, 네이필리나는 그의 얼굴을 살폈다.

"황궁엔 어쩐 일이세요?"

"안부를 묻는 건가?"

그가 피식 웃듯 눈썹을 추켜올렸다. 네이필리나는 입을 앙다물었다.

쓸데없는 말을 했다는 생각이 들었기 때문이다. 앙헬 대공처럼 철두철미한 자가 제게 쉬이 그 이유를 말해 줄 리 없는데. 하지만 왜 그게 지금 와서 조금 섭섭해지는 걸까.

'말해 줄 줄 알았던 걸까?'

서부의 반란 진압. 대공을 마주하고 나서야, 그 뒤에 일어났던 일들이 기억에 떠올랐다.

이 반란을 진압하고 그는 그대로 북부의 앙헬 대공령으로 돌아가 버린다. 그리고 다시는 수도로 돌아오지 않았다.

1황녀파와 2황자파가 치열한 후계 싸움을 벌이고, 결국 황제가 승하할 때까지도 그는 앙헬에서 칩거했다.

'왜 잊고 있었던 걸까.'

아니, 사실은 잊고 있었던 게 아니다.

그와 더 이상 만날 수 없을지도 모른다는 사실을 인정하고 싶지 않아 무의식적으로 외면해 왔던 거다.

'언제 이렇게…… 되어 버린 거지?'

네이필리나는 한숨을 내쉬었다. 흘려보냈다 생각했던 마음은 인지하지 못하는 사이 성큼성큼 자라나 그녀의 현실을 위협하고 있었다.

"……."

"할 말이 있나?"

"아니요."

"싱겁긴."

대공이 피식 웃었다. 잠깐 그의 커다란 손이 가까이 오는가 싶더니, 작은 장미 한 송이가 그녀의 귀에 꽂혔다.

"돌아가. 이 마굴에서 길을 잃으면 누구도 찾아 주지 않아."

네이필리나가 고개를 들었을 땐 벌써 대공은 뒷모습을 보인 채 멀어지고 있었다.

"아가씨, 오셨……. 주, 주군? 여긴 어쩐 일로?"

마차에 기대 있던 리안이 두 사람을 보고 눈을 동그랗게 떴다. 하지만 대공은 자리를 뜬 지 오래였다.

"아가씨, 어떻게 된 겁니까?"

"일단 출발하자."

마차에 오르려는데 사람들의 대화 소리가 도란도란 들렸다.

"봤어? 방금 앙헬 대공 전하셨지?"

"아직 회의 중이실 텐데? 조금 전 정무 회의가 시작됐다고."

"여기까지 어쩐 일이시지?"

괜한 생각이 들었다. 어쩌면 앙헬 대공이 온전히 저를 구하기 위해 이곳까지 자리한 건 아닌가 하는.

* * *

주디테 황비궁.

까드득. 까드득. 화려하게 장식된 거울 앞에서 주디테는 손톱을 씹고 있었다.

아름답게 꾸민 손톱은 망가져 엉망이 되어 있었지만, 그녀의 뒤에 서 있는 레클란은 무감각한 표정으로 제 모친을 바라보았다.

"손대지 마십시오. 더는 어머니라도 용납하지 않을 겁니다."

소식을 전해 들은 레클란이 제가 하려는 짓을 알아 버렸기 때문이었다.

"꼭 그 아이여야만 할 필요는 없잖니."

"어머니."

레클란이 눈가를 쓸며 피곤하다는 기색을 숨기지 않았다.

이건 둘의 힘겨루기이기도 했다.

"제가 콘체른의 막내딸을 여자로서 옆에 두겠다는 것도 아니잖습니까."

그는 끈질기게 네이필리나 콘체른의 영입을 반대하는 모친과 외숙에게 화가 나 있었다.

심지어 모친은 그 파릇한 책사를 바닥에 처박아 숨통을 끊어 내려고 했다.

그녀의 마음에 들지 않는다고 같은 운명을 맞이했던 제 수하들이 한둘인가.

'또 이렇게 나를 통제하려 하시는군.'

어린 시절을 떠올린 레클란이 지그시 입술을 깨물었다.

"더 유능하고 더 뛰어난 이들이 많은데 왜 그 하찮은 계집애를 고집하는지 어미는 이해가 가지 않는구나."

"책사 하나도 제 손으로 고르지 못하는데, 어머니와 외숙부님은 저를 황제로 만드시겠다고요?"

레클란이 짜증을 냈다.

"그렇게 해서 얻은 황위가 누구의 것입니까? 제 것이 맞긴 해요?"

"레클란!"

"어머니가 이러시니 더 오기가 생기는군요. 도대체 그 계집애가 뭐기에 헬리오스 황족들이 정신을 못 차리는지."

1황녀에서부터 모친과 아내, 그리고 저까지 네이필리나 콘체른의 존재 하나로 불이 붙는 촌극이 우습지도 않았다.

문을 박차고 나가 버리는 아들을 보며 주디테 황비가 스르르 무너지듯 의자에 앉았다.

"레클란은 왜 하필 그 계집애를……."

그녀의 얼굴이 일그러졌다.

네이필리나 콘체른. 그 애는 레클란의 옆에 있어선 안 됐다.

"그 애였어. 그 계집애가 분명하단 말이야."

꽤 오랜 시간이 지났지만 황비는 여전히 기억하고 있었다.

은밀한 비밀을 나누던 순간, 문틈 밖으로 얼핏 어른거리던 그 계집애의 노란 드레스 자락을.

저를 봤는진 확실하지 않았다. 하지만 그 가능성만으로도 네이필리나 콘체른을 처리할 명분은 충분했다. 그날 파티에서 노란색 드레스를 입은 건 그 애뿐이었으니까.

실낱같은 위험 하나라도 위협이 될 수 있는 한, 가능성 자체를 없애 버리는 황비였다. 그래서 걱정하지 않았다. 겨우내 핀 하찮은 들꽃 하나 꺾어 낸 건 그렇게 잊혀지는 듯했다.

그 계집애가 질긴 목숨으로 다시 살아나기 전까지는. 언제 그랬냐는 듯 파죽지세로 제 영향력을 키워 나가기 전까지는 말이다.

힐데가르드와 1황녀를 등에 업는가 싶더니, 이제는 레클란까지 현혹하며 점점 포위망을 좁혀 왔다.

'그 모든 게 우연일까?'

만약 그날 본 걸 전부 기억하고 있다면? 그래서 제 아들에게 접근한 거라면?

'그렇다면 왜 아직까지 움직이지 않는 거지? 왜 손에 쥐고만 있는 거야?'

황족들의 후계 싸움을 오가는 계집애의 행보에는 조심스러움과 담대함이 공존했다.

'지난번엔 레클란을 도와주기도 했고. 왜지?'

그를 대놓고 지지하진 않는다. 주디테를 향한 복수라 보기에는 지나치게 뜨뜻미지근한 데가 있었다.

'거슬려. 거슬린다고.'

제 비밀의 무게가 가볍지 않은 탓에 주디테는 초조해졌다. 생각은 자꾸 꼬리를 물고 이어졌다. 정원에서의 대화는 그 추측을 더욱 모호하게 만들었다.

'현명하시다고 생각합니다.'

다분히 암시하는 바가 뚜렷한 말에, 감정 하나 없이 담담하게 응수하던 목소리와 그 표정 때문에 확신할 수가 없었다.

"거슬려. 치워 버려야겠어."

황비로서는 더 이상의 신경 줄을 늘리고 싶지 않았다. 레클란이 황위를 차지하기 위한 본격적인 태동이 시작되는 중요한 시기였다.

충실한 개인지, 목덜미를 물어뜯으려는 늑대인지 확신할 수 없는 회색분자는 그 전에 치우는 게 옳았다.

"레클란이 저리 찾는다면 더더욱."

그녀는 아들에게 왜 네이필리나 콘체른이 늑대일 수 있는지 설득하지 못했다. 처음부터 어그러진 이유를 설명하지 않는 이상 불가능한 일이었다.

황비를 지켜보던 시녀가 걱정스러운 얼굴을 했다. 황궁으로 들어오기 전부터 함께했던, 주디테의 과거를 모두 알고 있는 유일한 이였다.

"하지만 전하, 이젠 너무 위험합니다."

"시끄러워!"

황비가 거칠게 시녀의 뺨을 내리쳤다.

"네가 제대로 했다면 그럴 일도 없었을 테지!"

충직한 시녀는 뺨을 맞고도 걱정을 멈추지 않았다.

"힐데가르드는 어찌 상대하실 생각이십니까. 절대로 가만히 있지 않을 겁니다."

노공작의 위세는 아직도 건재했다. 시녀는 황비의 집착이 겉으로나마 평화를 유지하는 이 국난에 불을 당기는 게 아닐까 두려워졌다.

"그렇다면."

황비가 의미심장하게 중얼거렸다.

"공작도 같이 보내야지."

거울에 비친 아름다운 여자의 눈이 비정하게 빛났다.

* * *

시간이 쏜살같이 흘러갔다.

"돈은 아낌없이 써. 누구도 쉬이 후원자로 나설 엄두도 내지 못할 정도로."

그리고 마침내.

1황녀의 약혼식 날이 밝았다. 곳곳에서 성대한 팡파레가 울렸다.

황족의 약혼식이 제국의 거대한 경사임은 분명하기에, 황실은 드물게 문을 활짝 열고 손님들을 받았다.

수도의 내로라하는 귀족들은 모두 참석했다.

로열 로드가 펼쳐지고 어느 때보다 화려한 꽃과 장식들이 어우러졌다.

그리고 마침내 1황녀를 태운 백색의 마차가 모습을 드러냈다.

"저건, 콘체른의 문장이 아닌가?"

콘체른의 문장이 황실의 행사에 내걸려 무시할 수 없는 존재감을 뽐냈다.

그 의미는 명백했다. 황실에 발을 내디딘 수많은 귀족들과 콘체른이 궤를 같이한다는 말이었다.

"언제는 힐데가르드의 이름을 빌리더니, 이젠 헬리오스의 위신을 노리는군."

노공작이 킬킬 웃으며 마티어스의 등을 툭 쳤다.

"저들은 하루하루 볼수록 앞으로 나아가는구나. 마티, 네가 잡히지 않으려면 분발해야겠어."

안 그러면 다음 세대의 선두 주자는 힐데가르드가 아니라 콘체른이 될 테니까. 이 자리에 있는 이라면 모두 콘체른의 급성장을 목도하지 않을 수 없었다.

'생일 연회 이후 더 놀랄 게 없으리라 생각했건만.'

그 가문을 바닥에서부터 일궈 낸 장본인인 맥밀란의 감회는 남달랐다.

제국의 유일무이한 지배자, 헬리오스 황족들 속에서 당당히 모습을 드러내고 있는 가문의 문장을 보자 울컥했다. 졸부로써, 반쪽짜리 귀족으로써 받아 왔던 평생의 설움을 씻어 내리는 듯했다.

"이게 전부 그 막내 영애의 판단이라고요."

"1황녀와 2황자 전하 모두 그 아가씨를 눈독 들이신다지요."

"영지의 전염병도 해결했다고 들었어요."

콘체른을 얘기할 때 가장 먼저, 그리고 가장 많이 네이필리나의 이름이 나왔다.

"……."

그 대화들을 기디언은 빠짐없이 듣고 있었다.

바닥을 치는 기분은 냉랭한 표정 뒤로 숨겼지만, 주먹 쥔 손등 위로 툭 불거진 핏줄만큼은 어쩌지 못했다.

"약혼식이라고? 하! 누님의 후원자가 됐어?"

거칠게 머리를 헤집는 2황자의 짜증을 받아 주면서.

"누님이 분명 손을 쓴 거야. 그대는 뭘 하고 있었나? 내 손에서 조카딸이 빠져나가려는 걸 멍청히 보고만 있었냔 말이야."

"……."

기디언의 표정에서 2황자는 그가 일부러 보고하지 않았다는 걸 알아차렸다.

'제 안위를 걱정한 거겠지. 어리석은 주제에 야망만 많아.'

2황자가 짜증스럽게 일갈했다.

"경, 공과 사는 구분할 줄 알았는데 실망일세."

기디언의 표정 역시 딱딱하게 굳어져 있었다.

"죄송합니다."

하지만 바닥을 달리는 그들의 기분과는 달리 하늘은 화창하기만 했다.

"이로써 두 사람의 약혼을 선포합니다."

"와아아아! 1황녀 전하 만세! 만세!"

연이은 축포와 환호성이 터졌다.

* * *

1황녀의 약혼식 피로연.

황궁은 여전히 객들로 북적였다.

아름다운 금색 드레스를 입은 1황녀와 백색의 제복에 금색 견장으로 색을 맞춘 로잔 기사단장은 몹시 잘 어울렸다. 그 옆에는 로잔 변경백과 힐데가르드 노공작이 흐뭇하게 둘을 지켜보고 있었다.

황제는 1황녀를 지지하진 않았지만 로잔가와의 결혼을 반대하지 않았다.

'레클란이 황제가 되고 나면, 저 아이는 살아남기 힘들 테지.'

그러니 변경백을 곁에 두게 하여 미리 도망칠 구멍을 만들어 주는 것 정도는 나쁘지 않다 여겼다.

"축하한다, 세피니아."

"감사합니다, 폐하."

1황녀 세피니아와 로잔의 결혼은 그가 아비 된 자로서 내보일 수 있는 최소한의 부정이었다.

"리에타가 나와 결혼할 때 가져온 예물이다. 네게도 잘 어울리는구나."

황제는 세피니아에게 푸른 다이아몬드 팔찌를 채워 주었다.

"오늘의 주인공은 세피니아, 너. 마음껏 누리거라."

1황녀파 가신들의 환호 소리가 연회장을 가득 메우는 게 못마땅해도, 오늘은 책잡지 않겠다는 뜻이었다. 황제는 고된 몸을 핑계로 잠시 자리를 지키다 먼저 피로연장을 떠났다.

'레클란이었다면 적어도 자정까지는 버텨 냈을 테지만, 그 정도는 아니라는 거겠지.'

세피니아의 눈이 차갑게 식어 내렸다.

"황비, 나 대신 황실의 웃어른으로서 오늘 자리를 지켜 주오."

"여부가 있겠습니까, 폐하. 제게 맡기시고 어서 존체를 보하셔요."

게다가 그녀의 정적이나 다름없는 주디테 황비에게 뒷일을 맡긴다. 세피니아는 그가 보여 주는 알량한 부정에 헛웃음을 삼키고 공손히 허리를 숙였다.

그래도 상관없었다. 부황의 말대로 오늘의 주인이 그녀인 것만은 부정할 수 없는 사실일 테니까.

"약혼 축하드립니다, 전하."

"콘체른 양."

제게 다가온 이의 모습에 세피니아가 눈을 빛냈다. 네이필리나 콘체른은 기존에 예정되어 있던 약혼식 예산의 세 배를 지원했다. 황실에서도 그 규모와 화려함에 고개를 내두를 정도였다. 그녀의 면을 톡톡히 세워 준 것이다.

"부황의 즉위식도 이 정도로 성대하진 않았을 걸세."

"전하께 최선을 다하고 싶은 제 성의 정도로 봐 주시지요."

그녀가 싱긋 웃었다.

"단순히 거래라고 추에 달기엔 그대의 배려가 넘쳤다는 걸 알고 있어. 내 잊지 않겠네."

세피니아가 네이필리나의 손을 잡았다. 헬리오스 황족 특유의 오만한 눈매가 부드럽게 휘어졌다.

황녀와 이야기를 나눈 뒤, 네이필리나는 조용히 물러났다. 축하를 건네는 사람들을 피해 움직이는데, 하얀 장갑이 그녀의 앞으로 쑥 내밀어졌다.

"오늘도 거절할 셈입니까?"

고개를 드니 마티어스가 있었다. 힐데가르드를 상징하는 청보랏빛 예복을 입은 그는 오늘따라 특히 더 근사한 차림이었다.

저 멀리서 그를 호시탐탐 노리는 귀족 영애들의 시선이 보였다. 그리고 이쪽으로 걸어오는 대공의 모습도.

"……그럴 리가요. 벽의 꽃이 되지 않게 구해 주셨으니 마땅히 보답해야지요."

네이필리나가 마티어스의 손 위에 제 손을 얹었다.

귀공자의 얼굴에 옅은 기쁨이 퍼져 나가는 것도, 물결치듯 플로어로 나가는 두 사람을 보고 대공의 걸음이 잠시 멈추었다는 것도 깨닫지 못한 네이필리나였다.

"벽의 꽃이라니. 당신 옆을 떠도는 남자들이 보이지 않을 리는 없을 테고. 전 콘체른 양이 일부러 모르는 척하시는 줄 알았는데요. 저를 포함해서 말입니다."

"그럴 리가요. 아마 제가 보지 못했던 걸 거예요. 요즘 눈이 침침한 터라……."

"콘체른 양은 여전하십니다."

네이필리나가 천연덕스럽게 대꾸하자 마티어스의 입가에서 가벼운 웃음이 샜다.

"어쨌든 그렇다면 오늘은 신사분들을 실망시켜 드리지 않도록 분발해야겠네요."

어쩐지 마티어스의 어깨 너머로 대공과 시선이 마주친 것도 같았다. 네이필리나는 화들짝 고개를 돌려 버렸다.

'나답지 않은 짓이야.'

충분히 인지했음에도 대공을 보고 싶지 않았다. 오늘은 이 자리에서 차라리 그를 보지 않기를 바랐다. 그와 눈을 맞췄을 때 제가 어떤 얼굴을 하고 있을지 자신이 없어서.

저 멀리 대공의 모습이 어른거렸다. 어쩐지 끈덕진 시선이 제게서 떨어지지 않는 느낌이었다. 네이필리나가 고개를 떨구었다. 이마가 마티어스의 어깨에 살짝 닿았다는 것도 인지하지 못했다.

가까워진 거리, 갑작스러운 기댐에 마티어스가 우뚝 몸을 굳혔다는 것도.

곡이 거의 끝나 갈 즈음이었다. 플로어를 살피는 그녀의 시선이 부산스러워지는 걸 알아차린 마티어스가 불쑥 입을 열었다.

"다음 상대를 찾는 것보단 그냥 저와 한 곡 더 추시는 게 나은 선택지 같지 않습니까?"

"소공작께선 계속 잊어버린 듯하시지만, 전 공공의 적이 될 생각은 없어서요."

사교계에서 가문 간의 예의로 이해해 주는 건 춤 딱 한 번까지다. 두 번부턴, 게다가 그 상대가 마티어스라면 다음 날 티 파티의 다과거리가 되기 딱 좋았다.

곡이 끝나자 네이필리나는 미련 없이 마티어스의 손을 놓았다. 그리고,

"란델 후작님, 저와도 한 곡 추시죠."

"오, 조카님이 바라시는데 기꺼이."

란델 후작에게로 훌쩍 날아가 버렸다. 허망하면서도 아쉬운 기분은 제게만 해당되는 듯해 마티어스는 씁쓸함을 삼켰다.

"소공작님, 저와도 춤을……."

"아아, 목이 말라서요. 잠시 실례하겠습니다."

그는 밀려드는 춤 신청을 거절하고 플로어를 빠져나왔다.

"하하. 또 거절당했더냐?"

힐데가르드 노공작이 터덜터덜 돌아오는 손자를 보고 킬킬 웃었다.

한편 약혼 피로연에 참석한 헨리 부부는 딸을 보며 고개를 갸웃했다.

"오늘, 네이가 웬일이래요? 곡마다 파트너를 바꿔 가면서 춤을 추다니?"

좀처럼 플로어를 떠날 생각을 않는 딸의 낯선 모습에 릴리엔이 눈을 동그랗게 떴다.

"이제 이성에 관심이 좀 생긴 모양입니다. 잘된 일이 아닙니까, 여보. 이제 그때의 상처가 극복이 된 것 같으니."

헨리는 싱글벙글했다. 앙길레라, 그 씹어 죽일 놈과 파혼한 뒤로 사업에만 골몰하던 네이필리나였다. 한창나이인 딸이 너무 큰 상처를 받아 청춘을 삭막하게 보내는 게 아닐까, 걱정됐는데 이젠 마음을 놓아도 괜찮을 듯했다.

"흐으음. 그러기엔 네이가 그렇게 즐거워 보이지 않는걸요."

하지만 릴리엔은 여전히 조금 미심쩍은 듯 턱을 쓸었다. 권력 관계엔 둔해도 애정 전선엔 기가 막힌 감을 가진 그녀였다.

"……."

"여보, 릴리엔?"

"아무것도 아니에요. 당신 말대로 지금은 좀 편하게 놔두자구요."

아무래도 딸은 본인도 깨닫지 못한 격동의 애정기를 보내고 있는 모양이
니까.

* * *

"젤피, 물, 무울!"

곡이 끝나고 황급히 플로어를 나온 네이필리나가 털썩 의자에 걸터앉았다.

"아가씨, 여기 있사와요."

젤피가 얼른 차가운 얼음물을 내밀었다. 두 시간 내내 내내 춤만 췄더니
심장이 튀어 나갈 것 같았다.

"손수건도 하나만. 세상에, 음악이 끝나질 않는 거 있지?"

"아가씨답지 않사와요."

네이필리나의 발랄한 목소리와는 달리 젤피가 불퉁하게 대답했다. 그
와중에 야무진 손놀림으로 재빠르게 손수건을 챙겨 건네주는 것도 잊지
않았다.

"뭐가?"

"앙길레라 그 씨부랄 놈과 비슷한 놈팡이들이 춤 신청을 하는 족족 다 받
아 주시잖아요."

"하하, 빅터 같은 놈팡이가 여기 또 있어?"

"특히 스티바 자작은 제 주제에 아가씨를 꼬시겠다고 입을 털고 다닌대요.
눈은 있어서, 그 씨부랄 놈이!"

네이필리나 콘체른은 요즘 사교계의 떠오르는 대어였다.

정재계를 종횡무진 활약하는 그녀의 행보와 기성복에 금광, 콘체른에 연
이어 터진 대박 행진이 누구나 한 번쯤은 콘체른의 데릴사위가 되는 꿈을 꾸
게 만들었다.

"스티브 자작이라니? 난 그 사람이랑 춤 안 췄는데?"

네이필리나가 이번엔 눈을 동그랗게 떴다.

"방금 추고 온 파트너가 스티바 자작이어요, 아가씨. 그리고 스티브가 아니고 스티바구요."

"그래?"

사실 관심도 없었다. 대공이 제게 춤이라도 신청할까 봐 계속 새 파트너로 바꾸는 데 온 정신이 팔려 있었으니까.

"오늘 아가씨, 아무래도 이상하시와요."

평소 같지 않다며 젤피가 고개를 갸우뚱했다.

네이필리나는 연회장을 살폈다. 대공의 모습은 보이지 않았다.

"나 휴게실 좀. 아, 따라오지 않아도 돼."

뜨거운 열기의 연회장을 빠져나오자 복도의 차가운 공기가 그녀를 반겼다.

황궁 복도에도 사람들이 있었다. 바람을 쐰다는 핑계로 슬쩍 정원으로 사라지는 이들도 보였다. 여기서도 대공은 보이지 않았다. 어차피 연회에 오래 머무르는 사람은 아니니 그대로 돌아가 버린 듯했다.

"하아."

"나를 찾나?"

갑자기 귓가를 울리는 음성에 제기랄, 네이필리나는 내지를 뻔한 주먹을 간신히 쥐고 삼켰다. 기둥에 나른하게 기댄 대공이 그녀를 바라보고 있었다.

하마터면 앙헬 대공에게 주먹질을 할 뻔했다. 순순히 맞아 주지도 않았겠지만.

"전하, 기척을 좀 내어 주세요. 기절할 뻔했으니까요."

언제 놀랐냐는 척 애써 담담하게 대답했다.

"그렇다기엔 그리 놀란 표정은 아닌데."

대공이 다가와 그녀의 턱을 가볍게 잡아 올렸다. 살짝 좌우로 돌리며 상태를 가늠하듯 살펴보기까지 했다.

"술을 마셨나? 볼이 좀 붉어진 것만 빼면 평소와 같은걸?"

네이필리나는 턱이 잡힌 채 시선이 대공에게 고정됐다.

흑요석처럼 반짝이는 검은 머리칼, 시리도록 푸른 눈동자. 시야에 가득 들어차는 남자의 모습은 유달리 아름다웠다. 쿵. 쿵. 네이필리나의 심장이 둔탁한 울림을 냈다. 그 소리가 밖까진 들리지 않아서 다행이었다.

"놓아주세요."

네이필리나는 건조한 표정으로 얼굴을 돌려 그의 손길에서 벗어났다.

"공사가 다망하실 테니 저는 이만……."

살짝 무릎을 굽히고 다시 가려는데 검은 팔이 턱 하고 앞을 가로막았다. 대공이 벽에 팔꿈치를 대고 느슨히 기대며 네이필리나의 퇴로를 막았다.

"오늘 왠지 그대가 날 외면하는 것 같은 기분이 드는 건 내 착각인가?"

"네."

"너무 빠르게 인정하니 더 의심스러운데."

"아니요."

대공은 대답 대신 그녀를 보며 빙글빙글 웃었다. 귀여운 것을 볼 때처럼 만족스럽게 올라가는 입꼬리가 유난히 돋보였다.

"서운한걸."

그대 때문에 여기까지 왔는데 말이야.

그가 웃음 지었다. 네이필리나는 입술을 깨물었다.

"서부로 떠나신다고 들었어요."

"그걸 어떻게……. 아아, 황녀로군."

헬리오스 성을 단 이들은 죄다 생각보다 입이 싸단 말이야. 그가 킬킬 웃었다. 잘게 떨리는 웃음 사이로 시린 바람 같은 서늘함이 느껴졌다.

"……쉬이 잡을 수 있을 거라 생각하세요?"

수도로의 보고가 너무 늦어진 탓에 반란군의 세가 무섭게 불어난 상황이었다. 인근 국경을 맞대고 있는 제로스 왕국과도 협업하여 제국군들을 연일 박살 내고 있다 했다.

"글쎄?"

대공은 웃는 얼굴로 어깨만 으쓱할 뿐이었다. 걱정 따윈 하지 않는다는 태만한 얼굴에 네이필리나가 인상을 찡그렸다.

"아가씨! 어디 계세요? 황녀 전하께서 찾으시와요!"

젤피의 목소리가 들리자 네이필리나는 화드득 그에게서 떨어졌다.

"가 봐야겠어요."

"이런, 우리 아가씨는 매정하기도 하지."

네이필리나는 곧바로 등을 돌려 가 버렸다. 대공은 다행히 그녀를 붙잡지 않았다.

"……."

네이필리나가 사라진 자리, 앙헬 대공의 얼굴에 걸려 있던 그림 같은 미소가 사라졌다.

곧게 쭉 뻗은 그의 손가락이 잠시 꿈틀거렸다. 꼭 멀어지는 네이필리나의 하얀 어깨를 움켜쥐기라도 하고 싶은 것처럼.

* * *

네이필리나가 대공과 함께 있던 시각, 연회장에선 음악이 계속되고 있었다. 황비의 시선이 힐데가르드 노공작의 손에 쥐어진 잔을 스쳐 지나갔다.

주디테 황비와 눈을 마주치자, 기디언이 작게 고개를 끄덕였다. 황비에겐 제 일을 대신 행해 줄 미끼가 필요했고, 그에겐 모든 이목이 네이필리나에게 향하는 오늘의 경사를 찢어발길 만한 계기가 필요했다.

서로의 이해가 맞아떨어져서 만들어진 결과였다.

"여보, 내 말 듣고 있어요?"

"그렇다니까."

시오르샤의 성마른 물음에 무심히 답하면서 그는 어떤 순간만을 기다렸다.

오늘 밤이 가기 전에 이 화려한 연회장이 발칵 뒤집힐 순간을.

"그래서 그냥 물러났단 말이야? 무릇 사내라면 포기를 몰라야지!"

"그만하시지요, 할아버지. 이미 충분히 놀리셨습니다."

힐데가르드 노공작은 잠시 휴식을 취하러 나온 휴게실에서도 쉬지 않고 마티어스를 놀려 댔다.

"마티가 콘체른 양의 앞에서 어수룩한 소년이 되는 게 어디 하루 이틀 일이랍니까."

잠시 드레스를 갈아입으려 함께한 세피니아도 놀림에 가담했다.

"전하도요."

"녀석도, 머쓱하니까 괜히 심통 부리긴. 이 누님이 널 위해 자리를 곧 만들어 줄 테니 조금만 기다리거라."

"자리를 만들다니, 설마 전하, 콘체른 양을 이곳으로 부른 건 아니시겠지요?"

"글쎄. 곧 둘만 남겨 줄 테니 그리 창피해하지 말거라."

"전하!"

힐데가르드 노공작은 투닥거리는 조손들을 흐뭇하게 바라보았다. 그리고 듬직하게 서 있는 로잔 기사단장에게 시선을 돌렸다.

"한잔 들게. 영지에서부터 가져온 벌꿀 술이야."

그가 황금색 술을 건넸다.

"전하를 잘 부탁하네. 너무 어린 나이부터 어른이 되셔야 했던 분이야. 그러니……."

로잔 단장은 노공작이 걱정하는 바를 잘 알고 있었다. 고개를 끄덕이며 걱정하지 말라 말하려 했는데, 뭔가 이상함을 감지했다.

"노공작님!"

노공작의 얼굴이 핏기가 쑥 빠진 듯이 일순 새하얗게 질렸다.

주름진 팔이 뻣뻣해지나 싶더니,

쨍그랑-! 잔이 깨어짐과 동시에 그가 굳은 채로 바닥으로 쓰러졌다.

"허, 허어억!"

"독이다!"

누군가! 도대체 누가 힐데가르드의 기둥을 노렸단 말인가.

화기애애하던 분위기가 순식간에 절벽 앞에 선 것처럼 날카롭고 위태롭게 급변했다.

"외조부님, 외조부님!"

황녀 역시 놀란 건 마찬가지였다. 머리가 새하얘졌다.

"황녀 전하, 저를 부르셨다고……."

네이필리나가 휴게실로 들어온 건 그때였다. 그녀는 온몸을 뻣뻣이 굳힌 노공작을 발견했다.

그리고 카펫 위에 산산이 깨어진 술잔도.

'독!'

누군가 힐데가르드 노공작에게 독을 먹였다.

"어억, 억……!"

공작의 숨이 넘어가고 있었다. 새하얗던 얼굴은 곧 보랏빛으로 변해 가고 있었다.

"의원, 의원을 불러! 어서!"

세피니아도 같은 생각을 한 모양이다. 그녀가 목청 높게 외쳤다.

"지금 사람을 보냈습니다!"

하지만 피로연이 열리는 이 궁에서 황실 의료원까지 거리가 짧지 않았다. 이 순간에도 노공작의 숨이 넘어가고 있었다.

'너무 늦어.'

네이필리나는 다급히 공작의 상태를 살폈다.

"미르딘, 지난번에 얘기했던 이단바, 아직 가지고 있어?"

"네? 네! 혹시 몰라서 챙겨 놨어요. 여기요!"

미르딘이 황급히 앞주머니를 뒤져 초록빛 주머니를 내밀었다. 네이필리나는 그것을 낚아채고는 노공작에게 달려갔다.

"노공작님!"

"잠깐, 그게 무엇인지 확인하기 전까진……."

황녀가 다급히 네이필리나를 저지했다.

네이필리나가 손에 쥔 푸른 꽃들은 황녀로서도 처음 보는 종류의 것이었다. 노공작이 독으로 쓰러진 상황에선, 그 풀들마저 미심쩍어 보일 수밖에 없었다.

"엘릭서의 주재료가 되는 허브입니다. 이 꽃이 독을 중화시킬 수 있어요. 시간이 없습니다."

네이필리나는 세피니아를 올려다보았다.

"전하, 믿어 주세요. 노공작님을 위해서입니다."

네이필리나 콘체른은 아직 완전한 세피니아의 편이 아니다. 심지어 그녀는 세피니아에게 자신은 거래에 따라 움직이는 상인이라 못 박았다. 측근의 보호를 받고 있던 힐데가르드 노공작이 독으로 쓰러진 지금, 적과 아군의 경계는 모호해졌다.

누구도 믿을 수 없는 상황에서 세피니아는 깊은 고민에 빠졌다.

"전하……."

"조용히."

세피니아가 손을 들어 마티어스의 개입을 막았다. 네이필리나가 초조하게 재촉했다.

"전하, 제발. 시간이 없습니다."

맑은 초록빛 눈동자가 간절함을 담고 저를 올려다본다.

"……그리하게."

결국 세피니아는 고개를 돌리며 허락하고 말았다.

죽어 가는 외조부를 차마 두고 볼 수 없어서이기도 했고, 네이필리나를 믿게 되는 저 자신이 불안했기 때문이기도 했다.

'만약 내가 틀렸다면 나를 용서하지 마십시오, 외조부님.'

사람을 잘못 본 대가는 그녀가 톡톡히 치러야 할 것이었다.

"감사합니다, 전하."

세피니아의 허락이 떨어지자 네이필리나는 재빨리 이단바를 짓이겨 공작의 입에 넣었다.

"삼키세요, 삼키셔야 합니다."

네이필리나는 그의 등을 일으켜 노공작이 억지로 풀을 삼키게 했다.

한 번, 두 번, 가지고 있던 이단바 모두를 썼다. 그리고 얼마나 시간이 지났을까.

"하, 하아……."

노인의 숨이 조금씩 편안해졌다. 보랏빛이 가시고 얼굴에 조금씩 홍조가 돌기 시작했다. 그사이 의원이 왔다.

"어딥니까! 환자의 상태를 봐야겠습니다!"

코끝에 동그란 안경을 쓰고 왕진 가방을 든 채 다급하게 달려온 중년 의원은 황실 의료원장이었다.

"이단바? 이단바를 먹게 했다고요?"

네이필리나의 처치를 들은 의료원장은 놀람을 감추지 못했다.

"로열 엘릭서의 원재료가 되는 풀이 아닙니까."

황실 의료원장 정도 되는 사람이다 보니 이단바의 존재를 알고 있는 듯했다.

"응급 처치로는 좋은, 아니, 최고의 선택이었습니다. 일분일초가 급한 시기를 놓쳐 버리면, 그땐 모든 치료 자체가 불가능해지니까요."

"그렇군."

"예, 전하. 설사 제가 제시간에 당도했더라도 이단바보다 나은 약을 가져올 순 없었을 겁니다."

정말 큰일 날 뻔했다며 의료원장은 네이필리나의 기지를 칭찬했다.

"힐데가르드가…… 또 콘체른 양에게 은혜를 입었군."

정신을 차린 노공작이 네이필리나를 보며 감사를 표했다.

"자꾸 늘어나는 빚을 어찌 갚아야 할까."

"그리 생각하지 마셔요. 공작께서 무탈하시니 됐습니다."

'당신이 여기서 쓰러져서는 안 돼.'

힐데가르드 노공작이 무너지면 1황녀파 전체가 흔들린다. 2황자가 득세하여 기디언이 실권을 쥐게 둘 수는 없다. 노공작을 살린 건 본능적이고도 전략적인 행위였다.

하지만 힐데가르드 사람들은 그리 생각하지 않는 모양이었다.

'뭐, 마음의 빚은 많을수록 좋지.'

"노공작께선 다른 생각일랑 마시고 좀 더 쉬시는 게 좋겠어요."

네이필리나가 말하자 세피니아 역시 고개를 끄덕였다.

"피로연을 중단하겠습니다, 외조부. 그리고 범인을 색출하겠어요."

당장에라도 입구를 막고 피로연에 참석한 하객을 하나하나 조사할 기세였다.

"누가 감히 외조부를 해하려 했는지 반드시 밝혀 낼 겁니다."

세피니아의 눈에서 새파란 분노가 일렁였다.

"아니요, 그래선 안 됩니다."

하지만 노공작은 고개를 저었다. 아직 창백한 얼굴에도 단호한 기색이 어렸다.

"범인을 찾는 것도, 제가 쓰러졌다는 걸 알리는 것도 안 됩니다."

"그게 무슨 말이세요."

"저는 지병을 핑계로 먼저 돌아갔다고 하시고 전하께선 끝까지 자리를 지키셔야 합니다."

노공작의 목소리는 조금 전 숨이 넘어가던 사람이라 생각하기 힘들 만큼 단호했다.

"외조부께서 쓰러지셨는데 제가 어찌 가만히 있을 수 있단 말입니까!"

"누가 서를 음해하려 했든, 그들이 원하는 건, 황녀 전하께서 우왕좌왕하는 모습입니다."

황녀를 흔들고, 그녀를 지탱하는 자들의 믿음을 뒤흔들려 하는 거다.

그러니.

"그들에게 빌미를 주지 마소서."

드레스를 쥔 세피니아의 손등이 부르르 떨렸다. 외조부의 지적이 틀린 데가 없었다.

적이 오늘을, 그리고 노공작을 노린 이유를 그녀 역시 모르지 않았다.

그녀는 정면에 있는 하늘빛 커튼을 응시하며 분노를 삼켰다.

황녀는 의료원장을 향해 몸을 돌렸다.

"……경, 외조부의 상태가 어떠한가."

"심각한 상황은 넘기셨습니다. 천천히 요양하신다면 큰 문제는 없을 것으로 보입니다."

"들으셨지요?"

노공작이 세피니아에게 손짓했다.

"어머니에 이어 외조부마저 잃었다면…… 저는 견디지 못했을 겁니다."

"그리 말하셔선 안 되지요. 전하께선 저 하나의 주군이 아니시잖습니까."

노공작이 단호하게 고개를 저었다.

"그러니 어서 돌아가세요. 마티, 전하를 모셔라."

* * *

다시 돌아온 연회장, 마티어스의 옆에는 네이필리나가 있었다.

조금 전의 일이 그에게도 상당한 충격이었던 모양이다. 수려한 얼굴이 더 감추지 못할 만큼 굳어져 있었다. 독도 바로 해독했고, 의료원장도 일주일 정도면 완전히 회복될 거라 했다.

하지만 머리로 이해하는 것과 가슴으로 느끼는 게 같을 리 없었다. 네이필리나는 잘게 떨리는 그의 손등 위에 제 손을 얹었다.

"노공작께선 괜찮으실 거예요."

그녀가 낮게 읊조렸다.

"춤을 추시겠어요?"

마티어스가 멈칫했다. 아까까지만 해도 춤 두 번은 안 된다며 손사래를 치던 여자였다. 그랬던 그녀가 손을 내미는 까닭은…….

"나는 지금……."

"소공작님을 관찰하는 눈이 많답니다. 저라면, 거절하지 않겠어요."

네이필리나가 싱긋 웃었다. 여유롭고도 무해한 웃음과 제 손을 덮는 따뜻한 온기가 마티어스의 벽을 속절없이 허물어뜨리고 말았다.

그는 결국 자그만 손에 이끌려 플로어로 끌려 나왔다. 얼이 빠져 있었으나, 그의 몸에 밴 완벽한 예법이 능숙하게 네이필리나와 춤을 맞췄다. 왈츠 한 곡이 다 지나갈 때까지 마티어스는 말이 없었다. 네이필리나 역시 조용히 그와 발만 맞추었다.

"이제 괜찮습니다."

그 조용한 여유가 마티어스의 이성을 다시 붙잡게 해 주었다.

"소공작님, 무슨 일이셨어요? 아까 걱정했어요, 갑자기 자리를 비우셔서."

"별것 아닙니다. 속이 좋지 않아서."

그는 언제 그랬냐는 듯 능숙하게 밀려드는 이들을 상대했다. 세피니아의 옆에서 건재한 힐데가르드의 힘을 과시하는 모습은 변함없었다.

'걱정할 필요 없겠네.'

네이필리나는 뒤로 물러났다. 제 역할은 여기까지였다.

피로연은 조금 전 무슨 일이 일어났는지도 모르게 안정적으로 흘러갔다. 주디테 황비나 마르쉐 후작도, 2황자파 가신들도 모이지 않는 걸 보니 시간이 늦어지며 자취를 감춘 듯했다.

'그러고 보니 이단바를 대공에게도 보여 줘야 하는데.'

서부 전선에서 그에게 도움이 될 것이다. 네이필리나가 고개를 들어 연회장을 살폈다.

'밖에 있으려나?'

복도에도 대공은 없었다.

피로연이 시작할 때만 해도 그녀의 시선 안에서 맴돌던 자가 이렇게 감쪽같이 모습을 감추다니. 왠지 약이 올랐다. 그녀는 대공이 부러 그녀의 시야에서 얼쩡거렸을 가능성은 깨닫지 못했다.

벌컥. 발코니의 문을 열었다. 싸늘한 공기가 그녀를 반겼다.

"이쯤 되면 불쑥 나타날 때가 됐는데."

그때 달각 걸쇠가 열리는 소리가 났다. 왔구나! 네이필리나가 등을 돌렸다.

"콘체른 양, 여기 있었습니까?"

하지만 나타난 건 대공이 아니라 마티어스였다.

"아아, 네."

가슴께가 풍선처럼 푸슈슉 꺼지는 듯한 느낌이 스쳐 지나갔다. 찰나여서 네이필리나가 제대로 깨달을 새도 없었지만.

"소공작님?"

"……"

마티어스는 멈칫거렸다. 무언가 할 이야기가 있는 듯했지만 그답지 않게 우물쭈물하는 것처럼 느껴졌다.

그렇게 아무 말 없이 시간만 흘러갔다.

"……늘 콘체른 양에겐 도움만 받는군요."

머리 위에서 마티어스의 목소리가 고요한 밤의 침묵을 깨뜨렸다.

"콘체른 양, 나는 그동안 우리가 주고받았던 것들에 의미가 있다고 보고 싶습니다."

의미? 갑자기? 네이필리나가 멈칫했다.

마티어스가 잠시 망설이다 대답했다.

"나는 당신을 신뢰합니다. 힐데가르드를 제외하고, 내가 내 등을 맡길 수 있는 이가 있다면 당신일 겁니다."

"……."

철혈의 소공작이 이렇게까지 감정을 드러내는 일은 드물었다.

아무래도 이번에 노공작이 쓰러진 일이 그를 크게 뒤흔드는 계기가 된 모양이었다.

"당신에겐 형제들을 누를 시간이, 내겐 내 가문을 지킬 수 있는 힘이 필요하지요."

잠깐만. 어?

"우리는 서로의 필요를 채워 줄 수 있습니다."

네이필리나는 슬며시 바뀌는 분위기를 읽고 멈칫했다.

"그러니 네이필리나."

마티어스가 한 발짝 뒤로 물러섰다. 그리고 서서히 무릎을 굽혔다.

"나와 결혼하지 않겠습니까?"

"……잠깐만요, 소공작님."

"여기서 당신을 사랑한다는 알량한 애정을 고백하진 않겠습니다. 콘체른 양도 믿지 않을 테지요."

마티어스의 말은 막힘이 없었다. 그가 이 사안에 대해 꽤나 골몰히 생각해 보았다는 방증이었다. 이번 일 때문에, 하루아침에 갑자기 꺼내는 말이 아니었다.

"하지만 우리는 서로를 신뢰하니 누구보다 좋은 파트너가 될 수 있을 겁니다. 혼전 계약서로 명시해도 좋습니다. 당신이 기회를 준다면, 나 역시 신의를 다해서 좋은 남편이 되겠습니다."

"……."

"우리의 아이가 힐데가르드와 콘체른의 적자가 될 거고, 당신을 위협하는 적들은 힐데가르드의 벽을 넘지 못할 겁니다."

"……."

"내가 당신의 보호막이 되겠습니다. 콘체른 양이 마음껏 활개 칠 수 있도록."

차분하고 진실한 목소리였으나 평소보다는 조금 고조된 것 같기도 했다.

거리를 유지하면서도 그의 발끝과 눈은 전부 그녀를 향해 있었다.

'활개라니, 전혀 로맨틱하지 않잖아.'

하지만 그녀를 잘 아는 사람만이 내밀 법한 제안이기는 했다. 분명 사랑이나 애정 같은 우스운 걸 내밀었다면 네이필리나는 고려조차 않았을 테니까.

'한데 다른 사람도 아니고 소공작이? 나한테?'

당혹스러웠다. 네이필리나가 고개를 돌려 그를 마주했다. 마티어스의 회색빛 눈동자가 직선으로 저를 응시하고 있었다.

"네이필리나, 당신이라면 내 평생을 함께해도 후회하지 않을 것 같습니다."

그는 사랑이 아니라 신의를 말했다.

하지만 마티어스의 회색빛 눈동자엔 그가 들키고 싶지 않은 애정이 흘렀다. 일렁이는 일말의 기대. 감정. 그로서는 모두 처음인 것들이었다.

"……."

"어떻게…… 생각합니까?"

그녀의 눈치를 살피는 모습은 고고하다 이름난 철혈의 소공작답지 않았다.

"일단……."

그녀는 겨우 입술을 움직였다.

"너무 갑작스러워서요. 소공작께서 계약 결혼을 제안하실 줄은 꿈에도 생각지 못해서……."

'그것도 상대가 나일 줄은 말이야.'

서로의 필요에 의한 합리적인 선택이 될 거라는 마티어스의 말을 부정하진 못했다.

네이필리나는 결혼 적령기의 귀족 여성이고, 마티어스는 어딜 봐도 그녀가 선택할 수 있는 남편감 중에서 최상이었으니까. 힐데가르드의 배경과 힘 역시, 그녀의 앞길에 날개를 달아 줄 것은 자명하다.

하지만.

"소공작님, 저는 결혼……."

"아아, 콘체른 양. 좀 더 생각해 보고 말씀해 주십시오. 당신이 지금 어찌 받아들이실지는 알고 있습니다."

마티어스가 쓰게 웃었다. 이미 그녀의 답을 알고 있다는 투였다.

"그래도, 기다리는 동안의 기쁨을 누리게는 해 주시지요."

마티어스는 갑작스러운 청혼과는 다르게 놀랍도록 신사적인 예법으로 네이필리나의 손등에 키스했다.

"적당한 때도, 장소도 아닌 곳에서 저지른 무례를 용서해 주시길."

"……."

마티어스가 인사를 하곤 자리를 떠났다. 홀로 남은 발코니에 밤의 한기가 밀려들었다. 네이필리나가 잠깐 이마를 짚었다.

'청혼이라니, 이런 식이면 곤란한데.'

연애 감정이 뒤섞이면 사람은 이성을 유지하기 어려워진다. 조금 전, 계약 결혼의 형태를 띤 청혼 아래 깔려 있던 마티어스의 미약한 감정을 네이필리나는 읽어 냈다.

사랑까진 아니라 해도 최소 호감에서 진행되고 있는 상황이다. 그가 거절을 제대로 받아들일까. 제 거절에 자존심을 구긴 마티어스가 앙심을 품는 건 아닐까.

마티어스가 들었다면 저를 그런 하급 쓰레기로 봤냐고 자존심 상해했을 가능성들을 네이필리나는 찬찬히 떠올려 보았다.

'나는 그와 달라.'

마티어스와 저는 참 다른 사람이었다.

저는 한 발, 한 발 내딛는 걸음이 무겁고 조심스러운데, 잘못 내디디다 지반이 무너져 버릴까 봐 두려워 그런 감정을 할애할 여유가 없는데 말이다.

네이필리나는 손목시계를 확인했다. 마티어스가 연회장으로 돌아가고도 남았을 시간이었다.

'시간이 꽤 됐으니 오해는 받지 않겠지.'

생각하며 네이필리나가 발코니의 문을 열었을 때였다.

휙. 누군가 그녀의 손목을 쥐고 부드럽게 끌어당겼다.

"밀회는 즐거웠나?"

"전하……?"

대공이 그녀를 품에 안고 내려다보고 있었다.

"어째서 여기……."

"이런 네이필리나, 내가 먼저 물었잖아."

대공이 검지로 그녀의 볼 위에 흐트러진 머리카락을 잡아 귀 뒤로 넘겨 주었다. 볼을 감싸듯 스치는 손길은 부드러웠다.

다만 맞닿은 피부에서 느껴지는 온기를 느낄 새도 없었다. 서늘한 시선이 냉랭히 그녀의 얼굴을 훑어 내리고 있었기에.

"밀회라뇨, 전하. 잠깐 대화를 나눈 것뿐이에요. 비약이 심하시네요."

누가 들으면 저와 마티어스가 사랑을 속삭이기라도 한 줄 알 테다.

말이 끝남과 동시에 대공이 삐뚜름하게 입꼬리를 올렸다.

"언제부터 여기…… 계셨어요?"

발코니에 나와 있은 지 꽤나 되었지만, 그의 기척을 전혀 느끼지 못했다.

"글쎄."

대공의 모양 좋은 입매 사이로 픽 하는 웃음이 샜다. 그답지 않은, 조롱에 가까운 헛웃음이었다.

"힐데가르드 애송이가 그대에게 청혼을 할 때부터?"

'다 들었단 소리구나.'

네이필리나가 한숨을 내쉬었다.

"기적이라도 내시지 그러셨어요, 전하."

"결혼에 관심이 있는 줄은 몰랐군."

"저도 적령기이긴 하니까요."

네이필리나는 예사롭게 대꾸했다. 결혼할 생각은 없지만, 그렇다고 청혼을 받을 때마다 그걸 일일이 밝힐 의향은 없었다. 딱히 소문까지 나는 걸 원치도 않았고.

"힐데가르드는 좋은 선택이지."

대공은 뜬금없이 동문서답을 했다. 네이필리나의 말을 듣고 있지 않은 듯한, 정신이 다른 곳에 팔린 듯한 태도였다.

"하지만 그가 널 이해할까?"

볼을 감싸는 손이 턱선을 타고 미끄러지는가 싶더니 그녀의 고개를 들어 올렸다.

시선이 마주쳤다. 네이필리나는 문득 대공의 푸른빛 눈동자에서 일렁거리는 불꽃을 본 것 같다고 생각했다. 불꽃이라니, 꼭 그가 화가 나기라도 한 것처럼 말이다.

'말도 안 돼. 그가 왜?'

쓸모없는 가정이었다.

"글쎄요. 헬리오스의 모든 부부가 서로를 완전히 이해해서 결혼한 것 같진 않은걸요."

네이필리나는 시큰둥하게 대답했다.

"소공작님 정도면 절 꽤 아는 편이고요."

목걸이에서부터 여러 사건을 거치며 마티어스는 네이필리나의 가면 뒤 모습을 알게 된 사람 중 하나에 속했다.

'마티어스의 말대로 편하긴 하겠지. 그의 비호 아래 움직일 수 있다면.'

소공작은 확실히 이런 면에서 영리한 편이다. 사랑이 아니라 효율을 언급하니 저도 모르게 긍정적으로 고려하고 있지 않은가.

'힐데가르드 노공작의 노련한 피가 어디 다른 데로 간 게 아니라니까.'

멀리서 아득하게 관현악 소리가 들려왔다. 연회장의 열기와는 달리 차갑게 식은 밤바람이 뺨을 스치고 지나갔다. 네이필리나는 혀를 내두르다가 이내 제 주위를 감싸는 적막을 인지했다.

"⋯⋯전하?"

"아니지, 네이필리나."

대공이 서늘하게 저를 내려다보고 있었다. 곧게 뻗은 손가락이 네이필리나의 손목을 감쌌다.

"그대를 제일 잘 아는 건 나야. 누가 그대를 나보다 더 잘 이해할 수 있지?"

손목을 그러쥔 힘은 전혀 강하지 않았으나 뿌리칠 수가 없었다. 차가운 호수처럼 푸른 눈동자가 저를 향하자 네이필리나는 온몸이 밧줄에 매인 것처럼 답답해졌다.

"응?"

대공이 재촉하듯 물어 왔다.

"그럴 수도 있겠죠."

"인정하지 않는군."

"안다는 게 다른 의미로 바뀌는 건 아니니까요."

네이필리나의 목소리는 건조했다.

"전 전하께 아무것도 아니에요. 전하 역시 그렇죠."

"그럴 리가."

그가 부정했다. 대공답지 않게 짜증스러운 목소리였다. 네이필리나는 코웃음 쳤다.

"블랙 티어. 그걸 제외하면 저와 전하 사이에 더 남는 게 있던가요?"

비밀을 공유하고 있다는 말이 서로의 이해를 의미하는 건 아니에요.

"그래서 힐데가르드 애송이는 그 의미에 부합하고?"

애송이.

어쩐지 대공의 입에서 나오는 걸 들으니 철혈의 소공작 마티어스가 정말 어린 도련님이라도 된 듯한 기분이었다.

"대답해, 네이필리나."

대공의 독촉에선 어쩐지 초조한 기색마저 느껴졌다.

"……대답하기 싫다면요? 대공 전하, 전 당신의 수하가 아니에요."

그러니 당신이 명령할 이유도, 제가 답해야 할 이유도 없다.

제가 그에게 폴리모스로 떠나는 이유를 묻지 않은 것처럼 그 역시 그래야 했다. 그게 맞는 거다. 저와 앙헬 대공은 그저 필요에 의한 거래 상대일 뿐이니까.

네이필리나는 입술을 깨물었다. 사소한 자존심 싸움처럼 느껴지지만, 제대꾸에 대공의 수려한 얼굴이 일그러지는 걸 보니 통쾌함마저 들었다.

"결혼은 안 돼."

느긋한 말투답지 않은 성급함을 네이필리나는 알아차리지 못했다.

'안 돼? 당신이 뭔데?'

대공의 오만한 말에 머릿속에서 화르르 불길이 일었으니까.

'그래서 나 역시 당신에게 아무것도 묻지 않았잖아. 당신이 저 좋을 대로 내 옆을 들락날락거리는 걸, 내 마음을 헤집어 놓는 걸 나 역시 묵인하고 있잖아.'

남자가 암묵적으로 그어 놓은 선을 저는 지켰다. 한데 왜 대공은 그 선을 제멋대로 다시 넘으려 드는 걸까.

"내가 오늘 이곳에 있지 않았다면 그대는 저 애송이의 청혼을 꽁꽁 숨겨 두려 했겠지."

"그게 제 잘못은 아니겠죠. 우리 계약은 서로에 대해 시시콜콜 말해야 한다는 게 아니었으니까요."

네이필리나가 손목을 떨쳐 내려 하자 대공이 아프지 않을 정도로 힘을 주어 그러쥐었다.

"그대의 옆자리는 내 거야. 하룻강아지 힐데가르드에게 그걸 넘겨줄 수는 없지."

날 선 음성. 건장한 가슴팍이 오르락내리락하며 뱉어 내는 거친 숨. 그리고 네이필리나에게 떨어지지 않는 푸른 시선까지.

대공에게서 발산되는 열기가 생생했다. 그는 제가 그런 열을 내고 있다는 사실조차 깨닫지 못한 듯했다.

"응? 네이필리나."

"……."

늘 한발 물러서서, 위에서 아래로 관망만 하던 사람이 이토록 선연한 감정을 발산한다는 것에 조금 놀라 버린 네이필리나는 입술을 깨물었다.

대공이 천천히 고개를 숙였다. 아름다운 얼굴이 가까워졌다. 네이필리나가 끝끝내 아무 확답도 주지 않자 그가 한숨처럼 중얼거렸다.

"봐, 네이. 그대는 나를 돌아 버리게 하는 데가 있다니까."

너 하나 쫓아서 황족들의 꽁무니를 헤집고 다니질 않나, 새파란 힐데가르드를 견제하려고 이 꼴사나운 모습까지 보이는 나를…….

그가 속삭이듯 읊조렸다.

"그대는 비웃을 건가?"

모양 좋은 입술이 다가오는 순간 네이필리나의 심장이 저도 모르게 쿵쾅거렸다.

그리고 그 배경에 대공의 다가섬을 열렬히 환영하는 제 짝사랑이 자리 잡고 있음을 깨달았을 때, 울컥, 무언가가 치밀어 올랐다. 네이필리나는 일순 이성을 잃고 말았다.

짜악. 살을 치는 차가운 소리가 났다. 대공의 고개는 돌아갔고, 아름다운 피부가 붉게 달아올랐다. 손바닥이 얼얼해질 정도였다. 씨근덕거리는 숨이, 오르락내리락하는 가슴이 멈췄다.

"……."

네이필리나는 그제야 제가 무슨 짓을 저지른 건지 깨달았다. 저는 지금 황족을, 그것도 대륙 최강의 북부군을 이끄는 남자의 뺨을 올려붙인 것이다.

머릿속에서 김이 피어오르는 순간, 눈앞에 있는 이가 대공이라는 걸 망각했다. 지금이라도 무릎을 꿇고 용서해 달라 사죄해야 했다.

원래의 네이필리나라면 거리낌 없이 행했을 일이었다. 쿵쾅거리는 심장 박동 소리가 붉은 빛을 반짝이며 다가오는 위험을 경고해 주는 것 같았다. 얼른 사죄하지 않으면 후회할 거라고. 머리끝까지 화가 난 대공이 너를 오체 분시할 수도 있다고.

그러나 그러기가 싫었다. 있는 줄도 몰랐던, 알량한 자존심이 그녀의 발목을 잡아챘다. 대공의 뺨까지 올려붙인 주제에 감히 그를 노려보게 만들었다.

"절 갖고 노는 것도…… 정도껏 하시지요."

이를 악물고 대공을 노려보는 두 눈에 물기가 어렸다.

"그냥 진실을 말하세요. 제가 힐데가르드와 손잡길 원하지 않는다고. 당신의 강력한 무기가 다른 곳으로 빠져나가길 원하지 않는다고."

"그대는…… 손이 꽤 맵군."

이 정도면 황비에게 호락호락 지지는 않겠는데?

씁쓸한 헛웃음과 같이 농담을 던지는 붉은 혓바닥이 입술을 쓸었다. 의도적인 것 같진 않았지만 그의 외모 때문인지 교태로 보이기까지 하는 놀림이었다. 감히 황족의 뺨을 내려친 백작가의 영애를 바라보는 시선치곤 건조했다.

그는 심지어 그리 화가 난 것 같지도 않았다. 상처받은 듯한 눈빛은 언제 그랬냐는 듯 두꺼운 벽 뒤로 모습을 감추었다.

"이게 그대의 답인가?"

네이필리나는 그의 목소리가 조금 전과 달리 상당히 침전되어 있다는 사실을 깨닫지 못했다.

"전하의 일방적인 혼잣말에 제 대답이 필요한 부분이 어디에 있었죠?"

"고집불통 같으니."

그가 이를 으득 갈며 네이필리나의 손목을 다시 한번 그러쥐었다. 그리고 제 품으로 끌어당기려다 가슴팍을 밀어 내는 두 손에 멈칫했다.

단호한 태도로 그의 품에서 벗어나며 네이필리나는 코웃음 쳤다.

"반란으로 수도를 떠날 사람이 제멋대로 흥에 취해 지껄이는 말을 어떻게 믿을 수 있겠어요."

"내가 그대에게 그렇게까지 신뢰를 못 주었나. 앙헬의 수치로군."

"여기로 다시 돌아올 생각도 없으면서 제게 감정을 고백하는 거, 이기적이라 생각하지 않으세요?"

네이필리나는 마침내 토해 내고 말았다.

발갛게 부어오른 볼을 쓸어 올리던 대공이 눈썹을 추켜올렸다. 무슨 말을 하는지 모르겠다는, 참으로 그답지 않은 멍청한 표정이 순식간에 스쳐 지나갔다.

"뭐?"

네이필리나는 그 반응마저 가증스럽게 느껴졌다.

스카가드 앙헬은 이제 다시 볼 수 없을 사람이다. 이 사람은 민란을 제압하고 나면 앙헬령으로 향할 테니까.

그런 사람이 제게 지키지도 못할 약속을 남발하는 이유가 뭐겠는가?

감에 있어선 짐승을 초월하는 사람이다. 어쩌면 대공은 그를 향해 품은 제 마음을 본능적으로 깨달았을지도 모른다. 그래서 뻔히 다 알고 던지는 거다.

저런 모습에, 저런 목소리로 말하면 네이필리나 저는 제멋대로 흔들릴 수밖에 없다는 사실을 알면서.

"어째서 내가 돌아오지 않을 거라고 생각하는 거지?"

"정확하게는 돌아오지 못하시겠죠."

네이필리나가 그를 노려봤다. 큰 두 눈엔 눈물이 글썽거려서 대공은 제 맘을 거부하는 여자에게 서운함을 보일 여력마저 잃고 말았다.

"무슨 말인지 모르겠군. 이해할 수 있게 말해 봐."

"……."

"내 뺨 한쪽을 내어 주었으니 그 정도는 해 줄 수 있을 테지?"

네이필리나가 입술을 깨물고 그를 노려보았다.

"방음 마법을 걸어 주세요."

"어째서?"

"……."

네이필리나는 그가 마법을 시전하기 전까진 대답하지 않을 거라는 뜻을 시사하듯 입을 다시 다물었다.

"고집하곤."

대공이 입가로 짧은 한숨을 내쉼과 동시에 하얀 빛이 번쩍했다. 방음 마법이 시전됐다는 확인이었다.

"……."

"자, 말해 봐. 무슨 비밀을 말하려고 이렇게 뜸을 들이실까."

방음 마법은 마법사가 서너 번의 스펠을 교차해서 시전해야 하는 고등 마법이다. 그걸 눈 하나 깜짝하지 않고 구현해 버리는 걸 보고 네이필리나가 잠시 할 말을 잃었다.

"내가 어째서 돌아오지 않는다는 거지?"

그가 물었다.

"무슨 이유기에 힐데가르드 애송이의 청혼을 고려하면서 나는 밀어내는 건지 말이야."

"……."

"앙헬의 이름이 그에 비해 녹록하진 않을 텐데."

새까만 밤을 배경으로 나른하게 미소 짓는 대공의 모습은 한 폭의 그림처럼 아름다웠다. 그래서일까, 속에서 타는 불꽃이 다시 화르르 불기를 일었다.

"지금 전하께선 제게 심력을 쓰실 여유가 없으세요."

"어째서?"

말도 안 되는 소리를 하자 대공이 피식 웃었다. 이 여자는 제가 왜 여기 있다고 생각하는 건가.

황제의 방해를 받아 가며 북부군을 주둔시키고 수도를 떠나지 않은 이유 역시 모를 테지. 헬리오스의 모든 것을 버리고 떠나야 하는 그의 발목을 잡아챈 유일한 대상이 저라는 것도.

그때 네이필리나가 그의 손을 떨쳐 냈다.

"폴리모스의 반란군들을 앙헬령으로 빼돌려야 할 테니까요."

그녀 특유의 냉정한 목소리가 밤하늘을 타고 울렸다.

"뭐?"

"그 사람들, 로피진이잖아요?"

순간 대공의 그림 같은 얼굴에서 웃음기가 사라졌다. 네이필리나는 그 모습을 쓰게 바라보았다.

'지난 생에서 그가 앙헬령에서 나오지 않았던 이유.'

1황녀와 2황자 사이의 치열한 후계 싸움에도 참전하지 않은 이유.

그는 기다리고 있었던 거다. 빼돌린 폴리모스 반란군의 잔당이 앙헬에서 힘을 키우고, 몇 년 후 제 영지마저 덮치기를.

그래서 제국을 뒤집어엎을 때를.

북부에서 반란이 일어났을 때 내걸린 앙헬 대공의 목은 진짜 그의 것이었을까?

'제국 최강의 검사 스카가드 앙헬이 이종족 반란군에게 패해 죽었다는 사실이 헬리오스 제국민들의 사기를 대번에 깎아내렸지.'

앙헬마저 꺾였는데 어떻게 저들을 이길 수 있겠냐며 황실마저 섣불리 반란군을 제압하려 나서지 못했다. 그 결과 반란군들은 매섭게 세를 불려 단숨에 국경을 장악했다.

동시에 그는 스카가드 앙헬이라는 존재의 흔적을 성공적으로 끊어 냈다. 누구도 목이 잘린 시체가 대공이 아닐 거라고 의심하지 않았으니까.

'로피진 제국이 건국되자마자 단숨에 헬리오스로 쳐들어온, 초대 황제……'

그는 아마 눈앞의 스카가드가 아니었을까.

이건 네이필리나의 가설일 뿐이다. 살아생전 로피진의 초대 황제를 제 눈으로 본 적은 없으니까.

하지만 그럼에도 분명한 건 이종족들의 반란과 로피진의 제국 건립, 그리고 헬리오스 침략까지. 이 모든 건 이미 오래전부터 준비되어 있던 각본이라는 사실이다.

이 남자, 스카가드 앙헬의 손끝에서.

"맙소사. 그대는…… 대체 어디까지 알아낸 건지 궁금해지는군."

할 말을 잃었던 대공이 이윽고 정신을 차렸다. 그가 턱을 쓸었다. 애정과는 별개로 감탄하는 기색이 역력했다.

"적어도, 전하가 그들이 충성하는 단 하나의 주군인 것만은 알고 있습니다."

"그렇게 생각하는 근거는?"

"라울 앙케르트, 전하의 보좌죠."

네이필리나가 무미건조하게 대답했다.

"그리고 그의 부친은 멸망했던 로피진 군대를 통솔하던 대장군이자 현상 수배 중인 독립 괴뢰 단체의 수장이고요."

"……."

"그대가 무슨 말을 하고 있는지 알고 있나?"

대공의 얼굴에서 미소가 사라졌다.

"내가 이 자리에서 그대를 죽여서 입 다물게 할 거란 생각은 안 해 봤나? 그대답지 않아."

모르지 않았을 텐데, 차라리 숨겼어야지.

"제가 그걸 알면서도 전하께 밝히는 이유는 짐작하시겠나요?"

네이필리나는 턱을 쳐들었다.

"전하가 그리는 미래에 저도, 헬리오스도 없다는 걸 아는데, 저를 더 이상 기만하지 마세요."

"……."

팽팽한 시선이 맞부딪쳤다.

한참 만에 그가 말했다. 목이 멘, 침전한 목소리였다.

"왜 없다고 생각해, 네이필리나."

그가 양손으로 네이필리나의 볼을 감쌌다.

"작작……!"

네이필리나가 손을 뿌리치려 들었을 때였다.

"너 때문에 내가 뭘 포기하는지도 모르면서."

그 어두운 말에 네이필리나가 멈칫했다.

"나는 나를 네게 걸었어. 그 의미를 언젠가는 네게도 설명할 수 있겠지."

목소리가 바로 옆에서 들리는 것처럼 가까웠다.

"그러니 네이필리나, 날 기다려."

그의 입술이 가까워졌을 때, 촉촉한 감촉이 볼에 닿았다. 어쩐지 소중한 것을 대하는 것처럼 조심스러운 태도였다.

"기다려 줘."

네이필리나는 저도 모르게 눈을 감았다. 떠나려는 팔을 붙잡고 그의 목덜미를 감쌌다.

"어딜 가든 나는 그대에게 돌아올 테니까."

입술이 맞닿는 순간, 대공이 매섭게 그녀를 끌어안았다. 둑이 터진 것처럼 그가 밀려들었다. 몸을 휘감는 열기에 머릿속에서 폭죽이 터지는 것처럼 정신이 없었다. 허리를 감싸는, 틈 하나 없이 맞붙은 그의 품속에서 네이필리나는 비로소 알아차릴 수 있었다.

이 사람, 나를 좋아하는구나.

다음 날.

자리에서 일어난 네이필리나는 멍하니 허공을 바라보았다. 어쩐지 어젯밤의 일들이 모두 꿈만 같았다.

"아가씨, 손님이 기다리고 계셔서요."

"이렇게 이른 시간에? 누구시니?"

네이필리나가 눈을 끔벅였다. 아직 9시가 채 되지 않은 시간이다.

"마담 포프리십니다. 사실은 두 시간 전부터 기다리고 계셨어요."

"마담 포프리가 왜?"

오후 느지막한 시간이 되어서야 사교 활동을 시작하는 게 헬리오스의 관례임을 모르지 않을 그녀였다.

"일단 가 보자."

네이필리나는 자리에서 일어섰다. 그리고 서둘러 그녀가 기다리고 있다는 응접실로 향했다.

삐그덕. 문이 열리는 소리와 함께 안에 앉아 있던 마담 포프리가 벌떡 일어섰다.

"네이필리나."

얼굴이 새하얗게 질린 채였다.

* * *

어젯밤의 피로연.

노공작의 부재에도 1황녀는 매끄럽게 인사들을 상대했다. 로잔 기사단장과 함께 서 있는 모습이 마담 포프리의 눈에 들어왔다.

'드물게 아름다운 커플을 보는군.'

물론 1황녀가 로잔 경을 선택한 건 그의 훤칠한 외모 때문이 아니라 변경을 수비하는 로잔 변경백의 지지를 위해서일 거다. 로잔 기사단장은 요즘 시대에 드문 정직하고 신실한 기사이기도 했고.

2황자의 기사가 되라는 황제의 은근한 압박에도 그는 굳건히 1황녀의 곁을 지켰고, 세피니아로서는 그런 충성스러운 이를 놓치려 할 리 없었다.

어찌 됐건 정략결혼이 판을 치는 헬리오스 귀족사에선 한 폭의 그림처럼 잘 어울리는 남녀가 맺어지는 모습은 꽤나 드문 일이었다.

"그나저나, 연회장에 보이지 않는 인물들이 많군요. 황비 전하도 그렇고 마르쉐 후작도……."

"벌써 돌아가지 않으셨겠소? 둘 다 여기 남아 무어 더 좋은 꼴을 보겠다고……."

재상 포스윈드가 우스갯소리로 농을 던졌다.

"로잔과 1황녀 전하가 이어지는 걸 가장 싫어할 사람들이잖소."

황제의 명령만 아니었다면 주디테 황비 역시 여기까지 걸음하진 않았을 테다. 마담 포프리는 지끈거리는 이마를 짚었다. 초고위 귀족들 사이를 오가는 시간이 지나고 나면 저 자신을 정리할 시간이 필요했다.

"잠깐, 휴게실에 다녀올게요."

한창 파티가 무르익을 시간, 연거푸 샴페인을 들이마신 마담 포프리의 얼굴이 붉었다.

"마담이 술에 취하시는 건 처음 보네요."

"황실의 술이 확실히 도수가 세군요."

뜨거운 조명, 사람들이 만들어 내는 열기, 술 때문에 점점 더워지는 몸. 마담 포프리가 연회장을 빠져나올 이유는 충분했다.

그녀는 힐긋 미로 형태의 정원을 둘러보았다. 늦은 밤, 새카만 어둠이 세상을 뒤덮은 시간이었으나, 정원 곳곳에 세워진 작은 등들이 노랗게 빛을 밝혔다.

그 빛 근처에서 이따금씩 흔들리는 풀과 나무들을 알아보긴 어렵지 않았다. 저 중 대부분은 드넓은 정원과 어두운 시간을 틈타 은밀하게 사랑을 속삭이는 연인들의 흔적일 테지.

'하지만 비단 커플들만 있는 건 아니야. 비밀스러운 담화를 나누기엔 최적의 장소니까.'

사교계의 여왕으로서가 아닌, 잘나가는 칼럼니스트 레이디 D로서의 본능이 그녀를 자극했다.

'게다가 오늘은 1황녀의 피로연이라 상당한 거물들이 참석했다고.'

정원 속에 숨어 있을 이들 중에 대어 하나만 걸려도 다음 칼럼 소재가 빵빵하게 채워질 테다.

'그간 콘체른 양이 도움을 주긴 했지만 너무 의지할 순 없지.'

스캔들 전문 칼럼니스트로의 자립심을 잃을 순 없다.

'앗, 저기 노퍽 공작이잖아? 저기서 무슨 일이지?'

주변을 살피며 정원 너머의 어둠 속으로 사라지는 인영을 발견한 마담 포프리의 눈이 번뜩였다.

"어머, 머리가 아파서 상쾌한 바람을 쐐야겠어."

그녀는 슬쩍 자리를 떴다. 그리고 시간 차를 두고 공작의 뒤를 쫓았다.

"이쪽 근처로 가는 것 같은데······."

몸을 수그리고 발소리를 내지 않으려 발가락들을 오그리며 걸음을 내걷는 것도 잊지 않았다.

'황궁을 누빌 수 있는 건 피로연 핑계를 댈 수 있는 오늘뿐이야.'

혹시라도 노퍽 공작과 마주쳤을 때 할 변명들을 생각하면서 마담 포프리는 부지런히 발을 놀렸다.

"어?"

그러나 그녀는 노퍽 공작 대신 풀숲에 가려진 작은 문을 발견했다.

"뭐지? 공작이 여기로 들어갔나?"

마담이 고개를 갸웃거리며 문을 살폈다.

'호기심이 고양이를 죽이지. 포프리, 이 어리석은 것.'

알고 있음에도 마담 포프리는 칼럼니스트로서의 본능을 이기지 못하고 손잡이에 손을 대고 말았다.

수욱. 풀숲에 문이 밀리는 소리와 함께 마담 포프리의 모습이 사라졌다.

"콜록, 콜록. 여긴 도대체 어디야?"

문 뒤로는 토굴에 가까운 기다란 통로가 계속해서 이어져 있었다. 등불도 하나 없었고, 흙먼지가 계속 일며 기침을 내게 하는 걸로 보아 전혀 관리가 되어 있지 않은 것 같았다.

"이거 아무래도 탈출로 같은데."

황궁을 꽤나 자주 오갔어도 이런 문이 있다는 건 처음 들었다. 다만 비상시 황족들을 궁 밖으로 탈출시키는 비밀 통로 한두 개 정도 있다 해도 놀랄 일은 아니었다.

'그런데 저 빛은 뭐지?'

저 멀리 토굴의 끝에 어스름한 빛이 보였다. 마담 포프리는 홀린 듯이 더듬더듬 불빛을 향해 걸었다.

끝도 없는 토굴을 한참은 걸은 것 같았다. 빛은 점점 가까워지고 있었다. 그녀는 곧 빛이 문 형태로 보이는 사각형의 틀 사이로 새어 나오고 있다는 걸 알아차렸다.

"……니까 ……라는 거야!"

"……했어……!"

문 너머로 두 남녀가 소리 낮춰 다투는 소리가 들렸다.

와장창-!

뭔가가 깨어지는 소리도 났다. 격한 싸움이 벌어지는 듯한 낌새였다. 그녀는 문 가까이 고개를 들이밀었다.

틈 사이로 겨우 내다본 시야의 정면에는 벽에 걸린 거울이 있었다. 거울로 내부가 반사되어 비쳤다. 호화로운 벽지와 고풍스러운 가구, 여느 황궁의 내부와 비슷했다.

문제는, 누구의 궁이냐는 거다.

'여기가 피로연장에서 얼마나 떨어졌지?'

마담 포프리가 토굴의 입구에서부터 걸어온 거리와 보폭 정도를 가늠해 볼 때였다.

"독살이라니! 진정 미치신 겝니까?"

방 안에서 격한 고함이 터졌다.

마담 포프리가 멈칫했다. 맞은편 거울 위로 방 안을 씩씩거리며 배회하는 남자의 모습이 살짝 비쳤다.

'마르쉐 후작이 여기 왜……'

아까 잠깐 자리를 비우는가 싶더니 여기 있었나? 그사이 후작의 노성이 이어졌다.

"다른 곳도 아니고 이 황궁에서! 그것도 힐데가르드를! 아주 누이가 범인이라고 목에 걸고 다니지 그러십니까!"

거칠게 손목을 그러쥐며 후작이 돌려세운 여자는 주디테 황비였다.

"놔!"

남매였음에도 둘이 사사건건 부딪친다는 얘기는 그녀도 익히 들은 바 있었다. 주로 주디테 황비가 누가 걸리든 분이 풀릴 때까지 히스테리를 부리고, 마르쉐 후작은 부드럽게 그 화를 다 받아 주는 형식이라지.

하지만 지금 저 거울에 비치는 행동은 정반대였다.

"미쳤어? 정말, 정신이 나가기라도 한 거야? 저기서 노공작이 진짜 죽기라도 했으면, 그때부터 전쟁이야!"

신사적이기로 이름난 마르쉐 후작이 전혀 분을 감추지 못하고 있었기 때문이다.

그는 이제 황비에게 존대조차 붙이지 않았다.

"때를 기다리라고 했잖아! 이렇게 경거망동하면 어떻게 해!"

매서운 분노를 터뜨리는 남자는 세간에 알려진 매너 좋은 마르쉐 후작답지 않았다.

'힐데가르드 노공작? 황비가 무슨 수를 썼나?'

노공작이 일찍 자리를 뜬 배경에 이런 비밀이 숨어 있었던 모양이다. 후작의 일방적인 힐난에서 마담 포프리가 사실을 유추했다.

"날 탓하지 마, 힐데가르드가 무서워서 꼼짝도 않고 있었으면서! 이 겁쟁이!"

그사이 황비 역시 만만치 않게 반격했다.

"레클란이 황위에 앉으려면 그 어떤 위험 분자도 있어선 안 돼. 난 그걸 제거한 것뿐이야!"

고함을 내지르는 황비의 모습은 강박적이기까지 했다.

"어쩔 수 없었어. 다른 길이 없었다고. 그 늙은이가 버티는 이상 콘체른의 계집애가 언제 내 목을……."

"콘체른?"

마르쉐 후작의 얼굴 위로 의문이 떠올랐다. 어째서 대화의 소재가 갑자기 힐데가르드에서 콘체른으로 점프하는지 이유를 알 수 없었던 까닭이다.

"그 계집애가…… 봤을지도 몰라. 우리가……."

곧 손톱을 깨물던 황비의 혼잣말이 그 의문을 풀어 주었다.

"뭐?"

"그날, 그 계집애가 있었어. 내가 술에 취해서 찾아갔던 날 말이야."

후작의 얼굴에서 핏기가 가셨다.

"치워 버려야 해. 도저히 잠들 수가 없어. 그 계집이 전부 알고 있다고 생각하면……."

황비가 편집증적으로 손톱을 딱딱 맞부딪쳐 댔다. 부러진 손톱에서 핏방울이 맺혔으나 아픔도 느끼지 못하는 것 같았다.

"왜 그걸 이제……!"

마르쉐 후작이 짜증스럽게 마른 얼굴을 벅벅 쓸어내리다가 이내 황비에게 다가갔다.

"내게는 말했어야지. 콘체른의 조막만 한 계집애 따위에 일을 이렇게 크게 만들 필요가 없었잖아."

사건의 전말을 알게 되니 조금 화가 누그러진 듯했다.

"하지만 힐데가르드가 그 앞에 버티고 서 있는데 도대체 어떻게……."

"어리석긴, 그럴 땐 미끼를 풀어서 고기를 몰아야지."

어부를 냅다 죽이려 드는 게 아니라. 마르쉐 후작이 짧은 한숨을 삼켰다.

"이참에 그 노친네가 죽어 버린다면 나쁘진 않은 일이야. 하지만 만약, 살아난다면…… 골치 아프게 됐어."

독을 품은 소공작이나 1황녀가 저와 2황자파를 개처럼 물어뜯으려 할 거라 후작은 말했다. 본의 아니게 대치하고 있던 후계 싸움의 시작을 황비가 먼저 끊어 버린 셈이 된 양상이었다.

"……레클란이 황제가 되지 못한다면 난 죽어 버릴 거야."

그러니 절대로 져서는 안 된다고, 황비가 조용히 읊조렸다. 후작이 주디테 황비의 손을 붙잡아 제 품으로 끌어안았다.

황비의 씨근덕거리던 숨이 잦아들자 후작은 고개를 숙여…….

"걱정하지 마. 내 아들에게 쥐여 줄 건 이 제국밖에 없으니까."

"……."

"레클란이 황위에 앉는 날을 위해 우리가 힘껏 버텨 왔잖아."

마르쉐 후작이 황비를 안고 고개를 숙였다. 관자놀이에서 시작된 자잘한 키스가 황비의 아름다운 턱선까지 이어졌다. 입술을 맞대진 않았으나, 남매라 보기엔 지나치게 다정하고 색정적인 입맞춤이었다.

"……."

문틈으로 보이는 아름다운 두 남매가 이윽고 방을 떠날 때까지, 마담 포프리는 숨을 참고 있었다.

방금 제가 들은 엄청난 이야기를 차마 실감할 수가 없었다.

"……시, 신이시여."

그녀는 저도 모르게 손을 들어 입을 막았다.

2황자 레클란은 황제의 친아들이 아니다.

* * *

"그러니까, 지금……."

네이필리나는 귀를 의심했다.

어젯밤, 목격한 바를 그대로 털어놓는 마담 포프리의 이야기는 그야말로 놀라울 뿐이었다.

'2황자가 황제의 아들이 아니라니.'

어쩐지 빠진 퍼즐이 맞춰지는 것 같았다.

'전생에서 마담 포프리가 갑자기 죽은 이유를 이제 알겠어.'

마담 포프리는 1황녀가 약혼한 지 얼마 지나지 않아 별안간, 요양을 핑계로 떠난 별장 근처의 한 절벽에서 죽은 채로 발견되었다.

절벽 위에는 가지런히 놓인 신발, 살롱을 운영하며 겪은 고충과 우울증을 토로하는 유서가 있었다. 덕분에 마담 포프리의 사인은 자살로 판명났다.

하지만 네이필리나는 이제 그 내막을 알 수 있었다.

'칼럼니스트로서 레이디 D가 이 엄청난 특종을 놓칠 리 없지.'

그녀는 아마 이 비밀을 폭로하려 했을 테고, 그 과정에서 레이디 D의 정체가 마담 포프리라는 걸 알게 된 2황자 쪽에서 먼저 손을 쓴 거다.

'자살이 아니라 타살이었어.'

그리고 기사가 나가기 전, 죽음으로 그녀의 입을 영원히 막아 버린 것이다.

'원래라면 그 일은 기디언 콘체른이 맡았겠지.'

그가 2황자파에서 승승장구할 수 있었던 배경에는 그가 계략과 음모가 능하며, 다른 귀족들이 손을 더럽히기 싫어하는 일도 서슴지 않는다는 데 있었다.

'그때 마담 포프리가 몸을 던진 절벽, 콘체른 영지와 가까웠어.'

그리고 전생에서 콘체른 영지는 오롯이 기디언의 손아귀에서 굴려지고 있었고. 심증뿐이지만, 어쩐지 억측은 아닐 듯했다.

'하지만 지금은 달라.'

기디언은 영지의 관리 권한을 상실했고, 마담 포프리 역시 살롱으로 돌아간 게 아니라 지금 제 앞에 앉아 있다.

"그래서였구나……."

생각에 빠져 있던 마담 포프리의 입에서 혼잣말이 새어 나왔다.

"뭐가 말이에요?"

"황비 전하가 처음 황궁에 들어왔을 때 말이에요. 아, 20년도 더 된 일이니까 콘체른 양은 모르겠군요."

네이필리나와 자신의 나이 차이를 깨달았는지 마담 포프리가 설명을 이었다.

"폐하와 황비가 어떻게 만나게 됐는지는 알죠?"

"네. 대충은 들어서 알고 있어요."

현 황제가 황태자였을 당시, 그는 유랑차 들렀던 마르쉐 후작령에서 주디테 마르쉐와 처음 만났다.

황태자는 아름다운 마르쉐 양에게 한눈에 반해 버렸고, 결국 수도까지 그녀를 데리고 돌아왔다. 그것도 배가 부른 상태로. 황태자비인 리에타 힐데가르드가 세피니아를 낳은 뒤 시름시름 앓아누운 지 얼마 안 된 시점이었다.

선황은 사실을 알고 노발대발했다. 아들의 뻔뻔스럽고도 구역질 나는 행보에 며느리도, 힐데가르드 공작도 볼 낯이 없었기 때문이다.

게다가 마르쉐 후작가는 당시 서부의 비옥한 평야를 제외하면 수도에서 전혀 힘을 못 쓰는 지방 변두리 귀족이었다.

그러나 결국 선황마저 황태자의 완강한 고집을 꺾지는 못했다. 이미 배 속에 자리 잡은 황실의 피를 부정할 순 없었기에, 주디테는 그렇게 황궁으로 당당히 입성했다.

"그때 폐하께서 얼마나 극성이셨는지, 결혼식까지 새로 하시겠다 난리였거든요."

아픈 아내를 두고 불륜에 사생아까지 만든 이가 참 다채롭게 살았다 싶었다.

마담 포프리는 누가 들을까 두려운 듯 목소리를 낮췄다.

"그런데 그때 마르쉐 양이 임신으로 몹시 예민해져서 말이 많이 나왔었어요. 폐하마저 2황자를 낳기 전까진 침실에도 출입을 금지시켰다더라고요."

그 쌀쌀맞은 태도가 황제를 더 미치게 한 모양이었지만.

"물론 2황자를 낳고 나서부턴 언제 그랬냐는 듯 완전히 바뀌었지만⋯⋯. 처음 그녀가 보였던 히스테리가 조금은 이해가 되네요."

후작과 짜고 황제와 제국민들을 농락한 황비의 죄와는 별개로, 다른 남자의 아이를 가진 채 보내는 황궁에서의 나날이 얼마나 불안했을지 짐작하긴 어렵지 않았다.

"⋯⋯이제 어떻게 해야 하죠?"

그러나 과거가 어찌 됐든 중요한 건 지금부터였다. 2황자가 황제의 핏줄이 아니라는 이 거대하고도 은밀한 사실을 어찌 다뤄야 할 것인가.

"도무지, 어떻게 해야 할질 모르겠어서…… 당신을 찾아왔어요."

"……."

"물론 네이필리나도 곤혹스럽겠지만."

마담 포프리가 입술을 깨물었다. 눈가에는 고통스러운 기색마저 어려 있었다.

"날 도와줘요."

창백하게 질린 안색, 헝클어진 머리, 충혈된 눈. 밤새 한숨도 자지 못한 듯했다.

지금 마담 포프리의 얼굴을 보면 누구도 싱그러운 사교계 여왕의 모습이라고는 상상조차 하지 못할 것이다.

"나 말고 또 누군가에게 이 일을 이야기한 적 있나요?"

마담 포프리가 고개를 저었다.

"당신이 처음이에요. 황궁에서 나오자마자 이곳으로 왔으니까."

우스운 일이다. 교류하는 수많은 고위 귀족과 인사들을 두고, 심지어 재상 포스윈드마저 제치고 마담 포프리가 찾은 이가 네이필리나, 이 어린 아가씨라니.

그러나 앳된 얼굴과는 달리 네이필리나의 초록빛 눈은 연륜을 짐작하지 못할 정도로 중후했다. 초조해하는 마담과는 달리 평정을 잃지 않는 모습이었다. 심지어 주디테 황비가 원래 노린 대상이 힐데가르드 노공작이 아니라, 자신이었다는 이야기를 들을 때도 그랬다.

초록빛 눈동자가 명료하게 마담을 응시했다.

"잘했어요. 아무에게도 이야기하지 말아요."

당신의 목에 칼이 들어와도. 나지막하게 읊조리는 네이필리나의 마지막 말에 마담 포프리가 멈칫했다.

"이게 날 위험하게 만들 거라고 생각하는 건가요?"

"······네. 몹시도요."

"······."

마담 포프리가 입을 꾹 다물었다. 그녀의 머릿속에서 생각들이 맹렬하게 회오리치고 있음을 짐작할 수 있었다.

"마담, 레이디 D가 어떤 특종을 낸다 해도 당신이 죽으면 소용이 없어요."

흠칫.

"후작이든 황비든 정의와는 거리가 먼 사람들이라는 걸 당신이 더 잘 알테구요."

황실까지 속여 넘긴 이들이 귀족 하나 파묻어 버리는 걸 마다할까.

네이필리나의 경고가 정신을 일깨운 모양이다. 마담 포프리의 흔들리는 시선이 중심을 잡았다.

"명심할게요."

"일단 돌아가요. 내가 자초지종을 알아볼 테니까, 그때까진 평소처럼 행동하도록 해요."

마담 포프리가 고개를 끄덕였다.

"혹 연락할 일이 있다면 스테프니 길드를 통해서 전하죠."

"······고마워요."

문을 나가기 전, 마담 포프리가 뒤를 돌았다.

"사실 난 당신이 물러설 줄 알았어요. 누구라도, 그랬을 테니까."

마담이 네이필리나에게 황실의 은밀한 비밀을 일방적으로 공유함으로써 네이필리나 콘체른 역시 위험해졌다. 마담 포프리가 물고 온 건 네이필리나가 잔뜩 화를 내고 그녀를 내쫓아도 뭐라 할 수 없는 거대한 사안이었으니까. 그러나 담담한 얼굴로 차분히 저를 도와주려는 게 감사했고, 또 놀라웠다.

"······휴식을 좀 취하도록 해요, 마담."

네이필리나가 그저 어깨를 으쓱했다. 가타부타 생색을 내지 않는 깔끔한

축객령에 마담 포프리는 살짝 무릎을 굽히고 자리를 떠났다.

"일단은 좀 더 확실히 증좌를 알아볼 필요가 있겠어."

네이필리나는 바카디를 불렀다.

"바카디, 마르쉐 후작령에서 자취를 감췄던 자들의 행방을 알아봐."

"감췄던……? 현재 후작령에 있지 않은 사람을 찾으라는 겁니까?"

"그래. 영지를 떠난 이들이 어떻게 됐는지 알아봐 줬으면 해."

황비와 후작 사이의 비밀을 아는 사람이 아직까지 후작가에 남아 있을 듯
하진 않지만…….

"살아 있는 이가 하나라도 있다면 좋겠군."

둘의 무자비한 성정상 살인멸구했을 확률이 더 높다.

하지만 정보 길드에 평생 몸담았던 네이필리나는 알았다. 높으신 분들의
입막음은 대체로 제 손으로 이루어지진 않는다는 걸.

'그러니 반드시 구멍이 있을 거야.'

가끔 믿을 수 없게도 자그마한 단 하나의 빈틈이 세상을 뒤집을 만한 거대
한 비밀을 터뜨리는 계기가 된다.

"알겠습니다."

"조심하도록 해. 우리가 그 흔적을 찾고 있다는 걸 들켜서는 안 돼."

"걱정 마십시오, 보스."

바카디가 자신만만하게 고개를 끄덕였다.

Ch 16. 마르쉐

1황녀의 약혼식이 성공적으로 끝난 후 돌아온 첫 국무 회의 날.

"후작 각하! 어서 오십시오!"

마르쉐 후작이 회의장으로 걸어오자 기다리고 있던 2황자파의 가신들이 열렬히 그를 반겼다. 그 와중에 후작은 가신들 사이에 있는 기디언과 눈이 마주쳤다.

"……."

후작이 살짝 턱짓했다. 제 옆으로 오라는 뜻이었다. 2황자와 몬테그의 나이가 같았기에 엄밀히 말하면 기디언과 마르쉐 후작은 비슷한 연배였다. 턱짓 하나로 사람을 오라 가라 하는 오만한 태도였으나, 기디언은 재깍 후작의 옆으로 몸을 옮겼다.

"예, 각하."

"내 누이와 재미있는 짓을 했더군."

후작이 낮은 목소리로 속삭였다. 다른 가신들에게는 들리지 않을 정도의 높낮이였다.

"……부름을 받고 행하였을 뿐입니다."

기디언은 '누구'의 부름이었는지 주어를 말하지 않았지만 둘 다 이미 알고 있었다. 이 와중에도 실패를 대비해 문제의 시발점을 제가 아니라 황비에게 두는 게 그다웠다.

"누이가 아직도 천진난만한 건 모두가 아는 일이지. 하지만 하잘것없는 사냥개들이 그걸 빌미로 날뛰려 드는 건 좀 다른 일이야."

기디언 콘체른을 응시하는 마르쉐 후작의 차가운 시선에 한 줌의 경멸이 묻어 있었다.

"개라면 응당 주인이 가리키는 짐승만 노려야지 않겠나."

개.

모욕적인 단어에 기디언의 눈빛이 흔들렸다.

'그래, 지금은 뭐든 들어주마. 하지만 내가 일단 위로 올라가면…… 가장 먼저 치워 낼 건 당신이야.'

그러나 후작의 눈이 저를 향하고 있다는 걸 알기에 기디언은 얼른 감정을 숨겼다.

후작은 기디언을 경계했다. 정확하게는 그의 야심을. 공손한 눈빛을 하지만 저치의 눈에는 숨길 수 없는 야심이 켜켜이 들어 있다. 그 모습이 꼭 지난 날의 저를 떠올리게 하는지라 생리적인 혐오감이 드는 걸지도 몰랐다.

'하지만 콘체른의 돈은 필요해. 지금 굳이 쳐 낼 필요는 없어. 그래서도 안 되고.'

후작은 속에서 치밀어 오르는 혐오감을 누르고 우아하게 물었다.

중요한 건 결과다. 기디언 콘체른이 노공작을 제거하기만 한다면 아주 나쁜 일만은 아닌 것이다.

"해서 어찌 되었지?"

계략의 성공을 묻는 것이다.

"아직……."

그 물음에 대한 답을 아직 마르쉐 후작도, 기디언도 얻지 못한 상황이었다. 약혼식 중간에 노공작이 공작가로 귀환한 이후, 사람을 풀어 힐데가르드 쪽 상황을 알아보려 했다.

그러나 공작가의 철통같은 방어 때문에 무용지물이었다. 공작가를 오가는 모든 고용인들이 수색을 거쳤고, 그마저도 고용된 지 최소 10년 이상인 자들만 출입이 가능했다.

"평소와 달리 그토록 방어적이라는 건, 그의 신변에 문제가 생겼다는 거겠지."

마르쉐 후작의 목소리는 차라리 그러길 바라는 희망이 담겨 있었다.

"예……."

그러나 기디언의 얼굴은 여전히 찜찜했다.

'네이필리나, 그 애의 얼굴이 너무 평온했어. 어떻게 된 거지?'

조카딸의 얼굴에서 지난날의 단서를 읽어 내지 못한 그는 초조했다. 마르쉐 후작의 눈이 국무 회의장의 반대쪽을 응시했다. 비어 있는 자리는 힐데가르드 노공작의 것이었다.

'죽어 버렸으면, 아니, 차라리 안 되면 몸 어디라도 병신이 되었으면.'

목숨은 어찌 부지했다 해도 극독의 후유증으로 그 까랑까랑한 노인의 기가 꺾이길 바랐다. 시름시름 앓기만 해도 2황자파에는 이득일 터.

"회의 시간이 족히 넘었는데 힐데가르드 공작께선 어디 계신 겝니까?"

아직까지 모습을 드러내지 않은 힐데가르드를 두고 귀족들이 성토를 내뱉었다.

"너무 경거망동하지 말게. 공작 각하의 나이를 생각해 보란 말일세. 간밤에 디온의 부름을 받으셨다 해도 무리가 없지 않겠나."

마르쉐 후작이 너그러운 미소로 농을 던졌다. 그러나 웃은 건 2황자 쪽 사람들뿐이었다.

벌컥-!

"어쩌나, 그대의 기대에 부응하지 못했군."

회의장의 문이 열리며 노공작이 들어섰다.

"……!"

"공작 각하!"

1황녀파의 가신들이 열렬히 그를 반겼다. 그제야 얼어붙어 있던 분위기가 풀렸다. 내내 2황자 쪽으로 쏠려 있던 압도적인 기세가 노공작의 등장으로 흩뜨려졌기 때문이다.

"디온께서 아직은 이 늙은이에게 할 일이 남아 있다고 여기신 모양일세."

노공작이 후작을 보며 의미심장한 웃음을 내보였다.

"하니 어쩌겠나? 부름이 있을 때까지는, 이 목숨을 바쳐 제국의 평안과 안정을 위해 달릴 생각이네."

제 자리를 찾아 들어가는 노공작의 발걸음은 망설임이 없었다. 공작의 혈색은 좋았고, 기동력이나 움직임은 심지어 전보다 더 나아진 것 같았다.

"아, 필요 없네. 나 혼자 갈 수 있어."

시종의 부축을 받지 않고 지팡이마저 마다한 채 성큼성큼 걸어가는 다리에선 힘이 느껴졌다. 독의 후유증으로 아프기는커녕, 10년은 젊어진 것처럼 공작에게선 생기가 묻어났다.

"이게 어떻게 된 일이지?"

공작이 제 측근들과 인사하는 사이, 마르쉐 후작이 몸을 돌려 기디언에게 따지듯 노려보며 속삭였다.

'죽긴커녕, 되레 더 회춘해서 왔잖아!'

기디언 역시 주먹을 꾹 쥐며 당황을 감추려 했다.

'어, 어째서……'

로열 엘릭서의 원재료를 아낌없이 섭취한 결과라는 걸 기디언이 알 리 없었다.

"루이, 더 할 말이 있는가? 어찌 아쉬워 보이는군."

노공작이 마르쉐 후작을 바라보며 넌지시 물었다.

루이. 나는 새도 떨어뜨린다는 제국의 권력자 이름을 약칭으로 서슴지 않고 부를 수 있는 이는 이 회의장에서 노공작이나 재상 포스윈드 정도밖에 없을 것이다.

어린아이를 대하는 것처럼 거리낌 없는 부름에 마르쉐 후작의 잘생긴 이마가 꿈틀거렸다.

"……아닙니다, 제국을 위하는 각하의 충심을 직접 듣고 나니 감동스럽기 그지없는지라."

그가 기계적으로, 그러나 매끄러운 언사로 노공작의 물음에 답했다.

"그래, 그대 역시 다르지 않을 거라 믿네. 더 나은 헬리오스를 위해서라면, 썩어 빠진 곳은 도려내는 결단력을, 우리 둘 다 가지고 있으니 말이야."

노공작이 웃으며 답했다. 시선을 마주 보는 두 귀족의 눈에서 불이 튀기 전, 의장을 맡은 포스윈드 경이 의사봉을 두드렸다.

"회의를 시작하겠습니다."

* * *

쨍그랑-!

국무 회의가 끝난 후, 마르쉐 후작저에선 소란스러운 소음이 연이어 멈추지 않았다.

"그 늙다리가! 감히!"

"어찌 된 겁니까, 외숙부! 서부 반란군의 진압을 왜 내가 해야 한다는 말이 나와요!"

힐데가르드 노공작은 국무 회의에서 서부 폴리모스령에서 일어난 반란을 앙헬 대공이 아닌 2황자가 진압해야 한다는 주장을 내세웠다.

헬리오스 황실을 향해 내세운 반란인 만큼, 직계 혈통이 그걸 진압해야 황실의 위엄이 똑바로 설 수 있다는 이유였다. 게다가 선황의 핏줄인 대공이 반란 진압마저 성공하게 되면 지금보다 더 위험한 인물이 될 거라는 경고도 넌지시 던졌다.

앙헬의 앞에서 떨지 않는 귀족이 없는 이곳에서 그 경고는 어느 때보다 진실하게 먹혔고, 노공작은 칼보다 매서운 혓바닥으로 2황자파를 제외한 회의장의 모든 이들을 설득하는 데 성공했다.

"하면 1황녀는! 누이는 헬리오스가 아니랍니까?"

직계 혈통이라면 1황녀 세피니아에게도 해당되는 사항이다. 한데 어찌 2황자인 저만 전선으로 몰리게 된단 말인가?

"……."

레클란의 지적에 마르쉐 후작이 마른 얼굴을 쓸었다. 그 역시 같은 반론을 공작에게 제시했고,

"……세피니아 황녀가 아이를 가졌다는군요."

노공작은 이미 모든 반론에 대한 준비를 마친 후였다.

"아이라고요?"

참으로 공교로운 타이밍이 아닌가. 약혼식이 끝난 지 채 2주가 지나지도 않았다.

"고작 그사이에 애가 생겼다고요? 참으로 믿음직한 변명입니다. 누이가 그 전부터 로잔 단장과 부적절한 관계를 맺은 게 아닙니까!"

"1황녀의 평판을 공격하기도 힘듭니다. 일단은, 약혼식이 끝난 상황이니까요."

황실로서는 부끄럽긴 하지만 아이 아버지가 달라진 것도 아니니 이미 예정된 결혼식을 당기는 수순밖에 되지 않는다. 힐데가르드 노공작이 만들어 놓은 겹겹의 수에 후작이 막혀 버렸다.

"앙헬 대공은요? 그는 뭐라 합니까? 당연히 받아들이지 않았겠죠?"

2황자는 평소 제가 무서워하던 젊은 숙부에게 희망을 걸어 보았다. 그러나 마르쉐 후작이 고개를 저었다.

"그치는…… 받아들인다 하였습니다."

먼저 자원할 때는 언제고, 앙헬 대공은 헬리오스 황실의 혈통에 누가 될 순 없다며 순순히 물러섰다.

겸허히 진군을 멈추고 말 머리를 돌려 영광을 2황자에게 돌리겠다 천연덕스럽게 성명을 발표한 것이다. 1황녀파와 2황자파의 알력 싸움에 끼지 않겠다는 명백한 표현이었다.

결국 2황자파만 이러지도 저러지도 못하는 상황에 놓이게 된 셈이었다. 레클란이 거칠게 얼굴을 일그러뜨렸다.

"제기랄! 반란군들을 마주하기도 전에, 내가 살아 있을 것 같아요?"

후계 위를 다투는 정적을 암살하기 가장 좋은 장소와 시기가 아닌가.

"외숙부가 저지른 일이니 알아서 해결하세요. 그 결과가 내가 서부로 가게 되는 거라면, 앞으로 아주 많은 것이 달라지게 될 겁니다."

외숙부를 향한 내 믿음까지도. 2황자는 마르쉐 후작에게 엄중한 경고를 던지고 나가 버렸다.

짝-!

"네놈 때문에……!"

마르쉐 후작은 기디언의 뺨을 올려붙이는 것으로 그 화를 대신 풀었다.

"……죄송합니다."

황비의 불안과 기디언의 야심이 불러온 자충수였다.

* * *

2황자를 서부로 보내지 않기 위해 마르쉐 후작은 불혹의 나이가 무색하게 주야장천 움직였다. 황제 역시 아끼는 아들을 반란군 진압 따위에 보내는 일은 상상도 할 수 없었다.

"앙헬이 있는데 그런 험하고 더러운 일을 왜 레클란이 해야 한다는 것이냐!"

평소 같았다면 황제의 우격다짐으로 2황자는 비호받았을 테지만, 이번에는 힐데가르드가 독을 품었다.

힐데가르드는 2황자가 폴리모스로 떠나야 한다고 강력하게 주장했다. 제국의 국난이 있을 때마다 도피했던 2황자의 전적을 조목조목 짚으며 이번 일의 당위성을 따지니 황제도 방법이 없었다.

그렇게 2황자가 전선으로 떠나는 일이 기정사실화 되어 가려 할 때였다.

"2번! 2번에 돈을 걸라 했잖나! 제기랄!"

도리 없이 전쟁터로 떠나게 생긴 2황자 레클란의 불안은 극에 달했다. 그가 술에 취한 채 경마장에서 난동을 피우고 있을 때, 한 대의 마차가 경마장 앞에 섰다.

그가 집어 던진 깨어진 잔의 유리 조각을 밟으며 단정한 회색빛의 드레스 자락이 들어섰다.

"헬리시온의 두 번째 별을 뵙습니다."

"이게 누구야. 콘체른 양이 아니신가."

레클란이 네이필리나를 노려보았다.

"누님의 곁에 붙어 나를 비웃으러 오셨나?"

"말씀드렸듯 저는 전하, 누구의 편도 아니랍니다. 그저 한낱 장사치일 뿐이지요."

"가증스럽군. 누님이 날 전쟁터로 밀어 처넣으려는 걸 방관한 것도 그저 거래였을 뿐이다?"

레클란이 바닥에 깨어진 유리 조각을 집어 들더니 네이필리나의 목에 겨눴다.

"날 농락한 이들 중에 아직 숨을 부지하고 있는 건 콘체른 양이 유일해. 알고 있나?"

실핏줄이 터진 붉은 눈이 네이필리나를 노려보았다. 유리 조각을 누르는 힘이 거세졌다. 가녀린 목 위로 붉은 선혈 한 방울이 흘러내렸다.

그러나 네이필리나는 제 목을 누르고 있는 유리 조각이 보이지 않는 것처럼 차분하게 말을 이었다.

"제가 전하께서 서부로 가지 않을 방법을 알려 드린다면요?"

"뭐?"

레클란이 멈칫했다. 동시에 유리 조각을 누르는 힘이 약해졌다.

"거짓말을 하는 거라면 네 목을 잘라 버리겠어."

"외람되지만 전하께선 이미 그러고 계신답니다."

네이필리나가 그의 팔을 슬쩍 밀었다. 레클란이 못 이기는 척 천천히 밀려났다.

"베인 상처가 꽤나 오래갈 듯하네요. 하지만 전하의 심중을 감안하여 제가 이해하지요."

손수건으로 목의 핏방울을 닦아 내리며 하는 건방진 언사에도 레클란은 그녀를 벌할 수 없었다.

'어, 어쩌면……'

그의 눈동자에 한 줄기 희망이 비쳤기 때문이다.

'레클란, 네가 희망을 놓지 못하는 한 승기는 내게 있어.'

그리고 그것을 네이필리나 역시 놓치지 않았다.

"말해 봐."

"전하께서는 폴리모스령의 책임을 수행할 수 없다, 성명을 내십시오. 전하의 지병 때문이든, 황자비 전하의 임신이든 핑계는 뭐든 좋습니다. 중요한 건 그 뒤니까요."

네이필리나의 차분한 목소리가 이어졌다.

"대신, 전하께서 반란 진압군의 군수 물자를 대겠다고 하십시오."

"군수 물자?"

2황자의 얼굴이 일그러졌다.

"서부 진압군의 규모가 얼마인 줄은 아나? 북부군을 포함해도 자그마치 7만 명이야! 그 많은 숫자를 나 혼자 감당하라는 건가!"

2황자의 재산이 화수분이라도 적지 않은 타격을 받을 것이다.

"제국 귀족들의 3분의 1이 전하를 모십니다. 게다가……"

네이필리나는 2황자에게 마르쉐 후작과 기디언의 존재를 일깨워 주었다.

"전하의 외숙부님은 비옥한 평야의 주인이고, 전하의 충신인 제 백부는 제국에서 제일가는 황금 가문의 장자인데 전하의 사재가 사라지리라 걱정할 이유가 무엇입니까?"

'놈들의 자금을 마르게 해야 해.'

기디언의 수중에 있는 돈을 말려야 그를 더 고립시킬 수 있다. 마르쉐 후작은 거기에 얹은 작은 고명 정도고.

제가 내어야 할 비용의 부담을 후작과 기디언에 넘길 수 있다는 말에 2황자의 눈이 번쩍였다.

"……하지만 두 사람에게도 부담이 큰 규모야. 반란이 언제 진압될 줄 알고? 혹 앙헬이 지기라도 하면은? 우린 땅에 황금을 버리게 되는 셈이라고."

그러나 자금의 약화가 곧 세력의 약화라는 걸 알고 있기에 그는 섣불리 네이필리나의 제안을 받아들일 수 없었다.

그녀가 고개를 저었다.

"반란을 진압할 때까지 전하께서 전부 비용을 대실 일은 없을 겁니다. 포스윈드 경이 반대할 테니까요."

반란 진압은 후계자들 간의 알력 싸움이 아니라 헬리오스 행정부의 지극히 공적인 사안이다. 중립이자 원칙주의자인 포스윈드가 그걸 통째로 2황자에게 넘겨줄 리 없었다.

"수도에서 서부까지는 상당히 거리가 멀지요. 물자를 한 번에 보낼 수 없는 거리입니다. 아마 전하께서 감당하셔야 할 건 1차 정도일 겁니다."

"……."

레클란의 반응이 조용해졌다.

"그래……. 그렇다면 시도해 볼 수도……."

곰곰이 곱씹어 볼수록 이 상황을 타파할 수 있는 묘안이었다.

하지만 여전히 불안이 남아 있었다.

"……대공이 출군을 거부하면?"

2황자는 군수 물자를 대고 나서도 대공이 서부로 가지 않겠다 할까 봐 두려운 모양이었다. 그러면 돈은 돈대로 쓰면서 영락없이 제가 가야 할 처지가 되어 버릴 테니까.

'아니, 대공은 절대로 그러지 않을걸.'

로피진들을 빼돌리기 위해선 대공이 반드시 그곳에 있어야 했다. 다만 그 사실을 레클란이 알 필요는 없지.

"모두 대공을 두려워하지만 간과하고 있는 게 있습니다. 그가 제 북부군에 한해서는 끔찍하다는 사실을요."

"……."

"그가 왜 이번 일에 지원했다고 생각하십니까? 폴리모스 놈들이 세력을 매섭게 불리고 있다고는 하나, 결국 죄수 출신의 어중이떠중이들이죠. 고작 그들을 위해 대공이 북부군을 출군시키는 걸까요?"

네이필리나는 요리조리 2황자의 생각을 몰아갔다.

"생각해 보십시오, 전하. 북부군이 대륙 연합군을 상대한 지도 벌써 10년 전입니다. 그 이후로 헬리오스엔 전쟁다운 전쟁이랄 게 없었지요."

"……."

"그리고 제로스는 대륙에서 제일가는 산악 기병들을 보유한 왕국이고요."

"대공은 제 병사들을 그들과 맞붙이려는 거로군. 서부 국경을 제 훈련지로 쓰려는 게야."

2황자가 헛웃음을 내뱉었다. 제로스의 악명 높은 기병들이 앙헬 대공에겐 훈련 상대 정도로 보이지 않는다는 것에 대한 허탈함이자 질투였다.

"예. 그 과정에서 북부군이 소모된다 한들, 전투 경험을 쌓을 수 있다면 그는 마다하지 않습니다. 알다시피 피와 죽음에 미친 자가 아닙니까."

네이필리나는 신랄하게 대공을 깎아내렸다. 그 모습이 2황자의 경계를 누그러뜨린다는 걸 알고 있었다.

"그러니 전하께서 앙헬 대공을 구슬려 보십시오. 북부군에게만 무기를 좀 더 지원한다거나…… 대공의 관심사는 전하께서 더 잘 알고 계시겠지만요."

"……."

"그렇다면 힐데가르드와 척을 지게 된다 해도 대공은 기꺼이 받아들일 겁니다."

2황자가 쥐여 주는 선물은 북부군과 숨겨진 로피진들을 더욱 부강하게 만드는 데 쓰일 터였다. 로피진 제국의 건립이 조금 더 앞당겨질 수도 있겠지.

제가 그토록 아끼는 아들이 눈엣가시 같은 대공의 등에 날개를 달아 주었다는 걸 알게 될 황제가 지을 표정도 궁금해졌다.

"……."

레클란에게선 대답이 없었다. 그러나 좌우로 오가는 레클란의 푸른 눈동자가 맹렬하게 생각을 거듭하고 있다는 걸 알려 주었다.

"중요한 건 반란 진압군의 시작과 끝 전부를 책임지겠다는 전하의 결단입니다. 그 정도가 아니라면 힐데가르드 역시 물러서지 않을 테고요."

"……."

"전선에서 닥칠 죽음의 위험과 잠깐의 피해를 감수하는 것. 선택은 전하의 몫입니다."

네이필리나가 그의 고민에 마지막으로 낙인을 찍었다.

얼마 뒤 다시 열린 국무 회의장.

마르쉐 후작은 천천히 양피지 문서에 적힌 글자를 읽어 내렸다.

"2황자 전하는 현재 지병을 앓고 계시니 군을 통솔하기 적합지 않습니다. 그러나 반란군의 기세에 병사들이 겪을 고초를 걱정하시며, 대신 사재를 풀어 군량을 책임지겠다 하셨습니다. 앙헬 대공 역시 전하의 결정에 동의하였지요."

북부군과 추가적으로 파견된 병사들까지 합하면 도합 7만 명. 반란군의 규모가 약 3만 명이고, 그들과 손을 잡은 제로스 쪽에서 5만 명을 파견하겠다 했다.

언제 끝날지 모르는 전투에 7만 명을 먹여 살리겠다는 결정은 쉬운 일이 아니었다.

"사재라니, 병사들을 생각해 주시는 황자 전하의 마음이 하해와 같이 그지없습니다."

2황자파 귀족들이 앞다투어 레클란을 칭송했다. 그러나 정작 후작과 기디언의 얼굴은 돌처럼 굳어 있었다.

2황자의 사재라 하지만 그건 2황자파 쪽에서, 그것도 주로 마르쉐 후작과 기디언이 충당하게 될 것이다. 이 일로 제 세력의 자금력이 크게 흔들릴 걸 모르지 않을 텐데도 레클란은 완강했다.

하지만 2황자가 가져온 이 방안 말고는 정말 다른 방법이 없었다.

'전하의 말대로 이 정도가 아니면 저 늙은이는 물러서지 않을 거다. 제로스의 국경에 레클란 전하를 보낼 수는 없어.'

그는 최악과 차악 중에서 그나마 차악을 선택할 수밖에 없었다.

"2차 군수품부터는 황실에서 처리하겠습니다. 2황자 전하의 개인적인 성의는 1차까지면 될 듯하군요."

재상 포스윈드의 행보는 네이필리나의 예상대로였다.

결국, 서부 진압군은 앙헬 대공이 이끌고 2황자 쪽에서 1차 군량과 병사들의 군수품들을 대는 것으로 일은 마무리되었다.

* * *

한편, 1황녀의 약혼식이 성공적으로 끝났음에도 콘체른 백작가 내부의 분위기는 싸늘했다.

노공작 독살 실패로 후작의 미움을 산 데다, 군수품 감당의 무게를 나누고 있는 기디언은 몹시 피로하고 날카로워 보였다.

쫓겨난 영지에서 연일 괴로운 나날을 보내고 있는 아들과는 달리, 승승장구하는 조카딸 때문에 배가 아픈 시오르샤는 네이필리나를 증오스럽게 노려보았다.

볼락 가족 역시, 1황녀의 약혼식 이후 콘체른의 대명사가 된 네이필리나를 보는 눈이 고까웠다. 그나마 제시안느가 분위기를 중화시키긴 했으나, 여전히 3별관의 네이필리나 가족을 향한 집안의 싸늘한 분위기는 가시지 않았다.

맥밀란이 낌새를 알아차리고 몇 번 경고했으나 형제들 사이의 기묘한 경계는 여전히 굳건했다. 그건 3별관이 언젠가 제 자리를 빼앗으려 들지도 모른다는, 종국에는 콘체른의 성을 그들이 독점할 수 있다는 그들의 본능적인 두려움이기도 했다.

촘촘하고 날 선 분위기가 이어지던 어느 날이었다.

"드릴 말씀이 있습니다."

한 달에 한 번, 가족 전부가 모이는 식사 자리에서 헨리가 선언했다.

"저는 콘체른의 다음 후계를 거부하겠습니다."

"뭐?"

"너, 지금 뭐라고……."

모두 귀를 의심했다.

"들으신 대로입니다. 저는 가문을 이어받지 않을 겁니다."

동부 아카데미의 이사장으로 제가 맡는 책임은 끝일 거라고 헨리가 못 박았다. 헨리가 콘체른의 가업을 담당하고 있진 않지만, 이렇게 공식적으로 후계 싸움에서 빠지겠다는 의중을 드러낸 적은 없었다.

"정말이냐? 한번 말하고 나면 번복할 수 없을 것이다. 나중에 다시 돌려달라 해도 늦어."

맥밀란 역시 막내아들의 돌발 선언에 단단히 놀란 눈치였다. 주름진 얼굴이 애써 감정을 삼켰다.

"예. 제 마음은 변치 않습니다."

"셋째와도 이야기가 된 사항이고?"

릴리엔을 가리키며 맥밀란이 묻자 그녀가 고개를 끄덕였다.

"네, 아버님. 저희 둘이 심사숙고하여 내린 결정이에요."

"네이는 처음 듣는 소리 같은데."

표정 관리를 하지 못하고 입술을 조금 벌린 채 얼어 있던 네이필리나를 맥밀란이 지적했다.

"끝나고 다시 얘기할 생각입니다. 어쨌든 저희 생각은 이렇습니다."

헨리가 담담하게 고백했다.

"네가 그렇다면야……. 알겠다. 일단 나중에 내 집무실에 들르거라."

막내아들의 의지를 읽은 맥밀란이 결국 고개를 끄덕였다.

식사가 끝난 뒤.

"넌 도대체 무슨 생각인 거냐?"

볼락이 다가와 자리를 뜨려는 헨리를 붙잡았다.

"말 그대로야. 형도 들었잖아."

"도무지 믿기지 않아서 그러지. 네 딸이 우리 집안에서 제일 잘나가고 있는데 네가 작위를 포기하겠다고?"

공부 머리랑 이쪽 머리랑 다르기라도 한가? 머리가 어떻게 된 게 아니냐는 듯 제 관자놀이에 검지를 대고 빙빙 돌리던 볼락은 곧 만족스럽게 헨리의 어깨를 두드렸다.

"어쨌든 잘 생각했다. 역시 막내는 좀 다를 줄 알았지."

"난 네이필리나도 이 가문에 오래 둘 생각 없어."

헨리가 건조하게 답하며 볼락의 품에서 어깨를 빼냈다.

"우리 집은 돈은 넘쳐날지 몰라도 가장 중요한 게 부재해."

그게 뭐냐는 듯, 볼락이 바라보았다.

"사람답게 사는 것. 형들을 봐. 식사 전까지만 해도 우릴 본체만체하더니 내가 작위를 포기하겠다 하자마자 이렇게 달려오잖아."

왜, 이젠 내가 형들 걸 뺏어 갈까 봐 겁이 안 나나 보지? 정곡을 찔린 볼락이 말끝을 흐렸다.

"야, 그건……."

그런 그에게 헨리의 신랄한 지적이 날아들었다.

"우리가 형제이긴 해? 가족이긴 하냐고."

"……당연히 가족이지, 무슨 소리야? 한배에서 난 우리가 가족이 아니면……."

"아아, 그래. 적어도 내가 이미 들고 있는 유산 정도로는 형들 배알이 꼬이지 않는 듯하니 다행이네."

콘체른의 황금은 안 돼도 그 정도는 눈감아 줄 수 있다는 거지? 참 고맙기도 해라.

"너 왜 말을 그렇게까지……."

막냇동생의 적나라한 빈정거림을 처음 들어 본 볼락이 조금 어버버거렸다.

"난 네이필리나를 형들처럼 만들 생각 없어."

헨리는 볼락 뒤에 있는 기디언을 차갑게 바라보았다. 그 역시 기디언과 같은 냉한 눈빛을 할 수 있는 자였다. 단지 하지 않았을 뿐.

"그러니 너무 경계 마. 난 네이를 사랑하지만, 네이가 원하는 걸 전부 해 줄 생각은 없으니까."

헨리의 목소리는 단호했다.

"저 자식이, 아예 안 볼 것도 아니면서 제 할 말만 퍼붓고 가네."

볼락이 투덜거렸다.

"큰형, 어쨌든 한숨 놓았수. 아비가 저렇게 나오는데 네이도 별수 없겠지."

"……글쎄."

기디언은 팔짱을 낀 채 멀어지는 헨리의 뒷모습을 물끄러미 바라보았다. 마치 그 의도를 탐색하려는 것처럼.

3별관으로 돌아온 네이필리나는 헨리에게 물었다.

"아빠, 도대체 무슨 생각이신 거예요?"

매번 헨리가 네이필리나에게 묻던 질문이 처음으로 방향이 반대로 들이밀 어졌다.

"알잖니, 내가 콘체른 백작 위 따위에 관심이 없다는 걸."

"하지만 굳이 지금 밝히실 필요는 없었어요."

가족을 제외하면 헨리의 머릿속이 하늘빛 알록달록한 꽃밭인 걸 알고 있지만, 지금은 너무 시기상조였다. 네이필리나가 한숨을 내쉬며 이마를 짚었다.

"아니, 지금인 게 좋아."

헨리가 고개를 저었다.

"이래야 형들이 조금은 방심할 테니, 너도 시간을 벌 수 있지 않겠니?"

네이필리나가 멈칫했다.

"시간이라는 말씀은……."

헨리의 말이 의미심장했다.

"네가 이 가문을 원한다는 걸 안다, 네이필리나."

멈칫.

"나와는 다르지. 너는 언제나 이 못난 아빠보다 더 멀고, 더 높은 곳을 바라보고 있으니 말이다."

"아빠."

"너를 탓하려는 게 아니다. 오히려 자랑스럽단다. 정말로."

'엄마 아빠와는 달리 네가 이토록 당당히 네 길을 헤쳐 나가려 한다는 게.'

헨리는 따스한 시선으로 제 딸을 바라보았다.

기디언과 볼락, 둘 다 탐욕스러운 자들이다. 네이필리나의 약진이 그들의 경계를 한껏 끌어올렸으리라는 걸 예상하기는 어렵지 않았다.

"네가 어디까지 보고 있는지, 이 못난 아빠는 감히 예상할 수 없구나."

"……."

"하지만 그 과정에 콘체른이 있다는 건 알지."

헨리의 말 한 마디 한 마디에 그녀를 향한 걱정과 애정이 가득 느껴졌다.

"그러니 너는 우리 생각일랑 말고 더 큰 곳으로 나아가거라."

"엄마도…… 같은 생각이신 거예요?"

네이필리나가 몸을 돌려 릴리엔을 응시했다. 릴리엔이 다가와 네이필리나의 양손을 부여잡았다.

"그럼."

"잊지 말렴, 네이필리나. 너는 우리의 자랑이야."

"저는……."

네이필리나는 그녀답지 않게 할 말을 찾지 못했다.

"두 분의 배려를 받을 만한 자격이 못 돼요."

감히 생각했다. 떠나간 진짜 네이필리나를 대신해 이 두 사람을 책임져야 한다고.

순진하고 약한 사람들이니까, 눈앞에 다가오는 위험 따위 알아차리지 못하는 이들이니 오롯이 내가 지켜야 한다고, 시혜적으로 생각했었다.

이 얼마나 오만한 생각이었던가.

"누가 자격을 주고 말고를 결정한다니? 우리는 가족이야. 그러니 다른 이유는 필요 없어."

이리 오렴.

헨리와 릴리엔이 두 팔을 벌렸다. 그들의 품을 거부할 수 없었던 건 불가항력이었다.

"엄마……. 아빠……."

네이필리나는 입술을 벙긋거렸다. 처음으로 진심을 다해 말해 보는 단어가 입술 위로 번져 나갔다. 낯설고도 달콤한 기분이었다.

* * *

"보스, 제가 돌아왔습니다."

밀명을 받고 떠났던 바카디가 스테프니 거리로 귀환했다.

"으어어……."

말을 못하는 어느 허름한 행색의 노인과 함께.

"마르쉐 후작령에서 일했던 이들을 추적해 보라 하셨지요?"

노인은 네이필리나의 예상대로 마르쉐 후작이 미처 매우지 못한 구멍이었다.

"이름은 올리비아. 어린 후작을 키웠던 유모였더군요. 벙어리가 되어 버린 건 자의가 아니었다 합니다."

애써 찾은 노인은 이미 오래전에 혀가 잘렸던 듯하다고 바카디가 말했다.

입막음을 하려는 후작의 혹독한 고문을 받다가 그런 참사를 당한 그녀는 그만 정신을 잃고 말았다. 영락없이 죽었다고 생각한 수하들이 그녀를 절벽으로 내던졌지만, 구사일생으로 목숨을 부지할 수 있었다고 했다.

"하면 여태 어떻게 의사소통을 했지?"

"이이가 글을 쓸 수 있더군요."

지체 높은 귀족의 유모를 맡을 정도이니 글자를 읽고 쓰는 게 가능했다고 한다.

"으어어어……."

네이필리나와 바카디의 대화를 듣고 있던 노인이 투박한 손으로 뭔가를 내밀어 보여 주었다. 잔뜩 구겨진 양피지에는 선명한 글씨가 새겨져 있었다. 한 자 한 자 깊게 파내 새긴 것처럼 필체가 또렷했다.

[저는 그 악마들이 죽어서도 편하게 가지 못하길 바라요.]

노인의 눈에 강렬한 증오심이 비쳤다.

"……마르쉐 후작이 입을 막으려 일가족 전부를 몰살했다더군요."

바카디가 부연 설명을 덧붙였다. 유모의 아들 부부와 갓난아이였던 손자마저 처참하게 죽었다고 했다. 심지어 아들은 후작의 유년 시절을 함께 보낸 소꿉친구였음에도.

"미르딘, 로열 엘릭서를 가져와."

"예, 주인님!"

네이필리나는 아직도 양피지를 힘주어 잡고 있는 노인에게 엘릭서를 건넸다.

"마셔 보세요. 잘린 혀를 조금이나마 치료할 수 있게 해 줄 겁니다."

노인의 눈이 하늘빛 병과 네이필리나를 번갈아 바라보았다. 독약은 아닌지, 불신과 경계의 눈빛이 한동안 일렁였다.

'볼더를 데려올 걸 그랬나.'

그리 생각하며 네이필리나가 병의 마개를 따서 노인의 손에 살짝 부었다.

"자, 눈으로 직접 보세요."

푸른빛 액체가 빛이 나더니 노인의 손에 난 잔상처들이 흔적도 없이 사라졌다.

"참고로 내 밑에서 일하는 드워프의 잘린 양손도 되살렸어요. 당신의 혀를 치료하는 것도 가능할 거예요."

노인이 고개를 끄덕였다. 그리고 하늘빛 병을 망설임 없이 마셨다. 잘려진 혀가 조금씩 요동치며…… 새살이 돋아나자 노인이 무너졌다.

"으어…… 어어……. 마보다…… 다시…… 말…… 하 수…… 이서……."

엘릭서를 마신 노인의 혀가 재생됐다. 더듬더듬 음절을 내뱉는 그녀의 양쪽 볼을 타고 눈물이 펑펑 흘러내렸다.

"으흐흑……."

통한의 울음소리가 연이어졌다.

몇 시간 뒤.

안정을 찾은 노인이 마침내 자리에 앉았다.

"부인이 알고 있는 전부를 알려 주세요."

그녀는 강렬한 시선으로 고개를 끄덕였다.

"후자과 화비……는……."

아직 새로 돋아난 혀가 제대로 된 발음을 하지 못하자 노인이 펜을 들었다.

[황비, 주디테는 마르쉐 후작과 남매가 아닙니다.]

"남매가…… 아니라고?"

천천히 발음이 돌아오기 시작하면서 노인이 토해 놓은 진상은 이랬다.

루이스 마르쉐는 야망이 큰 사내였다. 마르쉐 후작가는 한때 서부 전체를 다스리던 강한 영주 가문이었으나 루이스의 고조부가 후계 싸움에서 줄을 잘못 선 죄로 세가 기울었다.

정계에선 완전히 퇴출당했고, 그나마 비옥한 평야만이 고조부의 목을 내놓고 간신히 지킨 가문의 자산이었다.

루이스는 마르쉐 후작가의 부흥을 꿈꾸는 야망 있는 젊은 청년이었다. 그는 한 여인을 만나 사랑에 빠졌다. 후작령에 속한 어느 사냥터지기의 딸이었다. 루이스와 비슷하게 열정적이고 불같은 여자였다. 둘은 서로에게 강렬하게 끌렸다.

비록 여인의 신분이 미천하고 보잘것없었으나, 적어도 그 여인을 내내 곁에 둘 만큼은 사랑했던 듯했다.

"설마 그 여인이……."

유모가 고개를 끄덕였다.

"네. 지금의 주디테 황비입니다. 진짜 이름은 귀네비어. 후작은 그녀를 그웬이라는 애칭으로 부르곤 했지요."

그러나 사랑을 약속한 연인의 말로는 그리 순탄하지 않았다. 마르쉐 영지를 방문한 황태자가 그웬을 보고 한눈에 반했기 때문이다.

'그웬, 황태자야. 이 제국의 주인이 될 자가 너를 원하고 있다고.'

후작은 그게 마르쉐 후작가가 일어설 수 있는 발판이라고 생각했다.

'말도 안 돼! 나보고 다른 남자의 여자가 되라는 거야?'
'그래. 제발, 날 사랑한다면……. 나를 위해서야!'

"세간에선 황제가 그녀를 처음 만났던 마르쉐 영지에서 2황자가 생긴 줄 알지만, 그건 사실이 아닙니다."

노인이 담담하게 그 당시를 서술했다.

"황제를 만났을 때, 그웬은 이미 마르쉐 후작의 아이를 임신하고 있었으니까요."

그웬의 몸이 유독 가녀렸고, 임신 초기라서 티가 잘 나지 않았다고 한다. 그 사실을 아는 건, 그웬 자신과 그녀의 상태를 봐주었던 유모, 그리고…….

"후작도 알고 있었나요?"

"예. 하지만 결정을 번복하진 않았지요."

결국, 그웬은 황태자의 손을 잡았다. 그 과정에서 그녀에게 어떤 감정의 변화가 있었는지는 노인의 증언만으론 확실하게 알 수 없었다.

마르쉐 후작은 그녀를 황급히 가문으로 입적시켰다. 그웬을 입양아로 탈바꿈하면서 이전의 둘을 기억하는 이들을 모두 죽이고 입을 막았다. 유모 역시 그중 하나라고 했다.

마르쉐 영지에서 있었던 젊은 연인의 이야기는 그렇게 영원히 어둠으로 묻혔다.

영지에서 수도로 돌아올 즈음, 황제는 이미 그웬을 새로운 여인으로 들일 준비를 전부 마칠 만큼 그녀에게 홀딱 반해 있었다.

"마르쉐 후작 역시 성공적으로 수도로 입성했지요. 그 후는 여러분이 아는 대로입니다."

권력에 미친 젊은 후작은 제 연인을 황제에게 밀어 넣었고, 그 대가로 탄탄대로를 걸었다.

그웬은 주디테라는 새로운 이름을 받은 채 황실에 들어왔고, 얼마 지나지 않아 2황자를 낳았다. 리에타 황후가 병으로 세상을 떠나며 주디테는 황제의 유일무이한 여인으로 자리매김했다.

"누가 알겠습니까. 그 주디테 황비가 한때는 순박하고 열정적인 평민 처녀였다는 걸요."

이젠 저와 억울하게 죽은 영혼들만 기억하고 있는 사실일 뿐이라며 노인이 한탄했다.

"제 아들의 원수를 갚을 길도 요원하군요."

"아직은 모르는 일이지요. 벌써 희망을 버릴 필요는 없어요."

"정말 그럴까요?"

"그럼요. 하늘은 스스로 돕는 자를 돕기 마련이라잖아요."

네이필리나는 고개를 들어 황궁이 있는 쪽을 바라보았다. 황궁 뒤의 하늘이 오늘따라 유독 회색빛이 맴돌았다.

〈다음 권에서 계속〉